岁月留痕

严柏洪 著

中国言实出版社

图书在版编目(CIP)数据

岁月留痕 / 严柏洪著 . -- 北京 : 中国言实出版社，
2023.6
ISBN 978-7-5171-4488-5

Ⅰ . ①岁… Ⅱ . ①严… Ⅲ . ①散文集－中国－当代
Ⅳ . ①I267

中国国家版本馆 CIP 数据核字 (2023) 第 100362 号

岁月留痕

责任编辑：郭江妮　许小雪
责任校对：邱　耿

出版发行：中国言实出版社
　　地　址：北京市朝阳区北苑路180号加利大厦5号楼105室
　　邮　编：100101
　　编辑部：北京市海淀区花园路6号院B座6层
　　邮　编：100088
　　电　话：010-64924853（总编室）　010-64924716（发行部）
　　网　址：www.zgyscbs.cn　电子邮箱：zgyscbs@263.net

经　　销：新华书店
印　　刷：成都市兴雅致印务有限责任公司
版　　次：2024年1月第1版　2024年1月第1次印刷
规　　格：710毫米×1000毫米　1/16　18印张
字　　数：285千字

定　　价：78.00元
书　　号：ISBN 978-7-5171-4488-5

他把岁月写进山水里

——严柏洪散文随笔集《岁月留痕》序言

阎雪君

惟楚有才，于斯为盛。湖南山水灵秀，人才辈出。严柏洪生于斯，长于斯。

我的"阎"和他的"严"，尽管是两个姓，但读起来是同音，便感觉亲切，就熟络起来。我知道，柏洪爱写、能写、会写，经常在报刊上看到他的文章，前不久，柏洪来电，说要出版自己的第一本文学集子，我觉得有点突然，但也非常高兴。说突然，是没想到他的作品创作如此之快、如此之多，足见他的勤奋；说高兴，是看到他的春华秋实，终于收获硕果。

不久，他就寄来了书稿，我看了看页码，知道大约二十八万多字。我通读了一遍，确实写得不错，令人回味。文集涉及乡情乡愁、人生随笔、艺术感悟、扶贫记忆等题材，描述了他对心灵故乡的深深怀念与眷恋、对人生的思索与探寻、对艺术的理解与追求、对人文情怀的执着和坚守。他笔下娓娓道来的文字总有淡淡的忧伤，却又留下丝丝希望，带着温暖，直抵人心。

柏洪的这本集子有近一半的篇幅在写他的老家，一个叫双江口严家台子的地方。那里的一山一水、一草一木、一砖一瓦、一人一事，总能随时在他的眼前徐徐展开，就像一部全景式的记录电影，每一个场景，每一个镜头，都可以对儿时的记忆进行回放、追溯、还原。故乡、故土、故人，乡情、乡音、乡愁，故乡的一切，都融进了他生命的血液里，那是他永远的心灵故乡。

柏洪的老家，在地图上都找不到，普通得不能再普通。她吸引不了外界关注的目光，独自顽强地在那里冬去春来，生生不息。他在《严家台子》中写道："就如同父母一样，有谁会鄙视、嫌弃自己的老家呢。我常常在梦里梦到她，常常牵挂她，她常常勾起我的回忆。"是啊，故乡，永远长在骨头里，流在血液里，永远存在心里，它时刻润泽着作者的心灵，滋养着作者的灵魂。

《难忘儿时那飘香的猪油》写出了那个贫困年代的生活，非常生动，朴实的文字中浸润着感人的力量。那是那个特定的年代留下的印记，折射出时代的飞跃发展和巨大变化。特别是那篇《那些消失的精灵》，曾经是陪伴作者童年的伙伴，如今在老家都难得一见了。其实，除了人类，地球也是许许多多其他物种赖以生存的唯一家园。绿水青山就是金山银山，保护自然环境就是保护我们人类，建立生态文明就是造福我们人类。他坚信，家乡的精灵还会回来，也一定会回来，而且会以一种全新的姿态出现，因为它们和我们一样，生活在这个伟大的时代。还有《故乡天籁》、《舌尖上的乡愁》、《故乡的苦楝树》、《故乡物语》、《故乡门前的那条小河》、《春在溪头荠菜花》等莫不是如此。这一系列文章，写得亲切而生动、情深而隽永，充满感情，语言朴实无华，读来令人怦然心动。是作者带着灵魂上路，带着思考归乡，带着情感回忆往事，带着热爱亲吻故土。

2018年3月至2021年5月，柏洪作为扶贫第一书记、工作队长，远赴省级贫困村邵阳市洞口县椒林村开展驻村扶贫工作。在雪峰山腹地，他一待就是三年多，一千多个日日夜夜的驻守，他走遍了那里的山山水水，访遍了村里的家家户户。每一道山岭都留下了他前行的足印，每一条溪流都留下了他跋涉的身影。

三年魂牵梦萦，三年风尘仆仆。他和村民群众打成一片，同吃、同住、同劳动。"再累也要坚持、再苦也要挺住、再难也绝不当逃兵"的誓言时刻在他耳旁回响。扶贫的三年多时间里，他写下了10多万字的扶贫日记和扶贫随笔，那一篇篇文字，真实记录了他奋斗的心路历程。他也由此获得了省委、省政府"全省百名最美扶贫人"和全国保险行业、集团公司脱贫攻坚先进荣誉。

那是一段艰难而又让人终生难忘的时光。他说，如果没有那一段扶贫工作经历，他的人生将平淡无奇。沧桑岁月，就像珍藏的老酒，清冽醇厚，历久弥香，他一回回梦里回椒林。清泉如许，为有源头活水。我想，柏洪能有幸亲历和参与那场伟大的脱贫攻坚战，不仅思想能得到升华，灵魂能得到洗礼，而且一定会为他今后的文学创作提供源源不断的灵活源泉。

熟悉柏洪的人都知道，柏洪天资聪颖，多才多艺。他热爱写作，同时他还是一个出色的画家。从小他就爱写写画画，表现出了很高的美术天赋，赢得了乡邻和师生的赞誉。小时候，他就喜爱读书，《红楼梦》、《三国演义》、《杨家将》、《岳飞传》、《水浒传》等古典名著及连环画，这些书里有很多精彩的插图，他如获至宝，借回家读完后，又逐一反复揣摩临习。在临摹画画的同时，他还能把连环画与画之间省略掉的文字简述，想象出来，描述出来，他在文字与画面之间，来回切换，游刃有余，既锻炼了想象力，又为以后的文学创作打下扎实基本功。所以，我感觉到，柏洪的文章画面感十足，满树繁花，他的画作里又充盈着文气，让人浮想联翩，意境张力非凡。

三十多年来，他的足迹遍及祖国大江南北，游历着祖国山川胜境，尽览华夏秀丽风光。将游历山水的深刻印象与感动，逐一转化为笔墨，唤起创作的灵感，经营出清新豪迈的山水烟云。正因为这样，他写艺术评论才得心应手。《童心永驻白石翁》、《怀念吴业斌先生》、《笔酣墨畅歌大风》、《墨神黄宾虹》等文章既有专业理论高度，也有文学的灵动与趣味。

春路雨添花，花动一山春色。登高使人心旷，临流使人意远。艺无止境，大道无垠。如今，柏洪已经在文章里描绘出画意，在画册中写出诗意，但他依然谦虚好学，只问耕耘，不问收获，苦苦求索。我们坚信，凭他的悟性和执着，他一定会在文艺创作的道路上走得更远。

是为序。

2023年3月8日于北京金融街中国银保监会大厦

阎雪君，山西大同人。中国作家协会全国委员会委员、中国金融文联副主席、中国金融作协主席，兼任共青团中央青年志愿者协会宣传工作委员会副主任。在中央、省部级报刊发表作品430多万字，其中发表长篇小说《原上草》、《天是爹来地是娘》等6部。主编《中国金融文学》杂志，作品多次获得"中国金融文学奖"等全国性大奖。新华社、《人民日报》等报刊评论其作品：具有浓郁的乡土气息和鲜明的金融特色。

序二

严谨而深情的歌唱

谢长华

在我印象中，严柏洪先生做事、做人非常严谨，一如他的姓氏。

严柏洪先生这部作品集更是严谨的集中表现，体现了他严谨的治学精神和扎实的文学艺术修养。

其一，严谨而准确的语言表达。

例如，在《故乡物语》中，作者写道："水车，又名龙骨水车，也叫翻车，2000多年来，一直是农耕文明时代最著名的抗旱灌溉神器。由车身、链轮、矩形长槽、龙骨刮水板组成。龙骨叶板用作链条，由铰关依次连接，首尾衔接成环状，卧于矩形长槽中。"寥寥数语，消失多年的老农具跃然纸上！

在《故乡的年》中，严先生将耍龙灯描述得非常精准。"耍龙灯需要一整套班子，我们的是九节篾龙，一人舞龙头，一人舞龙尾，七人舞龙身，加上龙珠、小锣鼓唢呐响器班子、打大鼓、送恭喜记礼金的，一共18个人。龙身用透明皮纸糊着，绘了黄色龙鳞，每节里面放置了一根蜡烛。"严谨而精准的表述，故乡龙灯的整体画面立马展现出来。

在《菜园暮雨春韭香》中，作者为了表述自己对韭菜的喜爱以及吃韭的源远流长，他引用了许多精辟的文献："春初早韭，秋末晚菘""嫩割周颙韭，肥烹鲍照葵""庶人春荐韭，配之以卵""一种而久者，故谓之韭"等等。类似的引经据典，后文中不胜枚举，不但生趣盎然，还能增长见识与文学素养，全是十足的干货。

这种严谨且艺术的表述，贯穿整部作品，我就不过多例举了，读者朋友可以细细慢慢地品味。

其次，严谨而合理的结构布局。

整部作品根据内容分为六大类，层次感非常强：错落有致，多而不乱。

尤其是"难忘母校"这个类别，尽管才四篇文章，不仅很有层次感，并且次梯抬升，相互关联，还体现了严柏洪先生对各个时段的母校的热爱与眷念——可见严先生是个非常重情、重义的文化人。

下面，我就重点讲讲严先生作品中的万千情愫。

通览整部作品，有一大半是描述故乡的人与事，以及对故乡、对亲人的思念、歌颂和缅怀，还有作者淡淡且欲罢不能的乡愁。

例如，《那些消失的精灵》一文的开头中，作者写道："老家双江口是宁乡的膏腴之地，鱼米之乡……阡陌纵横，沟渠交错，沃野无际，一层层金黄稻浪，一排排青瓦红砖房舍，从空中俯瞰，如同画在金黄底色上的五线谱。"既是写景，又是对家乡的深情歌唱。这种写意山水画般的着笔，可能得益于严先生一直陶醉于山水画创作吧。

作者对家乡各种动植特的生动描述，包括猪牛狗猫、瓜果野菜、鸟语蛙鸣、花草鱼虾等等，无不渗透着作者对家乡各种生灵的深情和热爱。如《故乡天籁》中，"'咕咕咕''咕咕'，那是斑鸠低沉清越的呼唤。'喳喳喳''喳喳'，那是喜鹊干脆吉祥的鸣唱。'啾啾''唧叽'，那是家燕欢快温情的呢喃。"这些随手拈来的描写，逼真而亲切，既体现出作者对乡下生活的熟悉，更表达了作者对故土的思念与深爱。

在《故乡的苦楝树》中，有这样一段话："这些留守的老人……百年之后走了呢，老家还会有人守吗？老家还在吗？我想退休后回老家，建好工作室，画画、写文章，还有可串门的邻里吗？"

这是裂变而迷乱的时候，如今，年轻人已不再迷恋故土了，纷纷远走高飞，故乡可能沦为时代变迁的荒原，看到这里，感同身受，差点流下泪来。这正是文人的乡思与乡愁啊。

整部作品，都是严柏洪先生深情流淌的结晶。例如，在《严家台子》的结尾部分，他写道："她的每一寸土地，都曾留下过我的足印，留下过我的欢笑，那是我童年的乐土……她就像血液一样，不管你是否知觉，都无声无息地时刻在你的血管中流淌，你想或者不想，她都在那里，挥之不去。"这种恣意汪洋的故乡情结让人动容。

其次，作者对诸多先贤名流、古今大家的深情表达，无不透露出作者对他们无限的景仰、爱戴与怀念、追思，以及他对文学艺术的痴情追求。

尽管整部作品中还有许多佳作值得分享，但由于篇幅所限，这里就不再赘述了。

由于严柏洪先生对待任何事情都那么严谨、痴情与热爱，他在我们雪峰山脉三年扶贫期间，脚踏实地、殚精竭虑地真诚付出，从而取得了非常耀眼的扶贫业绩，还被评为全省百佳扶贫人士。我俩正是在他扶贫期间相识的——人以类聚，我俩从此结缘。

总之，作者是一个严谨而深情的歌唱者，他一直以笔墨为曲调，全身心地讴歌世间的真善美和山水情，希望严柏洪先生今后的艺术之路走得更加高远！

情长文短，是为序。

2023年3月1日于长沙

谢长华，中国作家协会会员，湖南省童话寓言研究会副会长。陆续在《儿童文学》、《少年文艺》、《中国少年报》、《明报》等上百家报刊和湖南少年儿童出版社、人民文学出版社、中国少年儿童出版社、人民日报出版社等出版社先后发表或出版各类小说、童话、科幻、散文、诗歌等文学作品600余万字。获冰心儿童图书奖等全国奖项多次。上百篇作品入选《中国儿童文学50年精品库》、《中外传世儿童文学精品库》等几十种精品文库。近年来以动物小说、生态科普小说、科幻小说创作为主。《驯鹿苔原》系列于2017年和2018年连续入选全国"百班群"师生研读书目；《追回金箍棒》已改编成少儿电影《大佛寺》。《驭蜂少年》被翻译成德文、阿拉伯文、马来文、希伯莱文等9种文字，在海外出版发行。

目录

CONTENTS

心灵故乡

002 / 严家台子

009 / 菜园暮雨春韭香

013 / 沩江的那片桑树林

016 / 永远的家园

018 / 难忘儿时那飘香的猪油

023 / 那些消失的精灵

028 / 故乡的年

034 / 舌尖上的乡愁

039 / 故乡的冬天

042 / 故乡的苦楝树

046 / 家乡的茶

050 / 春在溪头荠菜花

053 / 故乡天籁

060 / 稻草记忆

064 / 故乡门前的那条小河

068 / 生命乡愁

071 / 钓鱼记

075 / 故乡物语

080 / 故乡的炊烟

083 / 外婆

087 / 严五嗲

091 / 大舅

094 / 怀念母亲

098 / 父亲

102 / 父亲的院子

难忘母校

108 / 泉湖小学

112 / 双江口镇中学

117 / 宁乡第十一中学

122 / 湖南银行学校

人生随笔

130 / 那年高考

135 / 渡口

140 / 永远的流浪者

143 / 艺术需要安静

145 / 阿炳的二泉和月光

148 / 金星绿道

153 / 人世间的苦与甜

157 / 小雪和小可

161 / 梅溪湖的路

164 / 芙蓉广场之缘

167 / 千年不朽苏东坡

175 / 我在宁乡工作的日子

艺海撷英

182 / 怀念吴业斌先生

187 / 成五一其人其画

193 / 抱真守拙写田园　一笔一画总关情

197 / 笔酣墨畅歌大风

204 / 墨神黄宾虹

208 / 童心永驻白石翁

扶贫记忆

214 / 插秧

216 / 驻村后的第一场雪

218 / 搜救贫困村民老郭

220 / 岭脚村里听蛙鸣

223 / 探寻抗日英雄兰春达的传奇故事

226 / 美丽赤松茸

228 / 只愿崎岖变坦途

230 / 忘不了的洞口美如画

235 / 我家在椒林

如歌短笛

238 / 月亮湖

257 / 春风浩荡斗龙灯

262 / 洪水漂来的女儿

273 / 后记

心灵故乡

严家台子

有时候，"老家"的概念也是蛮宽泛的，出差外省时，我会告诉问的人：我老家是湖南的。问的人马上会满怀敬意地来一句：毛主席的家乡啊。在省内其他地市时，我会说是长沙的，问者会随口答道：岳麓山、橘子洲我去过，长沙挺好玩的。在长沙有人问我，我说老家是宁乡的，随后就会听到回应：宁乡人会养猪、会读书。如在宁乡有人问起，我则告诉他我是双江口镇的。那人会略带揶揄地回一声：曾经的"小上海"啊。话外有音，可见家乡的发展似乎是落后于其他乡镇了。其实，真正意义上的老家应该是生我养我的出生之地。这样说来，我的老家是那个叫"严家台子"的地方，那才是我的心灵家园。

我问过父亲，为什么叫"严家台子"？严姓家族的人在此居住的并不多，就嗲嗲和叔嗲两大家。父亲告诉我，严家搬迁到这里已有100多年历史了，成了大家族后，人多地少，迫于生计，先后有不少宗亲离开这里，又迁到别的地方去了。至于为什么称"台子"，大概是我们住的地方，地势相对略高于周边。

老家属西洞庭湖平原的尾巴，典型的平原地貌，鱼米之乡。特别是20世纪六七十年代按照"田成方、路成网、渠相通、屋上线、旱能浇、涝能排"的理念，推行田园化后，阡陌纵横，沟渠交错，一层层金黄稻浪，一排排青瓦红砖屋舍，一条条银色水渠，阔远广袤，呈现出沃野千里之美，有点类似于西周时期的井田制。当年，老家的男人们四人一组，喊着整齐有力的劳动号子、抬起一块大石头打夯的建设田园化的情景，还能清晰地在脑海中回放。

那时，老家以把房屋建到线上为荣。线为东西走向，房屋坐北朝南，屋前是马路和排水渠，线与线之间的间距为500米。

父母从嗲嗲那分家出来时，分得了一间正房、半间灶屋兼猪栏屋。灶屋中间砌了一堵墙，隔开了，我们和嗲嗲家各占一半。基本上家徒四壁，仅能遮风挡雨。晚上母亲出工回来，得赶紧先煮猪潲，两头猪一看见母亲到屋，饿鬼一般立刻狂叫乱窜起来，声嘶力竭，让人崩溃。等猪吃上安静下来后，母亲才做我们的饭。

这不堪的环境使母亲下定决心要建新房，而且要建到线上去。父母在生产队出工之余，没日没夜地准备着砖、瓦、木材、石灰等建房物料，终于在1980年建起了一栋有模有样的四间砖瓦屋，另有厢房两间，我有了自己单独的房间，两头大肥猪也有了专门的猪舍。屋后是菜园，东边是橘园，父母的脸上有了开心的笑容。

从此，母亲除了拼命劳作挣钱外，最重要的事情就是监督我做作业，她坐在大门口做针线活，守着不让我出去玩，让我们跳出农门吃"国家粮"，成了她的下一个目标。

严家台子的东边是向家山，东南方是胡家老屋，南边是大队学校泉湖小学，北面是月星坝，西面是肖家湾、许家老屋。20世纪80年代初，许家老屋有人拥有了我们当地第一台九英寸黑白电视机，十分罕见。当时正热播《血凝》、《霍元甲》，每天晚上，去看电视的人里三层外三层，比看露天电影还热闹。我们早早吃过晚饭便跑过去占好位置。

童年时代的我，大概就是在这不到两平方公里的范围内活动，捉鱼摸虾、放牛玩水、打闹嬉戏、插田扮禾、上学读书，无忧无虑，穷且快乐。

农村长大的孩子，玩当然是第一位的。那时，我们玩的东西五花八门，花样繁多，玩具都是自己动手做的。除了打陀螺、滚铁环、玩洋炮子枪、拍方宝、踢房子、猜猪头、射樟树粒枪外，捉迷藏、骑马打仗由于有参与人数众多、不需要制作玩具、技术含量不高、娱乐性强等特点，而成为我们最爱玩的项目。

玩的地点，大多是在胡家老屋，那一片住户比较集中，又是生产队队屋所在地，有一个很大的晒谷坪，场地宽敞，队屋、大树、土坡等都非常适合躲藏，也不会太吵到周边的人家而招来大人的责骂。

胡家老屋距离严家台子大约500米的样子，两地之间是稻田。快到胡家老屋的必经路上，有一座很大的坟墓，很高的两个土堆连着，立在平整的稻田之中，非常打眼，在我们眼中，颇有些神秘之感。土堆上，有人种了南瓜、冬瓜、辣椒之类的瓜蔬。

吃了晚饭，我们就往胡家老屋赶。去的时候还好，尽兴回家路过那个坟堆时，夜深人静，凉风习习，虫鸣幽幽，尤其是月初之夜，没有星光月光，特别吓人。虽然有伙伴同路，但都不愿走在最后面，碰上坟堆的草丛里正好有老鼠或猫穿过，发出声响，走在前面胆子大的故意恐怖大喊一声："有鬼。"吓得我们一路狂奔。

几年前，听父亲说，为了增加农田，胡氏家族把那座坟冢迁走了。当挖掘机挖开右边胡氏祖母的坟墓时，坟内飘出一缕白烟，棺材中的尸骨完好，还有玉镯、玉佩等陪葬品，引来围观者一片惊奇之声，而左边的就只剩下零星几根骨头了。

有一年冬天夜晚，生产队长、胡家老屋干爷子家的茅草房发生火灾，火光冲天，噼里啪啦，我家屋前的黑鱼塘被火光映照得通红。队上的大人提着水桶、拎着脸盆，都去帮忙救火了。无奈天干物燥，茅草易燃，瞬间烧了个精光。那是我平生第一次亲眼看见火灾，真是可怕至极。干爷子家的房子被烧了之后，将屋建到了线上，后来我家建房，与干爷子家成了邻居。

当年到队上出工，男劳力一天的工分是10分，女劳力8分，小孩子5分。我也参加了生产队出集体工，印象比较深的有两件事。

一是队上在胡家老屋建窑烧红砖，我们小孩子负责给大人帮忙，把砖坯码到砖夹子里，大人担起通过一块跳板上窑，窑里有师傅装窑。大人们一边劳动，一边讲着笑话，有时也在我们屁股上拍一下：细伢子莫偷懒，快点上。

我倒不是为了那几分工分，我盼望的是中午时分的那餐集体钵子饭。钵子也分大细，男劳力半斤，女劳力三两，我们小孩子二两，菜的话不外乎茄子、辣椒、冬瓜、酸菜汤，有时有油渣子炒青椒。大锅子炒的菜，就是香，加上人多热闹，那饭菜就格外的可口好吃。还有那金黄的锅巴，又香又脆。

另外一件是插田。插田就不分年龄了，多劳多得，比的是谁插得快插得多，拼的是谁的技术好。插田的大多是女人和小孩子，男人担秧分秧，还有一个人手拿丈篙和本子站在田埂上，专门负责丈量长短、记数的。

几十个人一字排开，插秧动作如鸡啄米一般，场面很是壮观。这个时候，要想工分挣得多，秧苗就非常关键了。有时秧田隔得远，秧不能及时供应，就会上演偷秧、抢秧大战。几担秧担过来，马上被一抢而空，手脚慢的，抢得少，甚至一把都抢不到。偷秧就势在必行了。没抢到秧的，总不能站在田里晒太阳干等，于是就去偷别人的秧。

我们那里插田都是往后退着插，秧抢得多的，都堆在自己屁股下面，防着别人下手，就像是一只带着一群小鸡的母鸡一般，时刻护着自己的秧。没有秧的，瞅准机会，果断出手。

一场打斗由此爆发。打斗的武器是田里的泥巴。

偷者和被偷者先是口角，一言不合，被偷者抓起一坨泥巴砸向对方，偷者也不示弱，你来我往，烂泥巴飞舞，双方都有中弹，难分上下。眼看打泥巴仗分不了胜负，急眼的一方猛扑过去，俩人扭成一团，田里泥脚深，站立不住，很快变成了田面缠斗。只见烂泥翻滚，浊水飞溅，两个人变身泥巴团，只露出眼睛在扑闪。旁边的人躲得远远的，生怕溅一身泥水。直到打累了，才停歇下来，田里已被她们滚出了一个大坑。两人到水沟里洗洗，担秧的也来了，继续插田。打架者事后也不会结怨，其他人也乐在其中，更有甚者，幸灾乐祸，加油鼓劲，就当免费观看了一场好戏。这也只有农村集体经济时代才有的乐趣和经历。

包产到户后，春插、双抢时节，人手紧缺，我们小孩子自然也成了主力。

头些年，都是几家走得近的相互换工。这比不得出集体工，不好意思偷懒了。虽然累，但对我们细伢子来说，有盼头。换工的双方都会在伙食上下功夫，正餐有鱼有肉有鸡蛋，另外上午11点、下午4点左右还有腰餐吃，腰餐一般有绿豆稀、甜酒冲蛋、法饼及西瓜、菜瓜等，跟过年差不多。有了这些好吃的在等着，我们干得格外起劲。

可也有意外的。到钟四娭家换工就吃饭不进，并不是她家的菜不好，而是味道不好。肥肉切得巴掌大一片，而且没炒熟，鱼翻开里面还能看到血，一股腥气，盐味也不正，太淡了，根本无法吃，只能做做样子，吃点小菜。第二餐，这些菜又端出来了。大家开玩笑，说四娭是为了节约算细，故意不炒熟的。我觉得应该不会，还是炒菜水平的问题。

吃过中饭，顶着烈日，还要被父亲差遣到自家田里去翻晒稻草。稻草必须马上晒干，打捆收回。因为抢季节，稻田要放水犁田了。翻晒稻草真的是一件我特别不情愿干的活计，太阳烤不说，那草灰粘在身上，痒得难受。

不过，稻草对我们林木稀少的平原地区来说，确实是个不可或缺的好东西。晒干的稻草，父亲码放在阁楼上，一年的柴火就靠它了。它还能当牛饲料、打草鞋、搓绳子用，冬天两头大肥猪的保暖也得靠它，烧过后的草木灰还是种菜的好肥料。

稻草落在阁楼上，成了家里老鼠们最舒适的天堂。打架、奔跑、嬉戏、做窝、繁殖后代，不亦乐乎。老鼠快乐了，但它们昼伏夜出的习性，把人害惨了。一到晚上睡觉的时候，就是它们开始工作的时候。追打声、啃噬声、磨牙声，在头顶上不消停，幸亏农村人没有失眠的毛病，白天劳累了一天，晚上上床就能睡着。

到后来，出现了耕田机、收割机，实现了种田机械化作业，插秧也变成了抛稻种，农民伯伯穿着皮鞋站在田埂上就能搞定。双抢变得不急不慢，从从容容，"抢"的味道就淡化了很多。

我推测，老家百年之前，应该是湖区。一个是我们大队的名字叫泉湖，到现在，那个湖的轮廓还在。二是分布着大大小小几十口池塘，月塘、大古井、黄日升港、土地井、镜子井、死牛井、黑鱼塘、郎丝港，它们的名字我大多能叫出来，这些池塘如明镜般镶嵌在老家的大地上，让老家旱涝无忧。看得出，这些池塘曾经都是相连相通的，属于同一个水系，肯定是在围湖造田和田园化建设中，被一次次截断，成了方方小池塘，剩下的，不断淤积，失去了往日的泽国风光。

池塘多，水沟多，鱼就多。

从记事起，我就喜欢和鱼打交道。钓鱼、捕鱼、徒手抓鱼，都是我的绝活。老家那些池塘，都溅起过我扑腾的水花，都抛下过我自制的鱼钩。

春雷滚过，水温渐升，到了钓鱼的好季节。鲫鱼、鲇鱼、黄咕鱼、鳑鲏、翘白子、游鲷子、沙鳅、老米虾，一钓就是半桶，从不会空手，还会经常钓到乌龟、甲鱼。乌龟我们是不吃的，钓回来后放在灶屋弯里，过一段时间又爬走了。

初夏时节，只要有水的地方，就会有鱼，稻田、水沟中到处是鱼。每天放学回家的路上，我都会放下书包去捉鱼，到家的时候，手上提着一大串鲫鱼。

禾苗长禾苞的时候，小鲫鱼出生了，我们称之为禾苞鲫鱼，一条半寸长，它们在稻田里成群结队，顺着水流游动，随便就一抓能抓一桶子，做成火焙鱼，炒辣椒吃，很是下饭。

盛夏之时，池塘成了我们施展才艺的乐园，男孩子们比谁游得快、游得远，比谁在水中憋气憋得久，看谁扎猛子抓鱼抓得多。当然，也少不了要结伴去帮家里捞猪草。

有活水的塘坝，长着一种猪最喜欢吃的水草，玩够了，顺便捞水草，两不耽误。傍晚时分，挑着一担沉甸甸的猪草回家，肩膀被压得又红又痛。还得赶紧把猪草剁碎，放进潲锅里，加入米糠，烧火煮熟，赶紧让嗷嗷叫的猪们吃上晚饭。

夏夜，繁星闪烁，萤火点点。我们在水渠边乘凉，听陈七爹讲故事也是无比惬意的事情。在我看来，陈七嗲是老家过得最滋润的人，我从没见他干过任何农活，他凭着一身法师技能，吃遍天下。周边上十里下十里有老了人的，都会请他去做道场、行法事，有吃有喝，有烟有酒，还有礼金。他带着的一帮徒弟，也都孝敬他。他有一肚子故事，记性又好，讲故事讲得绘声绘色、精彩生动，每一个故事情节都是那么曲折离奇，让人意想不到，我常常听得如醉如痴。正在痴迷之际，陈七嗲来一句，时间不早了，明晚再讲，让人欲罢不能。至今，好多故事内容我都清晰地记得。

穷人家的孩子早当家。小时候，我们也会想各种办法去挣钱，给父母减轻负担。挖土茯苓根、捡蜡树籽、寻知了壳，晒干后送到镇上的中药铺，换几张零票子。暑假，晚上我会去照鳝鱼，母亲拿到镇上卖掉，做下学期的学费。

现在老家的孩子好了，不需要搞双抢，不需要为钱的事操心，住得好、吃得好，好多孩子从小就随父母到城里上学读书。农村的事物和习俗对他们来说，遥远而陌生，记忆基本一片空白。我们当年的快乐和经历，他们是无法体味了。

严家台子，这个在地图上都找不到、普通得不能再普通的地方，没有文化名人，没有历史遗存，没有典故传说流传，没有瑰丽的风景，甚至没有像样的产业。她吸引不了外界关注的目光，独自顽强地在那里冬去春来、生生不息。

就如同父母一样，有谁会鄙视、嫌弃自己的老家呢。我常常在梦里梦到她，常常牵挂她，她常常勾起我的回忆。她的每一寸土地，都曾留下过我的足印，留下过我的欢笑，那是我童年的乐土。这块弹丸之地，她也同样见证了改革开放、脱贫攻坚、乡村振兴带来的沧桑巨变，她就像血液一样，不管你是否知觉，都无声无息地时刻在你的血管中流淌，你想或者不想，她都在那里，挥之不去。

严家台子，我永远的心灵故乡。

菜园暮雨春韭香

如果有人要问我，在瓜蔬小菜中最喜欢吃的是什么菜？我会毫不犹豫地回答：韭菜。几十年来，我对韭菜的爱和执着，从未改变过。韭菜，是大自然馈赠给人世间的清欢。

《南史·周颙传》中，文惠太子问周颙："其蔬食何味最胜？"周颙赞曰："春初早韭，秋末晚菘。"早韭，指早春新韭，菘是白菜。他把早春的韭菜和晚秋的白菜当作最佳的时蔬。周颙者，知音也。如此来看，对韭菜的认同和追捧，古今人是相通的。周颙爱韭，李商隐干脆用周颙的名字来命名韭菜。"嫩割周颙韭，肥烹鲍照葵。"春韭是何等的美味可口。

我是如此的喜欢吃韭菜，父母亲别的菜都种得很好，多得吃不完，但偏偏就是种不好韭菜。菜园中的那块韭菜土，看上去总是稀稀疏疏、零零落落的，长出的韭菜好像缺少营养、发育不全。一畦韭菜割下来，也吃不了两餐，无法满足我的需求。其实，栽种的方法跟别人的也差不多，每次收割一茬之后，父母都用草木灰进行了覆盖和打理，可就是长势差强人意，说来也怪。不过，母亲炒的韭菜真是好吃，春天的韭菜煎蛋、夏秋季节的韭菜炒辣椒，那是人间至味，回味无穷。

我很羡慕别人家种的韭菜，看到邻居家菜园子里长得好的韭菜，脚步就会不自主地停下来，反复观看欣赏，并发出感叹和赞美。你家这韭菜长得真好啊，绿油油的，齐整整的，风一吹，随风摇摆，泛起绿波，好惹人爱啊。空气中似乎弥漫着一股韭菜淡淡的清香，让人神清气爽，陶醉其中。

无论是清炒韭菜、韭菜炒辣椒、韭菜煎蛋、凉拌韭菜、烤韭菜、韭菜花炒腊耳尖、韭黄炒肉，还是韭菜馅包饺子、馄饨，在我看来，都是极好的美味佳肴，其味鲜美无比，吃来芳香爽口，令我百吃不厌。连清炒韭菜的汤泡饭，也好吃得很。炒黄瓜、烧土豆的时候，我也喜欢放些香韭菜做配料，看相和口感都会提升不少。

我在雪峰山驻村扶贫三年期间，每个礼拜会到近二十公里外的镇上买一回菜。常看到有六七十岁的老人在街边摆摊卖韭菜。菜篮子里，摆放着用稻草系着的三五把韭菜，每一把都不大，细细瘦瘦的，也不长，一看就是自家种的那种香韭菜。这种韭菜生长环境好，特别的香甜脆爽，非常好吃。我会全部买下，一来是自己爱吃，难得出山买次菜就多买些。二来是好让老人家卖完早点回家，从山里挑着菜篮子走路出来，换几个零用钱，不容易。

在城里菜市场买韭菜，很难买到这种本地香韭菜。大多是叶片肥厚、茎秆粗壮的大棚韭菜，容易煮蔫煮烂，没有口感，也没有好闻的自然清香，味道差的不是一星半点。我再想吃韭菜，也不会轻易买这种韭菜。

韭菜在我国有几千年的栽种历史。诗经《国风·豳风·七月》里记载："四之日其蚤，献羔祭韭。"古人以韭菜作为祭祀之物，保佑子孙永远昌盛。《礼记》上也说，"庶人春荐韭，配之以卵。"说的是春天的韭菜风华正盛，配以鸡蛋烹饪用来祭祀先人。古人称鸡蛋为卵，"春韭配卵"就是韭菜炒鸡蛋，这道韭菜炒鸡蛋，可谓一菜传千年，源远流长啊。

韭者，久也。《说文解字》道："韭，菜名。一种而久者，故谓之韭。"韭菜只需栽种一次，可连续收割、食用。割了一茬长一茬，越割越旺。故而，韭菜被称为"长生菜""起阳草"。韭菜含有的纤维素很高，可以促进肠道蠕动，又有"洗肠草"之称。

在南方，韭菜四季常绿，一年四季都有得吃。但论及味道，初春的韭菜宛若翡翠，当属上品，有"春季第一菜"的美誉。汪曾祺先生说，韭菜以冬天的韭黄和初春的嫩韭好吃。食春韭，符合中医"助春阳、养肝木"的养生理念，对人体非常有益。

俗话说，"正月葱，二月韭。""二月韭"指的是农历二月所生长的韭菜，就是春韭。春园暮雨细浃浃，韭叶当篱任意长。一场春雨过后，迎着料峭春寒，菜园里的韭菜齐刷刷地冒了出来，随阳气生长，袅袅摇曳在春风中，散发出醉人的清香。春韭鲜嫩欲滴，碧绿可爱，香气馥郁，清炒味道最好。母亲剪下初春的第一茬韭菜，那迷人的香气沁人心脾，顿时满屋芬芳，令人心生欢喜和愉悦。小时候，有韭菜吃的那天，感觉快乐都会多了许多。

我喜欢韭菜，仅仅是为了贪吃解馋。而历代文人墨客爱韭菜，却留下了许多写韭菜的优美隽永诗句。

在杜甫的诗中，韭菜是温暖人心的友谊。杜甫在《赠卫八处士》中写道："夜雨翦春韭，新炊间黄粱。主称会面难，一举累十觞。十觞亦不醉，感子故意长。明日隔山岳，世事两茫茫。"

杜甫一生坎坷，饱经离乱。在一个下着雨的春寒夜晚，他去探访阔别多年的好友卫八处士。老友重逢，悲喜交集。主人披蓑戴笠，冒着夜雨到菜地里剪来了新鲜的春韭。老朋友的儿女忙着置办了酒菜，端上了新煮的黄米饭。开怀畅饮，不知不觉间，竟一连喝了十几杯。窗外，雨声淅淅沥沥，屋里，烛光融融，老友慢话着家常。这散发着黄粱小米饭与春韭香味的夜晚，对此时的杜甫来说，是多么的温暖、多么的值得眷恋啊。春韭好吃，齿颊生香。我想最令杜甫萦怀的，还是老友冒雨出门剪来春韭的感人画面，将永远定格在他的心中，无法忘记。

在曹雪芹的笔下，韭菜是赏心悦目的风景。《红楼梦》元春省亲时，黛玉替宝玉作了一首五律《杏帘在望》：

杏帘招客饮，在望有山庄。
菱荇鹅儿水，桑榆燕子梁。
一畦春韭绿，十里稻花香。
盛世无饥馁，何须耕织忙。

一望无际的田野上，一畦畦韭菜在春风中长得翠绿欲滴，一片片稻田在秋风中飘荡着稻花的清香。岁月静好，丰收在望，多么美好啊。在黛玉眼里，这犹如世外桃源一般令人神往，也表达了黛玉内心的纯洁和对理想生活的向往，全然不似那个病恹恹、弱不禁风的黛玉。

在宋代刘子翚看来，韭菜代表着坚忍顽强和吉祥如意。他在《园蔬十咏·韭》中写道："肉食嘲三九，终怜气韵清。一畦春雨足，翠发剪还生。"

那些喜欢吃肉的，常嘲笑吃韭菜的人，但最终也不能够没有韭菜。韭菜喝饱了贵如油的春雨，如同人的头发一样，剪了一茬，还会再生长。韭菜的"剪而复生"，古人认为，可以给人带来一种生生不息的美好期望。

韭菜应该是蔬菜里最好种、最节约成本的了。第一年栽种下去之后，只要稍加打理，年年就会有吃不完的韭菜、韭花。说起韭花，历史上也有一个十分有趣的故事。

一个秋日的午后，五代书法家杨凝式睡后醒来，正觉得腹中饥饿，这时朋友送来一盘韭花，他佐餐吃后觉得鲜美无比，真是人间美味啊。于是一时兴起，挥笔写了一封感谢信《韭花帖》给朋友："昼寝乍兴，輖饥正甚，忽蒙简翰，猥赐盘飧。当一叶报秋之初，乃韭花逞味之始。助其肥羜，实谓珍羞，充腹之馀，铭肌载切。谨修状陈谢伏惟鉴察。谨状。七月十一日，状。"

谁也不曾想，这短短六十三个字的手札，竟成了书法界的绝世佳作，与王羲之的《兰亭序》、颜真卿的《祭侄季明文稿》、苏轼的《寒食帖》和王珣的《伯远帖》并称"天下五大行书"，流芳百世。那盘神奇的韭花功不可没啊，人的一生有一个好朋友是多么的重要。

谈到吃，当然不能少了苏东坡。苏东坡在《送范德孺》中这样描述吃春韭的场景："渐觉东风料峭寒，青蒿黄韭试春盘。"东坡是大美食家，对春韭自然钟情，春寒料峭中，他与友人一同兴致勃勃地外出郊游，采割野生韭菜，然后围炉而坐，烹而食之，不亦乐乎。

"芽抽冒余湿，掩冉烟中缕。几夜故人来，寻畦剪春雨。"明代高启写的《韭》，像一幅烟雨江南的水墨画，充满了诗情画意，引人遐思。

郑板桥把春天吃韭菜的情景写得充满了人间乐趣。"春韭满园随意剪，腊醅半瓮邀人酌。"剪下春韭，邀请邻居老友一起把酒言欢，细品韭之韵味，咀嚼春天的味道，人生快乐，不过如此。

"同尝春韭秋菘味，共听朝猿夜鹤声。""半青篱畔草，半绿畦中韭。""炊粱留客款，剪韭荐时新。""邻家酒熟容赊买，竹笋初生韭菜肥。"韭菜，虽是极普通的家常菜蔬，但在诗人的笔下，不仅生发生唇齿留香之感，还有着浓浓的乡土生活气息和生命力量，那是温暖如春的人间烟火，那是生机勃勃的故乡春天画卷。是乡愁，也是怀念。

这些感人的诗句，会带我梦回儿时的故乡。老屋东边那畦绿油油的菜园，还有那长得有些稀疏的韭菜，屋顶上升起的那缕缕炊烟，还有母亲那忙碌的身影，在我脑海中清晰回放。

沩江的那片桑树林

　　故乡有条美丽的沩江，发源于佛教圣地、山高林密的沩山，全长140多公里。沩江是宁乡的母亲河，自古以来，润泽了流域内成千上万的人民。同时，她也是一条历史的河流，款款流动着历史的回音，赋予了她无穷魅力。沩江是青铜文化的摇篮和佛教文化的发源地。四羊方尊的出土和炭河里遗址的发现惊艳了世界。沩江从沩山一路曲曲折折，浅吟轻唱，流过山林、丘陵、平原，浩浩汤汤，注入湘江。

　　沩江的下游双江口河段，由于河水已失去了上游奔涌湍急的气势，夹带的泥沙在此淤积沉淀，形成了大大小小的沙洲，远望去河水就像无数条发白发亮的丝带，在沙洲间飘舞飞扬。肥沃的沙洲上，长满了成片成片的河柳与桑树林，那是我儿时的乐土和童年美好时光的回忆。多少稚气天真的笑声和快乐有趣的往事，都遗留在那里。

　　农忙过后，农家孩子的首要任务就是放牛。村子里，秀玲、强子跟我关系最要好，我们天天在一块玩。我们选择了沩江沙洲上的桑树林作为放牛据点，因为那里不仅草多、阴凉，而且可以摘桑葚吃，可以到河里游泳、摸虾捉鱼。早上吃过饭，各自带上中午的饭菜，迎着朝阳、哼着歌，赶着牛群和小鸟一道出发。傍晚，夕阳映照在哗哗流淌的清澈河水里，将河水染成红通通一片，波光粼粼，金光闪烁，踏着暮霭，把牛鞭在空中甩得山响，又一起归家，嘴巴和手一定被桑葚染得乌紫，腰间一定挂着一串鱼虾。

　　在我的眼里，天底下再也找不出比秀玲长得还要俊俏的女子，她那双清亮、水灵的眼睛像两洼流动的清泉，让人百看不厌，那一头乌黑的头发，用一根红绳儿扎个马尾垂在脑后，简洁而别有韵味，在村子里清一色的黄毛丫头中显得格外出众。秀玲说起话来轻轻巧巧、温温柔柔，动听极了，全然不似村里那些丫头们又尖又响的大嗓门。我和强子都争着帮她做各种各样的事儿，有意无意中扮演了护花使者的角色。回想起来，一生中那段时光活得最像男子汉。

不知怎的，秀玲的一些在我看来很正常的做法，却常令强子大为光火。比如在赶牛过河时，秀玲不敢独自骑在牛背上，每次都是坐在我的牛背上，与我一同涉江而过。有一回我们骑到河中央时，强子猛地在我那头牛的屁股上抽了一鞭子，受惊的牛载着我和秀玲在河中狂奔，河水四溅，风声呼呼。秀玲被这突如其来的情况吓得直哭，更加死死地拽住我，将头紧贴在我背上，直到冲进桑树林，牛才喘着粗气停了下来。幸亏秀玲和我都有惊无险，安然无恙。虽事发突然，我们对强子充满了愤怒，但感觉紧张刺激，有一种难以言表的豪情和男子汉气概在心中升腾。看着跟上来的强子，我大骂："强子，你发疯了，看把秀玲吓的。"秀玲立即用她那清纯的眼眸恳求地望着我，轻柔地说："别怪强子哥了，他不是故意的。"强子这才嘿嘿地傻笑起来。

又有一次，我们三人在桑树林里吃中饭，秀玲看我的菜吃完了，就从自己的饭碗里夹了两块鱼给我。强子马上对秀玲大声喊："你怎么只给他不给我？"秀玲细声解释："你碗里还有菜嘛。"强子三五两下将自己碗里的菜扒到地上，把碗向秀玲面前一伸，像牛一样地吼："我没有了。"我看强子这样对秀玲，气极了，走过去夺了强子的碗扔得远远的，强子扑过来和我扭打在一起。我们在沙滩上翻来滚去，秀玲急得边哭边喊："不要打了，不要打了。"由于强子比我大两岁，个头又比我高，长得比我壮实，打架最后以强子胜利而告终。秀玲赶忙扶起我，替我擦净嘴角的血，拍掉身上的灰尘，得胜的强子看了更加气恼，独自赶着牛气冲冲地回家了。但第二天我们又快快乐乐唱着歌，一同把牛群赶往桑树林。似乎昨天的事根本就没发生过。

长大后，我才懂得，强子那是在吃醋，一种朦朦胧胧十分美好的"醋"。虽然大人们经常当着秀玲和我的面，笑说我俩是天生的一对，但我并不知道这意味着什么，只晓得作为一个男孩子，应该保护好像秀玲这样可爱的女子，不让她受一点儿气，不让别人对她有任何伤害。

小学毕业后，我继续进了中学读书，而秀玲和强子因家里孩子多，又都是老大，家里没让再读书了，辍学在家帮忙干农活。后来，秀玲和强子成了亲，强子组建了建筑公司，当上了老板，成了当地富甲一方的名人，和秀玲过着恩爱幸福的日子，培养了一儿一女，都是研究生毕业，这也是他俩最看重的，自己读书太少，后悔莫及，一定不能让孩子走自己的老路。

　　每次过年过节回家，强子都要拖着我到他那大别墅里喝个痛快，秀玲麻利地炒菜，我和强子边喝边扯，不论话题多散多远，总要扯到那片桑树林。如今，桑树林不知什么原因，不知在何年何月消失不见了，只剩下一片长满青草的绿洲，安详地躺在沩江的怀抱里，依然有成群的牛儿在吃草、嬉戏。

永远的家园

在我的记忆里，儿时的家是那样的贫穷和简陋，一间半茅草屋，除一床、一柜、一桌外，几乎没有别的家具。可是我的童年过得非常开心和快乐，我觉得我的家是那样的温馨和可爱。屋前是一个大的菜园，四季蔬菜瓜果常绿常青。紧挨菜园的是长长的状如镰刀的池塘，一泓碧水，鱼翔浅底，历历可数，那是我儿时的乐土啊。

嬉水、钓鱼、摸虾、采菱，其乐无穷。一块长长的青石跳板伸向池塘，妈妈在那里挑水、洗菜、洗衣，"梆、梆、梆"的捣衣声虽不及"长安一片月，万户捣衣声"那么有气势、有诗意，可也清脆且有节奏。岸边，是两棵高大繁茂的大樟树和一些粗壮苍劲的老柳。屋后，是一座矮矮的土山和一弯椭圆形的池塘。山上竹林沙沙，柳树和叫不出名的杂树斜着向池塘生长。

六月伏天，上面常有老乌龟带着小龟趴在树干上悠闲地乘凉、睡觉，摆出一副与世无争的模样。我经常在后山钓鱼、玩耍，看到树上的乌龟总要有意无意地往树干上踹几脚，乌龟受到惊吓一齐"扑通"掉入池塘。同时，后山也是我们家的避难所。1969年，家乡发大洪水，冲垮了我家的房屋，爷爷奶奶带着父亲母亲和叔叔以及抢救出来的几件家具挤在山顶上，忍饥挨饿，直到洪水退去。我因洪灾之前就住在外婆家而免受其苦，对此我没有任何记忆。长大后，妈妈多次向我讲起这段历险往事。

儿时令我难忘的是夏天的夜里，吃过晚饭，妈妈早早地将屋场前池塘边的一块平地用水浇湿，去掉热气，摆上竹铺，带我睡在竹铺上乘凉。妈妈讲着故事，哼着好听的歌，在凉爽的夜风中，在悠悠的稻香和泥土的气息中，在萤火虫儿忽明忽灭的飞舞中，在阵阵蛙鸣和草虫的唧唧声里，在无数星星调皮地注视下，我甜甜地、酣酣地睡去，直到第二天早晨太阳晒肚皮醒来，才发现自己躺在屋里的床上，也不知什么时候妈妈把我抱回来了。童年的家，已成为记忆，但这记忆是那样的深刻和清晰。

稍稍长大后，我亲眼看到父母为了有一个好一点的家而没日没夜地干活。在烈日下运沙子、挑石头、拖砖瓦，衣服上结满了一块又一块的盐渍，汗水一串串不断地流淌。深夜里，别人都睡觉了，父母还在忙碌。一年之后，一座四间亮堂堂的砖瓦房落成了，还添置了不少家具。父母为了我能静心读书，硬是没让我搬过一砖一瓦。看到被重担压弯了背的父亲，看到劳累过度又瘦又黑的母亲，我的心是那样的沉痛和苦涩，可怜可敬的父母啊，我宁愿住那一间半茅屋呢。

住进新房不久，我就考取了高中，之后又进省城读书。毕业参加工作后，一年也难得回老家住上几天。后来父母也随我住到了城里。一晃十多年了，农村发生了巨大的变化，我家的那四间在当时极为显眼的瓦屋，如今在周围的楼房群中显得那么矮小而陈旧。老家有不少人想买我家的老屋，我们都没有答应，那毕竟是父母和我们的根啊。

一年夏天，父母突然下定决心，要回家在老屋的地基上重新建一座漂亮的新房。我们当然大力支持，父母老了，落叶要归根啊。于是设计了图纸，找好了队伍，选定了日子，破土动工了。大概一年后，父母住进了新家，从此在老家安享晚年。我也常常回到熟悉的老家和故乡放松心情，洗涤闹市的烦忧。

难忘儿时那飘香的猪油

20世纪80年代前，那时是没有植物油的，家里做菜的油基本都是猪油。到镇上的肉食站买猪的板油、肥肉回来，在家里自己动手煎油。在我们老家，这个"煎"字读第四声，音同建。

那个年代餐餐菜里有油放是一件蛮难蛮奢侈的事。

家境稍好的买板油，条件差一点的买肥肉，因为肥肉比板油便宜些，条件不好的则买气泡肉、槽头肉、网筋子油，它们的价格比肥肉又低一截。当然，出油率都没有板油高，口感也不及板油的好。家庭条件实在不堪的，一年中往往只有半数时间能吃上油，经常性地做菜不放油，我们当地的土话叫吃红锅子菜。锅子烧红了，冇得油放，直接把菜倒进锅里炒，再加水煮。这样炒出的菜，吃了心里剜，不到两个时辰就肚子饿，特别是家里的主劳动力要出工，干一天体力活，饿得头晕腿软，胃里的酸水直往上涌，那种难受的滋味是现在的人无法感受得到的。说也奇怪，我们队上几户常吃红锅子菜的，屋里的伢妹子后来居然长得牛高马大、壮壮实实。

还有的为了节约算细，先做好菜，再用锅铲子沾几滴油滴在菜汤里，菜里总算是看得见几粒油花子，叫吃浮油。对门屋场的兵嗲，崽女五个，和我年纪上下，每餐吃饭的一大桌人，菜基本上只有一个，不是一大盆酸菜汤，就是一大盆子煮南瓜，张口吃饭的人多，做事挣工分的人又少，日子艰难，没办法，只能吃浮油。兵娭几把酸菜汤往桌子上一端，人黑压压地围过来，你一瓢，我一勺，菜盆子很快就见了底，手脚慢的味都尝不到。因为我喜欢到他家里玩，这个场景我是经常亲眼看到过的。怪的是五个崽女除了和我同年的老二长得矮点外，其他的一个个都出落得标标致致、高大帅气，丝毫看不出小时候严重缺乏营养。

这让我对如今所谓的营养学产生了深度的怀疑。现在是过度营养，吃出了很多健康问题。

那时母亲每年都会喂两头肥猪，一头送到生猪收购站换成钱，做来年的开销，一头留到年关做年猪。

杀年猪是一件极为隆重且热闹的事，时间一般选在小年前。母亲用一口大铁锅把水烧得滚开。请来杀猪的屠匠师傅在禾坪里并排摆上两条高凳，一侧放上一个接猪血的脚盆，另一侧放一个猪腰子形状的大澡盆，一把长楼梯斜靠在厢房的外墙上，杀猪刀、刨猪毛的刨子、大砍刀、切肉刀、铁棍、挂钩、绑绳等工具放在顺手的地方，一切准备妥当。这时父亲会在堂屋摆好供品，点上香烛，拜祭列祖列宗，请他们回家一起吃杀猪饭。过来称肉的乡邻和看热闹的细伢妹子围站在禾坪中，等待好戏开场。

只见屠匠师傅系上一条油光放亮的围兜，和一个帮忙的大汉快步穿过灶屋来到猪栏屋，两百多斤的大肥猪在猪圈里烦躁不安地打着转转，已感觉大事不妙，大限将至。他俩各自一把揪住一只猪耳朵，拖到禾坪的高凳子旁边，大肥猪不断大声号叫。帮忙的大汉迅即转到猪后面抓牢猪尾巴，杀猪师傅一手扯耳朵，一手死死搂紧猪脖子，俩人气沉丹田，一同发力，大吼一声，大肥猪腾空而起被横架在高凳子上，四条腿拼命乱蹬挣扎，叫声更加尖厉绝望。父亲点燃一挂鞭炮，在鞭炮声中，屠匠师傅说时迟那时快，操起一把锋利的刀，准确无误地刺入大肥猪的咽喉血仓，顿时，如注的鲜血流入下面的脚盆。大肥猪一声惨叫后就只剩下微弱的哀号，随后没有了气息，走完了它舒适、安逸而短暂、悲壮的一生。

血接完了，父亲加入食盐，兑上清水，快速搅动，让猪血很快凝固成块。

屠匠师傅在大肥猪的四个蹄子上用刀划开一条小口子，用铁棍从口子中插进去，直到猪身体每一个地方都相通。然后用绑绳绑住三只脚，留下一个用嘴对着里面一口一口吹气，几分钟后，大肥猪变成了一个仿佛能飞的"大气球"。

屠匠师傅和帮忙汉子抬起"大气球"放入边上的大澡盆里，用烧好的开水淋遍猪的全身，开始烫猪。抓着猪蹄子来来回回翻动几遍，每一个部位都烫到后，俩人拿起刨子你来我往刮猪毛，"嚓嚓嚓"，那声音还蛮有韵味。要不了几分钟，大肥猪被刮得干干净净、白白胖胖，像是做了全身美容一般。刮完后，屠匠师傅拿出挂钩钩住猪下巴，和帮忙汉子抬起挂到梯子上，再用清水冲洗一遍，就要开膛剖肚、庖丁解猪了。

开好膛，屠匠师傅取出内脏放到澡盆里，用大砍刀沿着猪的脊椎骨对半砍开，抬到案板上，把我们家里要留做过年的两个猪蹄、两个肘子、大半边猪肉和全部的板油，砍下来放到一边，其余的就对外开卖了。一个肘子、十斤猪肉，是初二父母拜节送外婆家的，猪蹄是大年三十炖了请爷爷奶奶过来自己家吃的，另一个肘子是大年初一过新年吃的。

屠匠师傅按照乡邻的需求砍肉、称秤，父亲收钱、记账。屠匠师傅称秤很公平，都不会有意见，秤都会稍稍翘起，给红秤，过年过节的，图个开心吉利。有的乡邻付现钱，有的赊账，赊账的大年三十前肯定会结清，这是规矩和传统，不欠钱过年。家里年景不好的，也会称上半边猪头过年。

母亲则在灶屋忙着做一桌杀猪菜，熘腰花、小炒猪心、大片猪肝、大盆辣椒炒肉、猪血开汤、萝卜炖筒子骨，加上自家的坛子菜、火焙鱼嫩子，满满一大桌。我在灶弯里帮忙烧火。

灶火通红，炊烟袅袅，笑语声声，肉香弥漫，父母一年忙到头，这个时候一定是高兴、满足和幸福的。我则对马上要上桌大快朵颐杀猪菜充满了无比的渴望和喜悦。一年中仅次于过年的美味也就是这一餐了，怎不让人垂涎。

猪肉卖完了，母亲的饭菜也刚好上了桌。一桌子人把酒言欢，开怀大吃，好不快意热闹。

送走屠匠师傅，父亲接下来清洗猪大肠、小肠、猪肚子，母亲要把几十斤板油切成小块，开始煎油。我依旧帮忙烧火。

母亲将切好的板油倒入大铁锅，加入小半碗清水。煎油的火候十分关键，必须是小火，慢慢熬，火大了急了，煎出的油有股子焦味，出油少，破坏了油的味道和成分，得用油熬油。开始油少的时候，要搅拌一下使受热均匀。水分完全蒸发，油析出越来越多，成完全透明状，油出得差不多了，雪白的板油变成了焦黄色的油渣。这时母亲要我熄了火，她把熬出的油用铁勺子一勺一勺舀到一个大碗里，再倒入一个专门盛油的大陶坛子里，加少许盐，这样存放时间更长久。这一坛子油要从年头吃到年尾，等待来年再杀年猪。实在撑不到年底，也会到镇上买肥肉煎油做补充。最后的油渣母亲也都要用锅铲子使劲按压，确保榨不出油了才罢休。

油渣子也是那个年代的好东西，到肉食站买还得凭票，也没几个人买得起。油渣子一般有三种吃法，一是洒点盐拌匀，直接吃，又香又脆；二是拌入些白糖，当零食吃，十分香甜；三是用青辣椒炒着吃，加一把大蒜叶子，这种吃法最好吃，香喷喷的，那味道，胜过现在吃海鲜。母亲还创新了一种做法。去生产队出夜工扯秧之前，母亲在一个土罐中放入糯米、红枣和油渣子，快煮熟时，熄火，用火炭余温慢慢煨着，父母出工回来就可以一起吃了，香、软、甜，一辈子都忘不了，特别是罐底的那一层锅巴，是我最爱吃的。

母亲会将油渣用坛子封好，暂时不轻易吃，因为过年还是有肉吃的，要留到年后日子艰难的时候再吃，这也看出母亲是很会持家过日子的。

猪油冻住后，成白色膏状，变得洁白好看。收割的晚稻晒干，碾了新米，煮成热气腾腾的白米饭，用筷子挑上一坨猪油埋进饭里，再倒上几滴酱油，拌匀，饭粒晶莹油亮，新米饭的软糯、猪油的香滑、酱油的浓香，三扒两撬，鼓眼一吞，一碗饭瞬间滚进肚子里，那绝妙的味道真找不到什么恰当的词语来形容。

母亲对家里炒菜放油也是有精巧打算的，平日里炒菜省着放，但到了"双抢"农忙季节，要干重体力活，尽量多放，毫不吝啬。还有就是家里来了客，不能显得太小气，免得让人讲空话。

煎油、油渣子，在长沙、湘潭人的口语中有了引申含义，基本上都是贬义。比如说评论某一个人无药可救：咯哂人，冒得解呢，总不能捉了他去煎油。又比如评说某人十分顽劣：咯哂人啊，油渣子一样。人啊，一辈子，千万莫要让别人恨不得抓了你去煎油，也不要当他人眼中的"油渣子"。我们小时候读书，冬天特别冷，下了课，一群男生会靠墙玩一个叫"挤油渣子"的游戏，挤成一团来取暖，挤一身的土砖灰，乐此不疲，"油渣子"在这里是个中性词了。

我有二十多年没煎过油、没吃过猪油了。这两年因思念母亲，经常想起儿时的场景和妈妈的味道。前几日，下班买菜，看到有上好的板油，全部买下，回去煎了一大海碗油，油渣子炒辣椒当晚就吃了，猪油炒的空心菜，格外的香甜。

20世纪90年代后，很多养生专家出来说猪油中饱和脂肪酸含量高，易导致肥胖，易于引起心血管疾病，搞得老百姓都不吃猪油了。我想这一定是那些生产植物油的企业故意做的宣传，误导大众。猪油其实是个好东西，常吃猪油可以滋养五脏，尤其对脾胃和肺有益处，可使脾胃强健，开胃助消化，补肺止咳。而且吃猪油还能使人皮肤光滑细腻，富有弹性，并能治疗脱发。不仅如此，猪油还有润滑肠道的功能，可以使人排便通畅。猪油加蜂蜜，治疗冻疮裂开有奇效。

我有个湘西同事，长期吃猪油，而且无肉不欢，宁可居无竹，不可食无肉，大鱼大肉一日不吃心慌慌，到处寻上等的鱼肉食材，自己动手烹制，吃得满头大汗，乐不可支，直呼过瘾，好不痛快，身体棒棒的。

社会快速发展变化的今天，有些传统、经过历史长时间检验的东西，还是应该传承和保留得好。

那些消失的精灵

老家双江口是宁乡的膏腴之地，鱼米之乡，属典型的平原地貌，阡陌纵横，沟渠交错，沃野无际，一层层金黄稻浪，一排排青瓦红砖房舍，从空中俯瞰，如同画在金黄底色上的五线谱。虽没有高山大川的险峻蜿蜒，但也十分的阔远广袤。

这样的地形地貌，注定不会有太多的飞禽走兽栖息藏身于此，除了鸟类外，其他野生动物十分罕见。

小时候我们能见到的鸟类有：麻雀、山雀、喜鹊、乌鸦、翠鸟、八哥、斑鸠、董鸡婆、布谷鸟、大雁、燕子、猫头鹰等。

麻雀、山雀、八哥、斑鸠、燕子，常年能见到，感觉就像家禽一样和我们生活在一起，时时出现在身边。

猫头鹰不常见，秋收之后，田野里的田鼠出来活动觅食，失去了稻子的遮掩保护，成为猫头鹰猎杀的极好目标，这时才能一睹它的风采。

大雁是候鸟，并不在老家落脚歇息，雁群南飞，只是在迁徙的漫漫旅途中路过。每年深秋，听到声声雁叫，看到雁阵从我们头顶飞过，小伙伴们高兴不已，会仰起头，对着大雁高声呼喊：人字人字，竹篙竹篙。大雁就会按照我们的指挥，飞出"人"字和"一"字形阵型，仿佛它们能听懂我们的方言，我们就无比的开心快乐。其实，大雁迁徙就是有规律地变换着飞这两种队形。

到了芒种时节，几乎昼夜都能听到布谷鸟那洪亮、催人耕作的叫声，"布谷布谷，布谷布谷"。布谷鸟一叫，老家的人就要开始忙碌了。布谷鸟别名颇多，子规、伯劳、杜宇、杜鹃、啼血鸟，都是它那充满诗情和意境的名字。唐代诗人王维在《送梓州李使君》中写有"万壑树参天，千山响杜鹃"，连绵丘壑古树高入云天，大山深处杜鹃不倦啼啭，很是壮美。家乡虽说没有山，但也能年年迎来布谷鸟，能有幸听到它的声声啼叫。

我们看到的布谷鸟体形大小和鸽子差不多，但比鸽子细长，暗灰色，腹部布满了横斑，飞行急速无声，悄无声息，不知道它从何方来，春天过后又飞往何处。我们小孩子十分喜欢布谷鸟，跟着学它的叫声。手掌交叉合拢，形成一个内空，周边要压紧，不能跑气，两个大拇指横压在右手食指上，留出一个气孔，嘴对着气孔模仿布谷鸟叫声的节奏吹气，左手的四指随着节奏张合，发出的声音和布谷鸟的非常相似。我们一群年龄相仿的发小，悄悄走到布谷鸟附近，屏住呼吸，它叫一声，我们学一声，布谷鸟以为又来了新同伴，叫声更加殷切。树上地上，人鸟呼应，相安共处，何其快乐。也有学得不像的，发出怪异的声音，把布谷鸟吓得飞走了，遭我们取笑。

布谷鸟可能是出现在古典诗词中最多的鸟，诗人、词人特别钟爱于它，为它写出了大量流传千古的佳作，但大多是凄美、感伤、哀愁的，布谷鸟成了悲愁的替身。

"庄生晓梦迷蝴蝶，望帝春心托杜鹃"，李商隐这首著名的千古凄怨的《锦瑟》，写尽了春心哀怨。"桃源望断无寻处。可堪孤馆闭春寒，杜鹃声里斜阳暮"，秦观写的是春寒料峭，斜阳西下，听到杜鹃声声哀鸣，独居在孤寂的客馆，让人难以忍受，倍添几许愁苦。

不过也有不少借杜鹃抒发爱国情怀的诗作。"故人应念，杜鹃枝上残月"，这是文天祥希望老朋友以后怀念他的时候，就听听树枝上杜鹃的啼叫，那代表了他的灵魂归来看望自己的祖国。"寸寸山河寸寸金，侉离分裂力谁任。杜鹃再拜忧天泪，精卫无穷填海心"。黄遵宪把自己比作杜鹃鸟，声声呼唤祖国能东山再起，要像精卫填海一样去奋斗。

在我们小伙伴看来，布谷鸟的啼叫可没有这么多的讲究，更听不出哀怨忧愁，只是觉得好听，只有简单的快乐。

布谷鸟还有一个"森林卫士"的光荣称号，它可以帮助人类消灭农林害虫，金龟虫、甘蓝蛆、松尺蠖、叩头虫等害虫都是它的食物，尤其爱吃松树的天敌松毛虫。其他鸟类都不愿意吃松毛虫，偏偏布谷鸟拿它当美食，据说一只布谷鸟每小时能捕食100多条松毛虫。这大概不会有错。那时老家的松毛虫真是多，人见人怕，敬而远之，被它沾上，立即起一身的红坨，奇痒无比，好多天才会消痒。我们亲眼所见，布谷鸟在树上啄食毛虫，一口一条，又准又快，让我们很是解恨。

禾苗快抽穗的时候，稻田里的董鸡婆开始出没，多了起来。因为董鸡婆生性机警，丰茂的禾苗利于它们藏身。董鸡婆是我们根据它的叫声起的名字，很形象，其实董鸡婆的学名就叫董鸡，也叫秧鸡，我们那时并不知道，这纯属是误打误撞，蒙中的。

夏日炎炎，阳光明艳，田野如茵，天高云淡，清风徐来，空气中飘散着稻花的清香和泥土的芬芳，稻田里四处传来董鸡婆富有节奏的鸣叫，像击鼓一样，一声一声，铿锵有力，干脆嘹亮，音色浑厚，叫声独特，不论大人、小孩，都知道这是董鸡婆在叫。"咯——咚"，"咯——咚"，"咯"音长，"咚"音短，飘扬在无垠的旷野上空，此起彼落，激越高亢，很远都能听到。有时只发"咚"音，数声连鸣，声声急迫，情意切切，那是董鸡婆在求偶，在热恋。

清晨和黄昏之时，薄雾弥漫，炊烟袅袅，是董鸡婆叫得最欢的时候，连同公鸡的打鸣、水牛的长哞和鸟儿叽叽喳喳的欢唱声，构成了乡村最动听、最天籁自然乐章和最温馨、最和谐的画卷，似乎成了我们生活中不可或缺的一部分。

董鸡婆大都是单独或成对出来活动，极少见到成群结队。通常匿藏在稻田或草丛中，在浅水中觅食，站立姿势挺拔，飞行时颈部伸直，善于涉水行走和游泳，行走时尾巴翘起，头前后点动，动作可爱又可笑，当然，这只是在远处偶尔看到，靠近了，董鸡婆会马上躲起来。

我们行走在田埂上时，不小心惊动了藏在禾苗中的董鸡婆，突听得"嘭"的一声，董鸡婆受惊急速飞起，又迅即落入不远处的稻田里，动作快得连董鸡婆的影子都看不清，把我们吓一大跳。起飞的一定是董鸡爸爸，它们在孵化小董，或是小董们已经出生了，一家子正其乐融融，董鸡爸爸起飞是为了转移入侵者的注意力，保护它的爱妻和孩子们。

董鸡婆喜欢吃绿色植物的嫩枝、蠕虫、蚱蜢、蜘蛛、水生昆虫及其幼虫，特别爱吃螟蛾蛹、稻灰虱幼虫、稻蝗、蝼蛄、稻椿象等水稻害虫，是益鸟，是水稻的护士，深得农民的喜爱。

能看到喜鹊的时间不确定，听到房前屋后"喳喳"的叫声，就知道喜鹊来了。喜鹊喳喳叫，喜事就要到。不管会不会真的有喜事发生，大家都会很高兴。因为喜鹊被家乡人视为一种吉瑞之鸟、报喜之鸟，寄托着人们对平安幸福生活的情感和期盼。

而乌鸦就不一样了。萧瑟的冬季，高大的乔木树叶落尽，光秃秃的枝丫伸向天空，这时飞来一大群乌鸦，黑压压地落在树枝上，寒鸦点点，叫声凄苦，老家人并不喜欢它，甚至有些讨厌。在民间，人们对乌鸦的态度大多是贬义。与乌鸦有关的俗语大部分都有不好的意思。比如"天下乌鸦一般黑""乌鸦嘴""乌合之众""乌鸦当头过，无灾必有祸"等，究其原因，可能与它的纯黑颜色、难听的叫声、喜食腐肉、常出现在坟头等荒凉之地有关，让人联想到死亡，使人产生一种恐惧、战栗之感，乌鸦的出现，常常被人们认为是不祥之兆。

"鹊噪得欢喜，乌噪得憎嗔。"范浚的《杂兴诗》里说的是乌鸦聒噪的叫声让人厌恶。"于今腐草无萤火，终古垂杨有暮鸦"，李商隐的《隋宫》说的则是乌鸦代表着荒凉与衰败。"月落乌啼霜满天，江枫渔火对愁眠""斜阳外，寒鸦万点，流水绕孤村"，诗人们用乌鸦来抒发离愁别恨、孤苦伶仃的情感。

乌鸦只不过是众多聪明可爱的鸟类中的一员，是人们用主观意念赋予了它或喜或憎的意象。

在老家极少的野生哺乳动物中，黄鼠狼是能经常碰到的。黄鼠狼学名黄鼬，人们叫它为黄大仙。老家人不怎么喜欢黄鼠狼。一是因它嗜血，经常在夜间偷袭我们的鸡鸭家禽，先吸食其血，再吃肉和内脏，它十分的狡猾、机警、诡秘，很难捕捉得到，拿它没什么办法。二是它那令人窒息的臭屁，在身处绝境时，它会作殊死抵抗，并释放出气雾状恶臭的臭液，吓退敌人趁机逃脱。遭到臭液攻击的人，会头晕目眩，恶心呕吐，甚至精神暂时性错乱，严重的会倒地昏迷不醒。它还会利用臭液的致幻效用捕获猎物。

其实黄鼠狼是个灭鼠专家，在自然界它是老鼠的天敌，一只黄鼠狼一夜之间可以捕食6只老鼠，在消灭鼠害方面可谓功劳卓著。

家乡的爬行动物大概就只有蛇和乌龟了。蛇类有水蛇、五步蛇、红肚皮蛇、菜花蛇几种。菜花蛇我们叫它屋场蛇，体型较大、无毒、也不咬人，家家户户屋里都有一条，它是守屋的，盘旋、巡视于阁楼之上，是老鼠的天敌，只要它在上面守着，老鼠就明显地老实很多。否则，追逐、打架、尖叫，不得安生。我们把菜花蛇当作家里的成员对待，和睦相处，它可以自在来往，绝不会有人伤害它。

那时的乌龟真是多，一到夏天，它们纷纷趴在池塘横斜的柳树上歇息乘凉，往往是乌龟妈妈带着一群小龟崽，一家子看上去十分的惬意。它们很安全，生命无忧，因为老家人颇喜乌龟。我有时故意玩恶作剧般蹬柳树一脚，乌龟受到惊吓便落入池塘。

前几天在步行上班的路上，走到地铁2号线金星路站附近，突听到几声喜鹊鸣叫，我连忙四处找寻，最后在旁边的一根高杆广场照明路灯顶上发现了喜鹊的窝，喜鹊妈妈站在窝边，几个小脑袋伸出来，喜鹊妈妈在喂它的孩子们。我掩饰不住内心的兴奋，赶紧拿出手机拍照，可是太高了，拍不清晰，喂完孩子，喜鹊妈妈又飞走了。

喜鹊的出现，一下把我的思绪拉回了儿时的家乡，莫名地想念布谷鸟、董鸡婆、乌鸦的叫声，想念黄鼠狼狡黠矫健的身影，想念憨态的乌龟，想念呆头呆脑却又身手敏捷的猫头鹰，想念老屋里那条忽隐忽现的屋场蛇。这些自然界可爱的精灵，如今都难觅踪影。我到底有多少年没看到过它们了？它们到底是什么时候从我眼前消失的？为什么会消失？它们去了哪里？似乎都不得而知，找不到答案。

故乡的年

年的脚步越来越近了，自己又老去了一岁。说实在的，到了我这个年纪，是不怎么盼望过年的。而今年，我倒有些盼望过年了。日子如行云流水般缓缓流淌，不禁企盼这日子多一点欢腾。我想，今年过年一定要猛放爆竹烟花，迎祥瑞，闹新年，祈求来年平安吉祥。

除了放鞭炮外，挨家挨户拜年、亲人聚会聚餐、耍狮子舞龙灯等这些过年的传统保留节目，大抵是要落空了。如今过年，年味一年比一年淡。不免让我回忆、神往起儿时美好而温馨的种种过年习俗来。

那时，没有"暖冬"这一说。每年冬季，一场鹅毛大雪会如期而至，纷纷扬扬，田野洁白一片。池塘上结着厚厚的冰，我们在上面溜冰玩耍。屋檐下，垂着一溜晶莹剔透的冰凌子，屋顶的积雪往往要到立春前后才慢慢消融。特别是过年期间，雪落得更为起劲，似乎要为一年中难得的节日营造洁净美丽的氛围，让劳累了一年的乡亲闲下来，安心享受家庭团聚、享受过年欢乐。那时，过年前，有很多事是必须要做的。比如围年鱼、杀年猪、上街到供销社置办年货、扯新布缝新衣、磨粉子做粑粑、打扬尘等。

到了腊月二十四，家家户户打扬尘，这是老家的春节习俗。老家也叫打烟虫。

打扬尘这一春节民俗可谓历史悠久。《吕氏春秋》记载，尧舜时代就有春节扫尘的风俗。"尘"与"陈"谐音，新春扫尘有把一切霉运、晦气统统扫出门、"除陈布新"的寓意，寄托着乡人破旧立新的愿望和辞旧迎新的祈求。

打扬尘并不是随便哪天都能打的。如果一定要在腊月二十三之前打扬尘，得请人看皇历，选一个好日子再打。而"过了二十三，不论哪一天"，哪一天都行，不用再看日子。不过，都会在腊月二十四这天进行。

一大早，父亲和母亲找出一根长长的竹竿，在竹竿尖子那端用棕叶或稻草绑成一个扫把，然后把屋子里所有要保持干净的物品都遮盖妥当。母亲穿上旧衣服，父亲穿上蓑衣，戴上斗笠或草帽，从正房到杂屋到灶屋，一间屋一间屋从顶至下依次打扫，角角落落的蜘蛛网、虫窠、屋顶悬吊的烟尘，一一打扫干净，扫去污浊，迎接新年。

那时，我们的房子大多是茅草屋或红砖瓦屋，未作任何装修，阁楼上码放了稻草和干柴，又没有烟囱，烧水、煮饭、炒菜用的是柴草，油烟和烧柴火的烟子在屋子里缭绕，再从屋顶的缝隙中慢慢排出。到了夕阳西下的薄暮时分，能看到家家屋顶上升起的袅袅炊烟，很有诗情画意。所以，久而久之，一年下来的烟熏火燎，老旧屋子的房梁、楼板、墙壁上日积月累到处结满了扬尘。

我老家为什么叫"烟虫"，其实也是有道理的。油烟长年累月在稻草、蛛网、房梁上聚积成型，像钟乳石一般吊挂，乌黑的一根根，风吹过来，摇摆蠕动，真的像条黑色的虫子一样。"烟虫"灶屋里最多，父亲、母亲往往把灶屋作为重点战场最后打扫。老家称之为"烟虫"，我觉得很是形象，比"扬尘"富有韵味和意境。把难看的"烟虫"扫光，一定会在新的一年给家里带来吉祥。

打下来的扬尘是不能随意丢弃的，用撮斗把扬尘铲起来，和灶膛里的草木灰一起拌好，撒于菜地或稻田中，可以避免地里生害虫，有利于来年庄稼、蔬菜生长。

打完了扬尘，才能接下来安心清洗器具、拆洗被褥、洒扫庭院、疏浚沟渠。村庄里四处洋溢着欢欢喜喜搞卫生、干干净净迎新春的欢乐气氛。

要上街置办年货。不管家境如何，年货多多少少总得准备点。年货大抵有瓜子、花生、糖果、小花片、胡椒饼子、乔饼、糍粑、大雪枣糕、小雪枣糕等。小雪枣我们又叫猫屎筒根，样子形状像猫屎，是我们小时候最爱的零食，但一年当中，大概也只有过年才能吃得到。

每一样年货都是用牛皮纸包着的，有棱有角，售货员头顶上挂着一转细麻绳，伸手一扯，两下、三下，麻溜地捆好、打结，老家俗称"纸封子"。走亲戚拜节，都是送"纸封子"，一般送四个，送八个那是非常隆重客气了，会被人称道好长时间。

母亲办年货的时候，也会扯几尺布，请裁缝师傅来家里，给我们做身新衣服。

过年，不能没有鱼。年年有余，吉利。当然，也是过年必不可少的一道硬菜。

围年鱼是个众人皆欢喜的、隆重的年前集体活动。生产队养了不少鱼，到了腊月，队上开始用大网围鱼。围鱼师傅穿着下水裤，从池塘的一头下网，两边有人把网贴紧塘基，生怕有鱼从两边的缝隙中逃掉，岸上壮劳力向池塘的另一头慢慢拉，塘基上站满了看热闹的大人小孩。随着渔网一点点收紧，池塘中的鱼受到惊吓开始蹦跳，小孩子随之开始欢叫。等网拉成了一个月牙形状的时候，鱼炸锅了，腾空跳跃的、乱窜的、撞网的，一时水花四溅，鱼拍击水面的声音、围鱼师傅的吆喝声、大人小孩的欢呼声，不绝于耳，场面热闹极了。

网拉不动了，围鱼师傅站在水里开始捉鱼。抓大放小，大的往箩筐里丢，小的扔塘里继续养着。捉完鱼，把渔网拉上岸，赶往下一口池塘围鱼。渔网抬走，田里会留下随网带上来的不少小杂鱼。这时，我们小孩子一哄而上，捡拾属于我们的成果和快乐。

几口大池塘的鱼围完了，全部堆放在生产队的晒谷坪中，要分年鱼了。按每家每户的人头多少分成一堆一堆的，摆放好。鱼大多是鲢鱼，不多的几条大草鱼、青鱼，还要砍成块，搭配着分。因为草鱼、青鱼肉厚实，味道好，人人都想要，必须分均匀。分鱼的几个人是队上大家都信得过的公道人，他们站在鱼堆中间反复巡视权衡，觉得没问题了，围着观看的乡亲早已等不及了，拎着篮子、袋子、桶子来装自己的那堆鱼回家。

鱼有了，接下来就得杀年猪了。

家里的大肥猪，母亲喂养了近一年，老家有句俗话"潲桶都提融"，用来形容喂猪的不容易，是到了它奉献的时候了。猪才是过年硬菜的主要来源。蒸肘子、红烧猪脚、红烧肉、扣肉、酱辣椒炒肉、筒子骨炖萝卜、黄焖猪大肠、小炒猪肝，都得靠它。还有一年吃的猪油，更少不了它。它为家里作出的巨大贡献，也受得起它过的"吃了睡、睡了吃"的让人服侍的舒坦日子。

杀完年猪，贴春联。千门万户曈曈日，总把新桃换旧符。拿出母亲办年货时买的红纸，找来练大字的毛笔，认认真真写副春联，涂上糨糊，贴在大门两边，喜庆，也不枉自己是个读书人。

转眼大年三十，我们盼望已久的年终于来了。晚上，换上新衣服，吃红烧猪脚、筒子骨炖红萝卜白萝卜，喝自酿的甜酒，守岁。一家人围坐在火塘旁，说着家常话，吃着零食和自家田里挖的荸荠。老家有个习俗，大年三十晚上一定要吃荸荠，表示来年大吉大利。没有电视，更没有春晚，但感觉无比的温馨快乐。

白居易在《客中守岁在柳家庄》中写道："守岁尊无酒，思乡泪满巾。始知为客苦，不及在家贫。"这份在他乡守岁过年的离愁和思乡之苦，我们是体会不到的。是啊，只要家人相聚在一起，高兴、满足，穷一点、苦一点，又算什么呢。那才是人间最珍贵、最美好的时光和记忆啊。这温馨的守岁画面，随着前几年母亲的离去，再也无法重现了，成了永远的回味。

新年到，老幼尽开颜。倒数声声天地响，腾星点点世人欢，守夜不思眠。守岁守到午夜时分，家家户户放鞭炮，迎接新年的真正到来。

放完鞭炮，母亲给了压岁钱，我们就去睡觉了。父母还得为大年初一早晨的年饭做准备。

大年初一早上五点多钟，就被外面邻里的鞭炮声闹醒，父母也催促我们快点起床。只见父母在堂屋桌子上摆好了碗筷酒菜，点起了香烛，放起了那挂最长的鞭炮，接祖先回家团聚过新年，祭拜祖先。我们和父母一同跪在祖先牌位下，给祖先叩头。父母口中念念有词，请祖先保佑全家新的一年平平安安，保佑我们考上大学，光宗耀祖。

敬好祖先，开始吃年饭。一大桌子好菜，这是一年中最丰盛的一餐。油亮亮的大肘子、黄灿灿的盐菜扣肉、香喷喷的清蒸整鸡、酸辣爽口的酱椒炒肉、香煎抱盐鲢鱼，再配几个坛子菜，真是让人垂涎欲滴、胃口大开。过年吃的鱼很有讲究，必须是有头有尾的整鱼，鱼头要对着长者，以示尊敬。

我们家过年的菜，是可以放开肚子吃的。而有些条件实在不如人意的人家，只能做个样子，因为春节期间有拜年的亲戚来往，还要留着待客。

为什么要这么早吃年饭？一来是为了敬祖先，大清早的，清静，路上不拥挤，不嘈杂，方便祖先一路顺利抵达，早点吃完年饭，早点返回。二来是老家有大年初一晚辈给长辈拜年的习俗，吃完年饭，小孩子就会结伴挨家挨户拜年，别人都上门来拜年了，你家还在吃年饭，怠慢了人家，那多不好意思啊。

那时，拜年虽是父母的要求和安排，但还是蛮有味道的，现在想起也好笑。

十几、二十个孩子一路，不惧寒冷，浩浩汤汤，踩着厚厚的积雪，手里都会拿一个塑料袋子，用来装拜年时大人们给的瓜子花生、糖果饼干。每到一家，大家齐声喊"拜年啦"，然后，就等着大人给好吃的。拜完年回家，袋子也就装满了零食。一些有心计的孩子会把这袋子零食收藏起来，等到过完年，别人口里淡出味来的时候，他还有东西可吃，让其他兄弟姐妹或小伙伴羡慕、流口水。

如今，几十年过去了，我们那批孩子回到老家过年，还会结伴给邻里长辈拜年，只是不会拿个塑料袋子了。

接下来，打地花鼓、玩龙灯等过年节目就要登场了。

打地花鼓的是外地人，一般由两个人组成，穿着戏服，一人敲鼓一人唱，算是一种高级的乞讨形式。过年过节的，图个开心，都会封个小红包的。

龙灯是本地的，我们队上的龙灯叫"戴公三圣"灯，就设在我家里。初一崽初二郎，过年正事忙完了，晚上就要起了龙灯。耍龙灯需要一整套班子，我们的是九节篾龙，一人舞龙头，一人舞龙尾，七人舞龙身，加上龙珠、小锣鼓唢呐响器班子、打大鼓、送恭喜记礼金的，一共18个人。龙身用透明皮纸糊着，绘了黄色龙鳞，每节里面放置了一根蜡烛。

我和同年发小负责打大鼓。送恭喜的走在最前面，我们抬着大鼓紧随其后。每到一家，我俩把大鼓擂得通天介响，舞"龙珠"的在前面指挥，龙头紧跟龙珠，摆出要捉住龙珠的样子，龙身和龙尾随着龙头做出各种动作和反应。遇上一大户人家，红包拿得大，鞭炮舍得放，龙灯队要使出浑身解数，黄龙下海、金龙抱柱、老龙翻身、神龙过海、龙摆尾、蛇蜕皮等各种套路变换着玩，上下穿插，腾挪跳跃，惟妙惟肖，观者无不叫好。特别是表演难度最大的"三角癫"时，龙灯保持直线行进的情况下，中间几节忽然做出左右摇摆或将本节龙体抬高的动作，其他随之相应配合，整条龙灯出现波浪起伏、环环相扣的效果，边舞边打着"哦嗬"，把龙灯玩到了最高潮，煞是激烈好看。

舞龙灯有种说法："龙头要有力气，中间晃来晃去，龙尾多走三里地。"

说的是各环节上存在苦乐不均的情况。其实，我们两个十四五岁的孩子，抬着那么大的一面牛皮鼓，还要不停地擂响，一晚上下来，常常手臂都累得抬不起来了，虽说好玩，但真心不容易。

元宵节那天，是玩龙灯的最后一晚，玩完回来，母亲准备了热腾腾的饭菜，龙灯队在我家大吃一顿。送恭喜和记礼金的两个人清点好现金和香烟，分发给大家，年就算过完了。我记得那年我分得了10.5元和一堆香烟。稍稍休息，天就亮了，背起书包，上学报到了。

那时故乡的年，从盼年，到过年，到回味年，似乎都充满了浓浓的年味、乡情，令人禁不住回忆和想念。"舌尖上的年味"是不老民俗最直接的时光刻录机，弥漫的美食香味与袅袅的炊烟一起，不断飘上故乡的天空，也飘进了一代代老家人浓得化不开的乡情里。

而现在，生活富足了，房子漂亮了，家家院子里停着小车，鞭炮烟花响连天，天天打牌吃喝，热闹也热闹，但总觉得少了一些让人记住的美好。很多春节习俗也早已淡出了我们的视线，故乡年俗中那一幕幕汗水与欢笑交织的热闹画面，成了我心中永远挥之不去的乡愁记忆。

舌尖上的乡愁

足迹半天下，大嘴吃四方。参加工作三十多年，走过的路，看过的风景，尝过的美食，不算少。湘菜、川菜、粤菜、上海菜、北方菜，都吃过；五星酒店、海鲜酒楼、小巷小弄、山里民宿、农家乐，都去过；豪华大餐、特色小吃、民族风味菜肴、奇特山珍，也都体验过。好吃的、难吃的，清淡的、重口味的，酸甜苦辣，人生百味，皆穿肠而过，却不曾留下深刻的印象和无穷的回味。唯独老家的普通食材做成的普通菜肴，总让人念念不忘，时时想起。还真是：人间烟火家常菜，至味清欢是团圆。

老家既不靠海，没有海鲜，也不临山，没有山珍。食材大抵就是自家种的普通瓜蔬、自家养的猪和鱼，却让人百吃不厌，屡吃不烦。不过，令我难忘的也还是儿时的味道。

先说说几样好吃的瓜蔬。

端阳前的第一餐新鲜辣椒，那是儿时盼望、等待了近一年的美味。从辣椒苗子栽下去，到开花、结出小辣椒，到第一批小辣椒长大，我几乎有空就往菜园子里跑，心心念念，生怕突然就不见了。母亲一声令下，我就迫不及待采摘回家。

日暮时分，洗锅，烧火，锅红了，放猪油，加豆豉。母亲将竹箕中的辣椒全部倒入锅中，瞬时，辣椒与锅中的油撞击，不断发出吱吱声。母亲用锅铲不停快速地翻压挤按，辣椒散发出的诱人香气与袅袅炊烟一起，从茅草屋里飘出。我吞咽着口水，喉咙里似乎有虫子在爬。

一大碗辣椒端上桌子，辣椒和香软米饭简直就是绝配，一家人欢喜地开吃。碗底的辣椒汤是不能剩下浪费的，盛点饭，拌一拌，吃个精光。那味道，永生难忘啊。如今樟树港几百元一斤的辣椒，也不及它好吃，长沙正宗费大厨辣椒炒肉，也远不及它的味美。那味道，山珍海味也不换啊。

这第一餐新鲜辣椒为什么如此好吃？我想不外乎是以下因素的综合效应：一是等的时间久，心情急迫。二是那时的瓜蔬包括水稻都是自家留的种子，没有转基因，没有大棚，时令正好，食材正宗。三是柴火、铁锅加猪油，土法烹制，原汁原味。四是母亲的手艺好，妈妈的味道。

盛夏来临，丝瓜成了每天餐桌上的主角。丝瓜可能是最容易种植的蔬菜了，在池塘、水沟边，栽下丝瓜秧，搭好棚架子，就等着收获吃不完的丝瓜了。双抢农忙季节，清晨，母亲会摘回几条又大又长的肉丝瓜，事先煮好放凉。我们在田里忙完回来，等饭吃之前，喝一碗清凉的丝瓜汤，爽滑的丝瓜顺着喉咙，滚入肠胃，说不出的舒贴与快意，十分解乏，肚子也就不那么饿了。

丝瓜好吃的秘诀是不能用刀切，要削。这一招我跟母亲学的，沿用至今。只是现在的丝瓜大多出自大棚，水分少，不甜。老家的丝瓜种在水边，含水多，自带甜味，不加水也会溢出很多汤汁，好吃得很。

深秋的时候，蕹菜吃得差不多了，把老蕹菜蔸根挖出来，洗净，去掉细根须，切碎，加入浏阳豆豉，炒辣椒吃。辣椒必须是那种很辣的细长的黄辣椒或红辣椒，够鲜够辣，三碗饭瞬间就下肚了。可谓物尽其用，这道菜吃过的人不多。

家境有限，生活清苦，母亲会变着法子做些好吃的食物。豆角饭、芋头饭、洋芋子饭，就让我的胃很舒服。这个有点类似于现在的煲仔饭。先要煮好潦米饭，米饭将熟时，把饭舀到竹箕里，米汤沥进陶钵。然后，烧火，放猪油，倒入老豆角或者芋头、洋芋子，加少许盐，炒香，炒到半熟，把竹箕里的米饭倒进去，在锅子周边淋入适量水，盖上锅盖，小火焖。

闻到食物熟透之后散发出的香味，就可以揭开锅盖了。母亲用锅铲把米饭和豆角炒拌均匀，每人盛一大碗，开吃。米饭中融入了豆角的粉甜，豆角里有着米饭的清香，有饭有菜有油盐味，不需要另外炒菜了。吃完，再喝一碗香浓的米汤，那叫一个满足啊。范成大在《再到虎丘》中写道："觉来饱吃红莲饭，正是塘东稻熟天。"我想，他吃到的红莲饭，估计也是这种做法。

老豆角的籽粒，也是我们的好零食。我们用涮婆签子把豆角粒串起来，母亲炒菜时，放入一同煮熟，或涮上油盐辣椒粉在火上烤熟吃，我们吃得很开心。哈哈，比现在的烧烤烤串早了几十年。

收割完晚稻，父亲打好新米，家里吃第一回晚稻新米饭。盛一碗热腾腾的米饭，埋进一坨猪油，淋上几滴酱油，拌匀，米饭变得一粒粒油光放亮，软糯正好，新鲜香浓，不用菜，一碗酱油猪油拌饭就滚落肚里。

发粑粑，也叫发糕、米糕，那是我童年最渴望吃到的老家美食。糯米粉加入甜酒，发酵后，变成了奇妙的美味。母亲喜欢做南瓜粑粑，不怎么做发粑粑，奶奶做的最好吃，姨做的也不错。但当时与爷爷奶奶分家了，不容易吃到。姨家里离得远，一年也难吃到一回。越是难以吃到的东西，越觉得充满了诱惑。

我们和奶奶共着一间灶屋，中间砌了一堵墙，但没有砌到顶。奶奶做了发粑粑，香味很快就会飘过来。那香味真有无法抗拒的魔力。趁奶奶去菜园寻菜的时候，我会迅速翻过隔墙，揭开锅盖，拿起两个，又快速爬回来，赶紧吃起来。甜中带酸，松软香糯，还有着淡淡的酒香，入口妙不可言。吃完后，总担心奶奶发现了会骂人。奶奶肯定知道是我偷吃了，但并没有等来奶奶的骂声。

参加工作后，到酒店吃饭，只要看到主食有米糕，我都会点上一份，回味儿时的味道。

冬天，鹅毛大雪下得纷纷扬扬，天寒地冻。人都躲在家里，烤着火，不敢出门。父亲却闲不住，这时，正是到塘里、坝里抓小鱼小虾的好时候。天冷，鱼藏在水草中不动。父亲拿起一个叫"虾篓"的工具，到屋后面的月星坝推鱼，一两个时辰，鱼篓就装满了鱼。赶紧回家，天太冷了，时间久了会冻病的。

母亲给父亲准备了滚烫的姜汤散寒，招呼我们一起把鱼虾清理干净，烧火，做成火焙鱼。第二天一早，拿到镇上卖掉，换钱补贴家用。

母亲会特意留下两斤鱼，用猪油煎黄，从坛子里抓出一大碗酸红薯叶，放干红辣椒，加水，煮开，盛到一个大陶钵子里。父亲早已把家里那个赭石色的土陶炉子取出来，添上通红的木炭，端来陶钵子架在火炉上，丢进一把大蒜叶，"咕咚咕咚"，汤汁翻滚，雾气腾腾，香气四溢，酸红薯叶煮新鲜小鱼小虾就可以开吃了。

一家人围坐一起，享受着这漫天雪夜里的河鲜美味。

"绿蚁新醅酒，红泥小火炉。晚来天欲雪，能饮一杯无？"酒，是没有的，雪，还在下着。红泥小火炉的炭火正旺，陶钵中那鲜中带酸、爽脆可口的味道，已让人欲罢不能了。

"已讶衾枕冷，复见窗户明。夜深知雪重，时闻折竹声。"冷，也感觉不到了，肠胃里有了无比的温暖熨帖，身体也就不冷了。屋西边窗外的竹子是不是被大雪压断了？此时，没心思去关心，就算断了，也不会影响我们大快朵颐的痛快的心情。

眼看吃得只剩下汤了，父亲冒着风雪从菜园子厚厚的雪下面，扯几兜大白菜回来，洗净。母亲从油缸里撬一坨如膏脂般的猪油放汤里，再加点剁辣椒，下白菜吃，真的好好吃啊。我也找不出别的词来形容那味道了。

这应该是我吃到的最早的、最好吃的火锅了。有时，母亲会将酸红薯叶换成腌芋头荷子，同样好吃。这些令人一辈子忘不了的美味也只有在家里才能吃得到。

肘子，无疑是老家的头号美食名菜。不过，那是只有过年时才有得吃的。老家的肘子做法特别简单，除了用一点食盐和酱油腌制外，无须任何其他调料，关键在食材和火候。猪是自家米糠青菜叶喂养大的，没添加过一点猪饲料，生长周期差不多要一年，食材自然很好。

苏东坡在他的《猪肉颂》中写道："净洗铛，少著水，柴头罨烟焰不起。待他自熟莫催他，火候足时他自美。"这其实也是肘子的烹制方法，水要放得不多不少，火要不大不小，缓缓煨炖，才能将肉烹得又烂又入味，时候到了，它自是油而不腻，滋味醇厚，美不可言。

肘子这道美食真是急不得，快不得，如同我们的人生一样，成长成熟是需要时间的，急功近利、好大喜功、心浮气躁，往往事与愿违。

我家过年吃的肘子，都是由父亲负责烹制的。父亲性子好，做事不急不躁，耐得烦，做这道菜再合适不过了。肘子要慢火蒸整整一个晚上，父亲会多次起床去看一看火、闻一闻味道，凭他的经验，根据肘子发出的香气能判断是否烹到位了。不少人家里的肘子要么太烂了，筷子夹不起来，要么火候不到，太硬了，筷子戳不进去，都影响口感和味道。

大年初一吃年饭，父亲将金黄油亮的肘子端上桌，散发出诱人的香味，让我们垂涎三尺。肥肉入口即化、肥而不油，瘦肉软硬适中，烂而不柴，香中带甜。用那油汤泡饭，是我的最爱。

　　还有煎豆腐、红烧猪脚、刨盐鱼、腌菜扣肉以及坛子菜等都是老家非常不错的美食。特别是坛子菜，颇有些地方特色，只要一想起，口里就泛酸水。坛子是望城铜官出产的，每家每户都有七八上十个大小不一的坛子。灶屋里摆放的坛子多少、坛子菜口味如何，是女主人勤劳贤惠的标尺。铜辣椒色泽金黄、酸脆爽口，酱豆子是下饭神物，擦白菜、擦豆角、擦茄子是开汤和炒肉的绝配，剁辣椒刀豆、洋姜、醋水藠头、黄瓜，既可炒着吃，也能当零食。

　　老家的美食，虽名不见经传，但不影响我对它的热爱，那是"舌尖上的乡愁"，传递了一方水土养育一方人的精神标签。留住乡愁，要从舌尖上的记忆唤起，留住千百年的味觉盛宴，就留住了属于我们的乡愁记忆和乡风文明。

故乡的冬天

草木皆春色，山川如画图。

小荷才露尖尖角，早有蜻蜓立上头。

高鸟黄云暮，寒蝉碧树秋。

昨夜风吹雪满楼，晓来天霁岭云收。

在古人的诗词中，春夏秋冬，一年四季，似乎格外分明。

而如今常听有人感叹：季节乱了，感受不到四季轮回更替，秋天像夏天，冬天如秋天。

古人盼春归，今人望飞雪。长沙人等一场雪，如同等待多年不见的初恋情人，左等不来，右等不来，最后来了，也根本不是自己想象的模样，失望多于欣喜。

也确实，这些年故乡的冬季要看到一场像样的雪，真不那么容易了。有时好几年不下雪，有时下，也是爱下不下，或几粒雪子，或稀稀拉拉、慢慢悠悠飘一点雪花，敷衍了事，毫无诚意。而我们小时候故乡的冬天，可不是这个样子的。

那时，四季分明，各有各的样子，各有各的景致，各有各的忙碌，各有各的气质和意韵。

春天，草树知春不久归，百般红紫斗芳菲。春天，是一位可爱的春姑娘、美少女。

夏天，四顾山光接水光，凭栏十里芰荷香。夏天就像热情小伙、阳光少年。

秋天，金井梧桐秋叶黄，珠帘不卷夜来霜。秋天有如历经风霜、富足沉稳的中年大叔。

冬天，地白风色寒，雪花大如手。那是白胡子老爷爷了。每到小寒前后，纷纷扬扬的大雪如约而至。漫天雪花飞舞，风吹雪片似花落，天仙碧玉如琼瑶，点点扬花，片片鹅毛。风一更，雪一更，一夜之间，全村莹白，原野苍茫。

雪落下之后，刀子一样的北风"呼呼"一吹，寒冷彻骨。

水缸冻上了，要砸开冰才能舀到水。灶台上的抹布冻住了，要浇上热水才抠得起来。碗柜里的碗也结冻了，掰也掰不开。屋子里到处飕飕蹿着寒气，乡亲们整天围坐在火塘旁，不愿意起身。嗲亲娘亲，不如火亲。

当北风口的树上，结的冰凌子与树枝垂直，冰凌的方向一律朝南，像随时准备出征的士兵手中的刺刀。而背风处树上的冰凌子是朝下的，树干上包了一层亮晶晶的冰。我们小孩子搞爬树比赛，平时爬树最厉害的，爬到一半，又呲溜滑下来了。

池塘结上了厚厚的冰，我们在上面玩溜冰。偶尔会看到一条大鱼被冻住了，赶紧回去拿来锤子，砸开冰，取出鱼，意外收获一顿美味的晚餐。大人到池塘挑水就麻烦了，要砸开一个冰洞才能挑到水。挑水须格外谨慎，到池塘的那段路和伸向塘中的跳板有溜滑溜滑的冰，虽说只有十几米，但步步惊心。一不小心，就可能摔个脚手朝天，水桶也会滚得老远。

那时我们的生活用水都是池塘的，家里有一口大水缸，父亲起床的第一件事就是把水缸担满。口干的时候，舀起一瓢就喝。

茅草屋檐下，结着一排一尺来长、齐齐整整的冰凌，在阳光下闪着寒光。有时，我们搞恶作剧，把冰凌塞进小伙伴的脖颈里，冰凌一路滑下去，那是从头冰到脚，冰得哇哇大叫。

冬天最痛苦的事莫过于长冻疮。耳朵、脸上、手关节、脚趾，都是冻疮喜欢的地方。冻疮尤其喜欢小孩子，可能是小孩的皮肉嫩，经不住冻，很少有小孩子不长冻疮的。冬天的时候，只是红肿，硬硬的，轻微疼痛。立春之后，虽说依然春寒料峭，但阳气开始升发，冻疮发软、发烂、化脓，又痒又痛。到了三月份的时候，结痂长新皮，奇痒难受，直到四月左右才会消散。

在大队小学上学时，冬天冷得真让人受不了。上课之前，老师会组织我们集体跺脚五分钟，几十个孩子一起跺脚，感觉教室都在摇动，泥巴地面也被跺起一层灰来。下课后，我们奔出教室，靠在走廊的墙上，相互挤油渣取暖，挤得棉袄上尽是砖灰。有时也调皮，看到有女生经过，把一个男生推出去，吓得女生逃也似的跑了。

汪曾祺在他的《冬天》一文中说：南方的冬天比北方难受，屋里不生火。晚上脱了棉衣，钻进冰凉的被窝里；早起，穿上冰凉的棉袄棉裤，真冷。

确实，冬天晚上睡觉、早晨起床，那是两件特别困难和痛苦的事情。

棉被盖了好几年了，沉甸甸的不透气，像是盖了一张刚剥下来的水牛皮，又冷又重。鼓起勇气钻进被子里，感觉掉进了冰窟窿。赶紧把四周扎起来，莫让身体的热气跑掉了。小孩子还好，阳气旺，能睡热；而年纪大的老人，越睡越冷。早晨起来，冷得连打好几个寒战，要把手脚伸进冰冷的棉衣棉裤里，一万个不情愿，非得横下一条心不可。估计白居易也有相同的经历吧，否则他也写不出"已讶衾枕冷，复见窗户明。夜深知雪重，时闻折竹声"的诗句来。

下雪其实不是最冷的，雪融化的时候那才叫冷。一直冷到脚尖尖，脚趾头那钻心般的痛啊，我想，不是经历过的人，是无法体会的。

田野覆盖着厚厚的雪，白茫茫一片，踩上去，"咯吱咯吱"作响。除了成群觅食的麻雀，其他鸟类都不见了踪影。黄鼠狼没有了食物来源，晚上会跑出来偷鸡。有的鸡被咬死吸血之后，留在鸡窝里，有的被黄鼠狼叼走了。沿着黄鼠狼在雪地里留下的脚印找过去，还能找到没有吃完的鸡。

随着飞扬的雪花，我们小孩子期盼的新年也就快来了。年货备起来，春联贴起来，年猪宰起来。堆雪人、打雪仗、放鞭炮，欢声笑语，年味浓浓。瑞雪兆丰年，那纷飞的大雪，那被白雪覆盖的茫茫村庄，是祥瑞，是宁静，是故乡的冬之韵；是回首，是希望，更是迎新与欢乐。

故乡的苦楝树

我们对家乡许多美好的记忆和向往、淡淡的乡愁和怀想，大抵停留在孩童时代。

那时候，到生产队一起出工劳动，喊着劳动号子，打着"哦嗬"，有说有笑，累并快乐着，穷但没有明显的贫富之分。父母那辈人，基本上都生育了三五个孩子，人多，又没人出去，都聚在一个村庄里，热闹得很。

那时候，蓝天白云，四季分明，鱼翔浅底，鸡鸭成群，繁星闪烁，萤火点点，炊烟袅袅，鸟鸣声声。每一口池塘都是清澈的，可以随时跳进去游泳洗澡，玩个痛快。蔬菜瓜果自然香甜，是可以放心吃的。

那时候，每一个屋场周围竹林青翠，树木葱茏，都会有好几棵浓荫遮日的大树、老树，树干被我们爬得溜光。

那时苦楝树在老家是很普通的树，遍地都是。我对苦楝树的印象，也还是小时候的模样。

苦楝树的树形虽说高大，但并不吸引人，夏天，不会有人在它的树荫下歇凉。它生长特别快，两年功夫，眨眼就长高长大了，这也注定它的木质不够紧实，没有人会用它打家具、做农具。在老家人的眼里，有它不多，没它不少，互不打扰，它也乐得自由自在。没人会专门去栽苦楝树，大概是鸟儿啄食了苦楝树的果实后到处留下了种子。

每当春夏之交，就会看到苦楝树开花时那独特的风景。苦楝树的花指甲盖大小，一朵朵，一簇簇，一团团，每一朵小花有五片花瓣，白中透着淡紫。进入盛花期，远看一片苦楝树，像是天上紫色的云朵，在风中摇曳。

花期过后的苦楝树，会结很多圆溜溜的青色果实，果实有毒，不能吃，这一点我们每个孩子从小就都知道，再嘴馋，也没有哪个小孩会蠢到去吃苦楝树的果子。苦楝树的果实到底是什么味，谁也不知道，听说又苦又涩。

正是苦楝树的毒性，让它具有了抗菌、防虫害本领，就算遇到最严重的天灾虫害，虫子吃光了其他树木植物，却依然不敢靠近苦楝树，苦楝树会完好地立在旷野中，害虫也震慑于苦楝树的杀虫威力。

苦楝树在古人的眼中，其实是很美的。特别是在诗人、词人的作品里，它是诗意田园，是故土乡愁。

王安石的不少诗作都写到了苦楝树。

> 小雨轻风落楝花，细红如雪点平沙。
> 槿篱竹屋江村路，时见宜城卖酒家。

若有若无的和风吹散了雨丝，落在楝花花瓣上，像冬雪覆盖着一望无际的田野。淡泊闲适，悠闲自得，多美啊。

王安石还把一首写苦楝树的诗题在了好友湖阴先生家的墙壁上：

> 桑条索漠楝花繁，风敛余香暗度垣。
> 黄鸟数声残午梦，尚疑身属半山园。

桑树枝叶稀疏，楝花开得无比繁盛，清风吹送花香阵阵，悄悄地送过墙头，黄鹂数声啼叫，梦回家乡故土。他一定是思念故乡、思念故乡的楝花了。

宋代诗人丘葵在他的《初夏》一诗中写道：

> 一信楝花风，一年春事空。
> 池荷还揭揭，樱笋又匆匆。

楝花开时，春天随风而逝。池塘倒影，荷叶亭亭玉立。樱花飘落，竹笋破土而出。时光流淌，春去夏来，一切那么美好，令人陶醉。

我猜想，唐宋时的江南，一定遍地楝花开，处处楝花香吧。

随着时代的发展进步，老家人的房子重修过两三次了，越修越漂亮，房子四周的绿化也讲究美观、实用。要么种柑橘、蜜柚、桃子、杨梅等果树，要么栽桂花、红枫、紫薇、银杏等园林观赏花木，很难再有普普通通的苦楝树的位置，苦楝树在老家似乎越来越少、难得一见了。

到了我们这一辈，都拼着命要跳出农门。参军、考大学是最快捷的方式，但也最难，我应该是当年第一个考出去的。打工、做生意是第二选择。几年、十几年打拼下来，儿时的伙伴们还留在村里的，数不出几个人了。在深圳、广州、长沙买房定居下来的最多，最不济的也在县城买了房子，都住进了城里，要到春节才有可能见上一面。

我问过他们，老了，还会回到家乡吗？答案惊人一致：不会。

也难怪他们，工作在城里，孩子在城里，生活圈子在城里，老家又没有吸引他们的产业可投资，回来干什么啊。

我们的下一代，出生在城里，在城里长大上学，接受最好的教育，在城里参加工作，他们对老家就更没有概念了，更别说乡愁和故土情怀。老家的风俗、老家的过往、老家的兴衰，他们都没有兴趣，要他们回到老家，那也太不现实了。

除了过年过节，村庄里，基本只剩下上一辈的老人们在坚守。这些留守的老人，无法习惯城里的现代生活，也放心不下家里的鸡鸭和几亩田地，就像苦楝树一样，只有他们还在苦苦地恋着家乡土。他们百年之后走了呢，老家还会有人守吗？老家还在吗？我想退休后回老家，建好工作室，画画、写文章，还有可串门的邻里吗？想一想，都觉得忧伤和悲凉。

去年冬季，先后回过老家两次，发现又新建了几座大别墅，水泥路白改黑，铺上了沥青，赏心悦目，与收割之后的萧瑟田野形成鲜明对照。每次都只见到了不多的几位老人，或干活，或晒太阳，或串门，或打牌，不少漂亮的房子大门紧锁。说不出的安静、冷清，一丝别样的愁绪涌上心头。故乡，你今后还能望得见山、看得见水、记得住乡愁么？

在不远处的田野，发现有一棵还算高大的苦楝树耸立着，树叶落光了，黄色的果实挂在光秃秃的枝头上。呵，又见到苦楝树，我不由有点莫名的高兴。

不过，一个念头如快闪一般，掠过心头，让我激灵一下，立即高兴不起来了。此时此刻，我觉得这棵苦楝树像极了如今的老家，冷冷清清，落寞寂寥。那挂在枝头的果实，不就是留守在村里的老人们吗，随着严冬的来临，果实会不断掉落，越来越少，越来越少。

这样的老家，这样的情状，应该不止是我的老家吧。

这篇文章要写完的时候，我看到了国家发改委社会发展司司长在国务院举行的《"十四五"城乡社区服务体系建设规划》政策例行吹风会上表示：不能让城里老年人在互联网时代成为"需求孤岛"，也不能让农村老年人八九十岁高龄还要自己劈柴做饭。

他还说：新时代的社区，是面向全龄人口的美好生活共同体，每一个社区居民的需求都值得被重视、被满足。要坚持全龄友好理念，以家政进社区为牵引，积极发展社区教育、健康、文化、体育、维修、助餐、零售、美容美发等社区服务，构建24小时生活链和15分钟生活圈。

多好啊，多让人兴奋啊。国家早就看到了农村的现状，并出台了这么好的政策。"不能让农村老年人八九十岁高龄还要自己劈柴做饭"，多么温暖、亲切、感人、鼓舞人心的话啊。农村和城里一样，实行社区化管理，构建24小时生活链和15分钟生活圈，而且这一目标将在五年之内就会实现，我们的父辈也能享受到温馨、安逸的养老生活，真是令人振奋。

看到这个新闻的时候，我泪湿眼眶。我看到了一幅"生在乡村不低贱、学在乡村不犯难、干在乡村不吃亏、活在乡村不憋屈、病在乡村不惶恐、老在乡村不担心"的美丽山乡画卷在眼前徐徐展开。也让我这篇有些忧伤基调的文字顿时注入了鲜活的亮色。

蔷薇花发望春归，谢了蔷薇，又见楝花飞。

野水平菰叶，春风足楝花。

蔷薇花开花落，河水清澈，浮萍青青，楝花随风飘落，花香阵阵，故乡一定会依旧如画，如此多娇。

家乡的茶

　　家乡双江口属平原地貌，一马平川，不产茶，但老家人都爱喝茶。

　　茶是老家人的待客之道。若是家里来了客人，哪怕是天天见面的邻里，如果不泡茶，只递上一碗白开水，那是怠慢客人，大不敬了，会被人讲空话的：那个堂客就不蛮贤惠啦，到她屋里茶都有得喝。

　　老家人喝茶很专一，只喝当年出产的新鲜绿茶，其他的什么红茶、黑茶、白茶、普洱茶也好，再名贵的金骏眉、正山小种、碧螺春、西湖龙井也好，都不稀罕，一律不喝。你送她几千元一斤的名茶，还不如送几十块一斤的当年新茶。

　　到了四五月间，风和日丽，就会有卖茶人挑着新制的明前茶沿家叫卖，堂客们、老娭毑也会聚拢过来。她们看茶很有一套，随手抓起一小把，闻闻香味，看看颜色，捻起两根放入口中嚼一嚼。为稳妥起见，再泡上一杯，尝尝味道，汤色佳好，叶子细嫩，确实不错的，都会买上三五斤，用茶叶罐子装好，待客、自己喝，慢慢品味壶中岁月。

　　盛茶叶的器皿有青花双喜字瓷坛、釉下五彩瓷坛，大肚子，有盖，多出自民窑，差不多家家户户有一两个。有的是陪嫁过来的，有的是祖传下来的，算是古旧之物。后来，城里经常有人到乡村专门收这类旧物，如今很少见了。取而代之的是装糕点的铁皮盒子，或是高档茶叶的包装罐，少了蛮多韵味。

　　"被酒莫惊春睡重，赌书消得泼茶香，当时只道是寻常。"

　　"寒夜客来茶当酒，竹炉汤沸火初红。"

　　"休对故人思故国，且将新火试新茶。"

　　老家人喝茶，可喝不出如此多的诗意、禅境与情怀来，不过，茶要怎么喝，还是有自己的讲究和地方特色的。

　　老家人不叫泡茶，叫煎茶。极少直接拿开水冲泡茶叶，最普通的吃法是姜盐茶。

先将茶叶放进一个颇有年代感的敞口陶罐或者大搪瓷缸里，浸过盐的老生姜用筷子脑壳捣碎，倒入罐子，冲沸水，用筷子搅动一下，分倒在茶碗中。每碗茶里再夹上些茶叶和姜，就可以端给客人喝了。

陶罐子来自望城铜官古镇，那里的陶窑历史悠久，离老家也不是蛮远。经常有生意人挑着坛子、罐子、钵子、碗来售卖，或是老家人相约结伴去铜官选购。用陶罐子煎茶，再合适不过了，似乎想象不出还有比陶罐更好的器具。

绿茶的清香，生姜的辛辣，茶汤的淡淡咸味，止渴、散寒、生津，喝起来真是过瘾。

茶汤水喝完后，茶叶和姜是不能浪费的，用拇指、食指和中指挑出来，送入口中，嚼碎，一起吃掉。

喝一碗不够，主人再端来陶罐，添上。东边日出西边雨，里短家长慢慢聊。不着急，反正有的是时光。

家里来了不常来的客人，那就得煎芝麻豆子姜盐茶了。

这茶工序颇有些繁杂。

芝麻是自家种的。秋天成熟之后，收割回来，在禾坪中垫一块塑料布，把整秆芝麻铺在上面，在太阳底下暴晒。待芝麻果全部裂开之后，拿起芝麻秆轻轻敲拍，浅白细小的芝麻仁滚落出来。将塑料布收拢，芝麻倒到一个细密的筛子里，筛去灰尘，吹掉枝叶，再晒一个日头，就可以装进罐子里备用了。

豆子，是种在田埂上的黄豆，又叫六月黄、六月爆，粒大、口感好。炒着吃、煮着吃、炖猪脚吃、做成酱豆都很美味。到了收割时节，扯回家放在地坪晒干，用一个叫连枷的脱粒农具拍打，黄豆从豆荚中脱壳而出，撮进簸箕，上下反复簸，去掉草屑和砂石，再晒晒，装袋密封保存。

煎芝麻豆子姜盐茶的第一步，得先将芝麻和黄豆炒熟。

炒芝麻是个技术活，火候要掌握得恰到好处，一不小心，就会炒黑，黑了，基本上就报废了。将铁锅烧红，然后熄明火，倒入生芝麻，马上盖好锅盖。芝麻在锅里不断"噼啪"炸响，等响声渐弱，揭开锅盖，快速翻动，用锅中的余温把芝麻焙香。这样子炒出的芝麻，既熟到位了，又没有烟味，好吃。

炒黄豆容易多了，但火也不能大，小火快翻，受热均匀，炒到黄豆裂开口子，有点点焦黄，就行了。

陶罐子里放入绿茶，再放几大勺炒好的芝麻和黄豆。芝麻和黄豆要舍得放，否则，喝起来没那个味，别人也会说你小气。

然后，捣碎生姜，也倒进陶罐，加刚烧开的滚水，一股香气顿时弥漫整个屋子。泡上小会儿，香喷喷的芝麻豆子姜盐茶就能开喝了。

端起茶杯，轻轻吹开芝麻、黄豆、姜末，啜一小口，滚烫的茶汤蕴含着芝麻黄豆的香味，在口齿间荡漾。再接着唆入一口芝麻、黄豆、姜末，满口都是家乡的味道和舒坦的快意。

客人边吃边赞美："芝麻炒得真正好，豆子又香又松脆。"

主人会高兴地回应："那就多吃两碗。"

茶汤千万不能一次喝干了，要留一口。大量的芝麻、黄豆、茶叶、姜末还沉在杯底，好货在下面。左手执杯，杯口对着嘴，略向嘴倾斜，右手在杯底使劲拍几下，拍的时候要用掌心发力，"好货"就会随着剩下的那口茶汤，来到杯边上，再用食指稍稍一勾，干净、彻底地送进了嘴里，动作利落，一气呵成，一看就知道是老茶客。

小孩子就不行了，往往不得要领，只好用自己的小手伸到杯子底，一把一把抓着吃。吃相是难看点，但也有趣味，常引来大人的逗笑。

吃完两碗芝麻豆子姜盐茶，客人会拍拍肚子说："哎哟，晚上回去都不要吃饭了。"

如今，老家依然保持了吃芝麻豆子姜盐茶的习惯，但芝麻和豆子大多是买现成的，不需要自己种了，也不需要自己炒了。煎茶也不用陶罐子，直接把芝麻、豆子、姜放茶碗里，倒上开水。更方便了，但省去了中间的关键过程和环节，少了烟火气息，乡味、乡情、乡韵大打折扣。

远方的贵客、母亲的娘家人外婆、舅舅、姨，或是第一年上门的新客（女婿）来了，一般要熬红枣荔枝栾蛋茶来招待。过年的时候也会有吃。说是茶，其实这个和茶真没有任何关系，但老家人一直这么叫，也一直把它当茶来待客。

自家的土鸡蛋煮熟去壳备用，干荔枝、干桂圆、红枣用水清洗，温水浸泡几分钟后沥干。陶罐子加水，放入荔枝、桂圆、红枣，大火烧开滚沸后，加红糖，转小火慢熬。二十分钟左右，就熬好了。

白茶碗中放煮熟的鸡蛋，再舀上红枣荔枝汤，白色的鸡蛋、琥珀色的汤水、鲜红的枣，很是诱人。这道茶香甜可口、营养丰富。新客碗里要放两个鸡蛋，这也是习俗。

在过去，家境欠殷实的人家，这道茶是熬不起的。但会变通，把荔枝、桂圆换成相对便宜不少的蜜枣，也还拿得出手，不至于少了面子。

读高中的时候，常去同学家玩，同学的母亲都非常热情客气，会熬红枣荔枝栾蛋茶给我们吃。可怜我们在学校寄宿，天天南瓜酸菜汤的，营养不够，正好补补身体。有时到了女同学家，女同学母亲不巧多煮了一个鸡蛋，这个多的鸡蛋只好加到某个男同学碗里。回学校的路上，同学们就议论开了：到底是郎牯子（女婿），鸡蛋都放两个。那是个非常纯真的年代，留下了美好的回忆。

"食罢一觉睡，起来两瓯茶。举头看日影，已复西南斜。乐人惜日促，忧人厌年赊。无忧无乐者，长短任生涯。"

喝茶于老家人，是再平常、自然不过的日常事情，其情境大概与白居易的这首《两碗茶》相似。

春在溪头荠菜花

　　春回大地，草长莺飞，生机勃勃。人们纷纷换上明艳的春装，带着一颗欢心扑向春天，踏青、放风筝、采野菜。沐浴着和煦的春光，欣赏着秀丽的山川景色，吮吸着遍地野菜的芬芳，心情也如春阳般灿烂开怀。

　　野菜，天然、绿色、环保，营养价值高，成了餐桌上的新宠。其实，自古以来，野菜就深受人们喜爱。古人也和我们一样，在明媚的春日，提上竹篮，一家人兴高采烈地出门去采摘野菜。不同的是，古人采了野菜后，还会留下脍炙人口的诗句。让我们在品尝野菜之鲜时，还能品读诗词之美，唤醒我们的诗情，让野菜有了别样的风姿韵味。

　　《诗经》中提到野菜的诗有43篇，写到的野菜有25种之多。"参差荇菜，左右流之，窈窕淑女，寤寐求之。"这是首篇《关雎》中的诗句。荇菜是一种水生野菜，柔软滑嫩，是江浙人的最爱，以随流水摆动的纤细荇菜来比喻窈窕淑女，表达心中的爱慕之情，令人称绝。

　　"蒌蒿满地芦芽短，正是河豚欲上时"，苏东坡不愧是最具名气的超级吃货，他将历经寒冬浸润的芦蒿，与河豚同烹同煮，香气清澈，鲜美爽口，令食者口齿噙香。

　　"江南鲜笋趁鲥鱼，烂煮春风三月初"，春笋与鲥鱼绝妙地搭配在一起，食性相宜，相得益彰，激活了春笋得天独厚的至真鲜美。这是郑板桥难以忘怀的味道。

　　我吃过的野菜并不多，大概有马齿苋、蕨菜、香椿、地木耳、鱼腥草、野葱、野水芹等几种。前些年在邵阳洞口县椒林村驻村扶贫，到了春天，差不多天天都能吃到各种美味的野菜。雪峰腹地，野菜天堂。特别是一种叫鸭脚板的野菜，让我难忘。溪流边上到处都能看到它美丽的身影。它的叶片有些像鸭子的脚掌，所以得了这个怪怪的名字。它天生带有一种浓郁的香气，适合清炒。第一次吃的时候，差点没吐掉。那种带着山野野性的气味，还未下咽就直抵肺腑，那感受就如同从来没嚼过槟榔的人第一次嚼槟榔。后来，爱上了它的嚼劲，爱上了它独有的芬芳。

在众多的野菜中，荠菜算得上是野菜中的佳品。李时珍在《本草纲目》中，将荠菜称为"护生草"。我们老家叫地菜子。

荠菜萌芽于严冬，它不畏严寒。当积雪还没有完全消融，别的野菜不见踪影的时候，它就在田畦阡陌上透出星星点点的嫩绿。它繁茂于早春，是春天的使者。"城中桃李愁风雨，春在溪头荠菜花。"辛弃疾认为，城里那些娇艳美丽的桃花、李花，都不能代表春天，反倒是不起眼的荠菜花，不惧寒冬，顽强生长，迎寒盛开，展现出了盎然的生机和无限的春意。

农历三月三，上巳节。三月三，地菜子炆鸡蛋。这是我们老家每年都必须举行的仪式，到这一天，家家炊烟袅袅，户户荠菜飘香。

一大早，母亲吩咐我去扯地菜子。

荠菜细长的叶片贴着地皮生长，呈碗形，中间抽出一根高高的花梗，开出米粒般的白色小花。春寒依然料峭，雾气中，荠菜有如一朵端坐的小莲花，叶子上、花瓣上，有细细的水珠。荠菜生命力强，对生长环境要求不高，田埂上、菜园里，随处可见。我选那些肥嫩的连根拔起，不多久，就能扯一大把。手上、空气中，弥漫着荠菜特有的清香。

回到家，我压着摇井，清凉的井水汩汩流出，我将新鲜的荠菜丢进水池中，择去老叶，清洗干净，交给母亲。

荠菜，也只有这个时节最鲜嫩，口感好，春天过后，荠菜就老了，味道也逊色了不少。

母亲把荠菜连根带茎叶捆扎成一束，放入陶罐中，加井水，放红枣、风球、生姜片，煮开后，用小火炆。同时，鸡蛋另外煮熟、去壳，放进陶罐中，和荠菜一道煮，让荠菜的香味、药味，慢慢浸入鸡蛋里。

炆好的荠菜汤汁每人倒上一大碗，再舀上鸡蛋、红枣，青绿的汤、白色的蛋、鲜红的枣，色泽诱人，看着都有食欲。

荠菜不仅好吃，还具有很好的药用价值，是一道药食同源的美味野菜，被誉为"菜中甘草"。阳春三月三，荠菜当灵丹。它能消化积食、瘀滞，有止血、明目等效用。同时荠菜自带特殊的香气，荠菜花可驱赶蚊虫。苏东坡说："三月收荠菜花置灯檠上，则飞蛾、蚊虫不投。"我们吃荠菜炆鸡蛋，主要还是讲究民俗传承，图个吉利，每人吃一碗，全家全年无疾无痛，平平安安。

其实，荠菜的食用方法很多，可拌、可炒、可烩，还可用来做馅、做汤。我在朋友家吃过一回荠菜五花肉饺子，那真是人间美味。

朋友刚采回来的鲜嫩荠菜，放开水中焯煮一下，去掉生涩味道，捞出切碎，五花猪肉剁成肉泥，一起拌成馅，包好饺子，大火猛蒸。热气腾腾的饺子出锅，蘸上尖椒蒜泥陈醋调料，咬上一口，浓郁的田野清香和肉香缠绵，在唇齿间流连，叫人欲罢不能，大呼过瘾。

除了包饺子，荠菜还可以做馄饨、包子、春卷的馅，都是令人垂涎的美食。

自古吃货爱荠菜。苏轼用荠菜做成了"东坡羹"。他是这么做的：荠菜加米、生姜同煮，煮熟后，再浇点生油淋在羹上面，就可以了。绿色的荠菜，白色的米粥，赏心悦目，散发着淡淡的清香，味道十分的鲜美。苏轼在《与徐十二书》中说："今日食荠极美，君若知此味，则陆海八珍，皆可鄙厌也。"可见，他是有多么喜爱吃荠菜，连山珍海味都无法与之相比，还迫不及待向朋友推介。

陆游更离谱，他专门写了部《食荠十韵》，来讲解、推介荠菜的各种做法、食法。"残雪初消荠满园，糁羹珍美胜羔豚。""春来荠美忽忘归。"陆游对荠菜的偏爱，达到了不可思议的地步和境界。

到了近现代，加上周作人、汪曾祺等作家众口一词为荠菜叫好，荠菜名气一直处于高位，旺得很。

"春风只在园西畔，荠菜花繁蝴蝶乱。"

"榆羹杏粥谁能办，自采庭前荠菜花。"

久居城市，偶尔也会在三月三的时候，到菜市场买一把荠菜。记不得有多少年没有体验过自己去田野采荠菜，煮一罐荠菜鸡蛋了。

明年三月三，一定记得回老家，扯荠菜，煮鸡蛋，包荠菜五花肉饺子。

故乡天籁

　　久居城市高楼，长年能听到的声音，不外乎川流不息的汽车疾驰而过的声音、建筑工地上机器的轰鸣声和"咣当，咣当"的敲打声、夜市摊上的吆喝吵闹声、起大风的夜晚怪兽号啕般"呼呼"刮过的风声，还有楼上小孩子时不时将什么东西掉落地上发出的"咚咚咚"尖锐刺耳的声音。耳朵就这样年复一年地被这些你不愿意听见、又不得不听见的声音灌满。

　　不得不说，这是对自己耳朵的一种折磨。慢慢的，耳朵变得不那么灵光，失去了聆听悦音的功能，心也好似长了草，一片荒芜。久而久之，那些来自大自然动人心弦的音符，似乎被无情地阻断，无法抵达耳膜、抵达心灵。

　　直到一天晚上，到新入住的小区散步，居然听到了阵阵蛙鸣，驻足倾听，无比的激动与欣喜，耳朵一下子好像接通了与大自然的外网，收到了源自大自然的美妙讯息。

　　小区的十多栋房子呈椭圆形分布在四周，中间留出的空地全部设计为园林和水系，曲径通幽，花香草绿，小桥流水，引来了蛙鼓声声。遭罪多少年的耳朵，仿佛在这一刻得到了补偿、受到了抚慰，感觉自己一下子梦回故乡，听到故乡那一片熟悉的天籁。

　　大约清晨四时许，村子东边露出了一缕灰白亮光，白中含着灰，并不怎么亮眼，四周依然是大片的暗蓝包裹着，田野、房舍、树林，隐隐约约，看不真切，这大概就是东方既白吧。

　　这时，姜家屋里的那只公鸡发出了第一声打鸣，每天，它总是第一个发声。但是，它似乎刚从睡梦中醒来，还没来得及做好准备，就匆匆亮嗓，声音显得短促、单薄、潦草，高音上不去，直接转入低音，低音又不稳定，变成了颤音。我想，它一定很尴尬、很不好意思，然而，它天天如故。

　　接着，又有几只被阉割过的阉鸡和还没成年的小公鸡，附和着姜家屋里的公鸡。那打鸣的水平就更让人发笑了。阉鸡可能并不知道自己已经不是真正的公鸡了，奋力一扬脖子，却不承想发出的喑哑难听之音，把自己都吓了一跳。小公鸡当然也好不到哪里，它们正处于变声和学习阶段，不是奶声奶气，就是尖声细气，沮丧得很。这头遍公鸡打鸣就这么草草收场，还招来不少责骂：叫鸡公，天还有亮就叫，吵醒别人的瞌睡。不过，也有鸡叫头遍就起床做事的，寂静中，传来"吱呀"开门声，随后是咳嗽声。

约莫半个时辰后，第二遍鸡叫开始。先是雷嗲屋里的那只大公鸡带头，它又高又壮、毛色发亮、威武霸气，通红的鸡冠像燃烧的火焰，它气沉丹田，引吭高歌，"喔——喔——喔——喔"，声音高亢、嘹亮、悠长，节奏把握到位，充满力量，极富感染力，大有"雄鸡一叫天下白"的气魄和"余音绕梁，三日不绝"的韵味。这只漂亮的大公鸡有众多追随者，每天一大群年轻母鸡跟在身后，日子很是快意逍遥。紧随其后的，是兵嗲、牛皮、县长、相公、泥鳅、铁砣家的公鸡，都是打鸣的高手，有时是一唱一和，有时是齐声合奏，此起彼伏，将打鸣推向高潮，热闹极了。在一浪一浪的公鸡打鸣声中，勤快的老家人都陆续起床了。

家家户户升起了袅袅炊烟，女人们到菜园寻菜做饭，男人们吆喝着牛下地干活。大水牛经过一个晚上的休整，精力充沛，劲头十足，走路带着小跑，牛蹄嘚嘚，不时打着响鼻，不时仰头长哞，声音低沉浑厚，穿透晨雾和炊烟，在村子上空回响。

上学的孩子被父母叫起晨读，琅琅读书声，声声清脆入耳。那是希望，那是期待。

太阳打东边出来了，蝉就开始了新的一天声嘶力竭地鸣叫，直到日落西山，方肯罢休。我们老家把蝉称为"弦娘子"，意为很能弹唱的女子。"弦娘子叫，夏天到"。其实，鸣叫的是雄蝉，雌蝉是"哑巴蝉"，不叫的。雄蝉的腹部有一对鸣器，收缩时，产生声波，发出嘹亮的声音。故乡人大概并不知道雌蝉是不开口的。

蝉有三种。一种是鸣蝉，就是我们最熟悉的知了，体型最大，浑身黑黝发亮，鸣声粗犷洪亮。越是骄阳似火，热浪滚滚，它叫得越凶越卖劲。第二种叫蟪蛄，比知了短小些，鸣声尖而长，连续不断，"吱——唔""吱——唔"，和知了相比，倒是有点节奏和顿挫，听起来也没那么枯燥。还有一种是寒蝉，喜欢在深秋时节鸣叫，又称秋蝉。"落日无情最有情，遍催万树暮蝉鸣。"秋天的园子，树上的蝉趁着太阳落下的短暂时间，拼命地高声歌唱，园子里一片蝉声。杨万里的《初秋行圃》描写的就是秋蝉鸣叫。

夏季，在树根周围的地面上，有不少圆圆的洞穴，这就是蝉儿出土的地方。蝉产卵后不久即死去，卵经过孵化掉落到地面，掘洞钻入土中栖身。在泥土中，它们要经过漫长黑暗和等待。

小时候，我曾多次完整、仔细地观看过蝉的蜕变过程。

在池塘边的柳树、樟树下，蝉的幼虫爬出洞穴后，带着泥土，艰难爬上树干，然后从头胸处裂开。不久，幼蝉从蝉壳里缓慢爬出，在阳光的照射下，它的翅膀开始施展，逐渐干燥。羽化的过程十分有趣好看，刚出来的蝉有如蓝精灵一样，干净、漂亮，阳光穿透它的翅膀，羽翼闪烁着七彩荧光。等翅膀晒干后，它会长鸣一声，振翅高飞，留下一个空的蝉壳。我顺手将蝉壳从树干上取下来，蝉壳收集多了，拿到镇上去换钱。

金蝉脱壳不仅是一种蜕变，更是一种重生。我们的人生亦如此，如果不经历几次痛苦的蜕皮，就会像温室的花朵，很难成长为意志坚定、勇毅向前的大写的人。

酷热的中午，大人们会进行短暂的休息。我们小孩子是闲不住的。我们用长竹竿、竹条、蜘蛛丝制成一个捕蝉器，悄悄走到树下，将缠着蜘蛛丝的一头，慢慢升向鸣叫的知了，然后快速地按下，知了就被缠住了。

"意欲捕鸣蝉，忽然闭口立。"蝉很敏感，听到人的动静，立马就会飞走，所以要悄无声息。

我们捕了蝉，用一根细长线拴住蝉的一条腿，让它飞，像是放风筝一样。

布谷鸟、董鸡婆、斑鸠、喜鹊、燕子的叫声就好听得多。

"布谷——布谷""布谷——布谷"，布谷鸟在树林中声声殷切啼叫，它那洪亮、催人耕作的叫声，在村子里久久回荡。布谷鸟又叫杜鹃鸟，古代诗人为它写出了大量脍炙人口的诗篇，但大多是凄美、感伤、悲愁的。布谷鸟深受我们的喜爱，它的叫声是我们最喜欢模仿的，学得八九分相似的，会得到布谷鸟的回应，很好玩。

空气中飘散着稻花的清香和泥土的芬芳，田野里四处传来董鸡婆富有节奏的鸣叫，击鼓一样，一声一声，有力、干脆、嘹亮，音色浑厚，叫声独特。

"咯——咚"，"咯——咚"，"咯"音长，"咚"音短，飘扬在无垠的旷野上，此起彼落，激越高亢，很远都能听到。有时只发"咚"音，数声连鸣，声声急迫，情意切切，那是董鸡婆在求偶，在热恋。

董鸡婆机警怕人，我们行走在田埂上时，不小心惊动了藏在禾苗中的董鸡婆，突听得"嘭"的一声，董鸡婆受惊急速飞起，又迅即落入不远处的稻田里，动作快得连董鸡婆的影子都看不清。

"咕咕咕""咕咕"，那是斑鸠低沉清越的呼唤。

"喳喳喳""喳喳"，那是喜鹊干脆吉祥的鸣唱。

"啾啾""唧叽"，那是家燕欢快温情的呢喃。

伴随着这些美妙熟悉的叫声，黄昏来临，夕阳给村子涂抹上一层金辉。暮霭和炊烟一同缓缓升起，稻草和树枝燃烧后的醉人香气弥漫村庄。

大水牛们忙碌了一天，跟着主人回家休息。一路上，"哞——哞"，不断长啸低吼，这是劳累后的放松，这是辛苦后的满足，这是收工回家的快乐。但听得出，少了清晨时的气力与兴奋。

主人将水牛拴在树下，动手铡牛饲料。农忙时的牛饲料档次要高于平日。稻草铡成一寸长的样子，加入剩饭、米糠、清水，拌匀，条件好的，还会打入好几个鸡蛋，让水牛吃得饱饱的，明天才有力气耕田，也不至于让膘掉得太厉害。

麻雀、山雀也都回到了屋前屋后的竹林、树林。叽叽喳，叽叽喳，叽叽喳喳，别提有多高兴。好像在开会讨论，但都在抢着发言，有点乱，不知道听谁的。抑或是在相互问候，迫不及待地说着一天的见闻与收获。此刻，它们的声音，成了村里的主流，用"不可开交"来形容它们比较贴切，只有猪栏屋里饿极了的猪的号叫声，才能盖过它们。大约半个小时后，热烈归于平静。只有个别意犹未尽的雀儿，还在有一句没一句地小声聊着。

这个时候，蚊子是不会缺席的。那时的蚊子真是多，在屋里走动时，都能够碰到人脸上。蚊子虽不会鸣叫，但它们飞行时，高频率振动、摩擦翅膀而发出的嗡嗡声，仗着蚊多势众，群蚊乱舞，听得人心烦意乱。母亲会点起一堆干菖蒲、艾叶草，或是那种用锯木灰加六六六粉做成的粗大蚊香，来熏蚊子，否则，晚饭都吃不安生。

麻雀入睡了，猪也吃饱不闹了，水牛在树底下悠闲地咀嚼反刍。此时，该轮到另一批著名音乐天才闪亮登场了。

蛙无疑是这支庞大乐队当之无愧的主角。水沟边、池塘中、稻田里、篱笆下、田埂上，到处都是它们的身影。胡家老屋、向家山、严家台子、许家老屋、肖家湾、月星坝的蛙们都已准备妥当，只等指挥一声令下，就开始上演世界上最壮观、最美妙、最激动人心的大合奏。

一只壮实、帅气的雄性大青蛙，头部腹面的咽喉侧那对囊状物异常突起，它启动共鸣器，鼓起声囊，"呱呱"，发出如擂鼓一样的洪亮叫声，这是"开始"的号令。"呱呱呱""咯咯咯""呱呱呱呱""咯咯咯咯""呱呱""嘎嘎""呱""嘎"，一时间，万蛙齐鸣，如万鼓齐奏，声浪阵阵，排山倒海，气势磅礴。无数的萤火虫随着节拍摇动着荧光棒，为蛙呐喊加油。数不清的蝙蝠在空中上下翻飞，为蛙翩翩伴舞。满天繁星眨巴着眼睛，为演奏会提供最奢华的灯光。

演奏者都是公蛙，母蛙是不会发声的。公蛙们卖力地鸣叫，其实不是要为我们奉献一场精彩的演奏会，而是想尽情表演卖弄，吸引母蛙对自己的关注，赢得芳心。

青蛙数量最多，癞蛤蟆也会加入演奏队伍。癞蛤蟆虽说数量少，但个头大，叫声响，是合奏团不可或缺的成员。它们会快速发出一长串的"咯咯咯，咯咯咯"的叫声，一口气可以连续鸣叫一分多钟，尤其当公蛤蟆碰到母蛤蟆的时候，叫声会变得异常急促兴奋。有时也会发生误会，公蛤蟆被同性错抱，它会发出短促而尖锐的"嘎、嘎"叫声，警告对方："兄弟，我也是公的，注意莫乱抱"。

还有一种叫"土麻拐"的小蛙，麻布颜色，个子很小，长相不好看，叫声也不够响亮，混在演奏会中，扮演着南郭先生的角色。

"稻花香里说丰年，听取蛙声一片。"在令人沉醉的稻香里，晚风轻拂，阵阵蛙鼓。在蛙们中场休息的时候，我们才能听到有更加抑扬顿挫的妙音在弹奏。演奏者是蟋蟀、纺织娘、油蛉子等一众高手。

"竹深树密虫鸣处，时有微凉不是风。"远处的竹林和树丛里，传来一声声虫儿的鸣叫，一阵阵清凉的感觉也迎面飘来。其实，这清凉并不是风，而是来自大自然那些犹如空谷传音的虫儿鸣叫，带来的宁静凉意。

是的，听着虫儿高高低低、曲曲折折、长一声、短一声的鸣叫，如听一曲佛音，暑热会变得清凉。

"唧唧吱、唧唧吱"，水沟边的草丛里响起了蟋蟀那明亮高昂的叫声。特别有一种个头极大的蟋蟀，它总是先声夺人，它的叫声优美，嘹亮超群。如突然听到"吱……"的颤音，那一定是两只蟋蟀在幸福、快乐地交配。两只公蟋蟀相遇时，一场战斗不可避免。先是会竖起翅膀，一番高声鸣叫，以壮声威，然后头对头，张开钳子似的大口互相对咬、滚打，打赢的公蟋蟀会获得母蟋蟀的欢心和交配权。我们在打着手电捉青蛙时，常常会无意中看到这一幕。

纺织娘的鸣声铿锵有力，鸣奏弹唱，传情求爱，十分活跃。庄稼地里、瓜棚豆架下、灌木草丛中，纺织娘开始"纺纱织布"。它们先奏一段"前奏曲"："嘎——织、嘎——织、嘎——织"，连续二十多次，然后突然转个急弯，奏出主旋律："织……"长音，时轻时重，音高韵长，清脆亮丽，不绝于耳，犹如古老纺车的"吱吱"转动声。它们为了吸引异性前来相会，向异性展示自我，会彼此间"竞赛"，好像在开"赛歌会"，争鸣不休，为夏夜增添了几分"罗曼蒂克"的色彩。

油蛉长得小巧玲珑，体态优美，其鸣声优雅动听，很有特色。它不仅鸣叫时间长，而且声调抑扬有致，"嘀——嘀——嘀"，富有节奏，每次开叫可延续一个小时之久，估计是虫界最能叫的。

蛙又开始上场了，不过，没有了先前的声势和整齐。这些声音从黄昏一直陪伴到我们上床睡觉，才慢慢停歇下来。

睡在床上，表面上万籁俱寂的乡村夜晚，细心一听，依然有着许多美妙和可怖的声音，依然上演着大自然食物链之间的无情搏杀。

屋后的池塘，鱼儿喋水的声音，鲤鱼跳出水面发出的拍打声，都能清晰听见。

有几只蟋蟀、纺织娘不知何时跑到了房里，用它们的翅膀相互摩擦，在墙角发出窸窸窣窣清晰细小的声音，不疾不徐，轻轻弹唱，若有若无，好似催眠曲一般。

正要睡着的时候，西边窗外的樟树上，一只蝉痛苦地惨叫哀鸣，"嘣"的一声，飞起而去。一定是被长期盘踞在那里的那只绿褐色螳螂偷袭，咬断了一条腿或是狠狠咬上了一口，万幸的是这次保全了性命。绿褐色螳螂极少失手，到嘴的肥肉飞了，只怕它在气愤，在拼命遗憾，嫌弃蝉腿肉少了，没什么嚼头。害得我的瞌睡醒了一半。

这时，阁楼上的老鼠们又开始活动，在稻草上嬉戏、追打、亲昵、交配。应该有一窝出生不久的小奶鼠，"唧唧唧"，在娇声呼唤妈妈。老鼠妈妈也赶紧过来抚慰，小奶鼠"吧唧吧唧"吸吮着奶，不叫唤了。突然有老鼠发出"吱吱"的大声哀叫，声音逐渐转弱，其他老鼠全都安静下来，屋子里出奇地静，仿佛空气凝固了一样。我知道，这只老鼠被守候多时的屋场蛇冷不丁地一口咬住了。这只老鼠可没有那只蝉走运，屋场蛇闪电般地出手，不会给老鼠留生还的机会。我躺在床上，都能感受到屋场蛇一口一口往肚里吞咽着美味时的快感和老鼠无穷无尽深不见底的恐惧。老鼠再也发不出任何声音，它成全了屋场蛇，同时，也让那窝小奶鼠暂时生命安全。

终于清静了，不曾想蚊帐里钻进来一只讨厌的蚊子，在耳朵边"嗡嗡嗡"叫个不停，伺机对我下狠手。蚊子，你就别怪我不客气了。等它停在我脸上不动时，我以最快的速度，对准它就是一巴掌，只听得啪的一声，凭多年晚上打蚊子的经验，除了自己的脸被狠狠地打了一下外，好像什么都没打到。果然，不一会儿工夫，蚊子又"嗡嗡"着组织进攻了。我一把扯亮电灯，跟它死磕到底。灯一亮，蟋蟀和纺织娘也默不作声了。我瞅准它，两手一拍，打开一看，蚊子已成为标本，惨死在我的手心上。关了电灯，安心睡觉。

这些源自大自然的奇妙电波，是故乡不可分割的一部分，一直伴随着我们的乡村生活，相互依存，相互融合。我们也从不觉得它们有什么独特之处，如同天天打照面的邻里一样，实属平常。之所以说它们如同天籁，让人深深怀念，是相对于我们如今所处的环境来说的。"此曲只应天上有，人间难得几回闻。"身在闹市，忙忙碌碌，一年到头，也无法静下来听到几回，当然会视为天籁，心生怀想了。

稻草记忆

前些年秋收时节回老家，看到正在收割金黄的晚稻，都是用的收割机，稻草粉碎后，从收割机的尾部喷出来，直接丢弃在田里。我问老家人，稻草不要了吗？如今谁还要稻草啊，家家烧液化气，又没人养牛，要它有么子用啰。听那口气，好像百无一用是稻草。

真是此一时彼一时也。想想在20世纪90年代前，稻草可是精贵得很，家家户户拿它当宝贝，不会有半点浪费。

"双抢"，给无数从农村走出来的人留下了难忘的记忆，特别是60后、70后，更是对其记忆犹新、难以忘怀。20世纪50年代的人，能跳出农门的并不多，必须年年面对"双抢"。20世纪80年代之后出生的，条件逐渐好起来，参与"双抢"的机会少了，加上农机设备的大量投入，"双抢"也没有那么紧张和辛苦了。

我们那个时候的"双抢"，真是完美地演绎出了"抢"字，抢时间，抢季节，抢收抢插。收割完早稻，马上要耕田耙田插晚稻。在这中间，还要抓紧把稻草晒干，收回家。晒、收稻草的时间，就只能抢在正午和晚上。

酷暑的正午，白花花、毒辣无比的当空烈日，刺得人的眼睛都睁不开。走在烈焰下，自己的影子都看不到。从收割完的稻田里把稻草拖上田埂，进行翻晒，自然是我们小孩子的事了。

干田的话，一次可以拖六到八把草把子，快是快，但稻草的灰多。依然带着锋芒的稻草叶子，常常把手脚上划出一条条小口子，稻草上面的灰混合着汗水、盐渍，粘在口子上，太阳一晒，又痒又刺痛，叫人难以忍受。不过，干田的稻草容易晒，也不用去多翻动，两三天太阳就能晒干了。

水田的稻草有了水的浮力，好拖，但稻草泡足了水，很重，最多拖四个草把子。烈日下，我拖着稻草在水田里往返飞奔，激起层层波浪，水花溅到身上，能带来一丝清凉。稻草全部拖到田埂上，一个个立好，每天中午还要来翻晒，恼火得很。

最痛苦的是那种烂泥巴田，齐小腿深的泥巴，步步艰难，那真是一步一个深深的脚窝啊。手中的稻草，沾上了泥巴，像拖着一头死猪差不多。太阳暴晒，挥汗如雨，头昏脑涨，眼冒金星，感觉越拖越难、越拖越沉，没有尽头，拖得人直想哭。那种滋味，那种绝望，没有经历过的人，是无法想象的。

稻草晒干了，要收回家。晚上，父亲把稻草打成捆，我和母亲担草，堆放在堂屋和禾坪里。全部担回来后，我和母亲在下面用叉子叉住草捆往楼上递，父亲在阁楼上接住，一层层码放好。稻草收拾好了，父母松了一口气，踏实了，一年做饭、煮猪潲的柴火就妥当了。我也觉得自己和最痛苦、最不想干的活计终于有了一个了断，而暗自高兴。

我们老家属于平原地貌，没有山林，只有屋前屋后栽了很少的一点树，稻草成了家里不可或缺的柴火。当时煤是稀罕物，买不到，普通老百姓家也烧不起，就更别说液化气了，听都没有听说过。这也难怪父母要把收稻草当成一件大事，"双抢"再苦再累，也要抽空收好稻草。

扮晚稻，稻草的晒收就不用这么着急了。晒干后，直接在稻田里码成草垛子，家里也实在没地方堆放了。四周挖上小沟排水，防止不被雨水浸到就行。扮禾时田里留下的草缨子，我们会用一个长长的耙子耙拢来，再收回家，绝不糟蹋。

秋收之后的村庄，是那么的安宁祥和。空旷的田野，明净的池塘，茅屋上升起的袅袅炊烟，高高的香樟和皂角树，褚褐色的草垛，秋风里，一大群麻雀喳喳飞过，如同一幅醉人的田园风景油画。那画面，永远定格在我的记忆深处，一有碰触，就会自动高清回放。如今，田野和池塘依旧，但没有了炊烟和草垛，少了乡村诗意与韵味。

稻草当然不只是当柴火，用处可太多了。

20世纪80年代前的农村，很少有瓦屋，大多是土砖茅草房，都是用稻草作材料盖屋顶。这样的房子，既能防漏水，也能避寒，冬暖夏凉。不过，两年左右时间，就要翻修一次。因为老鼠常年在里面打洞做窝，加上大风的吹刮，破坏了屋顶的密封性。盖屋顶和翻修屋顶是一门手艺活。做事毛糙的人或手艺不佳的人，盖出的屋顶会漏雨。嗲嗲是我们当地盖屋顶的里手，一到秋冬农闲时，就有人请他去帮忙。盖屋顶用的稻草有讲究，长度要齐整，要晒得干，晒得透，否则，盖上去会长霉发烂。盖的厚度也很重要，太薄了，不隔热、不保温、不结实，而且容易渗水。盖屋顶的稻草最好是早稻的草，太阳猛、气温高，一次性晒干，草的品质、色彩都好，耐用。

20世纪80年代开始，老家出现了不少烧小青瓦的瓦窑。父母也加入了做瓦的行列，做好瓦坯，租别人的窑烧瓦，然后卖掉换钱，供我们读书和家用。从那时起，土砖稻草屋逐渐被红砖青瓦房替代，只有猪栏屋、牛棚、茅房等杂屋，还会用稻草。大约到了90年代末，稻草屋就彻底消失在我们的视线中了。如今乡村建房，用的是美观结实的琉璃瓦。

不过在一些景区和民宿，也还能偶尔见到稻草屋，这些屋子看起来非常有特色，古趣盎然，颇受欢迎。

稻草的另一个很重要的用途就是铺床做床垫。农村长大的60后、70后，应该都睡过用稻草做垫子的床。

进入冬天，太阳好的天气，母亲会将阁楼上的稻草取两捆下来，放在太阳下晒，并用一个木锤子把稻草锤软锤服帖，然后将晾晒好的稻草铺在木板床上，厚厚的一层，再在上面铺上床单。家里的三张床都换上了稻草床垫，这种床睡起来别提有多软和、温暖，充满了阳光的味道。睡在上面，感到无比的舒服和踏实，童年的梦，也变得格外的香甜。

到了春天，气温回升，春雨绵绵，屋子里开始回潮，床上的稻草容易长螨虫。睡在床上，总感觉脸上有虫子在爬，痒得很，可看不见，摸不着，拿它没办法。出太阳的时候，母亲会把床草搂出来晒一晒，效果很明显，螨虫像所有躲藏在暗处的东西一样，怕阳光。

在农村实行责任承包制后，每家每户都养了耕牛。农忙时节，牛除了吃青草外，稻草是它们最喜爱的主食。把稻草铡成一寸长左右的草段，加入米糠、剩饭、清水，一遍遍拌匀，好吃又有营养，能让耕牛迅速恢复体力。到了冬季，野草枯死了，加上落雪，这个时候，家里的干稻草就成了牛每天唯一的食物，往牛栏屋里丢一大把，任牛慢慢咀嚼，度过漫长冬天。

猪圈里，也少不了稻草。冬季，猪怕冷，垫上一层厚厚的稻草，大肥猪睡在上面，很是暖和惬意。牛栏、猪圈里的稻草，经过它们的踩踏，加上粪便混合在一起，收集堆放起来发酵，到了开春，担到田里，是天然的有机肥料。

用稻草搓成绳子，搭瓜棚瓜架，让丝瓜、苦瓜、南瓜、豆角藤沿着绳子生长，在上面开花、结果，成为农村房前屋后的一道美丽风景。

把稻草和其他植物秸秆打碎，与农家肥混合一起发酵，可以用来加工成食用菌培养基，生产菌菇。我在驻村扶贫的时候，就是用这种方法，帮助贫困群众种植松茸菌，让群众脱贫受益。

用稻草编织成草鞋，是那个年代男人们的标配。农忙时，老家人都不穿鞋，晚上洗了脚，穿双拖鞋。平时出门，都是穿双自己打的草鞋。在泥巴中加入稻草，做成土砖，能使砖变得结实，类似于在混泥土中放上钢筋。用稻草烧成草木灰，可作肥料，可以保存各种种子、加工皮蛋，可制作成碱水，用于加工豆腐和粽子，这种天然的碱水让豆腐和粽子的味道、口感变得更好。

稻草还有一个想象不到的作用。那时农村大多没有早晚漱口的习惯，讲究一点的，会拿个瓢舀瓢水，含口水在口里，咕噜咕噜，吐掉，再来一口，咕噜咕噜，吐掉，就算完事了。牙膏牙刷，就更不会有了。为了刷牙，我们拿一根稻草，在水里洗一下，把稻草缠在右手食指上，当牙刷，在口腔里刷来刷去，力度没掌握好的时候，牙龈都刷痛。贫困的生活，快乐的记忆，那情境，如在眼前。

而今，稻草也有了新的作用。在一些乡村旅游项目中，将稻草设计制作成各种大型稻草人、稻草动物、稻草飞机、稻草汽车等，组成一个农趣园，受到游客的喜爱。有人用稻草编织出各种漂亮的工艺品，成为致富好门路，稻草变成了"金草"，助力乡村振兴。

故乡门前的那条小河

老家门前有条小河，给我的童年带来过许多的欢乐，留下了许多美好的回忆。它从西向东流入我们大队的一个叫泉湖的小湖泊。其实，那不能称之为河，我们叫它排沟，宽约三米。

20世纪六七十年代，老家推行田园化，田成方，路成网，渠相通，屋上线，旱能浇，涝能排。阡陌纵横，稻浪翻滚，屋舍俨然，沟渠交错，颇有西周"井田"的味道。水库、排渠、支沟、灌沟，形成了一套十分完善、科学的农业灌溉体系。上游水库的水，先放入相对宽大的排渠，沿途有无数的支沟套接排渠，把水引入到每个大队和生产队，然后，再由多于毛细血管的灌沟，将珍贵的水源汩汩接入广袤的稻田和星罗棋布的池塘。老家门前的那条小河，就是众多支沟中的一条。

池塘灌满了水，能起到蓄水池的作用，一年的生活、灌溉用水都不愁了。遇上大旱之年，排沟的来水不足的话，就用抽水机将池塘的水抽到稻田里。老家似乎旱涝无忧，令人羡慕。

抽水机可是生产队里的宝贝，有专人负责管理和维护。我们小孩子对抽水机充满了兴趣和好奇。抽水机由柴油发动机、水泵和底座组成。技术员在池塘边宽敞些的地方安装好抽水机后，左手按减压器，右手拿摇把使劲摇，"突突突"，抽水机冒出一缕黑烟，欢快地叫着，一大股水就从水管中有力地冲了出来，流入稻田。我站在旁边有滋有味地看着，看得心里痒痒的，很想亲手试试。有时，技术员会发善心，把摇把递给我，让我先摇，韵下味。我一阵激动，学着他的动作，使出浑身力量，快速摇动，可发动机只"哼哼"了几下就完事了。不甘心出洋相，我接着摇，结果摇把都甩了出来，差点打到自己，引来大人们一阵取笑。

池塘的水抽干了很多，浅的地方露出了塘泥，深的地方大约还有两尺来深的水。中午时分，骄阳似火，大人要休息一会儿。我们一群发小趁机跑到干了一多半的池塘捉鱼，当然，主要是鲫鱼、黄鸭叫、鲇鱼等小杂鱼。等塘主人发现，我们早已跑得各散八方。满婶子站在塘基上大骂。

其实，老家干旱的年份并不多见，相反，有时嫌水多了。

夏天"双抢"的时候，是稻田用水的高峰期。排沟靠近泉湖入口的地方，建有一个水闸，水闸一关，排沟的水就满到平了路基。那些地势高一些的台子田正好，而地势低的田会出现水倒灌情况，刚插下去的禾苗就被淹掉了。这样，矛盾就来了。遭水淹的，要把闸门拧上去，让排沟的水位降下去一些，田里还要灌水的，坚决不肯。我家抓阄分的田就是低洼田，从不缺水，是别人眼红的好田。父亲看到自家的禾苗淹了，心急，扛起一把锄头气冲冲就出了门，母亲赶紧扯住父亲，叮嘱他好好讲，莫要和别人争吵打架。争吵是解决不了问题的，最后只好各让一步，水闸稍微升起一点，既让台子田灌得进水，也让我家的田不至于淹得太厉害。

排沟的水，是大山深处的水库放下来的，非常清澈。流入池塘自行净化后，就可以做我们的生活用水，淘米、洗菜、做饭、烧开水，都用它。有时渴了，直接从水缸里舀上一瓢就喝，也没有看见谁因此生过病。

那时候，排沟里干干净净的，看不到任何塑料袋、泡沫箱、包装盒、酒瓶子等垃圾。我想，也不是那个年代的人环保意识一定有多强，而是根本就没有那些污染物的来源。上街称肉用草绳子提，买副食品用的是纸封子。尿素、钾肥等肥料的包装袋也绝不会丢弃，留着家里有用。人畜粪便也会收集起来，发酵后做农家肥料，不会对水体产生污染。池塘和排沟是相连的，都是活水，不会发黑发臭。我们常在里面洗澡、玩水，不亦乐乎，基本上一个夏天就泡在水里。如今农村的孩子，再也不会有在池塘、水沟野泳的体验和经历了。

排沟的两边，栽了樟树、柳树、槐树，绿树成荫，覆盖在排沟上空。树下，种了黄豆。黄豆在老家是个好东西，它是老家特色芝麻豆子姜盐茶的主角，也是制作酱豆子的原材料。勤快的人家还在排沟上搭起了丝瓜、冬瓜、扁豆等瓜棚豆架，黄色的花、紫色的花盛开，蜜蜂、蝴蝶翩翩飞舞，蚱蜢、瓢虫流连其间。一根根长长的丝瓜垂吊在水面，不时有鱼儿跃起，吃丝瓜花。瓜棚中间的丝瓜不好摘，母亲教我在一根长竹竿的一头绑上一把镰刀，伸过

　　去对准丝瓜蒂巴一勾一带，丝瓜就掉进水里，捞起来，装进竹篮。这丝瓜真是夏天的美味，清炒丝瓜不需要加水，自身水分足，特别清甜。母亲早晨煮上一大盆，放凉，中午吃饭前，先喝一碗清凉的丝瓜汤，很是韵味舒坦。

　　黄昏时候，我们小孩子用桶子从排沟打水，把路面淋湿浇透，散去暑热，然后摆上竹铺子，为乘凉做好准备。吃了晚饭，躺在临水的竹铺上，总觉有丝丝微风吹过。萤火点点，星汉灿烂，蝙蝠飞来飞去，蟋蟀轻声鸣唱，母亲在旁边用一把蒲扇摇着风，驱赶着蚊子。好一幅温馨、宁静、恬淡的乡村夏夜风情画卷。

　　从老家往南大约二里地，有一条真正的大河，它叫沩江，是我们的母亲河。小时候，没见过湘江，更没见过黄河、长江，在我的心里，沩江就是天下最长、最宽、最壮观的大河了。高高的河堤，宽阔的水面，河中间还有生长着桑树的沙洲。它从山高林密的沩山发源，像一条玉丝带，一路逶迤一百多公里向东奔赴湘江，两岸青山叠翠，白鹭翩然，沃野千里，十分壮阔美丽。老家的这一段，属沩江的下游，河面更为宽广，过河，还得坐渡船。"一水护田将绿绕，两山排闼送青来。"王安石笔下的江南美景，也恰似沩江两岸的迷人风光。

　　"双抢"过后，我们会到沩江的沙洲上去放牛。骑在牛背上，蹚过河水，水花飞溅，那感觉，还是蛮爽蛮刺激的。傍晚，赶着牛准备回家时，只见西边漫天的夕阳照在沩江上，江水映照得通红，金光闪烁，此时的沩江如同一条金丝带。归巢的鸟儿不时从身边掠过，河堤两岸有炊烟袅袅升起。那景象，真叫一个壮美，永远萦绕在心底，挥之不去。

　　沩江和老家门前的排沟是有着内在联系的。上游的黄材水库是拦截的沩江源头水，而排沟的水，又是从黄材水库放下来的，可谓一脉相承。所以，是沩江的水浇灌了我们的稻田，是沩江的水生生不息地哺育了我们。

　　不知道为什么，那时候排沟里总有那么多的鱼。春夏涨水时，随水而来的有草鱼、鲤鱼等大鱼。到了深秋时节，水少时，则有鲫鱼、鳑鲏、鲇鱼等小杂鱼。到排沟里捉鱼，就成了我们孩提时的一大乐事。

　　我们用一张丝网，固定在排沟的两边，游刁子鱼经过，大多会被丝网卡住。隔一段时间，去收一次鱼，晚上就有红辣椒紫苏香煎刁子鱼吃了。当然，最热闹有味的还是夏天，男人们拿个竹罩子在排沟里罩鱼。喊号声、捧场声不绝于耳，不时有大草鱼、大鲤鱼被扔了上来，堂客们赶紧一把捉了，一路笑哈哈送回家。

　　如今六十多年过去了，不变的是老家的排沟依然在发挥作用，灌溉着稻田，为鱼塘、菜园提供水源。不同的是，老家人的生活用水变成了自来水，不再喝池塘的水，排沟两边进行了硬化，安装了太阳能路灯，红砖房换成了漂亮的楼房，路面铺上了柏油，有小车来来往往穿梭其间。

生命乡愁

　　乡愁，中国人几千年的故土情结、思乡情怀，从古至今被无数文人墨客反复歌吟咏唱，生生不息。乡情、乡音、乡愁，一代又一代，时时在梦中，乡情难舍，乡音难改，乡愁难忘。记住了乡愁，我们就有了念想，就有了寄托，就有了精神慰藉。

　　一个没有故乡和乡愁的人，就如同没有灵魂和依靠，好像人的三魂七魄在野外游荡，魂不守舍。也许有人喜欢漂泊流浪，也许有人喜欢四海为家，也许有人能随遇而安，可以把他乡作故乡。我想，他们的内心并没有如此坦然豁达，他们的心底一定埋藏有比别人更浓厚的乡愁。

　　"故乡何处是，忘了除非醉。"乡愁，在李清照的酒里。

　　故乡邈远难归，多少次引颈北望。而故乡遥遥，回归无望，不如忘却。越想忘却，越不能忘却，欲解思乡之苦，只能一"醉"，除非一"醉"。

　　"少小离家老大回，乡音无改鬓毛衰。儿童相见不相识，笑问客从何处来。"乡愁，在贺知章无奈的叹息中。

　　看似风趣幽默、轻松自在的笔调，却道尽了游子归来时的风尘仆仆。风华正茂离开家园，两鬓苍苍回到家乡，一恍五十多年过去，时光易逝，世事沧桑。乡音虽未改变，但离乡太久太久，故乡的小孩子自然认不得我了。一股积压的乡愁，自胸中泛起层层波澜，颗颗老泪顿时滚落。

　　"君自故乡来，应知故乡事。来日绮窗前，寒梅著花未。"乡愁，是王维日夜思念的那支绮窗前的"寒梅"。

　　一个久在异乡漂泊的人，遇上来自故乡的旧友，激起强烈的乡思，故乡风物、人事，都急切地想知道，又一时不知从何问起。慌乱间，问起窗前的那株寒梅开花了没有，其实，游子要问的，是魂牵梦绕的窗中之佳人。

　　"我在这头，大陆在那头。"乡愁，是余光中手中那张窄窄的船票，隔着一湾浅浅的海峡，一望数十年，天天盼归，年年盼归，望眼欲穿。

在我看来，乡愁是一本纪实的散文集，原汁原味地记叙了乡村生活的人情风物、喜怒哀乐和酸甜苦辣。乡愁是一幅写实的国画长卷，故乡的一山一水、一草一木、一砖一瓦、一人一事，总能随时在我的眼前徐徐展开。乡愁是一部全景式的记录电影，每一个场景，每一个镜头，都可以对儿时的记忆进行回放、追溯、还原。

故乡的一切，都是融进我生命血液里的难忘乡愁。

乡愁，是那起伏涌动的稻浪，是那悠悠弥漫的稻花香；是稻田里董鸡婆嘹亮清越的一声声鸣叫，是树林中布谷鸟不厌其烦殷殷催耕的友善提醒；是夜晚蟋蟀、纺织娘发出的阵阵低吟浅唱，是清晨大公鸡昂首打鸣时的骄傲，是夏天柳树上知了声嘶力竭的鼓噪。

乡愁，是那夏夜里满天的繁星、点点的萤火、阵阵的蛙鼓；是冬天原野上茫茫的白雪、长长的冰凌、呼啸的北风。

乡愁，是那阳光下池塘里水花飞溅欢快的游泳；是黄昏屋顶上升起的袅袅炊烟，是那灶膛里熊熊燃烧通红的火苗。

乡愁，是母亲气极了用竹条子抽打在屁股上我那杀猪般的号叫；是那炎天酷热里"面朝黄土背朝天"不停劳作、噩梦一样的"双抢"；是杀年猪、贴春联、穿新衣、打雪仗、放爆竹，对过新年的无限期盼与欢乐。

乡愁，是父亲酿造的谷酒，甘烈芬芳，越陈越醇，在无人的暗夜里飘散着阵阵醉人的浓香。偶尔回到老家，与老父亲对饮三杯，那是无法言说的满足与幸福。

乡愁，是母亲煎煮的芝麻豆子姜盐茶，滚烫的茶汤蕴含着芝麻、黄豆的清香，在唇齿间荡漾。而今，成了最奢侈的怀想。

乡愁，是故乡那让人百吃不厌、屡吃不烦、念念不忘、时时搅动味蕾的儿时味道，那是千百年来的味觉盛宴，那是一方水土养育一方人的精神标签，那是"舌尖上的故乡。"

乡愁，是老家东边菜园中的一畦翠绿春韭，长了又割，割了还长，一茬又一茬，绵绵不绝。

乡愁，是老家屋顶瓦片缝隙中长出的青草，绿了又黄，黄了又绿，一年又一年，岁岁如流。

乡愁，是我家大水牛耕田晚归时声声低沉的长哞，穿透薄雾般的暮霭，在故乡上空久久回荡。

乡愁，是故乡三月那连绵的春雨，点点滴滴，淅淅沥沥，平平仄仄，满了池塘，绿了禾苗，泥泞了一条条长满青草的乡间小路。

乡愁，是老家屋后那"嘎吱嘎吱"的摇井，汩汩清凉的井水滋润了沧桑的岁月，井壁上留下了浅绿的苔痕，铁质的摇柄泛着点点幽光，仿佛还留有母亲的余温，仿佛还能看见母亲在井旁洗衣、洗菜忙碌的身影。

岁月无情，人生无常。随着长辈日渐凋零和相继离去，升腾一缕青烟，撒下一抔黄土，乡愁，成了对故人无尽的怀念、祭祀和忧伤。

乡愁，成了年长后夜梦的主角，一回回梦见老家，梦回童年。一声梧叶一声秋，一点芭蕉一点愁，三更归梦三更后。梦里梦外是故乡，魂也牵，梦也萦，总是挥之不去。如今日益老龄化、空心化的老家，若不是过年过节，在外打拼的年轻人和读书的孩子回来，多少显得有点冷清、萧瑟，心中不免多了几分忧虑。

"不能让城里老年人在互联网时代成为需求孤岛，也不能让农村老年人八九十岁高龄还要自己劈柴做饭。"好在国家已做出温暖、鼓舞人心的规划和承诺，振兴的号角已然吹响。故乡篱下菊，今日几花开。一幅幅"望得见山、看得见水、记得住乡愁"的美丽安逸山乡画卷必将呈现在我们的视野。

钓鱼记

老家有很多池塘，扁圆形的、长条形的、葫芦形的、弯月形的，大小形状不一，星罗棋布，从高空俯瞰，像是镶嵌在田野上晶莹的珍珠一般。在我家出门，就有一口月牙状的大池塘，叫黑鱼塘，垂柳依依，塘水清澈。打小我就在这些池塘里钓鱼。

小时候钓鱼，钓具简单得很，根本谈不上装备。找一根大头针或母亲的缝衣针，在火上烧红，用钳子夹住弯成鱼钩。在屋后土山上砍根大小长短适合的竹子，竹节放火上逐节烧一烧，压直，钓竿就有了。寻一根棉线或到镇上买几米钓线，扯根鹅毛或者是剪一截干芦苇梗作鱼漂，再在菜土里挖些活蹦乱跳赭红色的蚯蚓，就可以开钓了。

不过，老拿母亲的缝衣针做鱼钩，会招来母亲的责骂。等到手头上有了三五分钱银角子，就跑到镇上唯一一家渔具店子买那种带倒刺的鱼钩，又锋利，又不跑鱼。我把那鱼钩当成宝贝一样，很是珍爱。

那年月，鱼是真多。鲫鱼、鲇鱼、黄鸭叫、游鱼子、鲤鱼、鳊鲅、沙鳅子、老米虾、翘白子、木楞古等各色杂鱼，多如牛毛。不需要多好的装备，也不需要多好的技术，只要出了门，随便钓半桶，那时钓鱼可没有"空军"一说。甚至乌龟、甲鱼，也常常能钓到。

小时候钓鱼有"三怕"：鳊鲅、木楞古和沙鳅子。鳊鲅嘴小，爱咬钩，很难钓得上，加上味苦，不逗人爱。木楞古嘴巴倒是大，但鱼身短小，寸把长一条，钓钩子刚一落底，它好像等候多时，拖起鱼钩上的蚯蚓就跑，一提钩，鱼钩从它大嘴巴里吐出，不好钓，钓上来也没什么用。沙鳅子就更烦人了。

老家有句俗话，叫"野老公钓沙鳅。"至今也不太明白这句话的意思。

沙鳅子是很令钓鱼人厌恶的。沙鳅子咬鱼饵特别凶猛，提竿稍一迟疑，鱼钩就被它吞进肚子里了，拿不出来，非得用脚踩住尾巴部位，两手抓住它嘴巴的上下颌，才能取出钩子。老家人是不吃沙鳅的，我们钓到沙鳅后，会扔到岸上，让它干死，丢进池塘的话，它又会咬钩。它的背脊上长着一排尖刺，抓它时一不小心，就会被刺得鲜血直流。

可而今，池塘里的鲮鲅、沙鳅子成了稀罕物，很少钓得到了。

前不久，我读过著名画家周宗岱老先生有趣的一篇散文《父亲钓鱼》，回忆他父亲用如今已经失传的方法专门钓"游鱼子"。游鱼子就是白条，我老家叫"甩游鱼子"。用蜘蛛丝和修剪好的鹅毛缠在鱼钩上，做成形似苍蝇的假饵。鱼线很长，要不断将鱼线甩向池塘中间，慢慢收线逗鱼，游鱼子追过来咬钩，用力一扬竿，一条雪白的游鱼子就钓上来了，上鱼比现在的台钓还要快。这可能是最早的路亚，也有点类似于国外的"飞蝇钓法。"

这是一种四处游走的钓法，需要很好的技巧和体力，我们细伢子很难操作，只能徒生羡慕。我也试着制作过钓具，但终不得法，只好作罢。

20世纪70年代，尽管物资匮乏，生活困难，但由于我喜欢钓鱼，家里的鱼几乎没断过。新鲜鱼、腊鱼、火焙鱼、风干鱼，母亲变着花样做得美味可口，极大地滋养了我那干瘪的胃，改善了我们家的困苦生活。

到了上初三和高中时，母亲坚决不让我去钓鱼了，跳出"农门"要紧。每到星期天，母亲坐在大门口守着，边做针线活，边监视我做作业。有时钓鱼瘾上来了，我只好从后面翻窗出去。好歹应届就考取了学校，母亲自然高兴。从长沙读书毕业到参加工作很长一段时间，我却很少钓鱼了。一则是工作调动比较频繁，二来兴趣爱好也有了转移，文学、绘画成了我最痴迷的事情，占据了我绝大部分业余时光。

四十多岁后，人生和心态都开始变得稳定、豁然，遂又买回钓具，重操旧业，开始钓鱼。依然还是喜爱传统的钓法，手竿、蚯蚓、单钩，简单，易操作，还能勾起我儿时的回忆。

今年夏秋，气候反常，高温酷热笼罩，三个多月不曾落雨，很多池塘干涸见底，我外出钓鱼的次数寥寥可数。

秋分后的一天清早，钓友在靳江流入湘江的入口，用路亚钓了一条三斤多的红尾，马上拍视频发给了我，并约我去那作钓。自然引发了我的兴趣。钓友开车在梅溪湖接了我，直奔钓点。

到了河边一看，好热闹啊。路亚、台钓、海竿，筏钓、手竿，应有尽有。老年人、中年人、年轻的帅哥美女，各就各位。石头上、桥墩上、船上、江边，好钓位早已悉数被占，场面颇为壮观。

靳江水与湘江水泾渭分明，一边浑浊，一边清澈。钓点确实不错，水位虽说下降厉害，但毕竟是入口处，水深不影响作钓。加上靳江入口有两座桥横跨，桥底下晒不到太阳，难怪聚集了这么多钓鱼人。

我找了个空当，放下渔具，没有急于下竿，各个钓位转了一圈，发现不同年龄层次的钓友分工明确。年纪大的，多数钓台钓，主攻小白条。中年人，钓好几根海竿，目标鱼为鲤鱼、胖头鱼。年轻帅哥，玩路亚，翘嘴、红尾、鲈鱼是他们的对象鱼。美女，边钓边拍视频，估计是来玩玩的。

我挂好蚯蚓，将钓线抛入江中，静静地等待鱼漂的异动。我知道，传统钓在这样的钓点是很难有收获的，不过我抱着一颗平常心，看看风景也是好的。

两个小时过去了，除了那两个老人钓上了几条小白条外，没有一个人的上鱼，可能是气温太高，鱼大概也没有心情进食吧。

就在这时，离我不远的老人大喊一声"中大货"，手中三米的钓竿弯成了一张弓。这下子激发了钓友们的热情，纷纷围拢过来助阵，"不要急""要稳住""弓紧点"，钓友们比老人还激动。老人与鱼大战几十个回合，相持了近半个小时，鱼终于没有了抵抗的力气，翻白了。通红的尾巴，是一条大鲤鱼。老人把大鲤鱼拖到岸边，钓友赶紧拿抄网抄了上来。

钓路亚的小伙子从包里拿出电子秤，一称，七斤八两。钓友们一片欢呼声，老人也兴奋得合不拢嘴。老人抱着大鲤鱼，笑哈哈拍照，又不停与钓友合影。突然，老人手中的大鲤鱼掉到地上，人也随之栽了下去，任凭钓友呼喊、掐人中，还是不省人事。真是乐极生悲啊。

有钓友连忙打120，很快，救护车就来了，医生现场做了施救后，老人总算有了气息和反应。众人一同把老人送上救护车，到医院进一步抢救。

老人去了医院，钓友们慢慢平静下来，继续作钓。两个美女却闹腾起来，老人留下的大鲤鱼正好成了她们拍视频的道具。她们把大鲤鱼挂在钓钩上，放入江中。黑漂，奋力扬竿，钓竿如满月，"中鱼中鱼""大货大货"，美女装模作样，大声叫喊，激烈缠斗，艰难溜鱼，时而前进，时而后退，动作夸张，吵得人心烦不已。

我收拾钓具，绕过桥墩，来到湘江边上。面朝湘江，左边是猴子石大桥，右边是湘府路大桥，长虹卧波，高楼林立，船舶穿行，漫江碧透，江风吹拂，不时有白色的鸟儿飞翔掠过。从猴子石大桥桥孔看过去，橘子洲像是一艘巨型航母，迎风劈浪，向南驶来，让人震撼。看着眼前的壮阔景色，心情顿时又清朗起来。

拿出手机，拍了些照片。点上一支烟，坐下来习惯性地刷起视频。刚看了几条，一个熟悉的画面扑入眼帘，竟然是那两位钓鱼美女拍的视频，美女钓到大鲤鱼的整个过程剪辑得天衣无缝、行云流水，不在现场看过的人，还真以为大鲤鱼是美女钓到的，绝不会怀疑有假。美女横抱着大鲤鱼，无不骄傲地说，"今天能钓到这条将近二十斤的巨物，多亏了某某品牌的钓竿好。"哈哈，七斤多的鲤鱼到了她那里，变成了将近二十斤。不过，从她们拍出来的效果看，是有那么大。原来她们钓鱼是为了推销渔具赚钱的。

唉，一声叹息。这世界变化太快，多理解，莫要在意。此时已是日暮时分，喊了朋友，打道回梅溪湖。

晚上睡觉前，照例躺在床上刷一会儿抖音，看看新闻和几位老师的国画作品。不曾想刷到了白天那个钓鱼老人的视频了。原来，从老人钓上来那条大鲤鱼、到抱着拍照、到倒地送上救护车，再到老人被送往医院紧急抢救，有人一直在跟踪拍视频。老人清醒过来后说的第一句话是："我的大鲤鱼呢？"

我看到这里笑了，老人平安，悬着的心也就放下了。看样子，老人也是一个骨灰级的钓鱼人啊。

关了灯，却一时睡不着。小时候，幸福似乎是一件很简单的事情，而长大后，简单则是一件幸福的事情。可追求简单，并不那么容易。

不管它，我还是坚持自我，用最简单的钓具和最原始的钓法，以最普通豁达的心态，钓那一份随意与开心、幽静与闲适，钓那一份山与水、田园与清风。

故乡物语

前两年到宁乡道林江湾拜会老师五一先生，在老师的艺术馆里，我看到了老师精心收藏的很多农耕文化老物件。有犁、耙、蒲滚、水车、风谷车、扮桶、筬箕、畚箕、箩筐、连枷、扁担等老农具，也有竹铺子、柴筢、擂槌、煤油灯、双喜瓷坛、蓑衣、斗笠、摇井、石磨、烘篮子等日常生活旧用具。那些老物件，都是我小时候见过或使用过的，如今大多被淘汰了，甚至消失不见了。它们安安静静地陈列在那里，诉说着往日弥足珍贵又不可复制的乡村故事。见物怀乡，睹物思人，一下子唤起了我心中沉寂了许多年的美好记忆。

在进门的显眼位置，摆放的是一整套犁、耙、蒲滚等耕田农具。看到它们，我仿佛看见了面带憨笑、心地善良的爷爷。

我的童年时代，爷爷正值壮年。爷爷是生产队里耕田的顶尖好手，为人称道，那是爷爷一生的荣耀和骄傲。犁、耙、蒲滚，在爷爷手中，那就是爷爷施展精湛武艺的拿手兵器。

早春三月，春寒依然料峭，油菜花、紫云英迎着春风疯长，蜜蜂"嗡嗡嗡"不停飞舞忙碌。爷爷脱去冬装，打着赤脚，扛起犁，牵上养得膘肥体壮的大水牛，去犁开那沉睡了一个冬天的肥沃泥土。

爷爷一手扶着犁把手，一手牵着牛绳，掌控着大水牛前进的方向。泥土在爷爷的脚下翻飞，像一页一页的书一样整齐翻过，赏心悦目。油菜花、紫云英作为肥料被纷纷埋在泥土下，只在两垄泥土之间还露出一些花朵和绿叶来，用它们最后的芬芳，装饰着这本充满收获希望的大地春耕之书。

田犁完了，泥坯要在春水中浸泡两天，泡软浸烂，同时让油菜花、紫云英充分腐烂发酵，增强土地肥力。稻田里的水微微发黄，就可以开始耙田了。爷爷肩起耙，牵上他的老伙计大水牛，再次走进他无比热爱与熟悉的田野。

耙是个长着10多个铁齿有点吓人的农具，把它深深插入泥土，爷爷扶着耙的扶手，指挥着大水牛奋力前行，来来回回将泥坯一次一次耙碎。

随着气温的上升和淅淅沥沥的春雨洒落，水田里游进来了好多鲫鱼。爷爷耙田的时候，我就提个桶子跟在后面，在浑浊的泥水中捉鱼。不消半个时辰，就能抓到一小桶子。

爷爷是个做事追求精细和完美的人，他耙过的田，都在一个水平面上，如镜子般平整，绝不允许这边高那边低。这点很重要，耕田后插下去的禾苗才能均衡灌溉、均衡受肥。这也是爷爷受人赞誉的关键功夫，别人夸赞他的时候，他也不说话，只是很享受地眯眯笑着。

最后是打蒲滚。纯木质的蒲滚结构略为复杂，滚筒装在一个木架子中间，跨滚筒两边制作安装了类似一个高脚凳子样的物件，人可以站着或坐在上面操作。用蒲滚再打一遍，能把草根和禾根打得更细碎，把泥巴打出泥浆来，秧苗插下去后能快速生根。

我觉得打蒲滚好玩，爷爷偶尔会叫我站在蒲滚上，韵韵味。爷爷在左后方"嗬嗤嗬嗤"赶着牛，蒲滚在泥水中翻滚，不断发出"扑噜扑噜"的响声，一路滔滔向前，我感觉无比快意和飒爽。

到了20世纪90年代，又快又省事的柴油耕田机大量投入使用，这一套历经千年风雨、立下过不朽功勋的传统农具就彻底下岗，退出了历史舞台和我们的视线。爷爷也失去了他施展技艺的舞台，靠做些零星的木工、泥工活，给人配狂犬病药方来打发时间，安度晚年。

犁耙的位置过去，老师摆放了好几架水车和风谷车。水车和风谷车是农具家族中的大个子，制作工艺讲究，结构颇为繁复。看到它们，我感觉格外激动，我摸摸水车，又摇摇风谷车，童年往事浮现眼前。

水车，又名龙骨水车，也叫翻车，2000多年来，一直是农耕文明时代最著名的抗旱灌溉神器。由车身、链轮、矩形长槽、龙骨刮水板组成。龙骨叶板用作链条，由铰关依次连接，首尾衔接成环状，卧于矩形长槽中。操作时，将车身斜置在池塘边，下链轮和一部分长槽没入水中，驱动链轮，叶板就沿着长槽刮水上升，到长槽上端将水送出，流入稻田。可手摇，可脚踏。我老家的水车是脚踏的，三个大人坐在车身上，双脚飞快顺溜地踩踏着链轮，抽着喇叭筒烟，开心地聊着天、讲着笑话，水汩汩地流进田里，滋润着干涸的土地，看似十分悠闲轻松。农忙时节，劳力紧张，两个人也能操作应付。

我喜欢看大人车水，常在旁边玩，也很渴望上去试一试。赶上只有两个大人车水时，他们会喊我：洪妹几，上来帮我们车水啰。在老家，习惯把男孩子叫妹几，女孩子叫伢几，大概是为了好养活吧。

听到他们的喊声，我很兴奋，终于可以一试身手了。我麻利地爬上水车。他们帮我调好坐板，坐板是可以前后移动的，我正好够得着链轮上的脚踏坨。他们慢悠悠踏着，我勉强能跟上节奏。正在得意之际，谁知他们突然发力，把链轮踩得呼呼生风，我一下子不知所措，步步踏空，失去控制，脚背频频被链轮打得生痛。幸亏水车前面有一根当扶手和趴着休息用的横杠，我双手死死吊在横杠上，腿蜷曲着，悬挂在空中，吓得大叫：快停下来，快停下来。两个大人哈哈大笑，原来他们是故意捉弄我的。我惊魂未定地从水车上下来，再不敢轻易上水车了。直到分田到户后，和父母一起为自家的责任田车水，顶着炎炎烈日，脚踏着沉重的链轮，汗水不停流淌，才知道车水并不好玩。

后来，有了柴油抽水机，水车由于需要的人力多，效率又远不及抽水机，就成了摆设。责任包干制后，生产队的水车折价分给了社员。可是水车占地方，需要一间杂屋存放，灌溉的作用也逐渐失去，不少水车被劈了当柴火，少数留下来的成了旧物古董，被有心人收藏陈列起来。

稻谷收回来晒干进粮仓前，就要用到风谷车。风谷车是用来去除稻谷中的杂质、瘪粒、秸秆灰屑的木制农具，由风箱、摇手、漏粮斗、出风口等部件组成。风谷车扬去稻谷中的秕谷和草屑杂物，剩下饱满、干净的谷子，担进粮仓储藏，或卖给国家粮站。

太阳快落山的时候，生产队的晒谷坪上，一堆堆晒好的稻谷在夕阳的映照下，如金子般闪着金黄的光。十几架风谷车一字摆开，一人用撮箕往漏粮斗中添谷子，一人摇车，一人把车干净的谷子担进粮仓。我们一群小孩子在晒谷坪追逐玩耍，帮忙赶着偷吃谷子的麻雀和鸡鸭，那劳动的场面十分壮观热闹。

摇风谷车看似简单，其实也有技巧。摇手摇动的速度和漏粮斗下方的搁条的位置都必须控制好。摇手摇得太快，风力过大，会把饱满的谷粒也一起吹出去，浪费粮食。摇得太慢，风力微弱，秕谷和杂物就无法完全车出来。还有风谷车摆放的方向要与风向一致，顺风车谷，灰尘和杂屑才不会吹向操作的人。

承包到户后，我家没有分到风谷车，每次早、晚稻车谷子，都向邻居家借用。我和父亲从邻居家抬回风谷车，母亲摇车，我负责添加谷子，父亲挑谷子进仓。谷子进了仓，除一部分上缴送国家粮站外，剩下的就是我们一家人一年的口粮了。

后来收割机出现了，收割、去屑、烘干、打包，一气呵成，省事省力省工，就没有风谷车的事了，风谷车就这样被无声地淘汰了。不过，前几年，我去雪峰山驻村扶贫，看到有老乡还在使用风谷车，很是亲切，赶紧上去帮忙，拍了照片做留念。

在一个不显眼的角落，我看到了三个棒槌，用的时间久了，棒槌的底部光滑如玉，摸起来很温润。看到棒槌，让我想起了母亲。童年的时候，洗衣服连搓衣板都还没有，更别说洗衣机了，靠的是母亲的双手搓洗和棒槌来回地敲打。棒槌，我们老家也叫擂槌。擂槌大都是整块杂木做的，结实耐用。

我家老屋前面有一口月牙形池塘，塘基长着高大茂密的樟树和柳树，我们捉鱼摸虾，游泳洗澡，爬树捕蝉，那是我儿时的乐土。一块长长的青石跳板伸向池塘，母亲在跳板上挑水洗菜，用棒槌"梆梆梆"有节奏地捣洗着一家人的粗布衣裳，春夏秋冬，一年又一年。棒槌声声，很远就能听到。

"长安一片月，万户捣衣声。""孤灯然客梦，寒杵捣乡愁。""支枕怯空房，且拭清砧就月光。"古诗词里，那月下捣衣的棒槌声，一声声敲打着诗人的思念与凄凉，敲打着诗人的乡愁，也可见棒槌漫长悠久的历史。可是，棒槌实在太不起眼了，没人在意它是什么时候从我们的生活中消失不见的。感谢老师有心，让我记起了它，记起了母亲池塘边捣衣的身影。

挨着棒槌的，是十多盏各式煤油灯。在没有电灯的年代，煤油灯是我家里唯一的照明工具。吃了晚饭，我在煤油灯下伏案写作业，母亲缝补衣服，一灯如豆，时间长了，灯芯结花，光线暗下来，母亲取下玻璃罩，用针头挑几下灯芯，又拿块布条把玻璃罩擦干净，屋子里又重新亮堂起来。那时煤油又叫洋油，很精贵的，好多人家用不起，吃过晚饭，早早就上床睡觉了。母亲为了能让我读书跳出农门，她是从不吝啬煤油的。一盏小小的煤油灯，照亮了我前行的路，也映照出母亲那坚定深远的目光。

在一排博古架上，老师收藏陈列了上百个瓷坛，这些瓷坛皆出自民窑，有青花的，有釉下五彩的，虽说胎质和釉彩一般，但如此多保存完好的瓷坛摆在一起，很是震撼。在我小的时候，这样的瓷坛差不多家家户户都有，用来盛装糕点或茶叶。

　　我家也有两个，青花双喜的，是母亲出嫁时外婆家准备的嫁妆。母亲用来存放用纸封着的胡椒饼、雪枣糕，下面放了一层石灰，防潮。双喜瓷坛藏在衣柜里，衣柜上了一把老式锁。那胡椒饼、雪枣糕于我有无穷的吸引力。母亲外出干农活时，我想方设法找到钥匙，打开柜子，揭开双喜瓷坛的盖子，轻轻把封纸掏出一个小洞，用食指和中指小心翼翼夹出两块胡椒饼、一块雪枣糕，然后将洞口尽量恢复原状，锁上柜子，躲到屋后，心"怦怦"地乱跳着，独自享受这人世间最美味的零食。后来那两个双喜瓷坛烂了一个，另一个完好，我保存在我书房里，也是对母亲的一种念想。

　　在展厅的拐弯处，老师码放了好几张竹床。那竹床浸润了岁月的汗渍，经历了时光的打磨，泛着沉着的幽光。不禁让我想起了童年的夏夜，吃完饭，抬出竹床，出来纳凉的场景。月光如水，蟋蟀轻鸣，萤火点点，蛙声一片，长辈陈七嗲绘声绘色地给我们讲着吓人的各类鬼故事，我们听得入神，大气都不敢出。夜深了，陈七嗲留下一句"且听下回分解"回家去了，我们也恋恋不舍地收拾竹床，回屋睡觉。

　　老师收藏的东西真不少，扮捅、打谷机、箩筐、筛子、扁担，应有尽有，称得上是一个小型的农耕文化博物馆了。这些农具和生活用具大多流传了上千年，它们曾是父辈们生活中的不可或缺的物品，它们曾陪伴我度过童年到长大的悠长时光。它们散发着最质朴而不失厚重的乡土气息，连接着故乡、故人，凝结着我对故土家乡最真切深情的记忆。而今，它们"老了"、"没用了"，覆盖着尘埃，寂寞无语。在我的眼中，它们虽然被快速发展的时代所抛弃，淹没了往日的欢歌笑语，留下一声声沉重的叹息，但它们依旧那么珍贵。其实，变的不是这些旧物，也不是这个时代，而是我们自己。静观旧物，默读历史。希望这些历史传承的农耕旧物，能够留在我们岁月的长河里，被善待，被珍惜。

故乡的炊烟

炊烟袅袅，这是一个多么富有田园生活气息、闲适恬静、生动有趣、诗意欣然的词啊。读到它，一下就能让人想起故乡，想起童年的老屋，它散发着儿时快乐无忧的家的味道。

老家的缕缕炊烟，那是从老屋里飘出来的云朵，那是故乡的脉搏和呼吸，那是故土乡愁的灵魂，时时牵动着我的思念与回忆。

故乡的炊烟，春夏秋冬，一年四季，都不尽相同。

春天，细雨霏霏，淅淅沥沥，空气也是湿漉漉的。"雾敛芦村落照红，雨余渔舍炊烟湿。"薄暮时分，春雨淋湿了炊烟，炊烟升不高，飘不起来，慢慢在茅草屋顶、青瓦屋顶弥漫开来，浸润成一片，屋舍、树林被炊烟笼罩着，随后，整个村庄氤氲在炊烟之中，像国画山水中渲染的水墨烟云，宁静、恬淡、迷蒙，如诗如画。

"一点炊烟竹里村，人家深闭雨中门。"一年之计在于春，春雨贵如油，老家的人是不会深闭雨中门的。他们要抓住时节，在料峭春寒中，披着蓑衣、戴上斗笠，裤腿高高挽起，春耕、播种、育苗，忙得团团转。直到傍晚，才会牵着水牛，扛着犁耙，一身疲惫，走向炊烟中的家，一家人围坐在一起，吃着粗茶淡饭，享受着一天中难得的安闲。

"处处柴门掩半边，莺啼绿树隔炊烟。"这是故乡夏天的炊烟。太阳落山，暮霭初起，家家屋顶飘荡着淡蓝色的炊烟，袅袅娜娜，空气中能闻到稻草和树枝树叶燃烧后的清香，混合着稻花和泥土的芬芳。炊烟是有不同味道的。走在田埂上，我能闻得出陈兵嗲家烧的是樟树枯枝，胡毛嗲家烧的是柳树蔸根，钟再嗲家烧的是竹枝竹叶，我家烧的是去年的稻草。深吸一口，那独特的香气直抵肺腑，让人沉醉和安然。

此时，锅碗瓢盆的碰撞声、孩子们的打笑声、鸡鸭猪狗的叫闹声、四周田野如鼓的蛙声，一起组成了故乡夏夜的交响，袅袅升腾的炊烟就是那交响曲的主旋律，它将低音、高音、和声、节奏一一串起，精彩演绎出乡村生活与生命的种种平凡纯朴的故事来。

"暧暧远人村，依依墟里烟。"这是故乡秋天的炊烟。稻浪金黄，秋水明净，天高云淡，丰收在望。村村茅屋晚炊烟，"狗吠深巷中，鸡鸣桑树颠"。没有了喧嚣和燥热，村庄呈现出一片平静祥和的意境。炊烟飘得高高的、直直的，轻盈似梦，从容不迫，那是一种无以言说的岁月静好。

"炊烟漠漠衡门寂，寒日昏昏倦鸟还。"故乡冬天的炊烟似乎有些单调落寞。北风呼号，天寒地冻，田野萧索，炊烟飘散。乡亲都畏缩在自家的火塘边烤火，不轻易出门。不过，一场纷纷扬扬的鹅毛大雪飘落下来，原野一片洁白，从白雪覆盖的屋顶上渐次升起的缕缕炊烟，瞬间让冷寂的村子生动活跃起来，缥缥缈缈，亦真亦幻，童话世界一般。我们跑出来，堆雪人，打雪仗，玩累了，玩够了，等着妈妈呼唤回家吃饭。屋子里，漫溢着炊烟的味道。

不记得故乡的炊烟是在什么时候淡出我们的视线、退出我们的生活的。大约是2000年之后，每家每户房子开始装修得漂漂亮亮的，柴火灶拆了，修起了美观的组合灶，烧起了液化气，就再也没有看见亲切撩人的炊烟从老家的屋顶上升起了。"茶灶炊烟野寺秋"、"篷窗细雨湿炊烟"。我只能穿越到古诗词里品读炊烟了。

"雨后千山净，炊烟处处新。""不是青烟出林杪，得知山崦有人家。"这是大山深处的炊烟。雨后的山村景色如画，绵延的青山如洗，炊烟从山林中升起飘出，身临其境，让人为眼前美景所陶醉。

五年前，我到雪峰山腹地的省级贫困村椒林村驻村扶贫，那里家家户户都还在使用柴火灶，我又看到了久违的炊烟。站在高高的望乡山上，只见山峦起伏，竹海茫茫，叶涌如波，满目葱绿，我能看到远处的梅子、长林、桃园、天台界等屋场飘起的炊烟，倘若不是那袅袅升起的炊烟，真不会知道山岭深处还会有人家呢。

沿着崎岖蜿蜒的山路，到外面跑项目、找资金、开会、培训后回村，在村口看到炊烟，心里一下子就踏实了。

随后到贫困群众家走访，看到有身患疾病、行动不便的留守老人，住在歪歪斜斜、破破烂烂的木屋里，黑漆漆的厨房，低矮简陋的土灶，烟熏火燎，艰难度日。从这样的危房里升起的炊烟，又哪有诗意可言，又何来心情去欣赏，内心满是沉重与责任。后来，对这批住房困难的群众实行易地扶贫搬迁，他们喜迁新居，都住进了干净宽敞的小区，厨房、卫生间、客厅、卧室，家具、电器，一应俱全。以后每次上门去走访，见到他们脸上露出的笑容，我的心情也好了很多。扶贫小区虽然没有了袅袅炊烟，但我觉得生活一片向好是那样的美好安逸，心情舒畅。

有炊烟的地方就有家和思念，就有漂泊和乡愁，炊烟起处是故乡。

其实，只要百姓的生活富足了，日子过好了，乡村环境变美了，有没有炊烟又有什么关系呢？心中有炊烟，处处皆诗意。

外婆

我童年的很大一部分时光都是在外婆家度过的。1969年家乡沩江决堤发洪水，双江口顿时汪洋一片，成了泽国。母亲把两岁多的我提前送到了地势较高的外婆家，让我免受了洪灾之苦，当年抗洪救灾的情景在我的记忆中没留下任何印迹。后来常听母亲说起，洪水把我们的房子冲垮了，一家人挤在屋后的小山包上，没有食物和水，日子过得非常艰难。懂事后，我最喜欢去的地方就是外婆家。

我家距外婆家并不远，不到四里路，每次去外婆家，我想我的心情都是洒满阳光，一路兴奋，充满着期盼和快乐的。因为外婆家好吃的东西多，玩的伙伴多，外婆、外公、舅舅、姨对我也格外偏爱。

外婆非常勤劳，精明能干，虽是几间茅草屋，屋里屋外却被外婆收拾得干干净净。屋后面是一个园子，栽着几棵高大的桃树，围着桃树的是一圈翠竹和杂树。每年桃花开时，缨红一片，香气袭人，惹来无数蜜蜂流连其间，我也总是在里面玩得忘记了吃饭。摘桃时，我成了外婆的最好帮手，桃子摘下来后，我便跟着外婆将一部分分送邻里，外婆会特意选出一些大的留好等我回家时带回去。房子的前面是一大畦菜园，外婆种了许多瓜果蔬菜，夏秋季有茄子、丝瓜、南瓜、苦瓜、冬瓜、辣椒、扁豆，冬季有萝卜、白菜，当然还有我爱吃的黄瓜、菜瓜、香瓜。外婆是种菜能手，种出的白萝卜又长又大，记得那时候我回去时，外婆要我拿些萝卜回家吃。外婆选了四个大萝卜，用一根扁担担着，一头两个，刚开始我还能担得起，走到半路，实在担不动了，路上不得不扔掉两个，我担着两个萝卜回家，累得气喘吁吁。

外婆把菜园子侍弄得常绿常青，只有到冬季下雪时，大雪将过冬的白菜和萝卜覆盖，菜园才白茫茫一片，也煞是好看。紧挨着菜园的是一湾洁净澄碧的池塘，池塘四周长满了高大的樟树、柳树和灌木，树影和蓝天白云倒映在碧水中，犹如一幅清新的水彩画。一条小路从外婆家禾坪通向池塘，小路左边是用竹条扎成的菜园篱笆，右边是大约三分地大小的水坑，里面是舅舅种的荸荠。到了冬季，舅舅就会把长在泥巴里的荸荠挖出来，我迫不及待地洗去泥巴，简单掐去暗紫色的表皮，就塞进口中，又脆又甜还多汁，让我百吃不厌。小路的尽头是一块架在池塘上的长长的青石跳板，外婆每天都在青石跳板上洗衣、洗菜、淘米、挑水浇菜。

　　我每次到外婆家都喜欢在池塘边用自制的鱼竿垂钓，渔获大多是鲫鱼、鳑鲏、翘嘴、黄鸭叫、沙鳅之类的杂鱼。住在池塘对面的是大舅家，大舅参加过抗美援朝，当侦察兵，九死一生，他经常给我讲抗美援朝时打仗的故事，一次他们三人侦察小组执行任务，前后拉开十多米距离，大舅居中，在山里警觉地行进，突然流弹袭来，前后两名侦察员战士不幸中弹牺牲，大舅却毫发无损，大舅绘声绘色的精彩讲述让我听得津津有味，大舅成了我心目中的英雄。大舅转业后分在双江口邮政所当所长，骑着一辆涂着绿颜色的二八永久自行车公车，斜挎着印有邮政标识的帆布公文包，说话的语调、手势、动作，无不显示出一股志愿军战士的潇洒英气。大舅是钓鱼高手，他的钓具自然和我的不在一个档次。有次外婆过生日，大舅站在青石跳板上钓鱼，大家都等着他的鱼做中饭。我站在旁边观看，大舅不让我高声讲话。不一会儿，只见浮漂缓慢地上下顿了几下后，直接一个黑漂，大舅用力一扬钓竿，钓竿顿时弯成了一张弓，鱼线在空中发出尖厉的声音，可是水面依然平静，像是鱼钩挂底了。大舅大喊了一声"搞到大家伙了"。果然，不多久，水里的大货开始挣扎，翻出巨大水花，大舅和鱼你来我往相持缠斗了半个多小时，大货才精疲力竭浮出水面，我在旁边紧张、激动地手舞足蹈。一看是条大青鱼，青鱼被大舅拖到岸边，外公拿来一个大箩筐当抄网，把青鱼盛住，鱼尾巴还露在箩筐外，抬上来一称，足足十五斤。外婆笑得合不拢嘴，孩子们更是兴奋不已。中午，切了鱼头鱼杂炖了一大锅，余下的外婆切成一块一块腌制成腊鱼，大舅、姨和我家都分到几块，厚厚的鱼肉，香而不柴，咸淡正好，略带甜味，那味道至今不忘。姨就住在外婆家不到一里地的后面，她家有三个孩子，大舅有四个孩子，我们年纪相差不大，能玩到一起，这也是我喜欢到外婆家的重要原因。

　　外婆家的堂屋里有好几个大大的燕子窝，每天都有成对的燕子飞进飞出。

一天，我无意中发现一个燕子窝里伸出来四个小脑袋，出于好奇和顽皮，用竹竿去捅燕子窝，这时外面的燕子飞回来了，看到我在破坏它们的家，急得在屋里乱飞，不断发出凄怨的鸣叫。窝捅了下来，随着"叭"的一声，四个肉乎乎的小东西在地上一抽一抽的，随即就不动了，屋里的燕子急疯了，一下一下地往墙上碰，发出"咚咚"的声音。外婆从菜地回来看到我的杰作，不禁大怒，连喊"造孽！造孽啊！"一把抓住我，往我屁股上重重地拍了几下，我"哇"的一声大哭不已。后来，我读书后，才知道燕子是益鸟，后悔莫及，这也是童年干过的最顽劣的事了。

外婆的手很巧，做针线活是一把好手，那时我穿的鞋都是外婆做的。进入冬季，农事少了很多，这时外婆就会拿出她的针线活工具，我记得那是一个用竹条编成的精美篮子，由于年代久远，篮子已微微泛红泛光，留到现在的话肯定是件漂亮的古物了。篮子里有钻子、刮刀、剪刀、切刀、针顶、老花镜、针、棉线、锤子等做针线活的专用工具，在外婆家我看到了外婆纯手工做一双布棉鞋的全过程，那真是不容易。

第一道工序是剪制底样，用牛皮纸剪制出鞋样，然后用纯棉布填制千层底。制作时必须整齐、清洁，层数大概有20多层，布层之间不能有褶皱，底边剪切时必须留有余地。准备好这些之后就进入最关键的第三道工序纳鞋底了。这时外婆会洗干净手，戴上老花镜，右手中指戴上针顶，左手拿出一根特制的纳鞋底的针，手抬到齐额头的前方，对着光亮，右手把棉线穿进针眼，有时得穿好几回才能穿进去，实在穿不进时外婆会喊我帮忙。纳鞋底既是技术活也是体力活，用力要适当，纳几下就要将针头伸到头发里擦一擦，让针变得润滑，更容易穿透密实的鞋底。外婆纳出来的鞋底线迹排列整齐，针眼横竖间隔均匀，鞋底表面平整清洁，如同艺术品一般。鞋底纳好后，外婆用珍藏的优质棉花，铺于鞋底上，缝制衬里布。那时的棉花也是紧俏物资，不易买得到。接下来就是切底边。外婆先把纳好的鞋底用锤子锤平整，软化鞋底，使鞋子穿起来更随脚、舒适。然后切边，用切刀将纳制好的鞋底剩余的边沿切除，力道要掌握得恰到好处，不能留下明显的刀迹。然后就是剪裁鞋帮、缝制鞋帮、绱鞋帮、楦鞋。最后是修整、抹边，剪去多余的线头，将鞋底毛边抹平，待风干后就可以穿新鞋了。

一双布鞋做下来不少于十几道工序，外婆做出来的鞋，穿起来美观、合脚、暖和。我冬天穿着外婆做的又厚又软的棉鞋去上学，一点都不觉得冷。参加工作后，外婆还给我做过一双布棉鞋，真不知道那时已七十多岁、视力又差的外婆为做这双鞋花了多少心血，而我却一次都没穿过。

外婆有四个儿女，和小舅住在一起，小舅没结婚时，我感觉外婆在家很有权威和地位，也有亲和力。小舅结婚后不久，即陷入了中国农村长期无解的婆媳矛盾这个千年难题之中。由于年龄的代沟、观念的差异，外婆看不惯媳妇的不早起、不勤快、不尊老，特别是后来年纪大了患耳背之后，生怕媳妇又说了对自己不好的话，舅娘容忍不了外婆的唠叨和背后那无时不在盯着自己的眼神，为了点鸡毛蒜皮的小事相互争吵不休。外婆在冬季清闲时也会到我家小住些时日，晚上围坐在火塘边烤火时，外婆就会开始她的讲述时间，和我们讲婆媳间的种种矛盾故事。外婆能说会道，口才极佳，而且思路清晰、条理分明、证据确实、分析到位，讲得精彩投入，我们很难有插话的机会，母亲总是会劝外婆要包容、要忍让、要看开。劝归劝，回去后吵归吵，日子依旧，真是应了那句"不是冤家不聚头"的古话。

不过，外婆对孙辈那是真心的疼爱、关怀。我最后一次见到外婆是在我参加工作后回家，正好外婆也在。外婆拉着我的手久久不放，问这问那，眼里有亮光，我知道那是外婆期许的目光。

严五嗲

严五嗲，大名严有光，我爷爷。

我们当地称呼爷爷为嗲嗲，叫起来亲切自然、上口、有音律感，比叫爷爷好听多了。严五嗲离开我们十多年了，如今回想起来还音容宛在，他那时刻挂在脸上特有的慈祥笑容一下就能浮现眼前。而我越来越觉得，嗲嗲他老人家就是无所不能的神一般的存在，嗲嗲的为人、处世和生活技能值得我们后辈敬仰学习，嗲嗲的乐观、善良和豁达胸怀值得我们后辈传承发扬。

我记事起，听老家的人讲嗲嗲讲得最多的一句话就是：严五嗲一世人冇讲过背时话。是的，我从来没有听嗲嗲说过不好听的、背时的话，他喜欢听别人说他和他家里的一切好话，他也喜欢讲别人的好话，用我们当地的方言说，就是喜欢吃蕻子菜（听奉承话），用我们如今的时髦话讲，就是满满的正能量。嗲嗲的脸上始终挂着笑意，当听到别人说的好话时，他笑得更开心了，忙不迭地说：那是的，那是的。别人对他说的好听的话，不管是发自真心的还是奉承他开心的，他都照单全收。我从来没看到嗲嗲发过脾气，也没看到过他和别人发生过争执，说话不急不慢，做事求细求精，那样的好性子，那样的好心态，真是难得一见，要修成嗲嗲那般境界，真是不容易。

嗲嗲是地道的农民，干农活自然是一把好手。在20世纪70年代集体经济时代，嗲嗲正当壮年，是生产队犁田、耙田的一面旗帜，相当于工厂的优秀技工，是高水平的代名词，是公认的老把式，被人津津乐道和赞美。他犁过的田像翻过的书一样，排列齐整，令人赏心悦目，他耙过的田像块玻璃一样，一平如镜、一览无痕。嗲嗲左手扶耙，右手执鞭，口中嚯嚯有声，催赶着大水牛，牛鞭不时在空中飞舞，但从不会真正抽打到水牛的身上。那时，生产队每一个耕田师傅都有自己固定的耕牛，休息的时候，嗲嗲会把水牛赶到池塘里，牛绳拴在池塘边的大树上，让水牛美美地泡个澡，尽情放松。中午，给水牛准备一大箩筐加了米糠的牛饲料，让水牛吃饱，在树荫下养精蓄锐，下午才有充沛的精力在水田里继续奔跑干活。嗲嗲爱牛如命，往往双抢农忙结束后，嗲嗲的水牛基本上不会掉多少膘。嗲嗲耙田时，不到十岁的我喜欢提个桶子跟在后面捉鱼，那时的鱼真多，泥水翻滚之中，肥壮的鲫鱼在跳跃，与其说捉鱼，还不如说是捡鱼，半天下来，能捉到满满的一桶。小时候，我家里没缺过鱼，新鲜的吃不完的，母亲会做成熏鱼，留到冬天吃。

那个时候，老家的房子绝大多数都是土砖茅草房，能建红砖瓦屋的肯定是大户人家。其实，茅草房废物利用，生态环保，冬暖夏凉，住着舒服。不过，屋顶的稻草两到三年就要修整一回，或掀掉重新加盖新的稻草。因为时间久了，稻草会腐烂，或被大风吹烂，或被麻雀、老鼠筑巢做窝钻烂，导致漏雨。嗲嗲修盖屋顶的技术出了名的好，他修盖的稻草屋顶平整结实，不漏雨。到了秋冬季节，天干少雨，稻草也晒好了，嗲嗲就会被人请去盖屋顶。我还记得，20世纪70年代末期，嗲嗲应岳阳的伯伯之请，带着我远赴岳阳广兴洲一带帮人修盖屋顶。我之所以说是远赴，那是我童年时代到过最远的地方，是我第一次到长沙，第一次看到小汽车，我们小时候叫它乌龟车子，形状像乌龟一样在地上爬行，很稀奇，也很形象。那也是我第一次坐轮船。在轮船上看到湘江、洞庭湖翻涌的波涛拍打着船舷溅起雪白的浪花，那真是无比的壮阔，比长大后第一次看到大海都要震撼和记忆深刻。白天嗲嗲帮人去盖屋顶，我就和堂兄弟姐妹们疯玩，伯伯家有五个孩子，加上我六个，我们尽情地奔跑在洞庭湖宽广的平原上，划着小船在河沟水汊里钓鱼、采莲、打水仗，在榨油房里给大人添乱帮倒忙。大约一个月后，嗲嗲带着我回到了双江口老家。母亲看到一个又黑又脏的泥巴蛋回到她的身边，颇有些心疼，怪伯母没有照顾好我，其实，六个调皮捣蛋的孩子，是根本无法照顾过来的。

嗲嗲做得一手好木工和篾工活，他有一个木制的工具篮，斧子、凿子、刨子、锯子、钻子、篾刀、墨线盒，应有尽有。我记得家里的椅子、凳子、桌子、农具，还有皮撮、篮子、筛子、箩筐，都是嗲嗲亲手打制和编织的，结实、美观、实用。我最喜欢帮嗲嗲搭把手的是拉墨线，嗲嗲从墨线盒中取出墨线在木头一端固定好，退回去将墨线靠紧另一端，我到墨线中间提起墨线然后松手，一条笔直的墨线顿时弹印在木头上，嗲嗲一边夸我"弹得好"，一边摇着墨线盒的手柄，把墨线收回，开始下一道工序。家具、农具做好后，嗲嗲会拿出墨汁和毛笔，在背面郑重地写上自己的大名，"严有光"三个繁体毛笔字写得端庄有力、沉稳厚重。写上名字是为了防止丢失，别人借去了也容易分得清楚。字干后，嗲嗲接下来要为新的家具、农具刷上桐油，这样才能经久耐用而且好看。漆过桐油的家具、农具晒在太阳底下，散发着独有的香气。这时嗲嗲会露出他招牌式的笑脸，悠闲地看着他的作品，接受队上的人的点赞、夸奖。

奶奶新买回来的饭碗、菜碗，嗲嗲也会在碗底刻上自己的名字。他取出錾子、小锤子等专用工具，把碗扣稳，叮叮咚咚，轻敲轻打，以点连线，笔画清晰，手法娴熟，不一会儿就能刻好一个碗。给碗刻字急不得、快不得，要呼吸均匀，眼到手到心到，否则刻烂一个碗就划不来了。所以，生产队不少人找嗲嗲帮忙刻字，爹爹分文不取，只要夸上几句手艺好就行，嗲嗲会高兴得合不拢嘴。

我们当地有句俗话：草鞋冒样，边打边像。意思是说打草鞋不需要事先放出鞋样子来。在20世纪七八十年代，我们老家的男人大多只有三双鞋子，冬天户外穿的是雨鞋，也叫套鞋，春秋季节在家穿布鞋，另外一双就是草鞋了，夏天基本上打赤脚，不用穿鞋。布鞋女人负责做，草鞋一般由男人打，做草鞋叫打草鞋，大约和打豆腐的说法差不多。嗲嗲是打草鞋的高手，先要把晒干的稻草用一个木锤子锤软，然后在一个丁字形的木制工具上编，嗲嗲会特意加入一些布条，这样打出来的草鞋穿起来会更结实、软和、不伤脚。嗲嗲把打好的草鞋穿成一串挂在墙上，脚上的穿烂了，可随手取下一双换上。

我记忆中嗲嗲一直留光头，他的头发从来都是自己打理，每个月至少剃二至三次。一把剃刀、一面小镜子、一块刮刀的布，就是嗲嗲给自己剃头的家伙什，他坐在一个小凳子上，前面摆上小镜子，对着镜子用剃刀把长出来还很短的头发修理干净，嗲嗲的大脑壳顿时又溜光锃亮。剃完后，用手顺时针方向在脑袋上习惯性地摸几圈，看看有没有漏网之发，其实是没有的，主要还是对自己的手艺表示满意和肯定。

嗲嗲最让我们佩服的还是他有一手治疗狂犬病的绝活。被疯狗咬伤后狂犬病发作起来的人，极其痛苦，惨不忍睹，似有无数条疯狗在同时撕扯，农村医疗条件落后，到最后往往要用扮禾的扮桶罩住才能控制得了。但只要是能撬开口灌得进嗲嗲配的药，都能有救。小时候，我亲眼见到外地人经常到家里来，找嗲嗲求购治疗狂犬病的药。嗲嗲会根据来人的描述判断病情的严重程度，再决定用药的剂量。我知道药方中有一味十分关键的药材斑马虫，和黄蜂长得相似，有很强的毒性，我们当地很少有，极难抓到，参加工作后，我在县城还帮嗲嗲买过几次。嗲嗲运用的应该也是中医中以毒攻毒的原理，嗲嗲会对斑马虫进行精心调制，不然毒性太强，病人喝了会受不了。虽能救人性命，但嗲嗲基本只收取很少的药材成本费，从不用来当作谋利的手段，也算是行善积德做好事。

嗲嗲只进学堂上过一年学，也没有正儿八经拜过师学过艺，他的这些技能都是无师自通，可见他老人家是有慧根和悟性的人。嗲嗲一世不争不怨、不急不火、不紧不慢、平淡随和、乐观开朗、笑脸对人，子孙后辈虽没有大富大贵、飞黄腾达的，但都遵纪守法、不呆不傻、衣食无忧，嗲嗲也算得上是功德圆满的人了。

大舅

小的时候，最喜欢去外婆家。外婆家前面有一弯蛮大的池塘，池水清澈，垂柳依依。池塘与另一口池塘连着，中间很窄，有一座青石板桥相连，过了这座桥，就到了掩映在一片竹林树木之中的大舅家。

大舅和母亲是同母异父的兄妹。大舅跟着外婆到了新地方落户安家。

大舅妈是大队妇女主任，一脸的笑，待人热情，性格开朗，很喜欢我们。大舅家有四个孩子，年龄和我不相上下，两个表姐，两个表弟，我们玩得很来。孩子大了，几间茅草屋实在住不下，20世纪80年代初，大舅家将新房建到了统一规划的线上。

大舅工作之余喜欢钓鱼。我去外婆家玩，都会看见大舅在垂钓，我坐在旁边看。大舅告诉我不少钓鱼的技巧，后来我也喜爱钓鱼，估计是受了大舅的影响。

有次外婆过生日，大舅就在前面的池塘钓鱼，我们都等着他能钓上鱼做中饭菜。不多久，大舅用力一扬钓竿，钓竿顿时弯成了一张弓，鱼线在空中发出尖厉的声音。大舅喊了一声"搞到大家伙了"。果然，水里开始翻出巨大水花，大舅和鱼相持缠斗了半个多小时，大青鱼才精疲力竭，浮出水面，外公拿来一个大箩筐当抄网，把青鱼盛住，鱼尾巴还露在箩筐外，抬上来一称，足足十五斤，外婆笑得合不拢嘴。

正月十五元宵节，是大舅的生日。我们每年的这天都会去给大舅拜年庆生，那天很是热闹。

大舅喜欢喝酒划拳。酒是自酿的谷酒，酒过三巡之后，开始兴奋起来，大舅和他的两个舅子就划起拳来。

我记得他们划的是"全福寿，高升"，每次出拳都以"全福寿，高升"开场。

"全福寿，高升。全福寿，四季财。"

"全福寿，高升。全福寿，五魁首。"

"全福寿，高升。全福寿，八匹马。"

输了，干一杯。如此你来我往，声调越来越高，语速越来越快，动作越来越夸张。

其他几桌都吃完饭了，大舅那桌也只剩下他们三人在划拳，我们围着当观众。

划拳讲究的是心要快、口要快、手要快、眼要快。抓住对方出拳弱点，揣摩对方出拳习惯，同时快速反应，击败对方，让其喝酒。

大舅那时正值壮年，参加过抗美援朝，又复员参加革命工作，当了国家干部，经风历雨，见多识广，意气风发。他眼明手快，以一对二。两个舅子哪是对手，频频输拳喝酒，喝得满脸通红。我们在旁边拍手叫好，场面精彩，气氛热烈，这似乎成了每年过年的压轴大戏。

划拳划不赢，于是又比吃肥肉。大舅规定：吃一口肉，还得当场念出一句诗。

肉是那种煎炒得很香的、两三寸宽的大片肥肉，色泽金黄油亮，自家喂养的年猪，味道十分香甜。

只见大舅率先用筷子夹起一片肥肉，高高举起，然后送到嘴边，咬一大口，念了一句：一口咬出月牙儿。那咬出来的形状，确实像弯弯的月亮。大舅面带得意的笑，又高高举着那被咬成弯月的肉，眼睛看着他大舅子，意思是轮到舅子你了。大舅子夹起一片，半天还想不出一句诗来，肉停在空中，手都有些发抖了，很是狼狈难堪。憋了好久，终于憋出一句：满嘴流油真好恰。赶紧将那块大肥肉吞进肚里。如此比下来，大舅优势明显，一大碗肥肉，主要还是被大舅吃掉的，两个舅子干瞪眼。

大舅十四五岁当兵，就上了抗美援朝战场。他常给我讲抗美援朝九死一生打仗的故事。

大舅年纪小，并不感到害怕。刚开始，他看到美军轰炸机轰鸣着飞过来，很新奇，跑到防空洞外抬头观看。老兵一把把他拖进洞里，摁在地上，大骂一声：你兔崽子不想活了。十几秒钟后，从飞机上扔下来的炸弹，就在距洞口几十米远的地方爆炸，大舅这才明白了战争的可怕。他跟我们说，多亏那位老兵果断出手相救，才捡回了小命，否则，你们就见不到我了。

他后来当侦察兵。一次，他们三人侦察小组执行任务，前后拉开十多米距离，大舅居中，在山林里警觉地行进。突然流弹袭来，前后两名侦察员战士不幸中弹牺牲，大舅却毫发无损，又躲过一劫。

大舅说，由于后勤补给跟不上，他们每天吃的只有两个煮熟的土豆。土豆在零下二三十摄氏度的气温下，早冻成了冰疙瘩，要放在胳肢窝里捂好久，才能慢慢变软和。美军、生死，他们都不怕，最大的愿望就是想吃上一顿饱饭、吃上一碗红烧肉。

大舅绘声绘色的精彩讲述让我听得津津有味，大舅成了我心目中最敬重的英雄。

那时年纪小，只知道听大舅讲，也没问过大舅当年是在哪个部队、参加了哪些战斗、什么时候回国的、回国的情景等细节，后来长大读书、工作，也没有机会和大舅聊这些了，甚是可惜。

大舅转业后分在县邮政局，后调镇上的邮政所当所长。我在镇上的中学读初中，有时出于好奇，也到大舅上班的邮政所去看看。营业厅中间一排柜台，装了铁栏杆，发电报、汇款、取款，还挺忙碌的。大舅在跟职工说着什么，看到我，会和我打声招呼：洪伢子来了。后来，我毕业分配到银行参加工作，也坐过几个月那样的柜台。

大舅上下班骑着一辆涂着绿颜色的二八永久自行车公车，斜挎着印有邮政标识的帆布公文包。他双手推着车，左脚踩在左边的脚踏上，右脚在地上点两下，然后，笔直地从后向右一挥，划出一道好看的弧线，骑上自行车，消失在我们的视线中。高中时，母亲也给我买了自行车，但我总觉得骑车的动作没有大舅的招式漂亮。大舅的气质、手势，还无不显示出一股军人的潇洒英气。他说话的语调也与我们当地有些差别，流露出一份不经意的骄傲和优越感。这应该与大舅的人生经历、阅历、见识有关。

大舅有着让我敬仰的辉煌人生经历，后来听母亲说，大舅的晚年生活过得并不舒心，可能还是因为性格的原因。他也没能见证纪念中国人民志愿军抗美援朝出国作战70周年伟大时刻。不过，在我心中，大舅永远是那位值得我怀念和尊敬的抗美援朝英雄的老兵。

怀念母亲

母亲离开我们整整一年了，我总觉得母亲并不曾离去，时时在看着我们，关注着我们。每次母亲出现在我的梦里，也依然还是从前的场景，笑着问我的工作、生活近况，那么真切、清晰、自然，醒来才知是一场梦，才知母亲是真的去了另一个世界，悲从中来，只有在遥远的山村徒留无尽的思念。

母亲70岁以前，身体一直很好，从没进过医院。2015年12月，因痔疮住院做手术，别的病友很痛苦，哼哼叽叽，母亲从没哼过一声。在送病理检查时，发现患有直肠癌。2016年3月，带母亲到省肿瘤医院做手术。手术前，告知了母亲真实情况，母亲性子急，我担心老人家接受不了，然而母亲很镇定，也很配合，这让我放心不少。看着两天没进食的母亲被推进手术室的瞬间，我泪如雨下，心痛不已。担忧年迈的母亲经受不住这么大的手术，不停地祈祷上苍护佑。

时间过得真慢，近五个小时后，听到手术室广播传来通知，要我们立即到手术室门口接母亲。母亲静静地躺在推床上，麻药还未过，身上插着各种导管，但母亲意识清醒，主刀教授告诉我手术很成功，我悬着的心稍稍放下。术后住院期间，母亲身上有三处手术伤口，加上药物过敏，呕吐不止，看得出母亲经受着巨大的痛苦，但她始终表现得那么坚强，没哼过，没喊过。出院半月后，又马上进入化疗阶段，8次令人难受的化疗，母亲坚强地挺过来了，最后一次反应特别大，脱皮、掉指甲、大腿肿得像冬瓜，停药后才慢慢好转。医生多次建议同步做放疗，母亲坚决不肯，我们知道，放疗反应更大，对身体有着极大的伤害，疗效也无法绝对保证，同时也咨询了其他医生教授，说没必要做。我们也就同意了母亲的决定。母亲九月回到老家休养。后来带母亲复查，情况很好，心中长舒了一口气。

2018年3月，根据省委统一安排，组织上派我到邵阳洞口参加驻村扶贫工作，担任队长和第一书记。

7月份，从电话中得知，母亲身上长了疱疹，又痛又发烧，母亲到镇药店买了些药吃和涂，不见效果，后来越来越厉害，只好请邻居开车送到县医院，请同学帮忙办理了入院手续。住了9天院，并没有多大的疗效，而且情况更糟糕。又请邻居送母亲到省人民医院住院，妻子照料着母亲。医院在做病理检查时发现了母亲皮下组织有癌细胞。我赶紧请假从洞口返回长沙，带母亲去省肿瘤医院做复查。11月，母亲在省肿瘤医院再次接受化疗。第二次化疗时双下肢肿大，经医院拍片检查，发现下肢大面积血栓，医院下了病危通知。又赶紧转省中医附一医院治疗。在接母亲上车时，母亲浑身无力，身体虚弱到了极点，我和父亲及司机费了九牛二虎之力才将母亲安放在车上，看到曾经身体强健的母亲一转眼变成这样，心如刀割。我知道，母亲的内心也是极其难过的。经过10多天治疗，血栓稳定了，又转肿瘤科中药治疗。直到大年二十六，我才从村里回长沙接母亲出院回家过年。

过年的时候，母亲还能自己走动吃饭，不曾想这是和母亲一起过的最后一个春节了。

大年初六，紧急返回县里参加誓师大会，因为这一年是脱贫攻坚的关键之年，贫困村要整村脱贫出列，贫困县要脱贫摘帽。记得初七那天，省领导就全体带队分赴贫困村一线检查督导，压力前所未有。从此"5+2""白+黑"，无休无息。期间，母亲除了中药治疗外，又先后到省中医和县医院住院治疗，病情不见好转，溃烂、血栓、疱疹，不断地折磨着母亲。

母亲一直以来就重视后辈的读书教育，经常对来看望她的邻里和亲人说，自己最大的愿望就是生前能看到孙子和外孙女考上理想的大学。外孙女被加拿大的一所名牌大学录取，5月份就得到了确切消息，母亲心心念念的是孙子的考试结果，做梦都梦到孙子考上了北京大学。6月下旬，儿子的考试成绩也出来了，基本锁定了中国科学技术大学，我们将情况告诉母亲后，母亲很高兴。

6月28日，家里打来电话，母亲病重出现昏迷，家人赶紧联系救护车送县医院抢救。我从村里出发直接奔赴医院，医生告诉我希望不大了。我买了水果和粥，一口一口喂着母亲。有一刻，母亲突然对我露出了开心的微笑，很轻松，气色红润，没有任何痛苦的样子，仿佛还是原来那个从没生过病的母亲。我也很高兴，现在想来，应该就是回光返照吧。7月1日，下着雨，用救护车将母亲送回老家。第二天下午5时许，母亲安详离世，从此再无病痛。

母亲离开的这一年，我每次回到老家，邻里都还在向我说着母亲的好，说着她生前帮邻里做的那些好事，说老是想起母亲，说到动情处，不免眼里泛起了泪光。

是的，母亲是善良的，她尽自己的能力帮助他人，她总是希望别人好，希望别人的后代会读书、有出息。回家的时候，母亲经常和我讲，谁家的孩子考上了好大学，谁家的孩子找到了好工作，谁家又建起了一座好房子，高兴之情溢于言表，似乎这些喜事就发生在自己身上一样。

母亲是坚强和大度的。我驻村扶贫期间，是母亲病重最难受的日子，母亲受尽了病痛的折磨，但我每次打电话给她，母亲总是说，还好，你放心工作，要注意安全。从来没有要求我请假回去陪伴她、照料她，这也是我一生无法弥补的遗憾。

母亲在老家是出名的里里外外一把手，家里的事也基本是母亲说了算。

在我的记忆里，儿时的家是那样的贫穷和简陋，父母从爷爷那分家出来，分得一间半茅草屋，除一床、一柜、一桌外，别无长物，家徒四壁。灶屋和猪圈共处一室，那气味，那猪饿极了的拼命叫唤，那黑咕隆咚、蚊蝇飞舞的环境，是现在的人无法想象的。为了尽快摆脱这不堪的环境，母亲那真是拼了命了。除了要到生产队出工外，挤时间和父亲一道自己动手做红砖、土砖，那真是苦力活，做好的砖坯码成砖墙，晒干后担到砖窑烧制，遇上夜晚下暴雨，那真是遭了罪，要整晚防护，一旦砖坯遇水松散倒塌，所有的付出都将泡汤。就这样，一砖一瓦，由父亲母亲亲手准备齐全了。晚上，又用借来的小推车将烧好的红砖运到新的房屋基地，小推车吱吱呀呀的声音，在乡村空旷寂静的夜空中久久回荡。

母亲为了有一个好一点的家没日没夜地干活。在烈日下，运沙子、挑石头、拖砖瓦，衣服上结满了一块又一块的盐渍，汗水一串串不断地流淌。凭着自己的双手，父母将一栋在当时很不错的四间砖瓦房盖了起来，为了让我安心读书，母亲几乎没有让我为建房分过心、出过力。

农村孩子大都顽皮，我也不例外。记得10多岁时，最喜欢的就是去钓鱼、捉鱼，乐此不疲。母亲为了我做好作业用心读书，不允许我去钓鱼，坐在大门前守着，我却从后窗翻窗而出，逃之夭夭。母亲从小没打过我们，但有一次下了狠手。也是因为上学调皮，老师到家里来告状了，母亲用竹条在我屁股上狠狠地抽了一顿，那叫一个疼。母亲对我们寄予了期望，希望通过读书改变命运，不走她们的路。宁愿自己辛苦，也尽量不让我们干农活影响读书，无疑，这在当时是远见之举。记得我高考结束后，填报了湖南银行学校，母亲带着我顶着炎炎烈日到韶山的招生办找亲戚帮忙，终于如愿录取，跳出了农门。

为了供我们上学，母亲先后做过瓦工，到长沙贩卖过茶叶、花生瓜子，到岳阳的一个农场打过工。母亲做得一手好饭菜，而且做事干净利索，我毕业参加工作后，村小学一再请她去为师生们做饭，一做就是好几年。

母亲一生没图过自己享受，等我们工作、家庭稳定，等孙儿长大学有所成，本该衣食无忧，安享晚年，却病魔缠身，离我们而去。

那个夏天，成了我们永远的痛。无法专程回去拜祭母亲，只有记下这些文字，遥祭母亲。

父亲

久待在城市钢筋水泥筑成的鸽笼里，人也渐渐变得迟钝了、麻木了，对季节的更替特别是对春的感觉亦渐渐淡忘在行色匆匆的奔忙之中，不知是进步，还是悲哀，抑或是无奈。可我永远也不会忘记故乡的春天，不会忘记父亲在早春播下的那一抹新绿。

一声沉闷的雷滚过后，故乡的春来了。柳丝上缀着星星点点嫩绿的新芽，在乍暖还寒的春风轻拂下，飘然跳着舞蹈。横斜穿插的桃枝迫不及待地长满花苞，透出微微的笑意在风中轻摇。田地里的小草早已闷得发慌，拱出泥土，露出尖尖的绿意。当然，你得蹲下去才能看得清它们的可爱和开心，这正是"草色遥看近却无"了。浅浅的小河小沟忍受了整整一个干枯的冬季后又欣欣然欢悦地流淌，发出"哗哗哗"早春的信息。

这时，故乡的人们脱去笨拙的冬装开始忙忙碌碌下种春播了。下种是一年收成的关键，种没下好就不会有壮实充足的秧苗，没有好的秧苗一年的收成就没什么指望了。

父亲是农事高手，浸种时总是多浸一些，每年的秧苗绰绰有余，以供给那些没有照看好谷种或种子播到田里被料峭的春寒冻坏的邻里。下种是个技术活，先得选好种，然后浸种，再把种子堆积在一块捂种，气温高了种子会烧坏，得日夜守候翻动，气温低了种子发不了芽，得用稻草棉絮包紧升温。在父亲的精心照料下，几天后，种子就齐刷刷地抽出了芽，嫩嫩的娇黄，还没有一丝绿色，只能想象嫩黄中蕴藏的令人欣喜的绿意了。这时，父亲笑了，那是一种满意的充满希望的质朴的笑，如同那包含绿意的嫩黄。播种了，父亲穿着单衣，裤脚挽得高高的，胸前挂着一个装满种子的箩筐，左手扶着箩筐边，右手从箩筐里抓起一把把种子在空中划出一道弧线，将种子均匀地撒播在平整的秧田里，动作轻松自然，像是朴实的早春之舞。父亲播下了种子，也播下了希望。

当然，现在南方农村育秧插田根本用不着这样麻烦，简单多了，直接撒稻种，育秧、插田一次完成，既增产又省事。好是好，但没有了从前的韵味。

天气慢慢暖和了，风轻轻的，柔柔的，是那吹面不寒的杨柳风，阳光和空气都是新鲜清净的。要不了几天，秧田里泛起了星星点点的新绿，渐渐的，新绿成了草绿、成了翠绿、成了绿油油的一片。父亲的心踏实了，也更忙了。施肥、撒药、除草，天天忙得团团转，但他心里是高兴的，因为他日夜为之操持的那抹娇黄、那片新绿，要不了几个月就会变成丰收的喜悦了。

我那贫苦但无忧无虑快乐逍遥的童年过去了，父亲像一头永不歇息的黄牛默默地拼命地耕耘，供我们读书、上大学。我们也理所当然地享受着人世间这最不求回报的付出。我们长大了，父亲却老了，背驼了，脸上爬满了岁月无情的印痕，像萧瑟秋风中一道心酸的景致。这时，我才知道，我们就是父亲心目中时刻为之操劳和盼望的那一抹新绿。然而，我们又给予过父亲多少关爱呢？但我们的心中是永远热爱和敬重只懂付出、唯独没想过报答的父亲的。

父亲有三兄弟，他排行老二。父亲为人老实忠厚，与人为善。但在我心目中又是个十分聪明的人，很多手艺都无师自通。

父亲能写一手好毛笔字。在农村，自家新做的家具、农具上都要用毛笔写上主人的名字，再刷上桐油，免得混在一起分不清。不会写的请人写，我们家的都是父亲自己写，写得工整厚实，还有几分力道。

木工、竹器编织父亲也是样样能行，家里的椅子、竹篮、竹筛、竹篓、竹箕都是他自己做的、编的。从砍下竹子到剥成竹片、竹丝再到编织，看着竹片在父亲手中穿插飞舞，不到半天工夫，一件精致实用的器物就织好了，着实为家里省了不少的支出。村里有人经常请他编织鱼篓，父亲也总是有求必应。

父亲还能拉二胡。我之前一直不知道。是老人家来城里的家帮我带儿子时，发现他随身带了一把二胡。在接回从幼儿园放学的孙儿、做好饭菜、吃完晚饭后，他偶尔会拿出二胡，一人独自坐到阳台上，咿咿呀呀地拉起来。曲子大抵以地方戏曲为主，没听到拉过什么名曲。父亲的二胡虽然到不了如泣如诉、行云流水的水准，但拉得也并不难听。此时的父亲完全沉浸在自己的世界里。月光照在他的脸上，父亲多了一份生动、凝重和沉静，让我对父亲也更多了一份敬重。

父亲是钓鱼抓鱼的高手。从我懂事起，家里好像就没有少过鱼。这一点我完全遗传了父亲的基因。记忆最深刻的是在寒冷的有月光的冬夜，河坝中还结着冰，寒风凛冽，父亲扛起用楠竹和渔网自制的一丈多长的推篓，要我背上鱼篓，从家里出发，帮他去捡鱼。

一出门，一股寒风钻入脖子，令人瑟瑟发抖。来到河坝，父亲开始推鱼，父亲知道河坝中哪些地方有鱼，水草多的、水深的地方才是鱼聚集的地方，因为冬天气温低，鱼也怕冷，都躲藏在那些地方。推鱼是力气活，一篙推出去，最后还要用力一送，尽量送得远远的，再马上借力一回，确保鱼儿不会逃出渔网。收上来后，父亲将鱼推子抖几下，抖去水，借势把网里的水草和鱼一起倒在路边或田里，接下来就是我的工作了。我要在水草中翻来翻去，找出里面的鱼虾，大都是些一寸二寸的小鱼，但运气好的时候也会有半斤一斤的鲤鱼、鲢鱼、鲫鱼。不到半小时，我的手脚就被冷得麻木失去知觉。接下来我要通过不断地蹦跳、搓手增加热量，才能继续下去。带着满满一篓鱼回到家，将鱼倒出来，母亲把鱼清理干净，连夜做成火焙鱼，第二天清晨，拿到镇上卖掉，一点点积累，换回我们的学费和家用。

20世纪60年代，父亲响应国家号召，参加了"三线建设"，参与湘黔铁路修建，也算为国家重点工程做出过贡献。父亲几次和我提过这事。前些年，父亲对我说，听说国家对参与过"三线建设"的人有补助发放，要我打听下。我对父亲说，有没有都没关系，现在我们也不愁吃不愁穿。父亲说，那也是。我想，父亲也不是想要那几个钱补助，而是政府对自己的认同和肯定。

母亲精明干练，里外一把手，是家里的当家人。父亲性子慢，做事不急不躁。母亲总爱唠叨父亲，父亲不得已的时候，偶尔也会回呛母亲一句。后来母亲重病住院、行动不便，都是父亲在细心护理照料。做饭、种菜、养鸡养鸭、洗衣、搞卫生、采购日常生活用品、给母亲上药洗澡，快80岁的人了，一天到晚忙个不停，没有半句难，没有半点怨。多亏了年迈的老父亲，母亲最后的日子才过得干净、舒心。

母亲走后，父亲多了两个爱好。一是信佛，参加了村里的一个唱经团，为离世的人无偿念经超度。二是当起了媒人，通过微信，为大龄男女牵线搭桥。成功了好几对，一时间，小有名气，不少人都来找父亲。父亲在微信里建起了资料库，姓名、身高、文化程度、工作单位、工资收入、家庭条件、个人照片，一应俱全。有时，也会找我们为他提供信息资料。父亲当媒人心态好，他不是为了挣"谢媒钱"，而是想多做点积善行德的好事。

父亲的院子

20世纪80年代初，父母亲省吃俭用，没日没夜，一砖一瓦，修建了在当时很不错的四间砖瓦房。随着我们在城里参加工作，结婚生子，父母亲也跟着进城帮忙照看孙子。老家的房子长期空置，日晒雨淋，风吹霜打，加上屋后的大樟树繁密的枝丫斜卧在屋顶上，老屋终于经受不住，东边的厢房轰然倒塌。老家邻居传来消息后，父母亲忧心忡忡。十多年前，母亲从城里回老家，请人把老屋重新进行修建。建新屋时特意后退了几米，前后都留出了空地建成院子。

父亲回去后对这个院子极为上心，一天又一天，一年复一年，从未停止对院子的打理。如今，院子绿树成荫，瓜果飘香，四季花开，生机勃勃。炎热的酷夏，太阳很难直射到房屋，屋子里增添了几多凉爽。

父亲在院子里栽种的花草树木不下数十种。树木类有：香樟、桂花、梅花、樱花、红枫、银杏、猫儿刺、棕榈、斑竹、柑橘、蜜柚、红枣、香梨，还有一些我叫不出名字的。花草类有：茶花、木槿、蔷薇、栀子花、杜鹃、木莲、芭蕉、石竹、紫薇、臭鸡矢藤、水鬼蕉、女贞、紫竹梅、八角金盘、沿阶草、双荚决明、鱼腥草、仙人掌等，就像一个小型的植物园。

西边的巷子里是之前老屋留下来的斑竹，这几年在父亲的养护下，不断发展壮大，不断扩张地盘，长得越来越多、越来越大，有点像楠竹了。有的竹子为了争取生长空间，极力向上窜，长得弯弯斜斜的，失去了竹子的韵致，但也只能如此了。到了春天，雨后竹笋纷纷冒出，密密匝匝，大部分春笋成了盘中美味，只能留下极少数长成竹子，否则的话，整个院子都会被它们占领。清晨和傍晚，鸟儿聚集在竹林里，叽叽喳喳，相谈甚欢，十分热闹。加上短腿柯基的几声吠叫，给只有父亲在家的院子添了些许生气。

香樟树有三棵，其中那棵最大的树龄不下四十年了，就是它压垮了原来的老屋。建新屋后，把它移栽到了东边，移栽时锯掉了所有的枝条，只剩下一根粗壮的树干，父亲在四周施以基肥，现在又是高入云天，枝繁叶茂，生机盎然，重现昔日风采了。

猫儿刺父亲栽植了四株。猫儿刺学名叫枸骨，又叫老虎刺、八角刺、鸟不宿、狗骨刺、猫儿香，是一味传统的中药，其根、枝、叶、果实和树皮均可入药。父亲为它修剪造型，一层一层的，高的那株有九层之多。在密集的林子里，它努力向上生长，争夺阳光，本不该苗条的它，长得瘦高瘦高的，如果你认为它弱不禁风可欺负的话，那就大错特错了。只要你不小心碰上它，它那又硬又尖、锋利无比的刺一定会让你痛得刻骨铭心，叫苦不迭。

桂花树是院子的主角，东边、西边一边一棵，所处位置最好，长得高大茂盛，花开时节，金黄一片，香气扑鼻。父亲把它们修剪成球状，现在搭梯子都够不到了。我跟八十岁的老父亲说，不要再去修剪了，让它自由生长，否则，从梯子上摔下来就不得了。

西边的蜡梅树长得特别出彩，枝干遒劲有力，老枝交错穿插，极富美感。寒冬腊月之际，百花肃杀，而它却开出一树沁人心脾的白色花朵，疏影横斜，暗香浮动，别有意韵。墙角数枝梅，凌寒独自开，是画画写生的好素材。春节期间，众多兄弟姊妹都爱围着它拍照合影，发朋友圈。

院子里有三株银杏树，是当年叔叔给的苗子。父亲栽下去后，我都担心无法成活，一是苗子太小，二是我们当地少有银杏，三是园子里树那么多，它难以竞争取胜。不曾想，它们不仅成活下来了，而且以高度为优势，迅速长出了自己的一片天地，争取了生存空间，不过，身材长得跟竹竿似的，是女人们喜爱的身形。

柚子树是近几年的新成员，它的位置原来是一棵杨梅树。当年杨梅树栽过来后，水土不服，香消玉殒，柚子树取而代之。去年秋天回家，看到树上挂满了金灿灿的柚子，有好几十个，真是惊喜不已。父亲摘下几个给我尝味，口味还蛮不错，爽脆清甜。直到今年四月份回家，柚子还没吃完。今年端午回去，父亲告诉我，柚子树没开一朵花，没挂一个果，应该是碰上果树的小年了。是啊，去年用力过猛，营养都耗尽了，得休养生息，待来年再硕果枝头。

木莲是一种神奇的植物，又叫薜荔，别名凉粉藤、木壁莲、木瓜藤、木馒头、水馒头、王不留行、膨泡树、风不动、鬼馒头等，名字都很有味道。我们当地叫蒡蒡，也不知道为什么叫这么一个怪怪的名字。父亲只在后院墙边栽了一株，它现在竟然爬满了后面的整面墙，还正在向东西墙扩展，成了名副其实的绿植墙，生命力之旺盛让人叹为观止。木莲枝秀如莲，花明如玉，绿荫庇夏，寒冬如春，在初夏时盛开玉色花朵，秀丽动人。它很爱结果子，夏天的时候，像蟠桃大小的绿果结得极为放肆，铃铛般挂满外墙。果子成熟后，它里面的籽是做凉粉的原料，用木莲果实做成的冰冰凉凉的"木莲豆腐"，是记忆深处最美好的存在。小的时候，母亲经常用它做凉粉，炎天苦夏，喝上一碗母亲做的沁凉的木莲凉粉，那也是人间美好、无比快意了。如果家庭条件好，再加上一勺蜂蜜，就成了夏天的绝佳搭配、高档享受了。估计还有两年的话，我家院墙会被它彻底合围、占满。

后院西头，父亲栽了一棵红枣树，这在我们老家很少有。那个地方原本是一株很高大的桃树，记得小时候，桃油一次能采一大盆，母亲会将桃油做成美味的菜肴，很好吃。因父母进城后无人看管，被虫子蛀空而枯死。红枣树冬季落叶，枝条光秃秃的，感觉像北方风光。夏季来临，绿满枝头，果实累累，秋天，父亲搭好梯子，把满树红枣摘下来，生吃脆爽，吃不完晒成干枣，能吃很长一段时间。

屋前靠排渠的水边，父亲栽了一排木槿花，木槿有了水的滋润，长势十分喜人，父亲把它们修理成伞状，很是壮观，木槿花开，倒映水边，明媚了乡村风景。木槿花朝开暮落，生命力强，花期长，从5月份一直开到10月份。它在古代代表永恒的爱情，有时也会形容女子的悲惨命运，李商隐在诗中写到"风露凄凄秋景繁，可怜荣落在朝昏。"用木槿花制成花汁，具有止渴醒脑的保健作用，木槿花的营养价值高，花蕾，食之口感清脆，完全绽放的花，食之滑爽。常食木槿花汤对高血压患者有良好的食疗作用。木槿含肥皂草甙，我们老家，在还没有洗发水的年代，很多妇女采下木槿树叶，搓揉出汁液，再加入清水调匀，用它洗头发，洗过后的头发，不起头皮屑，乌黑发亮，比现在的高级洗发水都好。父亲栽的这排木槿花，不仅好看，而且也让院子的植物有了层次感。

院子里露出泥巴的地方，父亲都栽上了长得像兰花一样的沿阶草，一年四季郁郁葱葱，覆满地面，如同铺上了一层绿地毯。每年冬春之交，父亲会对沿阶草修剪一次，不让它长得太长太高，影响美观。

　　屋后靠东头，是父亲的菜园，丝瓜、苦瓜、黄瓜、茄子、辣椒、西红柿、扁豆、刀豆、土豆、萝卜、白菜、葱蒜，应有尽有，自给有余。每次回家返长，后备厢里都会被塞得满满的，不要都不行。

　　父亲有不少爱好，精心打理院子是他生活中很重要的一部分，漂亮的院子成了我们回家观赏休憩的乐园，一段时间没回去，就会心心念念，满怀牵挂。

我就读的母校有四所：泉湖小学、双江口镇中学、宁乡县第十一中学、湖南银行学校。泉湖小学、双江口镇中学、湖南银行学校相继停办了，现在只有宁乡第十一中学还在。

难忘母校

泉湖小学

　　泉湖是一个村的地名，我的老家，属宁乡市双江口镇。从我记事起就是这个名字，后来村合并，更名双福，别人问我老家哪里？我总是习惯性地说是泉湖的。

　　泉湖村，村如其名，还真有一个湖。湖位于村子的东北方向，几乎环绕着半个村子，水源主要靠上宁乡黄材水库放下来的水加上自然雨水，泉湖与沩江相连，注入沩江后，一同奔流入湘江。随着沩江防洪河堤越修越高，越修越牢固，彻底阻断了湖水的出路，加上小水利建设的停步，泉湖慢慢地开始淤积，变小，湖面狭窄的地方长满了水草、芦苇，后被人为地截断，有的成了稻田、菜地，有的变成了水沟，宽阔的地方也只是一个狭长的水塘，成了钓鱼爱好者野钓的好去处，我也曾钓过几回。

　　关于泉湖，有两件小时候的事难以忘记。

　　一件是当时我和村里的小伙伴经常到湖里捞猪草，那个水草我们当地叫鸭舌子草，是喂猪的好饲料。那时的湖还很宽，水很清，湖水哗哗流淌。我们要打捞的水草一般都在湖中心的地方，湖边的早被人捞光了。翠绿的水草随着湖水的流动像绿色的绸缎一样起伏，看得我们心花怒放。游到湖心，憋住一口气，一个猛子扎下去，把水草连根拔出，顺手在湖水里洗净，碧绿的草、雪白的根，好看得很。不要一个小时，我们就能捞起满满的一担，多了也担不起。不过，我们会有意地在湖里多玩一会儿，运气好的话，还能抓上来几条鲤鱼、黄鸭叫什么的，那是意外之收获了。

　　第二件是全民出动的集体活动：罩鱼。遇到夏天涨水，大量的鲤鱼、草鱼、鲢鱼随着涨水来到了湖里。骄阳似火，烈日当空，村里的几十个壮年男人一人抄起一个用竹子做的U形渔罩，一字在湖里排开，动作统一，从上游一路往下照过去，我父亲也是队伍中的一员。不断有鲤鱼、草鱼被抓出来，大的有五六斤，甚至七八斤，河堤上观看的小孩、妇女笑声、叫声不断，场面十分壮观，高潮迭起。那时我10岁出头，最大的爱好就是抓鱼，我比那个竹罩高不了多少，所以只能紧跟着大人后面徒手浑水摸鱼，偶尔也能摸起些鲫鱼、鲇鱼的。几个小时下来，差不多都有渔获，多的十来斤，少的两三斤，那真是无比的开心快乐。

泉湖村有一所村小泉湖小学，直到20世纪90年代末才停办，变成了幼儿园。到现在有60多年历史了，但外观和当年比没什么变化，红砖黑瓦，破旧落败，与如今的快速发展及周边环境都极不相称。我在这里读了六年小学。

学校就像那个鱼罩子，也是呈U形，大门紧临双青公路，记得正面是两间教室、老师办公室和厨房，左边有四间教室、一间老师宿舍和公共厕所，厕所是那种旱厕，臭气熏天，群蝇乱舞；右边有三间教室、一间老师办公室和老师宿舍，厨房后面是一口池塘，水质清澈，学校淘米、洗菜都是用池塘的水。

四十多年过去了，整个小学阶段能回忆起来的事情并不是很多，但有些记忆依然至今清晰。

上一年级时的教室在学校左边最东头，后面就是学校和村民的菜地。课桌十分简陋而有特色，两头是用土砖砌的，上面放一块木板，就是课桌了。木板是松动的，同学们伏在上面动来动去，木板与土砖摩擦久了，会起一层土灰。这就成了我们搞恶作剧的绝好道具。上课时趁老师转背在黑板上书写时，悄悄将木板抬起一点，口对着土砖墩和木板之间的缝隙，用力向前猛地一吹，顿时一股呛鼻的土灰直扑坐在前排的同学，特别是男同学喜欢吹前面的女同学。有时几个同学一起吹，教室里一下子炸了锅，腾起阵阵灰烟，叫的叫，闹的闹，女同学纷纷向老师告状，热闹非凡。老师转过脸拿起教鞭在桌子上猛敲几下，让几个调皮的男同学罚站，才平息下来。下课后更是翻了天，男同学纷纷对吹，吹得没灰时，赶紧把木板在土砖上使劲来回擦几下，又起灰了，继续战斗。上课铃敲响后，教室里还弥漫着淡淡的灰雾和尘土腥味。除此之外，读一年级就没什么记得的了。

读二年级待过的教室靠近厨房，外面就是那口池塘，坐在教室里能看到窗外的农田景色和在池塘边钓鱼的人。记得教语文的是胡老师，年纪应该在五十岁左右，外地来的，说话轻言细语，十分的温和，就像是慈祥的母亲，她的样子我至今都记得。胡老师的宿舍就在教室正面靠左的一个小房间，与教室相通。下了课到胡老师房间玩，胡老师还经常塞一两颗糖粒子给我，那时的糖果十分稀少珍贵，我们农村孩子一年到头都难得吃上一次，家境好的过年可能吃得到。胡老师给我的糖我都舍不得马上吃掉。

那时大队晚上放露天电影都是在学校操坪里。那时候看个电影像过年一样，操坪里挤得水泄不通，大冬天的也不怕冷。这时候胡老师会提一个小烘篮子，带着小板凳在银幕后面等我，我们看反面的，开始有点别扭，习惯后也差不多。我和胡老师烤着火，又不用挤，感觉蛮舒服。有时候胡老师还把我看不懂的剧情跟我说一说，还能学到课本外的知识。胡老师不久就调走了，小学毕业后再也没听说过胡老师的任何消息。

随后是我叔叔严争明当我们的班主任老师。那时叔叔高中毕业当民办教师。记得有次叔叔选了我当班干部，我不愿当，后来他召集当选的班干部在教室开会时，我在窗外敲玻璃、扔石头。叔叔大怒，冲出教室来捉我，我也拔腿就跑。这一追不打紧，我一直跑到了外婆家，叔叔还是没追上。不过回到家后一顿"竹条子炖肉"就逃不过了，被母亲狠狠地打了一回。这件事我印象蛮深，叔叔也还记得，有时和我闲谈时还提及。

后来叔叔考取了宁乡师范，成了公办教师，毕业后又回到泉湖小学任教，并担任校长，后来调镇联校任校长，从教四十二年。前两年退休后爱上了文学，经常写写散文，这几年发表了不少书写家乡山山水水、风土人情的好文章，够出一本文集了。目前还担任了宁乡市文史调研员和市诗散文协会理事，文章越写越好，名气也越写越大。叔叔不仅会写，尤其能说，十里八村的红白喜事莫不请他主持，我们做晚辈的都佩服他，算得上是当地的名贤了。

读五年级时换到了左边靠中间的教室。旁边是班主任高老师的宿舍。高老师是长沙来的，年轻漂亮，说话嗓音洪亮，爱穿件白衬衣，显得更加白净，省城人就是不一样。高老师后来调回了长沙，我也再没见过高老师了，不过她的形象和声音还在我的脑海中。叔叔和高老师同事好几年，关系不错，一直有联系，估计高老师年龄应该快七十了。

还有三位老师我也还记得。一位是我们本村的胡启后老师，上课十分严厉，对待不听话的学生，胡老师的绝招是拧耳朵，一路拧着耳朵从座位上拎到讲台前，痛不欲生，被拧过的学生肯定都不会忘记。上体育课的是熊老师，皮肤黑黑的，比较高大，体育课基本上学向左转、向右转、向后转和齐步走、纵步走，我向左转、向右转经常搞错，齐步走时手一起甩，刚开始出了不少笑话。还有一位彭老师，没教过我，非常有涵养，她教过的学生都很喜欢她，因为彭老师是我同学的母亲，当然记得清楚。不知还有没有其他教过我的老师，真是想不起来了。

我家离学校不到二里地，我一般都是走田埂小道抄近路，倒不是怕迟到，而是我特别喜欢抓鱼，那个时候鱼又尤其多，有水的地方基本上就有鱼。水田里、水沟里，到处都有鱼。我的书包里长期放着一个自制的串鱼的工具。上学时路上先看好哪里有鱼，放学后迫不及待地一路飞奔去捉鱼，回到家时手里肯定提了一串鱼。母亲很是恼火，生怕我抓鱼耽误了学业。

小学六年记得的女同学只有三个，其中一位是同桌，她的嘴型比较有特点，比别人都要生得扁平，同学们都叫她扁口鲇鱼，确实有点形象。我们划了"三八线"，相互不能越线，记得有次为了越线还打了一架，从此她更加恨我。不过她小学没毕业就离开学校了，再也没有遇见过，要是碰到了，我可能会认得出。

每次回老家经过小学，都不免多看几眼，那口池塘还在，小了很多，感觉像个水坑，校舍基本没变的外形让人既有一分亲切，也有一丝难过。

总觉得泉湖和泉湖小学的命运有些相似，它们都逐渐淹没、淡忘、消失在时间的长河之中，甚至连名字都没有了。不过，有些人、有些事、有些记忆，不论时光如何远去，都挥之不去，不会遗忘，总能在内心的一角被珍藏，被记起。

双江口镇中学

大年二十九回老家过年，到镇上采购年货，特意去了四十年前的母校宁乡双江口中学。真是惭愧，毕业三十七年了，这是第一次去探看。其实，每次回老家都经过母校，可是想到物是人非，曾经的老师也各奔四方，就没有了进去看看的兴致。可能是随着年纪增大越来越怀旧的缘故，对过去的事物日渐有了念想，所以一到镇上，首先想到的是去母校走走。

我几乎不用找，就寻到了入校园的那条小巷子，当年的小卖部还在，只是老板换了，装修变了；铁门还在，只是锈迹斑斑，无人把守，失去了往日的威严。没有落锁，我推开铁门进入校园，境况让我大吃一惊。破旧、残败、荒芜，空无一人，芳草萋萋。右边的食堂已经拆除，在旁边临街建起了一栋三层的砖混教学楼，也是人去楼空，破旧不堪。左边的二层砖木结构的教舍就是当年我们读书上课的地方，那时整个中学就只有这栋教学楼。木质楼梯已经垮塌，楼梯口堆满了杂物，无法上楼，也不敢一试。走廊过道吊顶的木条子经不住岁月沧桑，有的掉下来了，有的一头还坚强地悬着。外墙的红砖部分由于风化脱落，露出来的颜色更红艳，只是红一块、灰一块的，显得斑驳陆离。当年那棵长到二楼的香樟树虽然依旧茂盛，但因无人打理，躯干上长满了青苔，显出了老态和年岁的痕迹。不大的操场上依稀可见用马赛克磁片在水泥地上贴出的篮球场标识线，篮球架不见了踪影。面对此情此景，让伫立在操场上的我不禁黯然神伤，想到过母校因为社会发展和场地限制带来的不可避免的没落，却没想到过是如今这个样子。停办这么多年了，竟然还荒废着，不过也好，总比什么都没有了、都看不到了要强。

我又绕着母校外围走了一圈，学校大门的斜对面是颇有些名气的古寺竹荆寺，寺门半掩，香火袅袅。往右，靠近沩水河边的街道，同学家的那一排土砖房保存得非常好，外面看上去整洁干净，记得同学的父亲是开渔具店的，主要卖鱼线、鱼钩、鱼漂等钓鱼用品，钓竿极少见，那时有也买不起，大都是自己用竹子做，我特喜欢钓鱼，经常光顾。听说同学在深圳发展，镇上的老房子一直闲置着。再往前走几步，令我眼前一亮，我看到"国营宁乡双江口镇肉食站"的老牌匾赫然在目，这可是文物啊，肉食站二层的砖房还与当年一模一样，只是这楼和后面的院子换了主人，被我童年的发小玩伴买下来了。这是我们当年无比羡慕、晚上做梦都流口水的地方。班上一个同学的母亲就在肉食站上班，他成了我们最嫉妒的人，加上长得又白白胖胖的，肯定吃肉不愁、想吃就吃，要知道我们那年月一年吃不上两回肉，偶尔能吃一次油渣就心满意足了。当时想，今后能到这样的单位上班该多好，没想到的是过不了几年就被迫关门了，世事难料啊。

看到这些，一下子就勾起了我对母校的回忆。

母校双江口中学位于双江口镇，紧靠沩水河，双江口镇临河而建，是宁乡有名的鱼米之乡和千年古镇。从明清至民国数百年间，都是宁乡通江达海的重要港口，是宁乡到靖港过往船只的必经之地。高峰时，河码头上有上千只乌舡子船停靠，沿河一带有两百多米长几十家吊脚楼一字排开，两个大小码头热闹非凡。当时的双江口因水而发，经济繁荣，人气鼎盛，商埠兴隆，"朝有千人作揖，夜有万盏明灯"，享有"小上海"美誉。

我家距离镇上大约五里地，考取双江口中学前，除了每年随父母到镇上的粮站送交公粮外，也很少去镇上玩，感觉到了镇上就像进了城。村里和我同年考上的有五人，我们结伴上学。那时没有公交，也没有自行车，靠两条腿走。不过，有手扶拖拉机，当时农村的运货主力车。看到拖拉机快来了，我们赶紧做好准备，拖拉机冒着烟"突突"地从我们身边开过，说时迟那时快，我们飞快跑上去一把抓住车厢后挡门，跟着拖拉机的速度跑上十多步，纵身跃起，右脚顺势跨进车厢，整个人也就上去了。上车容易下车难，下车更要技术，到了镇上，有的司机故意不停车，这时要迅速抓住后挡门，转过身来，把脚探到路面，继续跟车跑上一段，千万不能马上松手，否则会摔跤，等适应了再松开就能安全着地了。放了学，我们又一起回家。记得在镇后面的村庄有一个水泥台子，我们捡起几块砖头摆在中间，就成了我们的乒乓球台，乒乓球拍是买不起的，但我们自有办法，拿我们在学校吃饭的搪瓷缸当球拍，"叮叮当当"，你推我挡，玩得乐不思蜀，穷有穷的快乐。

在学校吃中餐现在回想起来也是极有意思的事情，80后应该是没有经历过。我们自己准备一个蒸饭的搪瓷缸，每天清晨从家里带好米，带好菜，菜大多是母亲前一天晚上炒好的酱豆子、白辣椒、干茄子、干豆角等坛子菜，用一个玻璃瓶子装起，那时也没有专门盛饭菜的饭盒。青菜是不能带的，容易变质，家庭条件好的可能会有炒咸鱼、油渣之类的，肉是稀罕物，一学期也难带一回。米是自己临出门时用袋子到米缸去盛，连同菜瓶一起放进书包里，搪瓷缸拴在书包的扣带上，走起路来叮当作响。自己盛米就给我们解馋创造了条件，那时镇上的小商小贩是允许以物易物的。趁母亲不注意，每次都多带点米，下课后迫不及待地拿到学校旁边的馒头店，换馒头和糖包子吃。那个店老板水平真的不行，每次碱放多了，蒸出来的馒头黄黄的，一股浓浓的碱味，而且面粉粗糙，硬得掉渣。不过一点也不影响我们对它的渴望，一阵狼吞虎咽，渣都不剩，那真是人生当中最美味的美食。其实家里的粮食也不充裕，经常多带一定会影响到父母的口粮，母亲肯定是知道的，但她从没有说过，她晓得儿子正是长身体的时候，不忍道破。农民伯伯交公粮的时节也是我们解馋的好机会，那时又甜又嫩的凉薯正好成熟，农民挑到镇上来卖。粮库人山人海，我们若无其事地混进去，用书包快速装满稻谷迅即撤离，去兑换凉薯。凉薯是当时我们吃到的最好的水果，别的水果也没看到过，更别说吃了。

来到学校的第一件事就是到食堂淘好米，放上水，把搪瓷缸送到蒸笼里。初一时，我们的教室在一楼靠西头，第四节课下课铃声一响，我们如同群蜂出巢，奔向食堂，拿上自己的饭缸返回到教室，掏出菜瓶子拧开，像个饿鬼似的吞咽起来。关系好的同学会把菜凑在一起，相互交流着吃。有带了肉菜的同学往往会悄悄躲到一边一人独享，生怕别人吃他的好菜。但有一个同学例外，他家是做肠衣生意的，他每天都带了香喷喷的腊猪肠、炒猪肠来，而且愿意和我们分享，大气得很，让我们的中饭变得有滋有味，也让我们的同学友谊像那腊猪肠上闪光放亮的油星，格外动人难忘，每次同学聚会我都要感谢他。

说到母校，当然不能不说我们的老师。至今我都认为，教我们那届的老师，真的是十分难得的优秀好老师。在一个乡镇中学能遇到那么好的老师，是我们的幸运，这也得到了其他同学的一致认可。

教我们历史的胡静怡老师，是一位鼎鼎有名的了不起的老师，他就像全科医生一样，不分文理，不分科目，不分层级，物理、化学、英语、数学、语文、历史、地理，初中、高中、大学，没有他不能教的。他种田也是一把好手，家里还耕作了十多亩田，都依赖他去精耕细作。后来，胡老师响应组织号召，被派到贵州支教去了，从此失去了联系。我参加工作后，经常在报纸杂志上看到署名胡静怡的文章和楹联，一打听，作者还真是我们的胡老师。前几年胡老师七十大寿时，终于见到了他老人家，还是那么健朗，精力充沛，让我颇感欣慰。

教我们英语的谭怀瑾老师，瘦高个，穿着精致严谨，说话幽默风趣，戴一副黑框眼镜，镜片后的目光炯炯有神。上课时的习惯标准动作是时不时用小手指将眼镜往鼻梁上推，他有一个儿子叫麦子，和我们同届。谭老师讲一口流利的英语，这让我们刚从农村来的从没接触过英语的乡里娃，既敬佩又自卑。谭老师最看不惯镇上的那些调皮学生，20世纪80年代初，刚刚改革开放，镇上的同学紧跟时代潮流，喇叭裤、长头发、抽香烟、打群架、不读书、谈恋爱，让老师们头痛不已。谭老师更是恨得咬牙切齿，经常在课堂上骂他们是一群不学无术的流氓阿飞。并用柳宗元《捕蛇者说》中的"悍吏之来吾乡，叫嚣乎东西，隳突乎南北，哗然而骇者，虽鸡狗不得宁焉"来形容他们的无法无天、无所不作。那表情和神态，至今记忆深刻，如在眼前。谭老师在学校厕所里常常碰到镇上的同学躲在那抽烟，十分气愤，上课时讥笑他们"那哪是抽烟，那是在吸屎分子"。还用我们刚学到的化学知识来作解释，引得我们哄堂大笑。其实，也不是镇上所有的同学都调皮，只是少数几个而已。由于谭老师教学水平高，课上得好，后来也被抽调到贵州支教去了。

教我们物理、化学的老师是一对夫妻，教物理的吴明君老师一脸络腮胡，上课很严厉，同学们都有些怕他。我可能天生不喜欢理科，虽然吴老师的课讲得好，但我就是学不进，对串联、并联总是搞不清。李爱华老师上化学课，对不同化学元素混合发生化学反应后的新组成物质让我脑壳痛，不过李老师还兼了我们的音乐课，她的歌唱得很好，我们都愿意上音乐课。李老师边弹着一架古老的脚风琴边领唱，声音甜美，那样子让人着迷，让我们感到轻松而快乐，《牧羊曲》、《捉泥鳅》等当时的流行歌曲百听不厌。

教语文和数学的老师也是一对夫妻，教数学的丁老师说话干脆利落，长着一对丹凤眼，眼睛一瞪，不怒自威，没几个同学敢在她面前调皮。那时我迷上了看课外书籍，特别是小说和小人书。班上有个同学家里似乎有座图书馆，他每天都会带不同的小说和小人书来，找他借书的要排队，我极力讨好他，有好菜主动和他分享，就这样他才优先借给我看，不过都规定了借阅时间，超时不还，就没有下次了。拿到书后我会利用一切时间来读，上课、午休时偷着看，晚上躲在被子里打着手电筒看。两年时间里，我看完了《乱世枭雄》、《三侠五义》、《七侠五义》、《杨家将全传》、《隋唐演义》、《三国演义》、《三侠剑》、《岳飞传》、《苦菜花》、《赵匡胤演义》、《西游记》、《新儿女英雄传》等一大批小说及小人书，并疯狂地爱上了刘兰芳、单田芳的评书，下了课就跑到校门口的小卖部，围着收音机听评书。偷看课外书是有风险的，有天午休时，我照例睡在凳子上看，为看书我特意睡凳子，让同桌睡课桌，这样隐蔽一些。正看到入神处，书突然被人从手中抢走了，抬头一看，是丁老师，碰上她巡查，倒大霉。只听丁老师用低沉而不容分辩的语气说了句：放学后来找我。说完，便把书拿走了。我不由得倒吸了口凉气。

放学后，我怀着复杂的心情来到丁老师家，丁老师也不多说，要求我写保证书。半个小时不到，我写好了，交丁老师。丁老师只说了两个字：重写。完了，一定是不够深刻，只好搔头搔脑继续写。为显示诚意，我故意慢点写，估计时间差不多了，又交丁老师。哪知丁老师看都不看，把书还给我的同时，语重心长地对我讲：马上就是初三了，要考高中了，要对得起你含辛茹苦的父母啊，你赶紧回家去吧。顿时一股羞愧感涌上我的心头。

皎洁的月光洒下清辉，照着我回家的路，抬头看着天上的一轮明月，有些事情我好像开窍了、明白了。

师者，传道、授业、解惑也。人的一生，都离不开老师的教化。除课本知识外，我觉得最重要的是老师的品德、修养、学识、爱心，这些无形的东西，带给我们潜移默化的影响和改变，让我们终身受益。

谢谢您，双江口中学的老师们。学校虽然不在了，我知道那根那魂永远都在。

宁乡第十一中学

我从7岁开始上学，一直读到21岁，就读的母校有四所：泉湖小学、双江口中学、宁乡第十一中学、湖南银行学校。虽说都不是什么名校，但对母校一样有着难以忘怀的记忆与感恩。目前，只有宁乡十一中还依然红红火火、坚强地生存着，其他三所母校都已不复存在，先后消失在时代的大潮之中，让人感慨良多。

母校坐落于沩江之滨的双江口镇，距县城15公里，前身是一所高级小学，创始于1941年，1961年改名为"宁乡县十一初级中学"，1969年更名为"宁乡县第十一普通高级中学"，算下来有整整80年历史了。

在双江口中学读初中时，懵懵懂懂，并不清楚高中还有好坏高下之分，那时对读名校也没有如今这般看重，能读个高中就算不错了。否则，也会痛下决心，冲刺一把，考个县一中。现在回头看看，那些考上县一中的同学还是发展得好些，好比长沙四大名校的孩子，大多考的985大学，起点就高出一截。稀里糊涂考完中考，在家干农活，接到了十一中的录取通知书。1983年9月1日，独自带着27元学费去母校报到了。交学费、办手续在进校门的左手边一间颇有年代的平房里，之前并没有去过母校，交完学费后仔细转了转，感觉和双江口中学比好像差不多，有些破旧，只是大了一些。左边一排平房，是我们的教室，右边是学生寝室和老师的住房，三层的教学楼正在建设中，高二的时候我们就搬到新楼上课了。对面是一个大礼堂似的建筑，我们的食堂，南瓜、酸菜汤成了我们三年的主食。校门右手边是一个小卖部，学校离镇上有些距离，这个小卖部成了我们后来经常不得不光顾的地方。

我们那一届有三个班，我分在56班。教我们高一语文的是李淑辉老师，虽说给我们上课的时间不长，却给同学们留下了深刻而美好的印象。淑辉老师比我们大不了两岁，她讲课的声音非常动听，如小溪轻言细语，叮叮咚咚，

难忘母校 ——————— 117

她面带娇笑，圆圆的脸，令同学们如痴如醉，她留在脑后的一根辫子又黑又长，几十年了，再也看不到那么漂亮的发辫。李老师柔情似水，温婉如春，还带着一丝娇羞，有着"依门回首，却把青梅嗅"的韵味。毕业三十多年没了消息，去年看到公众号上的一篇美文，署着与老师相同的名字，马上联系，果然是老师。淑辉老师虽说退休了，但从照片上看，比当年更漂亮、时尚，身材更好，似乎无情的岁月奈何不了老师。老师写得一手好散文，笔耕不辍，篇篇精品，文笔行云流水，描写细腻生动，刻画入木三分，读来如饮甘露，如临其境；一气读完，意犹未尽。

淑辉老师调走后，教我们语文的也叫李老师，一直教我们到毕业，与我们建立了深厚的师生情谊，是一位十分有才华而又不乏书生意气的好老师，我喜欢写点文章也是受了李老师的影响。后来李老师当了母校的校长，再后来调长沙从事教育研究与管理，同学们一直和李老师保持着联系，亦师亦友。教数学的刘老师用心用情，十分负责，我对数学很头疼，但由于刘老师方法得当，讲解易懂，总算还跟得上。历史课易老师家里是县城的，长得潇洒帅气，意气风发，一身白衬衣、白裤子、白皮鞋，人称白马王子。我印象最深的是他说过的一句话：给我一个支点，我能撬起整个地球。农村出来的孩子第一次听到如此有正能量、震撼人心的话，立马对老师充满了敬仰之情。教英语的邓老师同时是我们的班主任，一口流利的英语加上纯正的发音，注定老师不是平凡之人。果然，我们毕业后，老师去了英国留学，回国后到长沙理工大学任教，前两年评上了正教授。上我们课的老师基本是刚从大学毕业，只比我们大两三岁，属于同龄人，所以现在都能玩在一起。母校也只是老师人生中的一个短暂站点，有缘师生一场，真的是一种难得而珍贵的情分。

记得从高一下学期开始，学校流行疥疮，男同学几乎无一幸免。好像没听说哪个女同学患上了疥疮，很是奇怪，可能是女同学爱干净，或者得了也不好意思讲出来。这东西伴随我整个高中阶段，奇痒无比，痛苦不堪，时刻都想去挠，叫人忍无可忍。特别是晚自习课后到寝室睡觉，此时注意力没有集中到学习上，正是它发作的绝好时候。关灯后寝室里只听得一片"沙沙沙"的声音，和刨丝瓜的声音极为相似，这是男同学在统一挠疥疮。此邪物大多长在大腿上和腰腹部，睡在床上，张开五指，手不由自主地从下往上挠，循环往复，不绝如缕。那时我们住的大寝室，几十人同住一间，可以想象，同学们一同发力，无须指挥，此起彼伏，极富节奏感，那场面、那声音，是很震撼和壮观的，如果不是痒得难受，那声音也是蛮动听的，挠疥疮成了我们每晚必上演的保留节目。这个时候，同学们也不说话了，寝室里显得出奇的安静，大有"鸟鸣山更幽，蝉噪林愈静"和"长安一片月，万户捣衣声"之意境与气势。因为痒得揪心，挠得过瘾，刨得痛快，都在一门心思干这事。痒并享受着，痛并快乐着，一直把两条腿刨得像根胡萝卜，血红血红的，再涂上一层硫黄软膏，才能暂时控制住，慢慢睡去。为治疥疮，男同学每人备有一块硫黄肥皂、一支硫黄软膏，这是标配。但这两样东西治标不治本，也只是暂时缓解症状。比较有效果的是高锰酸钾，到浴室洗澡时，往桶里倒入一包高锰酸钾，用热水稀释，看着紫红色的一大桶，感觉像是杀了一头猪。用澡巾吸满高锰酸钾水往患处反复擦洗，越洗越舒服，说不出的快意。用稀释后的高锰酸钾水洗过之后，能保两天不痒，但也断不了根。似乎没什么药物可对付这一顽疾，高中毕业后，自然就好了，很是奇怪。

　　我们班在那一届里颇有些名气，班集体团结而又调皮，体育成绩拔尖，校运动会我们班都是拿集体冠军，有个同学还代表全县参加长沙市田径运动会获得了一等奖，为学校、为班级争了荣誉。我们班的同学还真是调皮。有六七个同学不住学校寝室，搬到了学校旁边的另一个同学家的二楼打地铺，成了自由人。这些同学在我们班长得又高又帅，家里条件也比较好，当然读书也是最不上进、让学校和老师最操心的。他们甚至连教务主任家的鸭子都敢逮了吃。有一天，教务主任怎么也找不到自己家养的一只大洋鸭了，奇怪得很，养在自家房屋的院子里，突然就消失不见了。后经多方打探，此事是我们班住在外面的那几个同学合谋、由另一个同学具体操作干的。这个同学出了名的调皮，除了读不进书外，其他方面都特别聪明厉害，有天赋。他练过武功，手上功夫了得。一天深夜，他偷偷潜入教务主任院子，悄无声息地摸到关洋鸭的笼子边，伸出食指和中指，迅速夹住洋鸭的脖子，两分钟后，七八斤重的大洋鸭叫都没叫一声就断了气。围墙那边早有人接应，他把洋鸭扔过围墙，当晚就成了他们的美食。教务主任后来知道了事情的经过，在学校的一次大会上愤怒批评他们是：一群害群之马。

　　当然最出名的还是早恋这事。我们的班主任邓老师在一次公开场合开玩笑说了一句话：56班只有四个学生没早恋了。此话一出，全校都知道了。我作为班长，也无言以对，解释不清。当时，确实有男女同学关系走得近，晚自习时间到点后，学校会熄灯，为了继续学习，同学们纷纷点上蜡烛。关系好的男女同学往往共用一根蜡烛，两个脑袋凑在一块，相互探讨，窃窃私语，那场面也确实够温馨，让人产生联想。共用一支蜡烛的还真有那么几对，路过的其他班的同学老师看到后，添油加醋到外面去讲，夸大事实也正常，加上班主任又亲口这么一说，可信度可想而知，想不出名都难。其实，这里面的水分还是相当大的，真正情窦初开的还是少数，大多数的只是玩得比较近，有好感而已。

本来到了高三学习紧张，晚自习熄灯后，在教室再开小灶加紧学习也不是不可以，起初学校也没怎么管，后来一听这么多学生在谈恋爱，就有些紧张了，怕出事。于是，学校晚自习熄灯后，教务主任打着手电筒每天都来巡查。听到上楼的脚步声，同学们马上吹灭蜡烛，男女同学一起往女厕所跑，躲在里面不出来。教务主任是男的，也不好进去，站在女厕所外面严厉警告：不许再熬夜了，赶紧回寝室睡觉。说完也就走了，同学们出来后大多乖乖回去休息了，有学习特别发狠、胆子又大的同学等上一段时间，又重新回到教室看书。

班上有位男同学读书十分用功，也很聪明，每天晚上熄灯后，他不去教室看书，而是借着操场上一盏路灯的灯光，靠着灯杆看。有天晚上，万籁俱寂，正看得入神时，突然从女同学寝室传来几声凄厉的尖叫，他被这突如其来的惊叫吓得书都掉在了地上，回过神来之后，拔腿就往自己的寝室跑，边跑边喊，女生宿舍来贼了，快去捉贼啊。把男同学都喊起来了，大家赶到女生宿舍，一问，原来是一个女同学做噩梦后发出的叫声。男同学把他打了一顿，瞌睡吵醒了，疥疮又发作了。这个故事成了毕业聚会时的经典笑话。从此后，这个同学就不敢晚上在路灯下看书了。

即将进入预考冲刺阶段，我有两个好兄弟为了复习，不住宿舍，住到了我家里。我父母对我的同学一概持欢迎态度，热情招待，虽然家里条件不是很好，但有好吃的从不会吝啬，所以同学们都喜欢上我家来玩。我们三人晚上学习到12点睡觉，睡前不拉尿，憋着，憋到凌晨四点左右憋醒了，又起床继续看书，真的是蛮拼蛮苦的。现在这两个家伙都是老板了，住别墅，开豪车，年轻时的苦还是没有白受。

预考过后，我们班只有五个同学过了这道鬼门关，却是那一届三个班中考得最多的。教室里只剩下我们五个人在复习，空荡荡的，顿时变得安静极了。我能幸运通过预考，还得感谢班主任邓老师，当年推荐评选长沙市三好学生，邓老师在会上提出报我，其他老师也都同意。不曾想，这个荣誉当年可在预考中加20分，帮了我大忙。邓老师后来告诉我，只有推荐我才没浪费那个名额，因为另外4个同学的成绩都超出了预考线，其他的同学加上20分也没有一个能出线，我加上20分稳稳的出线。我对邓老师感佩不已，简直是决策英明、料事如神啊！

　　五个人中有个喜欢上课睡觉流口水的同学外号叫飞机，高考在即，依然如故，书拿在手里，看着看着，脑袋一歪，就睡了，睡到香甜处，口水流一地。后来他考了师范专科，真是佩服他。而今当老师的他，站在讲台上，面对上课睡觉的学生不知有何感想？我们五个参加高考全部考取了学校，有中专，有专科，考得最好的是唯一的女同学，上了本科。应届没考上的同学有不少选择了复读，第二年，复读的同学比我们都考得好。

　　2016年，是我们毕业三十周年，同学们相约回到了母校，回到了我们曾经上课的教室，见到了曾经可亲可敬的老师们。母校发生了翻天覆地的变化，成了长沙市重点中学、长沙市示范性高级中学，校园扩大了一倍有余，环境幽雅宁静，绿树成荫，拥有实验室、多媒体教室、电脑室、广播控制系统、大屏幕电视机和有线电视网、校园网等现代化的教学设施设备，和我们当年的条件不可同日而语。

湖南银行学校

去年的一天晚上，正华学兄邀我和来省城出差的常德银保监分局武昌同学到他家吃饭喝酒，他亲自下厨烹制了几样拿手下酒菜。席间谈到他还有我在湖南银行学校读书时穿的一件袄子。他说，当年我们互相交换着棉袄穿，他一直还保存着。我感到惊诧，不可能吧，三十多年了，再说我对换袄子这事也完全没有记忆。但不容置疑，有袄子为证。这让我对身为中国红学会员的正华学兄更加佩服，收心真好。

我们愉快地喝着酒，回忆着母校往事。

1986年，我考取了隶属于中国人民银行的国家级重点中等专业学校——湖南银行学校。在那个年代，这对于一个农村孩子来说，也确实是能改变人生命运的一件大喜事。父母送我到镇上后，我独自一人坐中巴车到长沙汽车西站，然后转了几路公交车，到达了位于长沙市雨花亭新建西路13号的学校。左手边是长沙市第十二中学，沿着围墙继续前行大约百米，就到了学校大门。

报到地点设在学校田径运动场。人山人海，人声鼎沸，歌声飞扬。我有些茫然地走过去。这时，有一群自我介绍是宁乡老乡的学兄学姐围拢来，热情地帮我提行李，带我到我所在的班级城市金融21班的报到位置，指导我办理报到手续。然后又一一告诉我学校食堂、教学楼、浴室、图书馆、电影院等这些重要场所的具体方位，还送我到宿舍寝室，并一再叮嘱，有什么事就找他们。一下子感觉好温暖，和读中学还真是不一样。这其中就有正华学兄，他满脸春风、爽朗大方、阳光帅气，给我留下了深刻的印象。而今，他是中国金融作协理事、省作协会员、省金融作协副主席，对《红楼梦》有着独特的研究和见解。

母校占地不大，布局紧凑，楼台亭阁，错落其中，环境幽雅。学生宿舍楼、食堂、淋浴房、教学楼、大礼堂、室内球场、办公楼、教职工楼、医务室等都是围着运动场四周依次摆布，散步的话，十分钟可走一圈。麻雀虽小，五脏俱全，小有小的好处。出了寝室就到了运动场，晨跑锻炼非常方便。吃完饭，一分钟就可到教室上课，下雨天都不用带伞。晚上看完电影，两分钟能回到宿舍，说不出的爽快舒服。

学校的迎新仪式在大礼堂举行，老校长给我们讲话，有两句话我还清楚地记得。

老校长在回顾母校建校历史的时候，说了一句话："你们很幸福啊，早几年我们的迎新仪式都还是站在泥巴地里开的。"

老校长告诉我们，母校于1949年8月建立，几经撤并，1980年才迁回长沙雨花亭。1979年在怀化安江复校开学的时候，开学典礼就是站在地坪里举行的。

在说到母校的优势时，老校长这样说："你们要懂得珍惜啊，别人端的是铁饭碗，你们毕业后端的可是令人羡慕的金饭碗。"

老校长说的没错。母校当时开设了城市金融、农村金融、外汇、保险四大专业，城市金融毕业的分配在人民银行和工商银行，学农村金融的分配在农业银行，外汇专业分配到中国银行，保险专业分配在中国人民保险公司，不是事业单位，就是金融央企，只要自己头脑不发热，一辈子衣食可无忧。

母校不但毕业分配好，读书的时候，待遇也是不错的。每个月的头一天，是我们最高兴的日子。生活委员到学校事务处领来饭菜票，给我们发月饷。每人每月菜票16元，饭票男生28斤，女生24斤。饭票完全够吃，女生的还吃不完，菜票可以吃上半个月。学校最贵的荤菜3角钱，汤免费供应。肉包子大且肉多，肉香扑鼻，绵软香甜，每个一两饭票、一角钱菜票，两个肉包子能把人吃撑，货真价实。晚上，食堂有粉、臭豆腐、香干子等夜宵供应。唉，难怪千军万马要挤独木桥考大学，这生活水准和幸福指数一下子跨上了好几个台阶啊，我感受到了前所未有的满足。母亲每月给我寄40元生活费，我觉得自己很富足，还有余钱到袁家岭新华书店买我喜欢的画册。

读银行学校，将来要进银行，打好算盘当然是首要的基本功。那时候银行办理业务还没有电脑，都是手工操作，结账、平账、对账，都靠算盘。在银行，一个不会打算盘的人，是无法想象的。

　　大多数同学都没有正式学过珠算，我也是第一次，感到趣味十足。学校给我们每人发了一个算盘。上珠算课时，老师先教我们练习打六百六，从一开始累加，加到三十六，结果正好是六百六十六，这是学习珠算的基本手段。每天晚自习，我们要先打一个小时算盘。教室里，"噼里啪啦"响声一片。刚开始的时候，那拨动珠子和清盘的声音，很不齐整，嘈杂难听。练着练着，熟能生巧。教室里，只听见打算盘的声音，像是"哗哗"的流水，流畅、顺溜、动听，有了美妙的旋律一般，听起来舒服悦耳。

　　可是，随着多位数加减、乘除法的学习，随着单指独拨、两指联拨、三指联拨等技法的深入推进，还有翻打传票，要一边打，一边翻，我感觉越学越难，手指也不够听使唤。考试过关的时候，老师一按秒表，喊开始，同学们"哗啦啦"打得溜快，我却心慌紧张，不得要领，慢人一拍。到时间老师喊停，我常常还有一两道试题没打完。不过，及格还是没问题，不要补考、不影响毕业就谢天谢地。打算盘光快还不行，关键还要准。有的同学天生就是读书学习的材料，特别是班里的一些女同学，一学就通，从左打到右，从右打到左，又快又准又好看，如同手尖上的芭蕾，如梭如飞，轻盈灵巧，往来自如，令人叹服。

　　算盘，几千年来一直是中国劳动人民普遍使用的计算工具。"两弹一星"时代，中国缺少计算机，那些繁复海量的数据，都是科学家用算盘打出来的。事过境迁，算盘早已退出了历史舞台。联合国教科文组织把我国珠算列为人类非物质文化遗产。我上班的头几年，都还是使用算盘。到20世纪90年代初，银行才开始普及电脑。那时候，我已转到银行美工岗位，用红色不干胶刻宣传字，刻得最多的是"电脑储蓄，通存通兑"，贴在银行网点大门上，以示告别了算盘时代，走在了现代社会大潮前列。

　　这辈子，估计是不会再去摸算盘了，在时光隧道里走过的那一段与算盘相伴的路，将成为自己珍贵的永恒记忆。

　　点钞，也是我们必须要掌握的技能之一。老师发给我们一叠练功券，攥、戳、抓、推、拨，单指单张、单指多张、多指多张，从零起步，一点点耐心教我们点钞技巧和点钞方法。晚自习，练完算盘练点钞，"沙沙沙"，像春雨飘落。毕业后上班，这些技能成了我们一上场就能用得上的救命稻草，不至于太丢脸，被师傅瞧不起。

上班后，才知道银行内部高手云集。除了常规点钞方法外，还有手按式三指三张拨动点钞、四指四张拨动点钞、扇面式点钞、一阳指食指点钞，听都没有听说过，终于看到了自己的浅陋。银行会经常组织点钞比赛，看选手们点钞，那真是行云流水，让人眼花缭乱。为了增加比赛难度，在真钞里会夹些数量不等、相似度极高的假钞，除了拼速度外，还要将假钞准确地识别出来。这项技能很重要，实际工作中，在一线柜台收到了假钞，是需要自己赔的。

第一学期，我们的课程主要有数学、英语、应用文写作、工商企业管理、珠算、政治经济学等一些基础性的知识课，总算还能应付过去。从第二学期开始，专业课逐渐多了起来。会计学原理、工业会计、商业会计、银行会计、工商信贷、货币银行学、统计学，一门接一门，理论多，概念多，公式多，枯燥乏味，要记要背，还要理解，学起来头痛得很、吃力得很。每一门考试，都如履薄冰，如过鬼门关。这时，才知道，上大学也不是那么好玩了。

特别是计算机课，没上之前感到新奇，因为长这么大还没看到过电脑，充满了期待。换了鞋子进机房，一上课，顿时傻了眼。上编程课，如听天书，上机操作，如盲人摸象。上课的老师长得蛮漂亮，讲课的声音也好听，可惜就是听不懂。我也忘记了这门课最后是如何过关的。

我那时在校团委任宣传部部长，大概有近四成的精力放在编校刊、组织晚会、学画画等上面去了。我把自己对专业知识的恐惧和考不了高分的原因归结于"公务"占用时间太多。可我们班学校的干部有好几个，校团委副书记、学生会体育部长都在班里，事情也多，偏偏他们的成绩优秀。其实，还是自己智商的问题。

我们班体育尖子多，体育老师很喜欢我们班。每年的学校秋季运动会，我们班都是全校第一名。短跑百米我跑13秒，还排不上号，只好负责写通讯广播稿。广播稿的采用也是可以加分的。学校广播室的广播员是外汇班的两个四川女同学，声音甜美，长得好看。她们就住在广播室。我不断深入赛场一线，以飞快的速度，写出百字广播稿，又飞奔送到广播室，随后就能听到广播里传来"城金21班来稿"的声音，心里不免涌起一股激动和高兴之情。

我们寝室有6位室友，分别来自郴州、常德、岳阳、永州、娄底、长沙，到了周六晚上，偶尔也会玩玩扑克牌，打升级。输了的，第二天早晨为全寝室的人买早餐。有段时间玩上了瘾，熄灯后，点上蜡烛接着玩。

"怎么还没有睡啊？"身后传来一个熟悉而严肃的声音，是班主任廖老师。谁也不知道廖老师是什么时候进来的。

廖老师是从空军部队转业的，作为班主任，他把我们当自己的子女一样关心关爱，从没有高声批评过我们，同学们都敬重他。廖老师后来在班会上说，有的寝室打牌打得很晚，熄了灯还在玩，这样不好，既影响身体，又影响第二天的学习，到时考试过不了关，毕不了业，哭鼻子就来不及了。从此，熄灯后我们再没有打过牌了。

夏天的夜晚，长沙的街上开始有了夜宵。新建路与韶山路交叉的路口，摆了好几个夜宵摊子，离我们学校几分钟路程，我们也会去打个牙祭。红烧猪脚、臭干子、凉拌韭菜、白沙散装啤酒，夏夜的绝配，充满了诱惑力。

进入六月下旬，天气热得厉害，不少同学拿张席子到楼顶睡觉，还是热。有同学说起了夜宵摊的冰镇散啤，一下子吊起了大家的胃口，得到呼应。可是学校大门关了，出不去。困难难不倒好吃的人。选出四个高个子同学，带上几个开水瓶，爬围墙，一边两个，里外接应。爬出去的同学用开水瓶打好冰啤酒，踩在同学肩上递过围墙，里面的同学接住，几个人早已热得满头大汗，却不管不顾了。到了这个时候，过程远比结果重要和有趣多了。

也是这年夏天，好几个同学相约一起到我老家玩。晚上我们捉青蛙，白天采菱角。有一个长沙城里长大的同学，看到有人坐在脚盆里，划着水在池塘中采菱角很有韵味，也忍不住要试试。我们扶着他坐上了脚盆，他摇摇晃晃向前划。一分钟不到，只听得一声惊呼，脚盆翻了，他掉进了池塘，双手慌乱地拍打着水面。我们赶紧把他捞上岸，他吐出几口水，喘了喘气，抹掉头上的菱角藤，焦急地问我们："我的皮鞋呢？"我们大笑。又派人一个猛子扎到水里，从泥巴中找到他的皮鞋，晒干，穿上。

两年的时光很短暂，转眼即逝。毕业了，分别了。频挥手，道珍重，奔赴各自人生的新旅程。聚是缘，散亦是必然。我们从四面八方聚到一块，又分散到五湖四海。我和我的一位老乡同学一同分配在工商银行宁乡县支行，我们从宁乡汽车站下了车，喊了一辆板车，拖上我们的行李书籍，去单位报到上班了，开启了"铁账、铁款、铁规章"的"三铁"银行生活。

武昌同学当年是我们班的文娱委员，吹拉弹唱，样样在行。自习课的时候，他教我们唱歌。他教的《三月三》和《山乡小渡船》两首歌，我印象深刻。特别好听，我现在还能唱。《山乡小渡船》是写给山村教师的，充满了深情和希望。《三月三》是回忆美好童年的，快乐的旋律中，含着淡淡的忧伤。"又是一年三月三，风筝飞满天，牵着我的思念和梦幻，走回到童年。抓把泥土试试风，放开长长的线，风筝带着天真的笑声，和白云去做伴。"每当哼起这首歌，我都会禁不住泪湿眼眶，都会回想起在母校学习生活的点点滴滴。

母校建校五十年，为社会培养了一万多名金融人才，一大批学生成为经济、金融界的中坚力量。2000年，经省政府批准，与湖南教育电视台合并，共同组建了湖南大众传媒职业技术学院。至此，母校完成了自己的历史使命，消失在改革发展的浪潮之中。

我想，不管母校在与不在，我们的记忆中始终都会有母校。不管我们走到哪里，我们始终都不会忘记母校。

人生随笔

那年高考

又梦见当年参加高考，气喘吁吁地跑进考场，差点迟到。数学卷子发下来，发现一个题目都不会做，脑子顿时一片空白，急得不行，心想：完了，完了。吓得一身冷汗，被梦惊醒。这样的梦，参加工作后，特别是近些年来，反复做过无数次。不是做不出题目，就是忘了带准考证、带笔，或找不到考场。那年高考的情景和经历，似乎成了我永远挥之不去的记忆。

20世纪80年代，我们农村的孩子要想跳出"农门"，摆脱面朝黄土背朝天的活法，千军万马过独木桥的高考算是唯一且公平的途径。考上了大学，拿着录取通知书就可以把农村户口转为城镇集体户口，就吃上"国家粮"了。那百里挑一的概率，那闪亮夺目的大学录取通知书，令无数人羡慕。

然而，当年考大学是何其的难啊！

我们那个时候，农村孩子初中毕业能升高中的，三分之一不到。而读完高中也并不意味着就能参加高考，因为在高考之前，还有一次预考。这是一道真正的鬼门关，会刷掉90%左右的人，也就是说，绝大部分人连参加高考的资格都没有。真正被大中专院校录取的，只占应届毕业生的百分之二点几，相当的残酷。

不过，好在可以复读。一年不行，再读一年；再不行，继续读。复读两三年的很正常，最多的有七八年，反正要读到考取为止。当然，也有意外的，复读了八年，最终还是名落孙山，命里注定跳不出"农门"。不但把自己读成了书呆子和大龄青年，家里也被读得徒有四壁，苦不堪言。有意思的是，很多同班同学，竟然阴差阳错地又成了低好几届的弟弟、妹妹的同学。家里孩子多的，往往只能举全家之力保一个人复读，要么牺牲弟弟妹妹，要么哥哥姐姐主动退让。

回想起来，我们当年的高考压力其实并不大，肯定没有现在参加高考的孩子的压力大，也没有觉得有多么紧张。因为知道，乡村中学每年考取者寥寥无几，也希望极其渺茫，考不上的又不止我一个，也就无所谓了。

　　班主任老师比我们大不了两岁，正忙着谈恋爱和工作调动，基本上没时间没心思管我们，我们班处于散养状态。这是毕业多年以后，在师生聚会上，已是大学教授的班主任老师自己对我们亲口说的。所以，我们无比珍惜这难得的自由空间，书也读，玩也不能耽误。预考前，我们一帮子要好的同学还在到处游荡。深更半夜，一群人骑个单车，像脱缰的野马，如飞虎队一般，在乡村砂石公路上疾驰飞奔，一路尘土飞扬。碰上长下坡，那是惊心又刺激，一不留神，摔倒一大片，手脚擦破皮肉是常有的事。现在想来，真是愧对了望子成龙、含辛茹苦的父母。

　　母亲是铁了心要培养我们读书考大学的，哪怕自己再苦再难。

　　母亲小的时候，会读书，成绩很好。小学毕业后，外公迫于家庭生活压力，加上偏见，不让母亲再上学了。母亲的班主任上门劝说，外公油盐不进，坚决不同意。这也成了母亲一生中最大的遗憾，她经常和我说起这个事情。所以，她一定要让她的孩子多读书。

　　记得是1986年的5月份，那可真是黑五月啊，我们迎来了魔鬼般的预考。预考成绩出来了，我们班有5个同学上线，我是其中之一。但我属于政策加分上线。

　　那一届，我们班有一个"长沙市三好学生"名额，获得这一荣誉的可以在预考中加20分。班主任老师找来任课老师商议，到底评谁？班主任分析，我是班长，表现还算不错，成绩中上水平，发挥得好，可以上预考线，发挥失常，也可能上不了，属于摇摆不定类型。所以，评我，极有可能让这个荣誉产生最佳效果。最后，一致意见评了我。班主任喊我到他的办公室，告诉了我学校的决定。果然，加上这宝贵的20分，我顺利通过了预考，拿到了高考资格。我不得不感叹，班主任老师当年的分析是多么的透彻，定位是多么的精准，决策是多么的英明。评其他任何一个同学，都不会有意义。上了预考线的四位同学，不需要这个加分，没有上线的同学，加上这个20分也远远上不了线，只有我，刚刚好。

　　有时，命运就是这么神奇和奇妙。当然，永远都要感谢我的班主任老师。

　　预考之后，除了少部分同学转入复读之外，其他同学都纷纷回去另谋出路了。曾经热闹的教室里，只剩下飞机、洋鬼子、小丽、小李子和我五个同学，在紧张地备战高考。教室里空荡荡的，冷清而寂静，"飞机"同学睡觉流出的口水掉在地上的声音，都能够听见。

到了六月，班主任老师拿来高考志愿填报全国高校名录，要我们填志愿，我们属于先填志愿再上考场的一代。不像如今的孩子，成绩发榜后，根据成绩和分数线来选择自己喜欢的学校和专业，我们是瞎猫碰死耗子，纯靠乱蒙。我记得我本科一志愿报了湖南师大，专科填了外地的一个师专，因为我最大的志向就是当一名老师。中专选了一个比较牛的部属学校：湖南银行学校。本科我知道肯定没戏，中专应该问题不大。我也没到过银行，更不知道银行学校是学什么的，感觉就像现在的开盲盒，拼手气。

高考前估分填报志愿，难度和风险都是相当大的，真的是既看实力又靠运气。志愿没填好，有可能上了重点本科线，却只能读普通本科或专科。没办法，那时都这样。

时间过得飞快，转眼黑色七月来临，我摇摇晃晃地踏上了高考这座独木桥。

7月5日，我们住进了县委招待所，这是当年县里最好的招待所。天空万里无云，太阳照得水泥地面泛出白花花的光，刺眼得很，让人不敢直视。树上的蝉不停地发出悠长单调又响亮的鸣叫，更加燥热。我们四人住一个房间，没有电风扇，更别说空调，个个大汗淋漓。卫生间和淋浴房在外面的另一头，吃饭是大食堂，比学校的菜好了不少，每餐有肉吃。

考点在城北中学，离招待所大概一公里的样子，我们顶着烈日走路过去。除了送考老师外，没有任何家长来陪考。

不像现在，社会各界高度关注高考，每年高考都像盛大节日一样。高考前几天父母就把考点附近的宾馆订好了，还准备好了营养的"高考饭菜"。陪考母亲身穿预示着"旗开得胜"的旗袍，父亲手执象征着"一举夺魁"的葵花，围在考场外焦急等待。媒体记者各种抓拍、抢拍、采访，天天新闻报道。而我们那个年代，不流行陪考，没人把高考当成了不得的大事。长年累月在地里耕作的农村家长，可能连哪天高考都不清楚。有的同学考完把被窝衣服背回家，家里才知道高考结束了。我是直接从学校来县里的考点，也没有通知父母我去参加高考了。

我的座位在一楼教室南边靠窗的位置。语文考试，我提前半个小时交卷了。走出考场，在操场看到了送考的语文老师。他笑着对我说，看样子考得蛮好啊，这么快就出来了。不过，最好还是要到点再交卷，时间有多的话，仔细核对检查一遍，保证会做的都做对，不丢分。

　　接下来考数学，只听到笔尖与试卷的摩擦声，偶尔有人拿草稿纸在扇风。做到后面的高分难题，思维一下子卡壳了。数学本来就是我的弱项，信心不足，神经一紧张，脑子里缺氧，额头冒虚汗，手心都是湿漉漉的。教室里虽说热得很，我却感到了阵阵凉意，精力再也无法集中。好不容易铃声响了，我懵懵懂懂地走出教室，太阳一晒，总算恢复了清醒。数学肯定考糊了。

　　酷热难熬的三天高考终于画上了句号，彻底轻松了。此时家里，一年中最忙碌、最辛苦、也最重要的抢收抢插"双抢"大战正在热火朝天地上演。到学校用单车拖了被子、书籍，赶紧回家，帮父母干活。

　　在炎天酷暑劳作中，高考分数出来了。总分640分，我考了476分，接近专科线，超出了部属中专线，与我填报的志愿非常匹配。选学校虽说是蒙的，但我对当时自己的实力估计还是准确的，就是个读中专的料。我们五个人都上线了，小丽上了本科线，上课经常打瞌睡的飞机上了专科线，其他三人都是中专线。这成绩可是我们那一年三个应届毕业班中的佼佼者了。要知道，乡村中学一个班剃光头或一个学校仅考上几个是常有的事。班主任老师逢人就骄傲地说，还是散养的好。

　　父母亲得知我上线后，很是高兴，但母亲心里并不踏实。上了线并不意味着就能百分之百录取，因为学校招生名额是固定的，如果第一志愿上线的人多，就只能从高分录起，录满打住，后面上线的人也只能怪自己命不好。为了确保招生办优先抛投档案，母亲带着我，顶着大太阳，到设在韶山的招生办找亲戚帮忙。这是我第一次到韶山，可没有时间、没有心情，更没有钱去游玩。

　　亲戚满口答应了。那时都是人工投档，湖南银行学校来接档案的老师、后来我们的班主任，正好是宁乡人，一看我这个老乡，二话不说就接了下来。这是上学后，老师告诉我的。

　　八月下旬的一天，我和父母在田里干农活，邮递员来了，告诉我们录取通知书到了学校，必须自己去取。母亲高兴地对我说，你莫做事了，赶紧去拿。

我骑上单车，一路飞奔到学校传达室，看到了写有我名字的信封，一把攥在手里，又飞奔回家。一家人心花怒放，喜形于色。家族里终于有人率先跳出农门、吃上国家粮了。

接下来是转户口，添置衣物。9月21日，要报到开学了。父母拿着行李，送我到镇上。家里的大黄狗摇着尾巴，一路兴奋地跟着。我搭上了去长沙的中巴车，开始了新的人生。

人的一生有无数个十字路口，高考是其中之一。对普通人来说，高考大概率影响着以后所有的选择。36年前，我如果没有考上，我的人生一定是截然不同的另一个版本。我想，再也没有比高考更直观、更公平的选拔方式了。尤其对农村家庭来说，高考一直是改变命运的至关重要的途径。

我要感谢高考。

渡口

　　清江发源于县城西部的大山深处，一路向东奔涌，浅吟低唱，浩浩汤汤一百多公里。到了下游，江面变得宽阔，江流平缓温顺，浇灌着千顷良田，造福着众生百姓，孕育了两个千年古镇。其中，江口古镇紧靠清江，临河而建，自古就是有名的鱼米之乡。从明清至民国数百年间，都是通江达海的重要码头，是过往船只的必经之地。高峰时，河码头有上千只乌舡子船停靠，乌泱泱看不到头。沿河一带建有两百多米长的商铺、客栈，几十座吊脚楼一字排开，两个大小码头人来人往，热闹非凡。多少风情故事在这里演绎，多少人间欢乐在这里飘荡，当时的古镇因水而发，经济繁荣，人气鼎盛，商埠兴隆，"朝有千人作揖，夜有万盏明灯"，享有"小上海"美誉。

　　沧海桑田，世事变迁。江口古镇到了现代，随着水运的衰落，逐渐失去了往日的繁华，古镇的印迹荡然无存。仅留有一个渡口、一条渡船、一个艄公，每天维系着两岸的联系和交往。江口中学就坐落在古镇，住在河对岸的学生，他们都是靠着这条渡船上学、回家。

　　朝阳和灿玲打小青梅竹马，两家相距不远，从小学一起读到了高中。他们家住对岸，每天清晨，俩人不约而同，骑着自行车一路"叮叮当当"去对河上学。来到渡口，把自行车推上渡船，艄公一声吆喝："起船了，坐稳啰。"拿起竹篙，长一篙短一篙用力撑着，将船向对岸划去。夏秋季节坐船很舒坦，迎着江风，凉爽惬意。春季汛期涨水，江水滔滔，水流急速，艄公奋力行船，颇有些刺激。大冬天，就不那么舒爽了，江上北风一吹，冷飕飕的，脖子上、脸上，像有刀子在割。

　　有一年冬季的一天，朝阳和灿玲像往常一样上了渡船。北风一阵紧似一阵，那天坐船过江的人也特别多，灿玲扶着自行车只能挤在船的边沿。船行到江心的时候，正在艄公提起竹篙之际，一股怪风刮过来，渡船被风吹得往右一倾，船上的人发出一阵尖叫，而灿玲在毫无防备之下，连车带人掉入江中。艄公反应快，一把将竹篙插入江底，稳住渡船。穿着厚棉衣的灿玲在江里呛了好几口水，手在空中胡乱扒拉了几下后，就往下沉去。

这一切来得太突然。船上的人大惊失色，乱成一团。就在千钧一发的危急关头，朝阳用力扒开人群，也来不及脱掉衣服，纵身跳入冰冷刺骨的江水中。一个猛子扎下去，拽住了在水里挣扎的灿玲。灿玲捞到了这根救命的稻草，死死地缠住朝阳，朝阳刚一露出水面，又被灿玲拖下水去。两个来回之后，朝阳已精疲力竭。在他拼尽全身最后力气冒出头来的时候，说时迟那时快，艄公把竹篙伸到了朝阳身边，朝阳牢牢抓住竹篙，借力顺势把灿玲也拽出水面。船上的人纷纷行动起来，一部分站到左边压住渡船，一部分在右边帮忙将灿玲和朝阳往船上拖。灿玲的棉衣棉裤吸饱了水，加上又吓又冻，失去了知觉，自己不知道用力，成了真正的"千斤"小姐，死沉死沉的。幸好朝阳意识还算清醒，呼吸了新鲜的空气后，体力有所恢复，在下面使劲推，费了九牛二虎之力，两人终于都被拖上了渡船，灿玲早已昏了过去。

靠岸后，渡船上的人又一起火速送灿玲到镇上的卫生院进行急救。卫生院就在河堤下面不到200米的地方，很快就到了。经过医生的抢救，两个多小时后，灿玲苏醒了。看到陪在身边的朝阳，一把抱住他，"哇"的一声大哭起来。同学成了自己的救命恩人，与死神擦肩而过后，别样的温暖与感动霎时涌上灿玲心头。

好心人传了信，朝阳和灿玲的父母带着干衣服心急如焚地赶到了卫生院，一看孩子安然无恙，也都松了口气。

从此之后，灿玲上学就不敢骑车了，每天朝阳去接她，坐在朝阳车子的后座上，满满的快乐和幸福感充溢心间。朝阳浑身也有了使不尽的力量，上学之路变得那么美好和妙不可言。

灿玲的车直到夏季放暑假的时候，朝阳才从河里帮她打捞上来，已是锈迹斑斑了。灿玲拿回家里仔细进行清理，抹得干干净净，油光锃亮。一直用心保存着，跟新的一样，隔一段时间就要擦上一次油，把它当宝物样珍藏着。因为这是她和朝阳的爱情见证之物。

时间过得很快，马上就进入了紧张的高三阶段。灿玲和朝阳相互鼓劲，相约一起考同一所大学，对未来的大学生活满怀期待。他们俩的成绩在班上都还不错，灿玲处于中上水平，朝阳名列前茅。他们的感情老师和同学都知道，那时学校虽不鼓励早恋，但也没有强硬打压。

进入高三下学期，不久就迎来了预考。那时实行预考制度，预考没过的，连参加高考的机会都没有，预考就是第一道鬼门关。一个班往往能通过预考这关的只有十之二三，有的甚至剃光头。所以，能参加高考并幸运考上的，在那个年代真的是凤毛麟角，可见当年高考的难度和残酷。

预考成绩出来了，很不幸，灿玲落榜了。全班通过了预考的只有5人，朝阳是其中之一。灿玲痛苦极了，失意极了。但为了不影响朝阳，她强忍着，鼓励朝阳继续加油。朝阳也不负灿玲期望，顺利考上了省财经学院。

朝阳劝灿玲复读，第二年继续考。但灿玲父母就是不同意，认为女孩子读个高中就很不错了，家里还有弟弟正上高中，负担重。灿玲理解父母的难处，回来后考取了民办教师，当上了一名小学老师。朝阳并没有因为灿玲没考上大学而嫌弃她、离开她，他们每周都有书信往来，互诉相思之苦。灿玲的工资除了上交一部分给家里外，还要经常支援朝阳。

在朝阳大学毕业的那年，灿玲辞去了老师职业，回家办起了一个小饭馆。这在当年是不多见的，灿玲父母极力反对，放着受人尊敬的老师不当，去做别人看不起的生意人，又是一个女孩子家，感觉很没面子。而朝阳站在灿玲的一边，支持她的决定，并耐心开导做通了灿玲父母的工作。

朝阳毕业后，分配在省保险公司上班。灿玲依然精心打理经营着她的饭店。由于灿玲人缘好，饭菜口味佳，价格又公道，成了远近闻名的餐馆，生意越来越好。朝阳参加工作的第二年，和灿玲举行了婚礼，正式结婚了。两口子婚后的生活、事业、工作，有声有色，顺风顺水。

随着乡村旅游热潮的到来，灿玲家所在的江口镇搞文化古镇开发建设。灿玲顺势办起了集餐饮、民宿、娱乐、垂钓、观光于一体的园林式农家乐山庄，是古镇办得最早、规模最大、功能最全、品味最高的山庄，不仅解决了当地几十名困难群众就地就业问题，还作为镇里脱贫攻坚的重点项目，得到了政府的鼓励与支持。山庄的一砖一瓦、一树一石、一溪一水，倾注了她的心血。灿玲的山庄人气爆棚，日进斗金，她的父母心里乐开了花，逢人就夸女儿能干，全然不提当年坚决反对的那码事。

朝阳五十出头的时候，受省里统一派遣，担任扶贫第一书记，远赴贫困山区开展驻村扶贫工作。朝阳在他的驻地，挂起了攻坚的作战地图，没有白天黑夜，没有节日休假，找项目，跑资金，强基础，兴产业，树新风，促教育，填档案，做资料，吃泡面，顶风霜。朝阳晒脱了好几层皮，磨破了无数双鞋，把自己带过去的一台小车开成了拖拉机。他善作善成，无怨无悔，只为拔掉那长期困住山区百姓的穷根。

他还几次带着村干部和村里的产业带头人到江口镇和灿玲的山庄学习取经，接待、吃饭、住宿，自然都是由灿玲负责买单了。

在后盾单位的有力支持下，朝阳圆满完成了扶贫工作任务，获得了全国金融行业脱贫攻坚先进个人荣誉，受到表彰，载誉而归。回到省公司的时候，朝阳已到了单位规定的内退年龄。

一天晚上，灿玲和朝阳商量：现在镇里在大搞乡村振兴，我们山庄的生意越来越好了。但一人富了不算富，你有扶贫工作经验，能否回来带领村里的乡亲一起干，实现共同富裕？其实，朝阳心里早有此打算，自己马上就要退了，是得找点有意义的事做，发挥余热。就满口答应了灿玲。灿玲激动地连亲了朝阳好几口。夫妻兴奋地谈了一夜对未来发展的美好规划。

朝阳退下来回到老家后，说干就干，向镇里打报告，申请流转了1000多亩山地，灿玲注册成立了公司，他们办起了苗木、花卉、盆景培植基地，雇请了当地近百名村民上班做事。朝阳善设计、会管理、懂营销、有人脉，基地很快就有了名气，打开了市场。在朝阳的带动下，江口镇发展成了全省最大的高档苗木园林产业基地，远近闻名。他们的公司也被政府授予乡村振兴优秀企业称号。

一天，朝阳看到灿玲又在擦拭当年那辆女式凤凰自行车，两人又回忆起了那段令人难忘的渡船往事。

灿玲突发奇想地对朝阳说："我们捐资重新修建江口镇码头渡口，你看怎么样？"

"老婆，我们想到一块了，这几天我都在考虑这个事，准备想法成熟之后，再与你商量的。"

"我们不但要重修码头渡口，我还想重建古街，打造古镇两岸灯光夜景，建造两条古色古香的漂亮大游船，让游客坐船看夜景，增加游客的体验、感受，让昔日古镇的风光、风情重现，我们也算为家乡振兴尽点心意。"

灿玲听后，不禁拍手叫好。

"老公，你太厉害了，比我想的远多了，我会全力支持你。"

"老公，你重修码头渡口，怕不只是为了这个，还有个人的私心吧？"灿玲打趣朝阳。

朝阳笑着坦然承认，当年那惊心的一幕，成就了自己和灿玲的爱情、婚姻，百年修得同船渡，这渡口情缘，真是命中注定，无法忘却。修好码头渡口，请艄公来摆渡，也是为了再现当年情景，珍惜今天的美好生活。

朝阳马上行动，他请专业公司按照自己的设想，设计好了规划图纸，找到镇政府汇报。镇政府领导一听，喜出望外。镇里筹划这事好久了，苦于没找到投资方，没想到朝阳主动找上门来了。镇领导为朝阳夫妇的家乡情怀所感动，表示大力配合支持。

有了政府的支持，朝阳的这个乡村振兴文旅项目进展十分顺利，不到一年时间就全面竣工了。江口古镇旧貌变新颜，有如出水芙蓉，令人惊艳。

夜幕降临，古镇两岸灯火璀璨，如梦如幻，游人如织，虽然在码头的不远处修建了大桥，游客还是愿意乘坐游船往来穿梭于古镇两岸。朝阳工作的保险公司还承保了游客个人意外保险，为江口镇的乡村旅游产业保驾护航。

码头渡口开通的那一天，朝阳和灿玲两口子同游客一起，高高兴兴坐上了崭新的渡船。艄公一声"开船了，坐稳啰。"他俩相视一笑，时光一下子仿佛又回到了三十多年前。

永远的流浪者

那是发生在很久以前的事了。

虽说只是短暂的一瞬，却让人永远无法忘记。一回想起来，那画面、那情境、那旋律，立马穿越无垠时空，穿越万千山水，扑现眼前，激荡耳膜，依然清晰震撼。

那年仲夏的一个星期天，天气好得令人想放声高歌，令人想出去做点什么。于是我背起画夹，骑上那辆半新不旧的单车去郊外湘江河滩的柳树林写生。

一路飞驰出了城区，进入到一条不宽且少有人迹的砂石道路，左手边是一堵斑驳陆离、古旧残破的围墙，估计是哪家搬迁单位遗留的，高大翠绿的槐树从围墙内伸出来，树荫覆盖着砂石路，知了长一声、短一声卖力地叫着夏天。右手边是一条潺潺流淌的小溪，紧挨着小溪的是一大片瓜棚菜地，有蜜蜂、蝴蝶在花丛中翩翩飞舞，各自忙碌。

这是个画速写的好地方，我正准备停下来画几张再走。

这时我看到了他，一位老者。他怀抱月琴，身背二胡，零乱的白长发随风飘洒，身着一袭灰白破旧袍子，倚靠着围墙，沧桑的脸上写满木然的神情，旁若无人地抚着那因琴弦有些松弛而发出喑哑之音的月琴。

亮丽的阳光穿透浓密的树叶筛下闪闪烁烁的光斑，在地上、在老者身上跳来跳去，像是幽灵的舞蹈，使得眼中的老者更增添几分神秘之感，宛若高士幽人。

我在距离老者几步之遥的地方停了下来，静静地看着，听着那喑哑懒散、不成曲调的琴声。老者眼里似乎已无凡俗之物，空洞地望着无际遥远的前方，并不看我一眼。我也没怎么在意，丢下两元钱，推着车往前走了几十米，停好车，拿出速写本画起来。其中一幅把老者也画了进去。

画毕，准备骑车去江边。

刚走出几步，从身后传来孤寂悲壮、哀怨凄美、勾人心魄的二胡声，那是我再也熟悉不过的听了千百遍也听不厌阿炳的《二泉映月》，我惊得目瞪口呆。

那刚出弓的第一个音就有着极为撼人的力量，如同发出的一声饱含辛酸的叹息，这一声长叹绝对不是一般人能发出来的，亢进悠长，激荡昂扬，扣人心弦。也只有一生受尽了苦难的阿炳才能发出这样一种叹息。

老者是位奇人是我料想到了的，但我无法猜想他能拉出如此使人震惊的《二泉映月》。

闵惠芬拉的《二泉映月》堪称中国第一，除了听阿炳的原版磁带和碟片，最喜欢的就是闵惠芬版本了。听闵惠芬的演奏是一种享受，仿佛看到她缓操琴弓、指揉细弦，忽而倾身俯耳，忽而闭目沉迷，忽而昂首仰醉，音色似人声，悲情还呜咽，无不酸楚怅然。闵惠芬虽悟出了自己对阿炳的理解，不过也加入了自己对于人生的理解，远不及老者的真实、苍凉、充满情感。

我赶紧停下，掉过头来，推着车向老者靠近了几步，我不敢走得太近，生怕惊扰了老者，生怕这琴声突然中断。

只见老者坐在一块石头上，一脸孤冷，有炯炯之光自两眼放出，如醉如痴、如泣如诉拉着阿炳的不朽之作。琴声层层展开，从两根闪烁寒意的弦中泻出，浑朴、苍劲、悲凉，将我引入夜阑人静、泉清月冷的意境，我仿佛看到了驼着背的阿炳在一条洒满月光的江南小巷里踯躅着，寻寻觅觅；仿佛看到一个刚直顽强的盲人艺术家在倾吐他坎坷的一生，不舍不弃。我想，我是流泪了。我痴痴地听着，眼前一片虚无，好像老者亦不复存在。

1978年，世界著名指挥家小泽征尔应邀担任中央乐团的首席指挥，席间他指挥演奏了弦乐合奏《二泉映月》。第二天，小泽征尔来到中央音乐学院又专门聆听了二胡拉的《二泉映月》。他感动得热泪盈眶，呢喃地说："如果我听了这次演奏，我昨天绝对不敢指挥这个曲目，因为我并没有理解这首音乐，因此，我没有资格指挥这个曲目，这种音乐只应跪下来听。"说着，真的要跪下来。

是的，我也应该跪下来聆听。

老者那优美的二胡带着伤感，隐藏着内心的痛楚，流露出对坎坷命运的不屈和对美好生活的憧憬。时而沉静，时而躁动，时而激扬，陈述、引申、展开，娓娓道来，好像展开了老者一生的辛酸苦痛，同时也展示了他内心的豁达和对生命的深刻体验。

乐曲最后由扬到抑，音调婉转下行，节奏舒缓，趋于平静，给人以意犹未尽的感受，似乎有无限的惆怅与感叹，又似乎在默默地倾诉着、倾诉着……时光停滞，万籁俱寂，静谧空无。

正当我为老者演奏要结束隐匿终止而遗憾不舍时，突听得春雷惊梦般的一声炸响，弦断了。我顿时觉得我的心要跳出来了，口干涩得厉害，茫然不知所措。

而老者只是一动不动地枯坐，依旧是之前的一脸木然、淡然、空然。我从空无的梦境中醒来，好似懂得了此时的老者：弹又何妨？断又何妨？弦在心上，心在弦上，断弦只为一声绝响。老者缓缓站起来，背着断弦的二胡，怀抱月琴，抚着哑哑的琴弦，朝我看了一眼，飘然而去。那眼神告诉我，聚散何悲，生死何叹。唉，好一位独来独往于天地间永远的流浪者。

短暂的遇见，绝妙的乐曲，心灵的撞击，永久的别离，却是一生的记忆。

老者为何要为我演奏那一曲人生绝响，是缘？是禅？是灵魂瞬间的相通？是尘世偶然的开悟？不得而知。老者来自何方？又去向何处？亦无法探寻。

艺术需要安静

　　有人叹息，现在能沉下心来真正搞艺术的人越来越少了。我认为这未必不是一件好事。艺术队伍里少些热闹、少些花里胡哨、少些意志不坚定者，对艺术有利无害。时代在飞速发展变化，步履匆匆，人心浮躁，利来利往，又有几人愿意沉下心来忍受寂寞和清苦，去探寻那不知猴年马月才能出人头地的艺术呢？然而，大浪淘沙，不论什么年代，真正痴迷艺术、献身艺术的人总还是有的，高雅的艺术永远也不会从这个星球上消失，只是，真正的艺术太需要安静和纯净了。

　　真正的艺术不是那些心血来潮、爱热闹的人玩的把戏，只有淡泊名利、清心寡欲、静心读书、参禅悟道的人，方能悟极艺理，登堂入室。试想，本无画意，只因展览在即，心悬乎奖牌，情迫乎荣誉，临阵濡毫，闭门造车，画岂能佳？"圣者不以外物为累"，作画无欲无求，则心境澄明，澄明则慧出，慧出则无滞碍，方能心忘乎手，手忘乎画，使得心与画融为一体，其作品才能格调高远，意境高妙，画如其人。

　　艺术需要甘于寂寞、乐于平静的苦行僧，需要不求闻达、不求显赫的殉道者。寂兮寥兮，我自画我家画，那才是真正的艺海中人。

　　凡·高是世界上最孤独的人，他大部分时间孑然独处，周围既无朋友，也无伙伴，几乎没有人可以让他吐露心声，可以让他与之讲述自己的欢乐与痛苦，可以分享他的抱负与梦想。生前，他的画无人问津，以至毕生潦倒，受尽人间歧视和冷遇。虽然命运对他如此不公，但他还是对世界充满真情挚意，挚爱生活，挚爱艺术，追求幸福和光明，他坚信，总有一天人们会认识他的画。他在极度困苦和孤寂中安静地画他的《向日葵》、《鸢尾花》，终于，凡·高成了印象派的艺术大师，他的伟大成就终于赢得了世界的承认，他给后世留下了众多稀世之珍的作品，他的名声有若泰山北斗，仰之弥高，光彩夺目。

我国著名国画大师黄宾虹先生，一生安于作画著述，80岁才举办他的第一次个人画展。"澄怀观道，须以静处求之"。潘天寿先生说，艺术需要寂寞，一种忘我的寂寞。心中要常备一蒲团，独坐静思，悠远自在，便得真境界！

我崇尚的黄秋园先生，他生前连地方美协会员都不是，也没办过个人画展，多年来只是银行的一名普通职员，用他那精湛的书法抄写文书档案，用卓绝的画笔做银行宣传。默默耕耘，真诚求索，静心写诗作画，借那深山古树、飞瀑流泉、茅屋闲云来寄情、寓意，表达一个真正艺术家的节操和对美的追求。国画大师李可染先生看了黄秋园先生的遗作展后感慨地说："我愿意用我的两张画换秋园先生的一幅画。"

我的好友、花鸟画家刘奇先生告别北京回到故乡，择一偏僻农舍作画室，远离闹市，避开尘嚣，回归本源，静心读书，潜心创作，令人钦佩。

是的，艺术只有像凡·高、八大山人、黄宾虹、黄秋园那样，自守清贫，甘于孤独，不为名利而烦恼，不为荣誉而动心，静以悟道，方能登堂窥奥，攫取本真，别无他法。

阿炳的二泉和月光

我听阿炳的《二泉映月》有30多年了，从二十刚出头时到如今，百听不厌，那曲子仿佛有无尽的魔力。不过，随着岁月的流逝，每个年龄段听的感受会不一样。

记得20世纪90年代初，我买了一套音响放在画室，也买了不少古典音乐和摇滚乐的磁带，其中就有杨荫浏先生为阿炳录制的《二泉映月》。没有伴奏，没有改编，没有加入现代元素，就是阿炳父亲留给他的那把又老又旧的二胡和琵琶弹奏的，最大限度接近原汁原味。我将磁带倒过来倒过去一遍一遍地听，常常听得泪流满面。

当时年少，多愁善感。阿炳那自两根琴弦上流出的悠悠呜咽，如泣如诉，百转千回，跌宕起伏，哀怨悱恻，是悲愁，是孤独，是抗争，抑或是无奈。一曲听罢，只觉人生如梦，悲从中来，泪水如那涌动的二泉，淹没模糊了双眼。

我似乎看到了两眼已瞎的阿炳由他的妻子董翠娣用一根竹棍牵着，一前一后，在飞扬的雪花中，在寒冷的青石小弄里，踽踽而行。

我似乎看到了阿炳在崇安寺旁的茶楼酒肆里，在微寒的春雨中，在残荷瑟瑟、雁叫声声的惠山脚下，面对着别人的戏谑，昂着头，不言不语，拉琴卖艺为生，给市井茶客们取乐，去挣那几个活命的钱。

我似乎看到了阿炳年轻时的放浪形骸、挥霍无度，35岁后的家业衰败，双眼相继失明，穷困潦倒，直至沦落街头，年老后贫病交加，挨冷受冻的多舛命运和短暂困顿的一生。

只觉得《二泉映月》是那浸润着斑斑泪痕的妙音，是饱含满腔愁怨和辛酸的哀咽。特别是在异乡的冬夜聆听，撞击着自己的心灵，有着强烈的共鸣。可是，在那为赋新词强说愁的年纪，又如何能读得懂阿炳镜花水月般的人生，又如何能悟得透《二泉映月》那人世间的绝妙之音。

五十岁以后，我依然常听《二泉映月》，却听出了完全不一样的感受。

潺潺的山泉叩击幽幽的回响，融融的月光洒满淡淡的清辉。《二泉映月》的旋律瞬间回荡在阿炳心中，如月光、如清泉一样泻出，那是阿炳发出的欢愉的呼唤和情思，诉说着若有若无、天上人间的故事，轻抚、慰藉着阿炳的心灵。那泉依阿炳的心而清澈，那月依阿炳的心而明亮，山泉如月，月色如水，静谧，欢悦，无痕。

我想此时的阿炳并不孤独寂寞，并无羁绊牵挂，而是无忧、快乐、满足、幸福的，世界上只有他才能拉出《二泉映月》，《二泉映月》只属于他阿炳。此时的阿炳不再是沿街卖艺、与社会格格不入的乞丐，他已神游物外。市井茶楼不再是他求生的舞台，广阔天宇任他驰骋。

他的琴，他的泉，他的月，他的手，他的曲，他的心，无限芳华，灿若桃源，绝美安详。

杨荫浏先生在录制空余和阿炳交谈《二泉映月》的创作源泉时，阿炳说，这是我"瞎拉拉"的"依心曲"。"依心曲"三字道出了《二泉映月》的真谛与本真，依心而为，何其丰盈，何其美好，又岂有悲愁可言。

我们要感谢无锡的杨荫浏先生，是他的慧眼和执着，才没有让一个伟大的世界级演奏家和我们擦肩而过，才没有让一首令小泽征尔跪下来听的曲子、感动全世界的曲子和我们失之交臂。

1950年8月23日、24日，在无锡城中公园旁的慈善医院楼上，中央音乐学院杨荫浏、曹安和、黎松寿等音乐教育家为阿炳录下了3首二胡曲：《听松》、《寒风春曲》、《二泉映月》，3首琵琶曲：《大浪淘沙》、《昭君出塞》、《龙船》。阿炳用他那把破旧褪漆的二胡和琵琶弹奏出了这些惊天地、泣鬼神的心曲。阿炳从此家喻户晓。

录制空余闲谈时，有人开玩笑地问阿炳这些曲子是不是他自己创作的，阿炳默不作声离去，从此，拒绝了所有人，关上了他的心门。据说，阿炳一生创作了700多首曲子，如果当时不发出这样的怀疑，也许还能多留下一批珍宝。不过，也用不着遗憾和心痛，一曲《二泉映月》就足够了。

四个月后，12月24日，一个寒冷的冬日，阿炳病逝于家中，带着他的琴，带着他的月光，带着他的二泉，带着他的心曲，永远消失在这个世界。

其实，七十一年过去了，阿炳和他的《二泉映月》从来不曾消失，今后也不会消失。

金星绿道

长沙地铁2号线开通后，我就没有开车上班了，地铁真是个好东西，省钱、省时、省事。7:50从河西金星路站上车，到河东芙蓉广场站，1.8元，13分钟，下地铁后再顺路找个喜欢的早餐店，点上一杯新鲜豆浆、一碗原汤肉丝面，很舒坦。8:30前到单位打卡上班，一切刚刚好，时间尽在掌握之中。

在长沙人眼里，五一大道是长沙最宽、最漂亮的道路了，其实河西的金星路比五一大道还要宽阔、还要美。主路双向六车道，两边的辅路各三车道，主辅路之间是绿化带，辅路两侧还有20米宽的绿化步行道，我称之为金星绿道。绿道树木花草繁多，不下百种，中间有骑行道，如同一个狭长的公园，也像是小型的植物园。每天上下班两次漫步绿道，锻炼身体、欣赏美景两不耽误，这也是我不再愿意开车的原因。当年选择在河西金星路附近买房，钱不够是主因，同时河西的宜人风景、成荫绿树、人马稀少、空气好、不堵车，也深深打动了我。

每天清晨，从小区南门出来，走到白鹤咀社区右拐，就上了金星绿道，到地铁金星路站这段路，步行大约20分钟，最让我惬意、快乐和开心。我不急不慢，带着欣赏、观察、探寻的眼光行走，真的舍不得走太快。一年四季，春华秋实，花开花落，叶枯叶荣，绿道的景致百看不厌。春夏时节，墨绿、草绿、深绿、浅绿、碧绿、翠绿、豆绿，各种绿色恣意而又悄然地向着天宇间涌动、扩展、蔓延，绿意盎然，绿浪翻涌，醉人心田。我满怀敬意地读着每一棵树，一棵树就是一道风景，读一棵树如同读一本好看的书。那些高大的乔木，高入云天，凌空摇曳，俯看着匆匆忙忙、来来往往的芸芸众生，见证着城市的快速发展变化。和它们相比，我们人类其实是渺小的，我们的生命是短暂的，它们一不小心，就有可能活成千年古树，而我们早已化作尘土，成了它们的养分。那一棵棵树，仿佛就是多少年以后的自己。爱护每一棵树、敬畏每一棵树，就是善待我们人类自己。

绿道的花草树木配置布局颇为讲究，分为高、中、低三个层次。最底层的大多是园林中较为常见的花草、灌木，有杜鹃、红花继木、女贞、南天竺、花叶青木、沿阶草，有"草地绿如毯、脚踏软如云"的地毯草，有"绿中点点红、幸福不轮空"的吉祥草。

而有一种植物比较少见，它的生长力极为旺盛，覆盖力强，株型饱满完整，叶片大而靓丽，在绿道中格外吸引眼球。它的名字也很特别，叫大吴风草，因叶子酷似莲叶，所以又称活血莲、一叶莲。大吴风草属菊科植物，却居然长着"荷叶"，这也真的是前所未见，也注定了它不是什么随随便便、平凡的野花野草。在清朝时，大吴风草可是长在皇宫御花园里的珍贵品种，英国人对大吴风草格外器重，特别派人从大清的御花园中引种，远渡重洋到英国的花园栽种，并以此培养出了很多新的品种。大吴风草的花果期长达8个月，粗壮的花枝上举着一朵朵鲜艳的明黄色花朵，绿叶黄花，甚是美艳，极具观赏价值，漫步在绿道上，我总要多看它几眼。在我看来，它与我们常吃的冬苋菜长得颇有几分神似，只是比冬苋菜肥硕得多。

园林师傅会定期用割草机给底层的花草修剪、造型，不允许它们自由疯长，每当此时，一阵阵青草香气弥漫绿道，我不由得深深猛吸几口，这种天然的清香让我沉醉。落红不是无情物，化作春泥更护花。这些被剪掉的花草在化作春泥之前，还要将缕缕清香留给人间。

中间层次有桂花树、红叶李、柚子树、紫薇、夹竹桃、芙蓉、杨梅、厚壳树，有"但见樱花开，令人思往事"的樱花，有"凤脚踏过绿叶，留下一片绯红"的鸡爪槭。

七月，紫薇盛开，一团团，一簇簇，深深浅浅，浓浓淡淡，红缨缨一片，如天边明艳的晚霞，和对面夹竹桃怒放的红花、白花相映成趣，美丽着盛夏，装点了金星绿道。

把杨梅树放在中间层次其实有些牵强，绿道有很多杨梅树，基本没有修剪，也无人采摘，它们自由生长，都已十分高大，介于高、中层之间了。五月杨梅成熟时，绿道上掉落一层的杨梅，被行人踩碾成酱汁，步道染成了紫色。偶有极少数无聊市民爬上杨梅树，采摘杨梅，由于杨梅树过于高大，爬上去也摘不到，他们下狠手将树枝活生生掰断，树下有人接应，听到树枝"咔嚓"折断的声音，仿佛吞下了一只苍蝇，恶心难受，好心提醒他们，他们满不在乎，实在让人无语。

绿道有一大片樱花树，樱花在我国有着悠久的栽培历史，两千多年前的秦汉时期，樱花已在宫苑内栽培，至唐代已普遍出现在私家庭园中，白居易写有"小园新种红樱树，闲绕花枝便当游"的诗句。樱花是日本的国花，而日本的栽培历史只有一千多年。日本的权威樱花专著《樱大鉴》就写明了樱花原生于中国，最早是从中国的喜马拉雅山脉和云南一带传过去的，传到日本后，在日本樱花爱好者的精心培育下，品种不断增加，形成了一个丰富的樱花家族，出现了许多观赏性强的樱花品种。

绿道高层的树木是我最为关注的，品种非常丰富，树形高大优美，有香樟、乌桕、雪松、栾树、榉树、梧桐、朴树、栎树、湖北梣、银杏、荷花木兰，有"洁白无瑕满枝头，淡淡幽香徐自来"的玉兰，玉兰是上海市市花，上海电视节的白玉兰奖，就来源于此，足见上海人民对玉兰的喜爱。明代大画家沈周专门写有一首《题玉兰》："翠条多力引风长，点破银花玉雪香。韵友自知人意好，隔帘轻解白霓裳。"对玉兰大加赞赏。平时我们看得多的是荷花木兰，又叫广玉兰，开荷花一样的白花，长沙到处都有，两者不是一回事，玉兰并不多见，比广玉兰更漂亮优雅。

有"春风不识杜英树，待到夏季如云开"的杜英，杜英开着米粒大小的白中带浅绿的花，一串串，很是繁密，藏在绿叶中，不仔细看，还难以发现。"苔花如米小，也学牡丹开。"杜英花虽小，但散发着沁人的类似于中草药的馨香，从树下经过，闻着让人清爽。深秋季节，杜英的叶子变成了美丽的红叶，纷纷飘落，地上、树上互为呼应，那种红，沉着、透亮、纯粹、明艳，没有丝毫俗气和烟火气息。

绿道上还栽有几株珍稀的湖北梣，湖北梣也叫对节白蜡，树姿清雅、树形优美、叶小秀丽，既是珍贵的用材树种，又是优美的园林绿化树种和极佳的盆景、根雕素材，被誉为"活化石""盆景之王"，为中国特有，主要分布于湖北京山，属濒危保护植物。夏秋叶色苍翠、枝叶茂密，冬季落叶后枝干苍劲，有如虬龙，很具气势。武则天喜欢把天下的奇花异树移栽到自己的皇宫内，其中就包括三棵珍贵的湖北梣，一棵栽在她寝宫的窗户外，另外两棵栽种在御花园。由此可见湖北梣的不凡。

香樟树毕竟是长沙的市树，理所当然是绿道的主角。在绿道中，它虽说数量多，但并不起眼，和栾树、榉树、朴树、栎树、玉兰、杜英树比起来，确实太过普通，逊色不少。当然这不影响它的地位和对绿道所做的贡献。

在接近地铁2号线金星路站的那头，栽了几棵十分独特、我从未见过的树，我数了数，只有区区7棵。它的树干挺直端正，树体高大正气，刚正不阿，树冠伞形，它的叶子是金星绿道各种树中最大的，叶形奇特古雅，状似老家农村男人以前穿的裤子。5月是它开花的季节，花淡黄绿色，美而不艳，花形酷似优雅的郁金香，酒杯状的花朵开满枝梢，似乎能闻到那醉人的美酒芬芳，让它颇具几分迷人而神秘的色彩。这么漂亮的树为什么不多栽些呢，在长沙其他地方也看不到踪影，五一大道、芙蓉路、岳麓大道的行道树中，也见不到它，我心里在嘀咕。

我对它充满了好奇，于是用"形色"拍了它，一查，确实不得了。这树大名叫鹅掌楸，叶形确实很像鹅掌，又名马褂木，因为叶片的顶部如马褂的下摆，叶片的两侧平滑略微弯曲，好像马褂的两腰，叶片的两侧端向外突出，仿佛是马褂伸出的两只袖子，秋天，叶色金黄金黄，好似一件件黄马褂，极为形象。树高可达60米以上，是国家二级重点珍稀濒危保护植物，为世界珍贵的树种。它的花形像郁金香，又被称为"中国的郁金香树"，与悬铃木、椴树、银杏、七叶树并称为世界五大行道树，也是建筑及制作家具的上好木材。难怪绿道上只栽了这么一点点，也实属不易了。

我对它肃然起敬。银杏有它的伟岸和高度，但没有它的优雅与洒脱，香樟有它的高大和茂盛，但没有它的颜值与珍贵，杜英、玉兰倒是有它的几分风采，但少了点它与生俱来的精神气质。不过，在我看来，每一棵树、每一朵花，在我们的地球上都是独一无二、美不能言的神物，值得我们细心保护。

最大的那棵鹅掌楸围径需一人合抱，主干挺拔粗壮，顶上的枝丫如同雨伞的骨架，向四周张开，马褂似的翠绿叶子随风摇摆，发出"沙沙"声音，从树下往上看，就像撑起了一把巨大的绿伞，占据着绿道宽度一半有多的位置，十分的壮美。边上的几株银杏树，在它的绿荫"庇护"下，长得十分的瘦弱纤细，发育不良。其实植物同人类一样，家里的孩子如果长期处在父母的溺爱下，不经风，不沥雨，是长不大、成不了材的。

金星路站3号出入口就在绿道的尽头，最后把关的是一棵30多米高的巨无霸泡桐树，要感谢地铁决策者、建设者们保留住了这棵树，沧桑的躯干上布满了枝条砍掉后留下的疤痕，像极了一只只大眼睛。是的，这些大眼睛一定亲眼见证了地铁的修建过程，一定看到了长沙的飞速蝶变，它每天注目着行色匆匆的人们出进地铁，还为常在地铁口揽生意谋生的摩的师傅们遮阳挡雨。

这个酷热的苦夏，我每天行走在绿道，却感觉不到太阳的燥热。绿道中几乎看不到阳光，只有从浓密的树叶中漏下来的点点光斑在跳跃、闪烁、起舞。只听到鸟虫欢唱、群蝉齐鸣，只看到蝴蝶飞舞、野蜂流连，只安享满眼葱翠，幽静清凉。我反反复复观察、用心解读的每一棵树，它们都是我今后画画创作的素材，艺术来源于生活而又高于生活，它们的美丽早已定格在我的记忆深处。

闷热的天气，有蚯蚓受不了地下的湿热，从花圃的泥土里爬出，爬到了中间的步行道，不曾想，三四米宽的步行道是它们一生都无法穿越的遥远旅途和生命尽头，往往不到半程，便精疲力竭，或被碾碎，或被晒成了标本，或成了八哥的美食。我在想，我们又何尝不是这样，如果没有考虑周全，哪怕活得有些艰难，有些不快，也不要轻易离开熟悉的环境，否则，结局有可能像蚯蚓一样，想回去也回不去了。

绿道中那些有趣的现代雕塑也牵引着我的目光，有憨态可掬的小松鼠、胖乎乎的小鸟，有蜻蜓和蝴蝶，有树叶和花朵，有用废钢板雕成的造型各异、简洁流畅的门，点缀其中，它们一道构成了绿道不可或缺的风景，提升了绿道的文化品位。

我常常杞人忧天、胡思乱想，这么美丽的绿道，无价之宝的绿道，万一哪天城市建设需要、抑或有人头脑一热，要把它毁掉重建，怎么办？想想，都有些心慌和心痛，但愿是我想多了。

人世间的苦与甜

——看电视剧《人世间》有感

我很少追剧，不过，电视剧《人世间》我每天守着看完了，这是根据著名作家梁晓声获茅盾文学奖的小说原著改编的，是近年来少有的精品力作。我经常看得泪湿眼眶，有时情绪甚至会无法抑制地随剧情崩塌。

《人世间》从1969年开始写起，时间跨度50年，气势恢宏，深沉浑厚。通过东北光字片棚户区老工人周志刚、李素华夫妇一家及棚户区"发小六君子"的人生故事，再现了半个世纪中国老百姓的生活史，同时也展现了中国社会发展变革史。三线建设、上山下乡、恢复高考、知青返城、对外开放、出国潮、下海潮、国企改革、经济建设、棚户区改造、反腐倡廉，种种变革，风风雨雨，一一展开，刻画出了中国共产党率领人民在积重难返中开拓出一条中国特色社会主义复兴之路的伟大壮丽时代画卷。

让我最感触的，是剧中所反映出的人世间的生与死、苦与甜。

佛说，众生皆苦。人说，人生如茶，先苦后甜。

看《人世间》，苦难堆积如山，悲伤流泻成河，让人沉重、伤感、压抑、喘不过气来。

剧中人物一个个接连死去，令人心中难过、唏嘘。

肖国庆的父亲冻死在煤堆里；赶超因病不想给家里增添负担卧轨自杀；留学美国的周楠遭枪杀，惨死在异国街头；骆士宾和周秉昆打架，脑袋磕在石墩上脑出血不幸死亡；为官清廉的郝省长夫妇相继因病离世。

还有周志刚和李素华夫妇的去世，更是让人无法抑制地沦陷了。

周志刚突然脑梗送到医院，醒来后坚决要求回家。晚上，和三个孩子一起睡在炕上开心地聊天，其乐融融，画面无比温馨感人。天亮后，周志刚穿着寿衣躺在床上，安静地走了。

寒冷的冬夜，母亲李素华不让三个孩子守灵，自己却悄悄一人陪伴老伴周志刚。第二天，当三个孩子看到母亲坐在父亲身旁，随父亲一起走了。看到这里，所有人都无法控制，几近崩溃，这是没有预兆的巨大悲伤。

生死离别本平常，上天早已注定安排。但有些离别总让人猝不及防，让亲人无法接受。哪怕是一部电视剧，也让观众一时接受不了。

比如周楠在美国留学被枪杀，年轻的生命就此定格。虽说骆士宾在送他出国之前就交代过，埋下了伏笔：美国很乱，有人找你要钱，一定马上把钱给他。但还是难以接受这突如其来的结局。多好的小伙子啊，懂事、勤奋、聪明、有为、阳光，人生才刚刚开始，美好的未来、幸福的生活、甜蜜的爱情都在向他招手等着他。他可是郑娟的命啊。

比如骆士宾与周秉昆打架，秉昆失手致骆士宾死亡。虽然骆士宾年轻时冲动，犯下大错，强奸了郑娟。但他出狱之后，一直打拼奋斗，创下一番事业，也是有情有义的人，他独特的人生变迁，跌宕折射出了那个时代的某些真实。这对事实上的父子，就这样先后死了，令人可惜、嗟叹。

还有卧轨的赶超，他本是从苦难中走过来的人，应该坚强、坚忍，然而就那么以极端的方式，留下妻儿，撒手而去。

作者、编剧、导演如此安排，使人觉得太过狠心、太过残忍、太过沉重，不近情理。死者死矣，留给活着的亲人无尽的悲伤与思念。

我和老婆每天一起看，我们讨论说，至少要让周楠活着才好啊。

再说说剧中的苦难。

吉春市光字片周家，一家五口人在拍完全家福后，就要天各一方了。父亲周志刚是新中国第一代建筑工人，要去西南"大三线"，一去工作几十年，长年在外，与家庭聚少离多。老伴中风瘫痪了，家里孩子都不敢告诉他。

大儿子周秉义上山下乡到了建设兵团，之后从政，清廉几十年，最后患胃癌去世。

女儿周蓉为了追求爱情，义无反顾地下乡到了贵州大山里，自己的女儿一直寄养在弟弟家。

小儿子周秉昆和母亲相依为命，整个家庭的重担就落到了秉昆身上，独自一人默默地承担了所有，成为周家最孝顺、最扛事的顶梁柱。

雷佳音饰演的秉昆，是贯穿全剧始终的核心人物，演技可谓出神入化。

这个禀赋不高的周家"老疙瘩"，勤劳踏实、善良真诚、乐于助人。他无怨无悔地照顾昏迷不醒的母亲，帮姐姐带大了女儿，对盲童光明怀有一颗悲悯之心。他吃了多少苦，遭过多少罪，承受了多少生活、工作、家庭的压力，谁都数不过来。

秉昆说过一句非常经典的话："觉得苦吗，嚼嚼自己咽了。"道尽了人生百味。

《人世间》告诉你，没有最苦，只有更苦。

郑娟就是那个人世间活得更苦更难的女人。

出生苦，无父无母，被人捡到，一起被捡到的还有失明的弟弟光明。

嫁人苦，跟了涂志强，涂志强却和水自流有同志之爱。

人生苦，遭骆士宾强奸致怀孕，涂志强也被枪毙。

和秉昆结婚，夫妻相濡以沫，生活情况稍好后，大儿子周楠又死了。她得知楠楠死讯后，都不知道如何悲伤痛苦了，一个人蜷曲在床上一声不吭、一动不动。

秉昆失手伤人，致骆士宾意外死亡，被判刑。秉昆是她的天，是她的一切，是她和孩子的支柱。然而，天塌了。

这个身世凄惨、没有工作、一辈子照顾家庭的女人，一个儿子死了悲伤得不知道如何表达悲伤的女人，一个对爱不顾死活的女人，一个永远也打不垮的女人，默默承受着、吞咽着接踵而至的人生苦难。

这人生，怎一个苦字了得。

苦虽说是人世间常态，但总得有希望、有甜。否则，这部作品就失去了价值和意义。

周志刚在三线工作几十年无怨言，为国家建设流汗出力，这让他骄傲自豪，他心里是甜的。他有三个好儿女，他心里一定是甜的。最终老伴陪他而去，他是幸福圆满的。

周秉昆和郑娟的甜，是遇到了彼此。他们的爱情，是剧中最完美的爱情，让人羡慕，也让观众深感欣慰。他们以彼此是彼此的一切而彼此温暖依存。"君当作磐石，我当作蒲苇，蒲苇韧如丝，磐石无转移。"他们是幸福的，也是甜的。这幸福，足可以浇灭一切苦难之火，足可以抚平所有的伤口。这简单的幸福，正是人世间、烟火里最打动人、最温暖人的灵丹妙药。

　　人们常说，人生苦短。可苦难、磨难，从不曾因为人生短暂而少来或不来。大到世界上的战争、疾病、空难，小到个人的家庭、婚姻、工作上的种种不如意、不幸和变故，都不会因时光易逝而打折，该发生的总是会发生。

　　重要的是我们自己应该调整好心态。既然太阳上也有黑点，人世间的事情就更不可能没有缺陷。生活就是一面镜子，你笑，它也笑；你哭，它也哭。

　　《人世间》告诉我们：岁月的列车不会为谁而停下，命运的站台悲欢离合都是刹那。即便生活是悲欢离合的循环播放，但总会有热乎乎的日子与热乎乎的人，点亮夜空，铺满心怀，苦尽甜来，春暖花开，诉说着人间值得，你不论走多远，都要记得回家。

　　我们要像种子一样，一生向阳，在这片土壤，随万物生长。

小雪和小可

　　小雪和小可是我喂养的两只可爱的银渐层猫咪，一窝出生的亲兄弟。小雪先于小可出生，是哥哥。小雪的毛色长得更白一些，活泼俏皮。小可的毛色白中带浅灰，憨萌乖巧。时间一天天过去，小雪、小可一天天长大，调皮的天性也一天天显露。

　　到我们的床上打滚睡觉，是它们最乐此不疲的爱好。跳上灶台目不转睛地看我切菜、做饭，是它们每天的功课。晚上满屋子飞奔跑酷，是它们的保留压轴节目。看见生肉，就馋得挪不动脚，那是它们最爱的美食。有一回，我从冰箱拿出一块肉放盆子里解冻，隔了半个小时去看，肉不见了。听见沙发底下传来小雪、小可的声音，是那种只有吃到美味才会发出的兴奋、激动的"呜呜"声。我推开沙发一看，两个家伙正在大快朵颐地啃那块肉。我生气地从它们口中夺下肉块，它们满脸地委屈、不解和不舍。

　　当然，打归打，闹还闹，两个家伙安静下来，四脚朝天、慵懒悠闲睡卧在我脚边的时候，喊一声就亲昵地回应一声屁颠屁颠向我跑过来的时候，两兄弟趴在一个窝里，相互依偎、搂着酣睡的时候，让人顿生怜爱和感动。

　　小雪、小可三个多月大的时候，发生了一件事。一天晚上，我出门倒垃圾，忘记及时关门，过了一个多小时，才发现好久不见小雪、小可的动静了，找遍屋子，不见踪影，一定是趁机溜出去了。赶紧到小区楼道、地下车库、绿化带四处找，都没看见影子。又在电梯里贴了寻猫启事，半夜起来在流浪猫常常出没活动的地方，放上猫粮，在远处蹲点守候，也还是一无所获。完了，小雪、小可丢失了。老婆很伤心，责怪我粗心大意不关门，我也后悔不已。

　　三天后，听见有猫在门外叫唤，开门一看，天啊，是小雪、小可站在外面，两兄弟自己回来了，我们转悲为喜。

　　小雪、小可转眼八个多月了，成帅小伙子了。小区流浪猫的叫唤，令它们躁动不安。早晨出门上班，它们总是粘在脚边只想跟着出去。我心软，加上上次走出知道回来，决定给它们一次机会。它们兴冲冲地跑进了小区的林子里。下班回家，两小伙子还真回来了，在门口等候，我也就放心了。从此它们和我一样，早出晚归，白天在小区游玩，晚上回家，过着半个流浪猫的生活。

　　一天下班回来，在小区的草坪上，我看见小雪、小可和一只体型硕大的狸花猫在紧张对峙。小雪在左，小可在右，后背弓着，眼睛死死盯着狸花猫，互相发出威胁对方的咆哮声，做出了随时出击的战斗姿势。高大威猛的狸花猫所处位置稍高，居高临下，声音洪亮，显得镇定自若，感觉没把温室里长大的小雪、小可放在眼里，一看就是打架高手，估计是小区流浪猫中的大哥。

　　狸花猫的轻视激怒了不知道外面世界有多凶险的小雪、小可。果然中计了。小雪率先发起了攻击，快如一道白色闪电，向狸花猫直扑过去。倾间，两只猫扭打成一团，上下翻滚，猫毛乱飞，叫声凄厉。几个回合后，小雪就处于下风，被狸花猫按在身下，用它那粗壮的后腿对着小雪的头部一阵猛踢。就在这时，小可似离弦之箭，怒不可遏、毫不犹豫地向狸花猫冲去，一把将狸花猫从小雪身上撞开，给狸花猫来了个措手不及。小可拼命咬住狸花猫的脖子，在草坡上连续打了好几个滚，狸花猫没想到小可会来这一招，而且如此勇猛。不过，凭着它多年混迹江湖的经验，虽然吃了点亏，很快就回过神来，小可渐感体力不支了。

　　得到休息的小雪又如疾风一样冲向狸花猫，接替小可继续缠斗，不给狸花猫喘息的机会。把我看得眼花缭乱、目瞪口呆，忘了前去拉架。想不到平日可爱温顺的小雪、小可，打起架来，如此凶狠、不要命，而且车轮战术配合得天衣无缝。这时，狸花猫体力开始严重下降，动作变得迟缓，且战且退。小可看在眼里，飞奔过去，再次投入战斗，单打变成双打。小雪、小可越打越顺，越战越勇，完全碾压狸花猫。狸花猫带着伤痛，惨叫一声，落荒而逃，消失得无踪无影。简直是太精彩了，我在心里不禁发出一声由衷的赞叹。兄弟同心，其利断金啊。

　　鸣金收兵，得胜回朝。我呼喊着小雪、小可，它们这才发现了我。小雪、小可飞快跑过来，抑制不住高兴，在我脚下打着滚，撒着欢。我蹲下来查看两兄弟的伤情，都被咬掉了不少猫毛，小雪的耳朵受了伤，问题不大，小可安然无恙。我抚摸着它们，以示赞赏。其实，论单打独斗，小雪和小可都绝对不是狸花猫的对手，两兄弟联合起来，一致对外，是取胜的根本。回家后，先给小雪用碘酒杀菌消毒，再各自奖励了一个鸡胸肉罐头。

小区有一处树林，是流浪猫聚集的地方，小区有爱心的人经常投喂猫粮、罐头。

有天回家路过那片树木，我看见小雪、小可，还有一只漂亮的蓝猫，在一起有滋有味地享用。吃饱之后，在一边洗着脸，说不出的舒爽。其他流浪猫才一哄而上过去抢着吃。哦嗬，看样子小雪、小可取代了狸花猫，当上了大哥，而且还赢得了美女的芳心，猫生达到了顶峰啊。

时间又过去了半年。有天晚上，小雪、小可超出了平时回家的时间，我特意留下门缝。

约半个小时后，小雪、小可从门缝进来了，还回头对着门外叫了两声。我正纳闷，一只可爱的蓝猫左瞧瞧、右看看，胆怯地跟了进来。我一看，就是树林中和小雪、小可在一起的那只蓝猫。蓝猫也不急于进屋，对着后面叫唤着。我索性打开门，我的神啊，后面还跟着一群小猫咪，我数了数，整整六只，长得肥嘟嘟的，可爱极了，差点惊掉我的下巴。我一个个把它们抱进屋来，蓝猫看到我对它的孩子友善，它也放松了警惕。六只小猫咪的腹部和脚是白色的，其他地方是蓝色的，遗传基因真是无比的强大。厉害啊，小雪、小可，招呼都不打一声，就把老婆孩子都带回家了。这么一大家子，你们叫我如何安置啊。

我这才明白，上回两兄弟和狸花猫大打出手，原来是为了争夺这只漂亮的蓝猫，难怪打架那么勇猛。这只蓝猫很可能是小区有人遗弃或走失的，曾经应该是幸福的公主，和小雪、小可也算是门当户对了，只是不知道孩子是兄弟俩谁的。

没办法，门都进了，也是对我的莫大信任，总不能赶出去。再说，那小猫咪实在太让人喜欢了。于是把它们一家子都安排在阳台上，拿出好吃好喝来招待。大猫窝给了蓝猫和孩子，小雪、小可挤一个窝。

小雪、小可变得安静了许多，也不出去玩了，天天老婆孩子热炕头，其乐融融，满满的爱意。蓝猫母性十足，带孩子专心又用心，不离左右。小雪、小可也不闲着，逗着孩子玩，不厌其烦地教孩子上厕所、埋猫沙、捉老鼠，十分认真、称职。孩子被它们带得干净、活泼、健壮、有趣。小雪、小可还经常趴在蓝猫的窝边，呆呆地看着，傻傻地幸福着。只是苦了我这个铲屎官，一家九口，铲屎的任务顿时无比艰巨啊。

梅溪湖的路

  长沙河西有不少湖，我去过的有西湖、后湖、潭影湖、尖山湖、梅溪湖。从高空俯瞰，波光粼粼，澄碧如镜，像是镶嵌在岳麓大地上晶莹的珍珠和碧玉一般，温婉璀璨。它们是城市之眼，让城市变得灵动有趣。我住在河西，经常在这几个湖边漫步徜徉，令人流连忘返。

  特别是梅溪湖，一个美得让人怦然心动的诗意名字，虽说名字中又是溪又是湖，也不曾听说过有梅溪，颇为费解，但并不影响它的美丽。梅溪湖位于岳麓山西面，似乎沾了不少灵气与仙气。湖连着山，山依着湖，绿水青山，湖光山色，山水交相辉映。一条小溪从桃花岭高处流淌而下，穿过层层跌宕的岩石，清澈而欢快，溪流两边桃花朵朵，水草茵茵，花香四溢。

  有谁能想到，这个曾经常遭受洪涝灾害、叫"梅子滩"的偏僻小山村，这个当地人形容为"梅子滩，梅子滩，十年就有九年淹，养女莫嫁梅子滩"的落后乡村，这个十几年前还是成片的葡萄园和农民浇菜的水塘，没有梅，没有溪，更没有湖，如今十年蝶变，脱胎换骨，姿态万千，实现了一个关于城市未来的梦，拥有了比肩世界的力量。

  环湖散步，能常见到野鸭、白鹭、苍鹭、红尾歌鸲、伯劳、翠鸟、八哥、喜鹊、麻雀等鸟类。前一段时间，还飞来了一对天鹅，在湖中悠闲凌波游戏。梅溪湖的优美生态环境不但吸引了无数的人选择安居在这里，还吸引着这些可爱的精灵，或安家落户长住，或迁徙途中驻足停留。

  这些精灵让我感动，我常久久地注视着它们。听它们清脆的鸣叫，看它们自由地飞翔，观察它们优雅地漫步和快乐地捕食。为此，我还为湖中的野鸭和鹭丝写过两首小诗词。

  "冥冥雨暗生寒树，阵阵花飞绕妙香。烟敛云收衔远岫，沉浮野鸭戏横塘。"

　　"梅溪鹭，翩然去。雨濛又雾笼，秋冷归何处。斜日横云断旅音，翌年还到梅溪住。"

　　我住梅溪湖快一年了，有闲的时候，喜欢四周走走，熟悉环境。我发现梅溪湖的路名与众不同，文艺范十足，非常有意思。

　　有以树木、花草等植物命名的路：梧桐路、雪松路、海桐路、樱花路、金菊路、月季路、夏鹃路、玉兰路、紫荆路。这些道路的两侧，与路名相呼应，种植有雪松树、红枫树、梧桐树、樱花树，不同花木的色彩变化，让道路更显缤纷多姿。

　　有以季节命名的路：惜春路、安夏路、纳秋路、藏冬路。走在这路上，看到这路名，一下子就让人联想起了"草树知春不久归，百般红紫斗芳菲。""湖山胜处放翁家，槐柳阴中野径斜。""空山新雨后，天气晚来秋。""晚来天欲雪，能饮一杯无。"这些优美的诗句，春去秋来，四季更迭，光阴荏苒，岁月静好。

　　有以自然景色命名的路：映日路、临水路、泉水路，麓松路、麓谷路、麓云路、看云路、听雨路。麓谷映日，泉水叮咚，松涛阵阵，岸芷汀兰，看云听雨，连在梅溪湖散步，都觉得是一件好浪漫的事。这些颇具中国传统浪漫色彩的意象集合于这里，引发我们无限美好的遐想。

　　在梅溪湖梅岭公园西侧，呈扇形分布着几条路。东西向的是踏雪路，南北走向的有赏月路、沐风路、观花路。道路以"风花雪月"命名，诗意盎然，被网友称为"世上最浪漫的路"。我想，把路名取得如此诗情画意、风情浪漫的城市，应该不多吧。

　　"路名倒是很动人，风花雪月在哪里啊？还是有点名不副实吧。"建成之初有人这样说。

　　也许当年还无关风月。不过，随着道路配套设施、绿化园林的完善，随着周边银杏公园、杨梅公园、梅岭公园、桃花岛等景区建设到位，已然是另一番景色了。如今，抬眼望去，青山如黛，绿影重重，果坠枝头，柳绿桃红，鸟语花香，沁人心脾，无不引人驻足。空气里都有一种清爽的味道，游人为这满眼的绿色所陶醉。景色随季节变化而转换，行走其间，犹如置身山水诗画中。我想，这应该就是名副其实的"风花雪月"了。

　　梅溪湖不少的道路上设置了人行道休息座椅，雪松路的人行道区域还设有健身器材，为市民带来"运动休闲风景中"的惬意，备受市民青睐和赞誉。

绿水青山就是金山银山。3000多亩的梅溪湖，加上4300多亩的桃花岭景区，再与梅溪湖二期象鼻窝森林公园连成一片，很显然，梅溪湖走的是绿色生态发展之路，一个美丽宜居的生态示范城区已经显现。

离我住的小区不远，正在修建梅溪湖的中轴线，那将是一条更宽、更美、更繁华、更富特色的路。梅溪湖的故事还在不断演绎，我相信，精彩好戏还在后头。

芙蓉广场之缘

我工作上班的地方，大概与长沙芙蓉广场结下了难解之缘，几十年过去，似乎总是围着芙蓉广场在兜兜转转。

记得是1996—1997年，我在广场东北角的省工商银行上班。那时，芙蓉路已建成通车，芙蓉广场刚开始启动建设，对面150米的湖南国贸中心即将封顶，是当时的三湘第一高楼。八一桥下，有不少粉店，味道超棒。芙蓉立交桥下面，是服装店，人来人往，热闹非凡。广场的南面，也就是五一路与建湘路交叉的那一片，看过去都还是些低矮的棚户区，没有一座高楼。稍打眼一点的是巨洲酒店，可谓鹤立鸡群，在芙蓉广场周边工作过的人都知道，很有名气。当时附近饭店很少，聚餐请客，大都安排在那里。

调回湘潭后，一别长沙十年。2007年，我又回到长沙上班。2009年，单位从解放西路定王台搬迁至芙蓉广场东南角的华美欧大厦。此时的长沙，已站在时代的潮头上，不断诞生着新的奇迹，日新月异向着新一线城市，浩浩汤汤阔步向前。芙蓉广场除了西南角建湘路那块外，其他三个方位已是高楼林立，旧貌新颜。

单位隔着一条韭菜园路，对面是省文物商店，这里我太熟悉了。在长沙读书之时和参加工作后，经常来店里购买毛笔、国画颜料、石头、宣纸和绘画类书籍。不过，如今的文物商店虽说名字没改，但似乎经营方向完全变了，成了古玩收藏之地，我也就鲜少进去了。

几年后，广场的西南角也有了动静，听说要建世茂环球金融中心和省交通银行大楼。站在上班的十三楼凌空俯视，那里挖出了一个巨大巨深的坑基。随后，地铁2号线芙蓉广场站同步建设。很快，2号线开始运行。我每天早晨从河西金星路站坐车到芙蓉广场下，再也不受开车之苦，地铁让生活工作变得无比快意。有地铁的日子好像过得飞快。世茂中心一天天向上生长，上天入地，高入云端，气势如虹。2018年，世茂正式对外运营了。这一年，我响应组织号召，远赴300多公里外的雪峰山腹地的贫困山村驻村扶贫。一千多个日日夜夜的驻守，似乎也只是人生长河中的一瞬间。那是一幅幅波澜壮阔的画卷，那是一曲曲荡气回肠的乐章，那是一部部震撼心灵的史诗。能亲眼见证并亲身参与这场伟大的攻坚战，让自己的人生变得厚重，永生难忘。

三年驻守回芙蓉。令人惊喜和意想不到的是单位乔迁新职场，入驻芙蓉路对面高大上的世茂环球金融中心。我又从芙蓉广场的东南角转到了西南角。

来到57楼自己的位置，透过一镜到底的落地玻璃窗远眺，长沙美景尽收眼底，古城新廓尽在紫气烟云之中。看着眼前的壮阔景色，美女同事都在尖叫、拍照、发朋友圈。

湘江如带，碧波万顷，征帆点点。湘府路、猴子石、橘子洲、银盆岭、福元路、三叉矶六座大桥飞架湘江两岸，长虹卧波，气势恢宏。

橘洲浮碧，像是一艘巨型航母，迎风劈浪，向前驶去，让人震撼。

岳麓山如天然画屏，凤凰山、玉屏山、天马山、桃花岭、绿峨岭、金牛岭、圭峰，群峰似骏马般朝拱，翠峰如簇。

年嘉湖、西湖、梅溪湖、后湖，波光粼粼，像镶嵌在城市里晶莹的珍珠和碧玉一般。

高楼鳞次栉比，如万峰磅礴，演绎着城市活力。

苏家巷、化龙池、都正街、藩后街、定王台等古街古迹清晰可见，移步千年。古色古香的街巷与繁华喧嚣的现代高楼共存共依。老街与新楼接轨，传统与现代对望。

大楼里，潮流甜品、咖啡、茶馆、轻餐、饰品小店带来满满的时尚感。

厚重的历史，肆意的青春，如织的人流，人间的烟火，温馨的长沙记忆古今交错，温润你我。

看到这一切，我顿时有了诗兴：

楼高好景美芙蓉，日日神游意未穷。
万顷湘江澄如碧，千年岳麓舞春风。

下雨的时候，站在343米的世茂环球金融中心看去，另有一番别样的风景。云又飘飘，雨又潇潇，琼楼玉宇，如同仙境。此时此刻何似在人间啊。
真是"不敢高声语，恐惊天上人"。

　　雨后初晴，同事们纷纷拥到落地玻璃窗前拍照，发出一声声赞叹。我也
迫不及待过去一看究竟，原来从年嘉湖到浏阳河方向，有一道巨大美丽的彩
虹飞架，惊艳了我们的双眼。

　　　　　　　七彩金桥架芙蓉，青山如洗了无尘。
　　　　　　　三高四新千重浪，于斯为盛满眼春。

千年不朽苏东坡

1036年，苏东坡出生在今天的四川眉山。父亲苏洵，弟弟苏辙，父子三人历史上称"三苏"，都名列于"唐宋八大家"，可谓是前无古人，后无来者。"苏老泉，二十七，始发愤，读书籍。"《三字经》这段话说的就是苏东坡的父亲苏洵。眉山，因"三苏"而闻名天下。在父子三人中，又以苏东坡名气最大。

苏东坡，他像是一颗熠熠生辉的星辰，千年闪耀，依然照亮夜空。他像是一团永远燃烧的火焰，千年不灭，依然温暖你我。他像是一座巍然不朽的丰碑，千年风雨，依然高高耸立。他像是一个令人不解的疑谜，千年探寻，依然不可穷尽。

有的人喜欢李白，不喜欢杜甫，有的人喜欢杜甫，而不喜欢李白，但很少有人不喜欢苏东坡，他是那么可爱和有趣。他那神奇的文学天赋和超然的人格魅力，千年来，吸引着无数追寻者。余光中说："如果出去旅行，就找苏东坡，他是一个很好的朋友，一个有趣的人，不找李白，太浪漫，不负责任，也不找杜甫，苦哈哈的。"说得很是形象和幽默。

苏东坡的诗文是不朽的。他的词里、诗里、文章里，不只有现实生活的美、文学艺术的美，更有人生的豁然和旷达。每当我们捧读苏东坡的诗文，心里总会发出会心的微笑，内心总会泛起点点温暖与感动。你就会觉得，原来自己的生活其实还不错，人生的未来还可以期待，眼前的困境也没有什么大不了。苏东坡的一生，宦海沉浮，东飘西落，坎坎坷坷。尽管这样，他从没有抱怨过，永远都是乐呵呵的，永远活得热气腾腾，有滋有味。你看看，教人如何不喜欢东坡。人生缘何少快乐，只因未读苏东坡。如若读了苏东坡，很难不爱苏东坡。

"休对故人思故国，且将新火试新茶。诗酒趁年华。"昨日似流水，可逝不可追，珍惜当下，快乐生活，才是王道。

"莫听穿林打叶声，何妨吟啸且徐行。竹杖芒鞋轻胜马，谁怕？一蓑烟雨任平生。"草鞋轻胜马，蓑衣穿雨行，风风雨雨，我自从容。其实，人世间哪有如意的人生，但是有看得开的豁达乐观。

"人生如逆旅，我亦是行人。"人生好似过客，过客终究要离场，那些留不住的不舍，是否有必要死死抓住不松手呢？毫无疑问，懂得适时放手，那才是人生的智者。

"一点浩然气，千里快哉风。"心中有正气，心胸坦荡，无论什么样的境遇，皆可泰然处之，就能收获无穷的快意。

"小舟从此逝，江海寄余生。"忧愁烦恼、得失荣辱，都可一笔勾销，如此，你的生活会豁然开朗。

"门前流水尚能西，休将白发唱黄鸡。"岁月不曾厚待谁，但也不曾亏待谁。年轻的时候，我们不懂得珍惜也没关系，那么，我们可以认认真真好好老去。

"试问岭南应不好。却道：此心安处是吾乡。"心有归宿，随遇而安，波澜不惊，他乡亦即故乡。

"蓼茸蒿笋试春盘，人间有味是清欢。"心有清欢，岁月温暖，生活有味，意蕴无穷，人间值得。

"横看成岭侧成峰，远近高低各不同。不识庐山真面目，只缘身在此山中。"东坡先生告诉了我们一个人生的哲理，面对生活中的种种迷雾，我们不妨换一个角度去看、去思考，事情的结局往往就有可能大不相同。

苏东坡手中那支生来的健笔，似乎从没有停止过挥洒。他写下了一百万字的文学作品，真是不可思议。那支笔，让他名垂青史。

因与王安石政见不合，苏东坡自求由杭州外放到密州，希望离弟弟苏辙近一些，相聚的时间更多一些。可事与愿违，兄弟俩竟然七年之久未曾谋面团聚。1076年中秋，40岁的苏东坡和朋友畅饮于超然台上。推杯换盏之间，苏东坡已是酩酊大醉，双眼蒙眬。每逢佳节倍思亲啊，不由思念起弟弟苏辙来。借着酒意，他挥墨写下了那首永载史册、光芒四射的《水调歌头》：

"明月几时有，把酒问青天。不知天上宫阙，今夕是何年。我欲乘风归去，又恐琼楼玉宇，高处不胜寒。起舞弄清影，何似在人间。转朱阁，低倚户，照无眠。不应有恨，何事长向别时圆。人有悲欢离合，月有阴晴圆缺，此事古难全。但愿人长久，千里共婵娟。"

胡仔在《苕溪渔隐丛话》后集卷中说："中秋词自东坡《水调歌头》一出，余词尽废。"林语堂说："此词一出，其他描写满月的作品都不值一顾了。"王国维在《人间词话》中说："东坡《水调歌头》，则伫兴之作，格高千古，不能以常调论也。"

是啊，近千年来，写中秋、写满月的词，又有谁超出过苏东坡的这首《水调歌头》呢，恐怕后来者也难以超越了。

欧阳修是当朝的文学权威，也是苏东坡赶考时的主考老师。欧阳修对别人说："读苏东坡的信，我全身喜极流汗。我应当退隐，使这个青年出头。"欧阳修还对他儿子说："记住我的话，三十年后没有人会谈起我。"可见苏东坡当时的影响有多大。

"乌台诗案"后，45岁的苏东坡被贬居黄州，举家随迁。他领到了城东的一块废弃的坡地，命名为东坡。在朋友的帮助下，建起了一座房子，取名"雪堂"。筑水坝、造鱼塘、栽花木、种蔬菜，一家人日出而作，日落而息。"东坡居士"的别号就是在此时此地起的。从此，这个名字从黄州开始叫响，随后响遍华夏，流传至今。

在黄州，苏东坡把难挨的日子过出了另一番别样风情，生活精彩而辽阔。不似我们许多人，因工作、生活而折了腰、低了头，躺平叹息，汲汲于痛苦，把日子过得沉甸甸、毫无生气。

仲夏月夜，苏东坡常与友人一起秉烛夜游。小舟飘在白茫茫的江上，仿佛在空中夜行，十分奇妙。他们敲着船舷，打着节拍，喝酒吟哦，慷慨高歌。兴之所至，苏东坡爬上赤壁山的崖顶，对着茫茫夜空阵阵长啸，声音在山谷间回荡。他觉得自己飘飘欲仙，不知身在何处。他想到一千年前，赤壁之战在此发生，决定了三国的命运，不禁感慨良多，不能自已。他先后挥毫写下了《念奴娇·赤壁怀古》、《赤壁赋》、《后赤壁赋》千古名篇。

"大江东去，浪淘尽，千古风流人物。故垒西边，人道是，三国周郎赤壁。乱石穿空，惊涛拍岸，卷起千堆雪。江山如画，一时多少豪杰。遥想公瑾当年，小乔初嫁了，雄姿英发。羽扇纶巾，谈笑间，樯橹灰飞烟灭。故国神游，多情应笑我，早生华发。人生如梦，一樽还酹江月。"

　　一不留神，一首"千古绝唱"又诞生了。这首词成了宋词中流传最广、影响最大、最豪放大气的杰出代表，一举将北宋词坛那盛行的缠绵、悱恻、婉约之风击了个稀碎，树起了一面猎猎旌旗，就像齐白石、黄宾虹的画一样，打破了旧格局，开启了一代之新气象。

　　这首词慷古慨今、苍凉雄浑、郁勃昂扬，让我们在江山如画、奇伟壮阔的山水景色和深邃的历史长河中深深沉思，景物、历史、哲理，三者浑然一体，让人油然而生一种摄魂震魄的磅礴力量。

　　"惟江上之清风，与山间之明月，耳得之而为声，目遇之而成色，取之无禁，用之不竭。"那两篇月夜记游的散文同样流传千古。短短的几百个字，却道出了人在宇宙中的渺小和大自然的奇伟，天下没有谁比他写得更妙更传神，也难怪他的那些政敌总是妒恨他。

　　宋神宗每次吃饭半途放下筷子，一定是在读苏东坡的文章。苏东坡在放逐期间，每每有新诗传到朝廷，神宗都会当着群臣的面大加赞叹。皇帝的点赞，让新党们更加惶恐和害怕，他们千方百计要让苏东坡流放得久一点、远一点，要不就想办法把他送入监狱。

　　所以，苏东坡的那支笔也在不断为他和他的家族招致麻烦、灾难，甚至是杀身之祸。遭人诬陷、锒铛入狱、濒临杀头、被贬流放、辗转跋涉、穷困潦倒，似乎成了他的生活常态。他曾被流放过三次，一次比一次偏远。这些不幸都与他那支生花妙笔有着莫大的关系。

　　1079年发生的"乌台诗案"，新党们从苏东坡的大量诗文中挑出他们认为有隐含讥讽朝廷、对皇帝不忠之意的句子，顿时朝廷内一片倒苏之声。御史台将他逮捕，从湖州解往京师，苏东坡差点被砍头，受牵连的达数十人之多。除夕之夜，关了100多天的苏东坡走出牢门，在街上呼吸了几口新鲜空气，顿觉微风拂面，非常舒爽。当天晚上，他又兴致勃勃地写了两首诗。

　　"平生文字为吾累，此去声名不厌低。塞上纵归他日马，城东不斗少年鸡。"写完诗，他把笔一扔说，我真是无可救药了。你看，他自己也明白得很。

　　1089年3月，苏东坡出任杭州太守，领兵浙西。临行时，83岁的老臣文彦博特地前来送他，语重心长、苦口婆心地劝他，千万不要再乱写诗了。苏东坡已跨在马上，大笑着对文彦博说，我若写诗，会有一大堆人在等着帮我注解呢。

果然，又惹事了。1094年，苏东坡被贬惠州，他修建了新居"朝云堂"，做好了在此定居的打算。房子修好了，他很高兴，于是写诗描述自己在春风中小睡，能聆听到屋后寺院的钟声。政敌章惇读到这首诗，心里很不是滋味，原来苏东坡这家伙生活得那么惬意，那怎么行啊？于是又颁布了移居海南岛儋州的命令，弟弟苏辙也被贬居雷州。这是仅次于株连九族的处罚了。章惇无情地迫害苏家兄弟，后来自食恶果，也被贬居雷州。不过，当地百姓都讨厌他，房子都不租给他。

但苏东坡就是苏东坡，他的伟大和光芒，不是那些打压他的新党们所能遮挡得了的。苏东坡死后，皇室和民间开始纷纷高价收集他的各种文稿、手迹，连苏东坡刻在石桥上的碑文，都有人花三十万钱购买，而且愈禁价愈高，收藏的人愈多。

到了1170年，苏东坡死后69年，孝宗皇帝谥给苏东坡"文忠公"荣衔，并赠太师官位。孝宗皇帝亲手写下了最好的赞美文章，圣旨和皇帝的亲笔序文印在各种版本《苏东坡全集》的首页。苏东坡的孙子苏符，也因皇上顾念苏东坡的名气而获得了高位，苏东坡死后的盛名和地位达到了顶峰。

苏东坡的爱情是不朽的。苏东坡没有正式纳过妾，在那个年代，作为四十九岁就官至三品翰林，诗、词、文、赋、书、画、美食，无一不卓绝的名人，应该是很少有的事情，这也说明苏东坡对感情专一。苏东坡一生有三位妻子，非常巧合的是，她们三人都姓王。

第一任妻子王弗，十六岁时嫁给苏东坡。1056年，父子三人进京赶考，越过千山万水，千难万险，一路顺长江而下，王弗也一同前往。王弗去世时年方二十六岁。王弗虽说没能陪伴苏东坡共同经历大起大落的磨难生活，但王弗是苏东坡青年时代的得力助手，绝佳的贤内助。她对苏东坡关怀备至，苏东坡读书的时候，她则守在旁边。苏东坡有遗忘的地方，她能马上提醒。好奇的苏东坡问她别的书里的问题，她都能答得上来。在苏东坡与访客交往的时候，王弗经常在屏风后面倾听谈话，事后告诉苏东坡她对某人性情为人的总结和看法，结果无一不言中，让苏东坡又惊又喜，对她刮目相看。

王弗死后十年的一个夜晚，苏东坡又在梦中见到了她，醒来后伤感不已，写下了著名的《江城子·乙卯正月二十日夜记梦》，表达他满腔的哀思。

"十年生死两茫茫，不思量，自难忘。千里孤坟，无处话凄凉。纵使相逢应不识，尘满面，鬓如霜。夜来幽梦忽还乡，小轩窗，正梳妆，相顾无言，惟有泪千行。料得年年肠断处，明月夜，短松冈。"

这是近千年以来写夫妻之情最感人、最动情的作品，文意凄美，荡气回肠，成了后人无法企及的高峰。只开头一句"十年生死两茫茫"，就让人悲从中来、感动不已，撼人心魄。

王弗应该是苏东坡最爱的一位妻子。思念，如此绵长，如此凄凉，十年来，不曾减少一分。苏东坡将王弗安葬于母亲的墓侧，也看出苏东坡对王弗的爱意之深。

王弗去世四年之后，三十三岁的苏东坡娶了第二任妻子王闰之，她是王弗的堂妹。当时王弗的孩子只有六岁，王闰之对待王弗的孩子视如己出。后来她和苏东坡生了两个儿子，王闰之对三个儿子一视同仁，疼爱不分彼此，苏东坡专门写诗赞美了她。

王闰之性格柔顺贤惠，拥有一颗宽容知足的心，也拥有一段美好的婚姻。她对苏东坡十分景仰，陪伴、守护了苏东坡大起大落、大喜大悲的跌宕起伏生活，经历了苏东坡遭受政治打击、贬官坐牢的困辱时期，也经历了苏东坡一生显达荣耀、福禄达到最高峰的时期，享受过贵妇一切的荣宠，曾陪皇后参加祭拜皇陵。她四十六岁去世时，三个儿子都已成亲。王闰之去世后，苏东坡马上又开始倒霉。王闰之也算是免去了又一场飘零流落之苦。

苏东坡也给王闰之写过诗词，只不过没有写王弗的那首《江城子》有名，但他给王闰之写的墓志铭是写得最好最丰富的。

最后一位王朝云，她算是苏东坡的红颜知己。王朝云，杭州人，孤儿，被卖进青楼学习琵琶歌舞。苏东坡在杭州任职时，王闰之将十二岁的王朝云买回来当丫鬟。十八岁的时候，王闰之作主，她成为苏东坡的侍妾。她受到了良好的教育和艺术的熏陶。林语堂说她"聪明、愉快、活泼，有灵气"。苏东坡写了不少诗词，用最美丽、最高雅的词句来赞美王朝云，经常把朝云比作超尘脱俗的神女、玉骨冰姿的梅花。秦观也写了首词，夸王朝云的容貌，霭霭如春云，溶溶如春光，如巫山神女下凡。

王朝云在苏东坡贬谪时始终陪伴左右，与他聊天解愁。闻名天下的"东坡肉"，其实是苏东坡谪居黄州的时候，王朝云用当地廉价的猪肉做出来的，因为黄州的富人不愿吃，穷人不会做。

王朝云是能真正走进苏东坡内心精神世界的人，苏东坡对王朝云那也是一往情深，矢志不渝，两人日久弥笃，相敬如宾。苏东坡贬居惠州，王朝云随苏东坡南迁，共进退，同忧患，长途跋涉，翻山越岭，令垂暮之年的苏东坡深感慰藉。苏东坡到惠州后修建了一座房子，取名"朝云堂"。刚建成，33岁的朝云却感染瘟疫不幸去世，王朝云把她的一缕香魂留在了惠州。苏东坡无比悲痛，写了大量诗文来怀念她，表达他"伤心一念偿前债，弹指三生断后缘"的无限哀思。苏东坡将王朝云安葬在风光旖旎的惠州西湖泗洲塔旁的孤山山麓上。历代文人墨客光临古城惠州，都要到西湖朝云墓前拜谒一番，留下了大量赞美王朝云的诗文。

苏东坡把自己的爱和思念留给了王朝云，终老鳏居，没有再娶。苏东坡与王朝云的爱情，成为中国古代才子佳人的典范，无数文人墨客渴望得到那样的真挚爱情。

苏东坡豁达的精神人格是不朽的。他曾说过，吾上可陪玉皇大帝，下可以陪卑田院乞儿，眼前见天下无一个不好人。他活得无忧无惧，哪怕是置他于死地的人，他都从没有恨过，只是政见不合，不喜欢他们的新政危害劳苦大众而已。

权倾朝野的王安石掀起变法运动，苏东坡与他政见不合，认为改革太过激进，三次上书抨击。王安石大怒，百般打压苏东坡，让苏东坡吃尽了苦头。可让人没想到的是，"乌台诗案"发生时，许多同僚噤若寒蝉。王安石却为苏东坡仗义执言，力谏道："岂有盛世而杀才士乎？"最终，苏东坡活下来了。苏东坡被征召回京师时，他途经金陵，特地去看望旁落的王安石。一杯浊酒下肚，前尘往事烟消云散。他们一起出游，观赏山川美景，谈论古今，惺惺相惜。昔年好友章惇屡次陷害苏东坡，最后把他流放到海南岛，后苏东坡遇赦北归时，不但没有报复，反而叮嘱他好好养病。沈括曲解附会苏东坡的诗词，上告朝廷，为"乌台诗案"埋下伏笔。时隔多年相见，苏东坡还写了一篇《书沈存中石墨》，夸赞沈括的功绩。

苏东坡居朝堂之上，能献安邦定国之策，处江湖之远，则能躬身为民。他开凿湖泊和运河，建筑堤坝，对抗洪水，建立良好的城市供水系统，设立孤儿院、公立医院，办学堂、兴儒学，热心赈灾，为穷人争取债务免还。"东坡处处筑苏堤"，苏东坡一生筑过杭州西湖、安徽阜阳西湖、广东惠州西湖三条长堤，造福一方百姓，留下千古佳话，如今依然是波光树影、烟柳笼纱、鸟鸣莺啼的美丽风景。

东坡肉、东坡羹、东坡堤、东坡村、东坡井、东坡田、东坡路、东坡桥、东坡帽，这些以他名字命名、沿用至今的繁多称谓，表达了人们对他绵绵的缅怀之情和深深的崇敬之意。

林语堂说：苏轼已死，他的名字只是一个记忆，但是他留给我们的，是他那心灵的喜悦、思想的快乐，这才是万古不朽的。

我想，哪怕再过千年，苏东坡依旧会灿若星辰，光照星空。

我在宁乡工作的日子

城西城西

1988年7月，从湖南银行学校毕业，我和老乡同学志军一同分配在工商银行宁乡支行。我们坐大巴到宁乡汽车站，下车后，我俩顶着炎炎烈日，找来一辆人力板车，把我们的被子、衣服、书籍堆放上板车，车夫在前面拉，我们跟在后面走，沿人民南路往北，上大玺门，下小西门，左拐进玉潭中路，经过老县政府，就到了报到的宁乡支行。在大门口，被传达室值班的拦住，看我们浑身汗湿，一副狼狈的逃难样子，不让进。我们拿出分配函给他，老头左看右看，问了又问，才放我们进去。到三楼找到人事科长，科长告诉我们，行里已研究决定把我们安排在城西分理处，我在联行会计岗位，志军在出纳岗。

当天，科长带着我们去城西分理处正式报到。下大玺门，右转上八一路，往前几十米左转过一座小桥就到了。分理处是一座独立的小院子，进院子靠左手是二层的单身职工宿舍、食堂、卫生间，记得卫生间还是那种不带冲水的老式厕所，热天在里面解大手，人都惫死。对面是金库，右手边是紧临八一路水渠的营业大厅。金库门朝营业大厅里开，进金库有两道门，一道拉闸门，再一道是足有半尺厚的大铁门，柔弱女子是无法拉开这个笨重的大铁家伙的。

营业大厅呈长方形，东西走向，三分之二的位置砌有一溜坚固的柜台，将客户和我们银行职员分隔开来，柜台上安装了到房顶的铁栏杆，体现出了银行与其他单位的特殊之处。我坐的联行会计柜在东头，主要负责对公单位业务，中间是储蓄柜，面对的是居民个人客户，西头是出纳柜，负责现金业务，真正是每天数钱数到手抽筋，在外面的人看来，那才是银行，其实，出纳在银行内部排在最后。出纳岗位每月是有额外点钞补贴的，因为钞票带有大量细菌，脏得很，年轻职工都不愿意坐出纳柜，嫌脏嫌累嫌地位低，一天到晚重复数钱的机械动作，久而久之，人都麻木了。当时又没有点钞机，数钞、扎钞、打捆，纯靠手工作业，志军干了一段时间过了新鲜期后，就实在不想干了。结婚成家负担重的倒是想到这个岗位，看中的是收入相比高不少。

在三组柜台的上方，安装有几道铁丝，我们内部之间的凭证传递，就是靠这几根铁丝。用夹子夹住凭证，一发力，只听见"嗖"的一声，想传给谁就传给谁，像织布机一样，穿梭不停，从我的联行柜到西头的出纳柜，有十几米距离，打过去还真要费些劲。现在的人无法想象当时的银行有多原始、多传统，那场景，如果能拍有照片或视频，一定是十分珍贵和有味的。

和我一起在会计柜的还有两位上届的学姐，她们早已是行里的熟练工和骨干了，手脚麻利，算盘打得飞快，我却是笨手笨脚，边干边跟她俩学。由于是校友，她们对我还蛮照顾，但我的速度太慢，差错又多，她们有时难免恨得牙痒痒的，特别是下班前的半小时，是我们关门扎账的时间，我的算盘打得慢，数据老是对不上，越急越出错，扎账时间拖得老长，影响她们正常下班，冲我发脾气。这时，另一位温柔漂亮、长着两个小酒窝的军嫂同事就会出面帮我说话、解围，劝她俩不要着急，带徒弟要有耐心。虽然三十多年没见面了，但她美丽的样子我至今还记得。

分理处主任刘姨，对我们新入行的非常关心，态度十分亲善。由于单身宿舍紧张，我又是没谈对象的男的，刘姨征求我的意见，想安排我晚上守金库，我没有理由不服从。守库也是有补贴的，当时我的工资每月七十多块，守库补贴大概有三十多，但没有自由，而且要求责任心强，绝对不能擅自离岗。我下班在食堂吃过晚饭，就得进金库，直到第二天上班。那张死沉死沉的金库门，我每天至少要费力开关三次以上，权当锻炼了身体。守库的时间对于一个二十出头的小伙子来说，真心不好打发。每天和一大堆钱睡在一起，一股子难闻的钱臭味，让我后悔莫及。后来我找来一张旧书桌，垫上废报纸，在金库里练习书法、画画，或者看书，漫漫长夜总算有了消磨的办法。

从此，我基本上过着与世隔绝的生活，电影、录像都没去看过，对每天身处的城关镇城西区区长什么样子也没什么概念，更别说四处溜达逛县城了。

不过也有快乐的事情。八月中秋的时候，在我们分理处开户的食品厂会计会送来她们厂里特意制作的如同小脸盆一样大的月饼，月饼是刚刚出炉的，金黄油亮，温热犹在，葵花子仁、杏仁、花生仁、糯米、麦芽糖做的馅，香甜软绵，味蕾瞬间被极度打开，那是我吃过的最好吃的月饼，没有之一。平时，那个会计来办业务时，也会时不时带些饼干、蛋糕之类的给我们吃，这些传统好吃的糕点让从农村出来、极少尝过的我充满了感恩，一下子觉得在银行上班真好。

城北时光

在城西分理处工作了大概半年的时候，突然接到人事科通知，调我到城北的县支行当信贷员。信贷是银行最好的部门，同事们替我高兴，我也告别了关禁闭的单调生活。

行长找我谈话，大意是要不负组织培养，要注意廉洁自律，洁身自好，不能索拿卡要，不能接受信贷单位红包礼金。信贷科长把县副食品公司、外贸公司、蔬菜公司、盐业公司、酱油厂、汽水厂分给我管，大多与吃的有关，我下企业搞贷前调查、看库存盘底有的是东西吃。副食品公司是贷款大户，主要是贷款购进全县计划内、计划外的白糖、红糖。当时购买食糖要凭票，买蔬菜公司的豆笋、西粉等市场上不多见的商品也要凭票，这些单位的总经理、厂长对我这个刚走入社会的毛头小伙恭恭敬敬，十分友好客气，令我顿时感觉自己大权在握，非同一般。不过，我也并没有飘飘然，没有忘记领导的告诫，单位送这送那我一概不收，他们正常的贷款需求，只要用途合理、条件符合，也从不为难，及时给予支持。几个老总还特意到行长那里表扬了我，在职工大会上，行长讲了这个事。

那段时间我骑着单车大街小巷、城区郊区跑了城关镇不少地方。和现在比，当年的县城小得可怜。梅家田以东以北，南门桥、汽车桥对面，八一路以西，都还是郊区，偶尔去一次核工业304地质大队，感觉好远。如今全部是中心区域了，时代沧桑巨变，不可同日而语。这几年我去宁乡，不开导航都找不到地方。

在支行办公楼的二楼，我看到了成五一老师在画宣传画，他是行里的美工，有一间很大的画室，一下子又勾起了我对画画的兴趣。于是正式拜师学艺，白天跑单位，晚上学画练字，之后又结识了欧阳笃材、唐明生、周漾澜、夏时等一批在宁乡甚至全国都有名气的书画界大佬和一帮书画爱好者，每天沉浸在艺术氛围当中，很快就进入痴迷状态。五一老师经常带着我们到处写生，开阔眼界，打好基础。有时请唐明生老师来画室现场挥毫泼墨，我站在旁边研墨、铺纸、观摩，漾澜老师也是画室的常客，我们一起画，画累了，听他讲段子、说笑话，十分的有味。

夏天，五一老师常约我们去南门桥附近的沩水河里游泳洗澡，那时的河水好清澈，还带有点淡淡的甜味。那时的生活仿佛没有压力，只有快乐、开心，也确实不需要为住房、医疗、教育、就业等烦心事担忧头疼。我最强烈的梦想和追求就是像五一老师一样，做一名专业美工，一辈子以画画为乐。

有时也怪，你想什么的时候就来什么。1990年7月份，我意外接到湘潭同班同学的电话，希望我去湘潭工商银行做美工，我想都没想就答应了下来。马上邀了一位画画的朋友陪我去湘潭面试，岳塘支行的赵联盟行长亲自面试我，原来是赵行长想找一个既懂银行业务又爱好绘画、宣传的人，同学推荐了我。赵行长面试后当场就拍板同意，我回到宁乡后，他们马上着手办理调动事宜。

充军煤炭坝

9月初，湘潭的商调函寄到了宁乡支行，支行领导却不同意放我走，为了留我，打消我调动的念头，把我调到了距离县城10多公里的煤炭坝分理处，我又开始过上了白天坐柜、晚上守金库的封闭式日子。

那时办业务还没有电脑，都是手工记账，每一个储户一张记账卡片，面对几百上千张卡片，要快速、准确地找出前来办业务的客户那张，对我来说，真的是比大海捞针还难，客户站在柜台外急得不行。

煤炭坝镇是远近闻名的"湘中煤都"，繁盛时，五大矿区、四五十家煤矿企业、万多名煤矿工人，日夜开采，产能过百万吨。但污染严重，到处是煤灰，天空也是灰蒙蒙的，水龙头流出的水都是黑色的，喝起来一股子苦涩味。

我这人可能天生乐观，在金库里，我摆上带过来的画画工具，没有桌子，把纸铺在地上画，依然乐在其中。清晨，分理处的美女小余会来喊跑步，跑到镇上地势最高的山顶，俯瞰烟窗林立的煤炭坝，小余告诉我，整个镇子下面都挖空了，这座山也是空的，不信你用脚使劲蹬几下试试。我真的用力猛蹬起来，似乎听到了"嗡嗡"的回声。

早些年，从媒体上看到煤炭坝煤矿因资源枯竭、地面沉降、欠电业局电费和环境问题全部关闭停产了，痛定思痛，发展转型，将原有矿山退出后遗留下来的设备、建筑、地质地貌等，打造成了集党建团建、红色影视、科创文创、观光旅游、研学培训、休闲娱乐为一体的大型矿山工业遗址公园，蝶变成了美丽乡镇。

一个月后，行领导见我去意已决，留人难留心，通知我回支行办手续，我挥手告别煤炭坝。10月份，湘潭派车来宁乡把我接走了。

在宁乡虽然只工作了短暂的两年三个月，但留下了无比美好、难忘的记忆，那里有我众多的同事、同学、朋友，今天的宁乡已是全国有名的百强县，经济发达，美丽富足，生态宜居，令人向往。

艺
海
撷
英

怀念吴业斌先生

一转眼，吴业斌先生离开我们整整八年了，每当捧读先生的诗词、每当翻阅先生的画册、每当看着画册上先生那生动有神的相片时，总感觉先生依然还在我们的身边，一直未曾走远。他那一口好听的常德话，他那坚定明亮而又温暖的目光，他脱掉外衣挥毫作画的洒脱样子，他全心投入如醉如痴拉二胡的情景，他谈诗论画娓娓道来的神采，仿佛即刻浮现于眼前。然而斯人已去，永不再见，不觉泪眼蒙眬，心口隐隐作痛。

吴业斌先生，1943年生，湖南桃源人。毕业于中国人民大学，长期从事金融工作，高级经济师，湖南省美术家协会会员，曾任中国工商银行湖南省分行副行长。自幼喜爱书画，工作之余谢绝一切应酬，潜心研习书画二十余载。擅大写意花鸟，尤精墨竹、荷花。善作巨幅，画风雄浑朴茂，大气开张，多次参加全国花鸟画展并获奖。同时，善于从其他文艺内涵中吸取营养，通音律、工诗文，其诗风清新雅健。曾在北京、长沙等地举办个人画展，出版有《竹菊轩诗存》、《吴业斌画集》、《荷花诗画集》、《写意藤萝画法》、《吴业斌扇面荷画》。

先生是我生命中的贵人，对我为人处事、成长进步都有极大的帮助与影响。在我眼里，先生有如山顶之苍松，迎风傲雪，挺拔坚韧；有如九天之中的一轮皓月，皎洁高远，不染尘埃；有如温和宽厚的长者，暖如春阳，润物无声。已故著名花鸟画家袁海潮先生的公子、省金融美协常务副主席、也是我的好兄弟袁磊，视先生为教父，实不为过也。我1990年转行从事美工与先生相识，二十余年，成为忘年之交。2007年调离工行后，与先生往来少了很多，后来有人转告我先生说过的一句话"如果我还在位，我不会让小严调走"，令我感动不已。而袁磊一直在先生身边，陪同写生作画、寻医问药、日常看望，用心用力，情同父子。我们打电话谈到先生时，一聊就是一个小时，有说不完的共同话题，道不尽的思念。我们感慨，当年我作为最基层的一名二十岁出头的小美工，身居高位的先生却无半点嫌弃，爱护有加，还能随时出入先生的行长室，相谈甚欢，人的一生中，能遇到这样好领导的机会，恐怕是极少的，也是极幸运的。

先生曾两次嘱我为其画集作序，我知道这是先生对我的提携与鼓励，我虽惶恐，但也初生牛犊，一挥而就，得到先生首肯。今日整理刊发出来，作为对先生的深深缅怀和纪念。

先生之风，山高水长；先生之德，载物留芳；先生之光，灿若星辰；先生之画，历久弥新；先生之恩，永生不忘。

《吴业斌画集》序

吴业斌先生长期处于领导岗位，繁杂的行政事务、会议使他"难得浮生半日闲"。40岁以后始学画，近些年来，他的画在社会中引起了较大的反响，得到了人们的关注。在省国画院举办画展时，已故著名国画家钟增亚先生无不惊讶地感叹："真没想到工商银行的领导能画出这么好的作品来，吴业斌先生的花鸟画比之湖南专职画家的毫不逊色。"在北京中国画研究院的画展上，著名画家李可染先生的夫人和画家李宝林等都对吴业斌先生的画做了很好的评价和肯定。诗文书画有真意，贵能深造求其通。吴业斌先生正是长期以来注重画外的修养，与书法、诗文结缘，把握诗书画之间的艺术通感，心师造化而探幽微，深入艺术堂奥，探得了艺术本真。

观吴业斌先生的画，明显可见文人画之痕迹，可以看出有任伯年、吴昌硕、齐白石和扬州画派的影响，特别是吴昌硕的影响为最。他致力于竹菊、藤石、花卉，用笔多取中锋，线条遒劲、生动、凝练、自然，虽然在题材上与前辈画家基本相同，但这些前人画熟了的事物，在他笔下，却有异样的风格，另一种情趣。他的画浑朴中见豁达，隽秀中含刚柔，一派生机，蔚为大家风采。宋代书画家黄山谷说："笔墨之妙画者意中之妙也，故古人作画意在笔先，在画时意象经营，胸怀丘壑，自然神速。"苏轼亦云："闭目如在目前，下笔如在笔底，必先成竹在于胸中，执笔熟视，乃见其所欲画者。急起从之，振笔直遂，以追其所见。"吴业斌先生作画，正是如此。他作画，喜用四尺、六尺宣，从不裁纸，审视片刻，随即落笔，毫无拘束，毛笔在宣纸上"唰唰"有声，神情专注而豁然，超然物外，极具大手眼之气概。少顷，一幅元气淋漓、雄秀空灵的竹石图即成。

吴业斌先生酷爱写竹，亦最擅写竹。他写竹用笔细劲遒健而疾速，叶丛主组密而繁，从者疏而简，细分鹊爪，随节生枝，出之笔底，发之指端，叶叶相加，攒三聚五，浓中有淡，淡中有浓，所谓"翻飞各有形势，转侧低昂，各有意趣"，颇见理法规范和情致。画补景之石，用笔却极不经意，轻松简括，笔道疏松，使转顿挫，和竹子形成对照。纵观全幅又和谐统一，空灵宁静，韵致高雅秀逸而气息盎然。意境是中国传统美学的重要范畴，也是中国传统绘画之最高境界。花鸟画大师潘天寿先生尤其推崇意境，主张"中国画以意境、气韵、格调为最高境地。"人们赋予花鸟情感，花鸟画是否传达了来自自然生命和自我生命的信息，决定着绘画的艺术生命以及品味之高下，诗的介入使画中的生命信息极大增强。

吴业斌先生深谙韵律，所作律诗绝句工整雅致，有感而发。或先作诗再作画，或先作画再题诗，诗与画交相辉映，相得益彰。如他在一幅《菊石图》上题诗："昨夜西风寒转加，巡栏早起思无涯。忽惊窗外秋烂漫，老菊篱边尽著花。"另一首题瓶菊图这样写道："漫遣诗魂作酒狂，也分寂寞过重阳。病中恰喜闲情在，插得黄花满案香。"吴业斌先生关心民众疾苦，痛恶不正风气。在一幅《篁竹风雨图》中写道："闻澧县安乡发生特大洪灾，予忧心如焚，夜不能寐。披襟作篁竹风雨图，并题诗以记其事：无端洪水困乡城，忧乐相关总系情。惆怅中宵惊恶梦，怕听风雨打窗声。"在一幅《竹石图》中讽用公费钓鱼者题曰："猎猎西风雁阵寒，鱼肥藕熟正秋残。近来画竹诚惶恐，怕有闲人作钓竿。"他将这些不太具诗意的时事和社会现象写得极具真情和感染力，可见他诗文的功力和胸襟之博大、品格之高尚。

吴业斌先生从不满足于为花鸟写照，应物象形地再现客观世界，而是要表现感情化了的胸中竹卉，托物遣兴，借物抒情，揉进自己的气质、气宇、气度与气格，直抒胸臆，畅诉衷肠。正如苏轼评王维的画时所说："观摩诘之画，画中有诗。"

吴业斌先生对绘画之酷爱和痴迷，勤奋和刻苦令人敬佩。白天他有忙不完的公务，批阅不完的文件，只能利用每一个晚上和休息日来作画，甚至晚上和休息日也不全属于他。他是把别人看电视、打牌的玩乐时间全用在他至爱的绘画上了，即使生病，他也从不会丢下手中的画笔。记得一个风狂雨骤之日，我去探望在疗养院养病的他，见我来了，他顿生兴致，忙唤我铺纸备墨。此时窗外风雨大作，烟水苍茫，他屏神静气，一扫病容之态。"刷刷"落笔，下笔力大于身，勾花、添叶、穿枝、补石、点苔、着色，一气呵成，顷刻，一幅淡雅高洁的菊花灿然挺立于风雨之中，题曰："雨里黄花分外香"，让人拍案称绝。

禅语云："平常心是道。"吴业斌先生退出宦海后，隐居闹市，自由自在支配自己的时间，无拘无束地读书、吟诗、作画。我想以先生之人品、才情，他的艺术个性将会更加鲜明，他作品的精神容量将会更为阔大。

《荷花诗画集》序

先生的第二本画集《荷花诗画集》又要付梓出版了，再次嘱我为其作序，我既感动，又不安，只因才学疏浅，不能道出先生才情万一。

先生这本画集有些特别，六十幅写意荷花，或条幅，或扇面，或立轴，或中堂，配六十首自作咏荷诗词，有绝句，有词，还有新诗。诗画相映，画诗交融，画里有诗，诗中有画。古往今来，喜画荷者甚众，但像先生如此寄情荷花，醉心荷花，为荷泼墨赋诗，汇集成册的，还不多见。

纵观先生的诗与画，荷花，在先生的笔下，已不只是一种好看的植物，它已成为一种精神符号，是高洁和卓立不群的象征，是淡淡的思乡情怀，是对生活与大自然的无比恋爱。清代刘熙载在《艺概》中说："书，如也，如其学，如其才，如其志，总之曰：如其人而已。"先生画荷，其实是在画人，画人格，画精神，画自己。观其画，如见其人，如影随形。看那亭亭玉立、墨气淋漓的一朵朵、一组组荷花，或绚丽烂漫，或质朴淡素，或卓然挺秀，从多角度、多侧面、多时空不断切入，把握象外之象。这是先生内心世界心迹的表白，是精神的变奏与交响，是自我人格的审美观照，是先生超越病痛、投入大自然的最佳选择。在静淡、素雅、岑寂和如幻如梦的意象中，在广大天宇、溶溶月色、沉沉暮霭之间，在宁静的云水自在荷境中，先生的精神与自然的气氛形成一种超然的静美、和谐，展示出恬淡的、凝重的辉煌来。

先生被病魔缠身十余载，退出宦海后，隐身闹市，一边与顽疾抗争，一边读书、吟诗、作画、拉琴。先生热爱生活，热爱大自然，他善于从生活中、从美丽的大自然中汲取诗意、感悟哲理和生发激情，他的画贴近生活、贴近大自然，充溢着一种逼人的生命气息，呈现着绽葩欲放、吐蕊沁芳的勃勃生机，演绎着他对自然的认知、对宇宙的冥想和对人生的感悟，令人感动，令人向往。如《池上风荷举》一画，田田的荷叶下两只可爱的鸭子亲昵私语、游戏池塘，怡人的生活情趣和田园景致溢于画外，像清爽的春风，似清澈的溪流，如清新的民乐。整幅作品逸笔草草，线条洗练朴实，用色淡雅自然，秀逸清醇。又如《荷花生白露》一画，苍苍茫茫、浓浓淡淡的墨韵里，偶闪现一支红的花瓣，秋风乍起，芦苇随风飘荡，暮色里，瘦劲的荷梗之间立着一只若有所思的苍鹭。故乡何日到？辗转梦难禁。那是先生在思念故乡啊！乡愁与淡泊相融，回忆与冥思交织，令人顿生"坐对荷花两三朵，泪眼相看看不厌"之感。

先生画荷，十分注重用墨用色，讲究墨韵墨致，追求笔墨的奇效异致，以墨为主，以墨显色，以色助墨，浓者似漆，淡如薄云，灵气惝恍，精彩焕然，洗尽了浊气与铅华。用色或朱或翠，鲜洁明净，饱和典雅，艳而不俗，只留下一片"虚灵之地"，以"罗万象于胸中"，当然能开辟一种高逸、静淡的境界。先生虽心寄丹青，神驰绘事，但他一身正气，忧国忧民。他在一幅水墨荷花的题诗中写道："时下歪风治也难，画荷岂可得心安？国家大事未忘却，每日新闻总细看。"先生画荷，画出了浩然正气，画出了志趣情操，能产生潜移默化的感染力，可以驱病，可以医俗，可以动情。

先生的这六十幅荷花诗画，是一个小结，是新的起点的开始，同时也是他献给自己六十寿辰的一份珍贵纪念，我真心地祝愿先生的画艺日益精进，不断变法，独成一家。

成五一其人其画

成五一先生，号废纸斋主，宁乡人，1956年5月1日出生于湖南长沙五一大道，故得名。著名画家，著有《湖湘古韵》、《山灵·水韵·心声——成五一艺术精品鉴赏》、《中国当代名家画集——成五一》、《成五一水墨作品精选》、《成五一书法作品精选》等20多本个人专著。

大难不死成大器

在我看来，先生是个大智大慧、大觉大悟之人。然而，又是一个大难大苦之人，好在吉人自有天相，每次都能逢凶化吉，化险为夷。我知道的就有三次。一次是他当年在单位从事美工的时候，去购买夹板作宣传画，回来途中搭乘一辆拖拉机，他手扶夹板站在拖拉机中，一路摇摇晃晃、左右颠簸。在一个十字路口，拖拉机来了个急转弯，把先生摔出了拖拉机，更要命的是，一头倒插在水田里，两条腿在外面乱蹬，被人拔出来后，口里、耳朵里、鼻孔里，全部注满了烂泥，看不到五官。送到医院急救、清洗、检查，安然无恙，真是奇迹。先生把此事，用他特有的生动诙谐语言讲给我们听的时候，简直把人笑倒。他说，幸亏是水田，如果是旱田，脑袋、脖子将挤成一团，命就休矣。

第二次是一年寒冬深夜，冰天雪地，他外出写生，搭乘一辆中巴，在一个前不着村后不着店的下坡路段，中巴打滑冲入路边池塘，他猛然醒来，中巴已在快速下沉。他惊魂未定，急忙和乘客一道奋力敲碎玻璃，纷纷爬了出来。命保住了，可痛苦还在后头。裹着一身湿漉漉、沉甸甸的冬衣，瑟瑟发抖地行走在北风呼啸、冰冷刺骨的寒冬里，看不到一丝光亮，看不到一点希望，没淹死也会冻死，真是生不如死啊。不知走了多久，在即将麻木失去知觉的时候，终于看到了一户亮着灯光的人家。敲开大门，这户好心人家赶紧生起柴火，泡了姜汤，救了他们。

还有一次是先生自己买了车之后，去乡村写生，在一个急弯会车避让对方车辆时，冲下悬崖，几个翻滚停下后，先生和他的兄长艰难地从车里爬了出来，一看车子已变成了天津大麻花。兄长断了三根肋骨，他自己安然完好。

我想，这就是命和天意吧，先生能够每每躲过凶险，一定是上天对他的安排和考验，他潜心艺海，为人坦荡，做事磊落，所以每次才能顺利通过命运的考验，注定成大器也。

魂牵梦萦故乡情

先生1963年夏天随母亲下放到宁乡与韶山交界的一个偏僻山村。他的童年、少年时代，是在那僻静的乡村度过的。他常说，如今到农村一看到山峦、塘坝河溪，一闻到烧柴草的烟火味，就觉得亲切、舒坦。和山村的人在一起，就有种"自然亲近"的感情。乡村小镇的人勤劳朴实、刚直不阿、邻里互助、团结友爱，令他感慨万千。艺术创作离不开感情，正是这些感情基础，使他选择了山峦、田地、古渡、旧屋作为创作素材采撷的园地，他的感情总离不开那些景与情。他常常骑着自行车、背起画夹，出城百多里写生作画。山头田埂、篱旁溪边、小镇农家，留下了他的许多足迹。

他热恋本土文化，更深深地热恋生他养他的故乡，他是地道的湘湘之子，喝湘江水长大。潇湘博大、秀美、深厚的文化特质，深深地镂刻在他的心上，给了他生命、灵感和取之不尽、用之不竭的创作源泉。对于故乡，他有游子恋母般的深深眷念赤子之情。那浓浓的乡土情怀，那一泓山泉、一缕炊烟、一棵村头老树，都能霎时哽住他的咽喉、模糊他的视线。正是对故土梦绕魂牵的一往情深，给他的笔下注入了诗一般的泉眼。

他对故乡的资料积累、形象搜索、书籍、史料、诗词、文章的阅读与记录，从未有半点间断、有半点苟且懈怠，数十年如一日地跋涉于三湘大地的山山水水，但他绝不简单地去重复、模拟、再现自然形貌，客观之形只能作为他的生命载体，只是一种依托。不作阴柔、小巧、纤弱的诵叹，而是追求大自然和湘湘文化深沉、浑厚、凝重的交响乐般的阳刚之气。倾注先生心血由《蔡侯纸》、《长沙窑》、《炭河里》系列作品凝成的《湖湘古韵》即为他之精神所物化，生命形态和灵魂深处的呐喊，对故乡最深情的奉献。

张家界是湖南的一张名片，很多知名画家都画过张家界，但我还没有看过能把张家界神韵画出来的作品。而我看到先生所创作的巨幅《三湘壮美图》后，不禁为之震撼。在层层相积的钩、皴、点、染的运墨过程中，层次丰富多变，如黄宾虹所说"相错不相乱，相让不相碰"。在用笔的提按、转折中，将自己的性情和神韵，自然地融入其中，在轻处用心，在虚处留意。大局上的纵横、开合、争让、回拢，在用笔上粗粗细细、虚虚实实，轻重缓急的变化有机地结合着。在阴与阳、刚与柔的相互转换、相互对应中，分中有合，合中有分，违而不犯，合而不同，相克相生，相辅相成。体现出一种风骨，一种根本的精神。把张家界的神奇、神妙、神韵表达得淋漓尽致。

在先生的人生际遇中，生活的道路是不平坦，艺途上也充满了坎坷艰辛。然而，他无论在艺途的困惑与困难面前，还是在人生的磨难与苦涩面前，都讲骨气、挺得住，无比的坚强，印证了湖南人"吃得苦、耐得烦、霸得蛮"的性格与精神。

学无止境苦求索

跟随先生近三十年，我见证了他在艺海里求学不止、不曾有半点放松的可贵精神，他把自己不多的收入都用于了读书、买书，家里没有一件像样的家具、电器，除了书和画，家徒四壁。先生20世纪80年代在湘潭书画函授大学学习了三年，在湘潭求学期间，遍访名师，求师问道，不舍昼夜，打下了坚实的基础。20世纪90年代，又先后赴广西艺术学院和中央工艺美术学院学习，内师学理，外师造化，更是开阔了视野，见识大增。进入21世纪，先生又只身远赴京城，到中国艺术研究院研究生院、中国美术创作院潜心研修中国画人物、山水专业，求道于最高学府，受教于顶级名师，甘于寂寞，不惧贫困，潜心艺事，学教兼攻，画艺突飞猛进。这其中付出了多少代价，他人难以想象。

在最困难的时候，先生带去的盘缠所剩无几，一天只吃两顿饭，啃馒头、泡方便面，营养严重不良，体重迅速下降，还得通宵达旦完成繁多的练笔和创作。在他独居的陋室多次晕倒，清醒过来，喝口水又继续作画。一次在去外地写生途中，又一头栽倒，失去知觉，待急救醒来后，因手头拮据，只好返回长沙治疗。医生的结论是营养缺乏，劳累过度，如再长此以往，生命危矣。先生为了绘事，真是拼了命了。先生不论在哪里求学，都坚持挤出时间到处写生作画，跑遍了祖国山山水水，脚步不停，画笔不歇。那些乡村特有的风姿、气度、情与景，总令他神往、着迷、陶醉，不知归返。

笔精墨妙意天成

先生历半百人生的积淀、观察、体验，像影子一样，一直追随他，印在他的灵魂最深处。他那十分活泼、富有韵律、似断似连、松快洒脱的线条组成视觉冲击力，以其流畅的波状走向和有节奏的疏密组合，构成了音乐般的动感，仿佛让人聆听到了山的高亢，水的低喃，淋漓苍莽，气象万千，纵横逸笔，力道韵雅。

清代画家唐岱沈："一脉一滴，皆要活泼似有潺潺之声。"读先生的画似闻喧声在耳，听到水声。小溪潺潺，或水平如镜，或远水接天，或激流飞溅，或高瀑直泻，远观近视，效果俱佳。令人恍惚窥见那无垠的宇宙律动和大自然的博大与神奇。

先生笔下的山水已无传统山水的闲愁、寂寞情调，无论是造型语言与笔墨技巧，都是寓有精神品格的艺术语汇。他的画，云山缥缈，笔墨纵横，点画如骤雨飘落，笔墨在急速的运行中，或点或染，或涂或抹，或轻墨发淡韵于远山，或重墨落鼓点于近渚，墨树生烟，云水相连。其用色，随类赋彩，色不掩墨，墨不压色，花青、石绿，杂以浅赭、汁绿，各得其宜，成一幅悠然而生机自溢的田园山居图景。可谓写山川之形，传吾人之心。突破了官能性的愉悦，深入到精神本质的表现，引人深入，启人思索，体察自然，反照人生，把物质的空间，已转化为精神的圣殿。

在深入研习传统笔墨的同时，坚持写生达三十余载，忘情于生命的自由与和谐之中，一心一意体验写生的乐趣，身心都融于自然中。

他走江南，跑西北，春汐秋潮，夏露冬烟，他倾心于朝晖夕阴中的山涛云海，迷醉于风霜雨雪里的韵味悠然，聆听大自然的清籁，餐元饮和，抱素挹真，以其郁勃淋漓的狂草书魂，外夺山川之情，内抒风骚之意，直把江山人物化作一片苍苍茫茫的点舞线韵。以一种空无的心境充分感受奇妙大自然的洗礼，仿佛魂魄已游离体外，归入万物肃然的静穆之中，周围的世界在他的眼前逐渐变得迷离，静静地享受着大自然的赐予，冥冥中感到万物之灵的上苍是那么的近。人，愈是贴近自然，心地就愈是纯净；一个艺术家愈是贴近自然，其作品语汇便愈是真切。

但先生不依赖这些写生稿的具体画面，他只是从自然中带回来一种理解和感受，这种理解和感受可以是一条山脉、可以是一丛杂树、可以是一堆乱石，可以是几间古民居，可以是雨中雪中，可以是拂晓黄昏，他努力去实现真山真水的独特感受与表现。他把水当画之血，墨是肉，线是筋骨，山水背后，总隐藏着丰厚的人性人情味。他将激情与理性，本能与修养，放纵与控驭，感觉与安排，随意与经营，达到高度契合。

大千世界，万法惟识，月印千江，何处是菩提？没有结论，唯有沉思。沉思是苦，沉思是慧。苦能生悲心，慧能斩苦业。唯有如此，才能走向深刻、走向纯粹、走向灵魂深处，澄如秋水。

读先生的画，一股生生不已的清气，回环激荡，节奏明丽，仪态醉人，又朴素如真理。不纤、不柔、不媚、不尖、不薄、不淡，幽深却不晦涩。读先生的画，可以听到他用"赤脚"亲吻着沃土和大地交谈的跫音，可以听到他与山水云树作心灵的对话，能唤起我们对故乡水磨、竹篱、村舍、小溪、晨曦、暮霭、鸟语、花香的深深记忆和美好怀念。

先生风神散朗，骨骼清古，隐于丹青，潜心学问，使得他的气质纯粹是艺者的。他的才能是全面的，其于诗文、书法、山水、人物、花鸟无一不能。其山水，树石交杂，沟壑纵横，山石争势，寒泉高泻，古松掩映，杂树交织，笔墨铺陈，密至极处，豁然开朗，疏至无处，以细密之体得疏朗之貌，使工稳之笔贯成大势，通幅神完气足，古秀苍润，蔚为奇观。其人物之写既有逸笔草草，笔致雄肆的简笔人物，亦有工稳秀致深得宋人之意的繁笔人物，皆各具神情形态，各臻其妙。其诗词、书法、短文，亦信手拈来，随意洒脱，清朗不凡。除此之外，还从青铜器造型、战国帛画、木刻年画、壁画、剪纸、泥塑等民间美术里吸取双份鲜灵的乳汁。

　　　　　　一生重负太坎坷，世事艰难任折磨；
　　　　　　废画成山连笔冢，砚田耕破感悟多。

　　艺术家需要具备三要素：智慧、孤独、创造。先生的孤独、苦难，非常人所能承受，非常人所能理会。独自一人浪迹天涯，独自一人客居京城，与山川云海为伴，与青灯黄卷为伴，与自己的心灵对话。在他的精神深处，一直潜藏着这种如影随形而又遥远的孤独，那是对几千年历史文化汪洋中智慧坐标的追求，那是对几千年人生命运悲欢的苍凉沉郁的哀叹，那是对几千年人类自身意识发展的反省。有思想是一种痛苦，思想越深刻，人就越孤独。有了思想上的孤独，才有精神上的修炼，才能在认识程度和行为追求中超越一切。

　　成功也是身外事。先生依然只问耕耘，不问收获，力求随意、放松。先生完成了画内画外的艺术准备，正在等候着决赛中龙变蝉蜕的最后一跳。

抱真守拙写田园　一笔一画总关情

　　近些年来，花鸟画家刘奇先生声名鹊起，受到众多书画艺术藏家的追捧。我认识刘奇先生是从认识他的画开始的。

　　记得七年前看过一篇媒体报道，著名花鸟画家刘奇和他的家人从北京回到故乡湘潭，在湘江河畔修建了一座庭院，取名问荷轩。院中栽满了花草树木，还开辟了一方荷塘，种养了一池荷花。院子由他亲自设计，依山而建，白墙黑瓦，错落有致，鸟鸣声声，流水潺潺。他从此隐居田野修身养性，品茶，谈天，挥毫，泼墨，偶与夫人抚琴唱和，意动神飞，物我两忘，怡然自得，不是桃源胜过桃源，让人无比的神往。这之后，我在多种场合不断看到刘奇的画作，有时是网络上，有时是朋友家中，有时是画展上。

　　三年前，朋友邀我去刘奇先生的问荷轩，我自然高兴，也算是缘分，该来的总会来，无须强求。这是第一次与他见面。五十刚出头的刘奇着一袭布鞋、对襟布衫，留一头卷曲的长发，为人爽快，笑声朗朗，颇具艺术家气质。他的画室、画台大得让人羡慕，墙上、地上、画案上到处挂着、摆放着近期的作品，有的还墨迹未干，看得出刘奇先生是一位十分勤奋的画家。

　　刘奇先生精于写意花鸟、人物，偶作山水。他的花鸟画题材非常广泛，荷、竹、紫藤、芙蓉、芭蕉、田园蔬果及松、梅等都是他经常反复画的内容。他的画落笔大胆，点染细心，墨彩纵横交错，浓、淡、干、焦相渗叠，极富韵味；用笔凝练、沉健，以中锋为主，辅以侧锋，勾石方长顿挫有棱角，一些枝条、苇叶用双勾笔法写出，线条十分有力度；他的作品构图清新苍秀，险中求平衡，精简而意远，画面灵动，趣韵无穷，引人入胜。刘奇的画用色以墨为主，知黑守白，赋彩淡而深沉，艳而古厚，自然不落浅薄、火气。吴昌硕云："事父母色难，作画亦色难。"我想刘奇先生是懂得这个理的。我经常见他去看望父母，陪父母聊聊天，带父母出去旅游，一家人相谈甚欢，对父母满面温和之色，极为孝敬。他用色也是这样，极为用心讲究。淡色求清逸，重色求拙厚，墨不碍色，色不碍墨，墨不碍墨，色不碍色，追求用色之极境。

在众多的题材中，刘奇尤喜欢荷花，他爱荷、痴荷、梦荷、画荷，乐此不疲，我想这大概和他的人生经历有着极大的关系。

刘奇小的时候，跟随母亲从长沙下放到湘乡农村，少不更事的他一点也不觉得这是一种磨难，日子虽说过得清苦寡淡，丝毫不影响他的无忧与快乐，他很快就适应了农村的环境与生活，和村里的小伙伴一道追蜂逐蝶、捕鸟捉蝉、抓鱼摸虾、偷果采葚，或干脆躺在油菜地里晒太阳，逍遥自在，毫无顾忌。

村里有着一望无际的荷塘，那是他乐而忘返的乐园。炎炎夏日，十里荷香，他一头钻入荷塘，抬头仰望阳光照射下的粉红荷瓣与碧翠莲叶斑驳透明的色彩，贪恋着微风吹过有如万花筒般的变幻迷离与醉人的荷香。漂亮的蜻蜓时而翩翩起舞，时而静立在刚露出水面的嫩绿的荷尖上；被他惊起的青蛙"扑通""扑通"纷纷纵身跳入清澈见底的荷塘奋力游远；透明的小鱼围着几片飘落的花瓣嬉戏，像小船一样的花瓣被小鱼抬着在水天一色的荷塘慢慢地漂移；目光深邃如炬的翠鸟四处巡视，敏捷地察看着水天深处的世界，突然起飞，似离弦之箭扎入水中，不多久又嗖的一声腾出水面，长长的嘴里横着叼了一条还在挣扎弹跳的鱼儿，翠鸟把嘴里的鱼掂了掂迅急吞入肚里。这一连串的快动作看得刘奇目瞪口呆，拍手叫好。自从在荷塘里玩上瘾后，他就很少去捕鸟捉蝉了。

和我同去的朋友是湘乡人，刘奇与他用流利的湘乡话交谈，我有些惊异，原来有这么一段难忘的记忆，湘乡于刘奇不是故乡胜似故乡。

儿时欢乐自由记忆中的荷塘虽已遥远，却总是于都市的驳杂中，如陈年的老酒、沁骨的沉香，令他魂牵梦萦。北京的圆明园、紫竹院都有很好的荷花，他也经常去观赏写生，却总感不及南方故乡荷塘里面的精神，那样让他沉醉和迷恋，难以释怀的心恋在胸中久久郁积。

终于，刘奇下决心离开北京，回到了阔别已久的故乡，在湘江河畔修筑了他的问荷轩。在5亩的院子里，他将核心区域开挖成荷塘，遍种荷花，在荷塘中间建起一座慕莲桥连接两头。夏夜，繁星点点，荷叶田田，荷香阵阵，蛙鼓声声，心顿时踏实了，画笔顿时有神了，觉也睡得安稳了。此时的刘奇已由爱荷、画荷转而问荷，与大自然对话，道法自然，返璞归真。

刘奇在他的问荷轩画了不少荷花作品。从古至今，画荷名家辈出，要想突破前人，难度不亚于攀登珠峰。八大山人、吴昌硕、张大千、齐白石、李苦禅、潘天寿等都是画荷的大师，八大山人毕生喜画荷，他的荷有菡萏欲放、小荷初举、枯荷残荷等姿态，那曲而立的身姿，张扬着画家的风骨与气质，不染一点尘埃，不沾一片烟萝。风来疏竹，风过而竹不留声，雁过寒潭，雁去而潭不留影。画坛巨匠们笔下绽放的荷花都是艺术家的独特感受与心灵写照，追慕大师的作品与成长足迹，也成了刘奇参透绘事、悟极艺理的最好营养，慢慢地化为自身的面目与气场。

刘奇先生算是花鸟画界的一个传奇，就像他的名字。他毕业于湖南轻专，学的是工艺美术，分配到国企湘潭纺织厂做设计，后负责名震一时的"中国虎"衬衫品牌策划，湘纺倒闭破产后，下岗的他折腾了一些日子，又回归画写意花鸟画。刘奇背起行囊，他以湖南人的血性和湘乡人的倔强，进京拜师学艺，投身于著名画家高卉民门下，成为中国国家画院高卉民导师工作室的成员。他曾因劳累过度与营养不良，在凌晨4点跌倒于京城燕郊的画室，北漂的生活艰辛与艺术上的苦苦探寻，是常人难以体会的。李苦禅、潘天寿也是刘奇潜心反复研习的对象，很明显，刘奇今天的画风，较为明显地受到了两位大师的影响。

著名书画家、艺术评论家马啸这样评价刘奇的画："李苦禅以魏碑和篆书笔意入画，讲求用笔的力度和作品的整体气息。刘奇沿着这条道路行进，在创作中舍弃花鸟画常见的飘逸与轻盈，而以坚实、壮硕、拙朴的线条来表现笔墨的厚度和纵深感。"著名国画家、齐白石纪念馆馆长陈小奇说："刘奇的画温润中不失苍厚，有儒雅中略带霸悍和忧伤的男人味，没有丝毫的娘娘腔，磊落而干净，就像被秋雨洗礼过的山岩，没有陈杂，没有梦呓，没有呢喃，赤裸裸地坦露出铮铮的一副身架。"株洲市艺术评论家协会副主席冯峰称赞道："刘奇善于用灵动的线条契合元气淋漓的艺之道。他的画以一驭万，一画呈万象，一笔鉴千情。总能抵达遗像取神、忘物存道之境，使之超越语言物象之上。"

马啸、陈小奇、冯峰三位先生对刘奇作品的评价无疑是十分到位和中肯的。正因为如此，刘奇的荷花才会不同于别人的荷花，他画荷不媚不俗，笔酣墨畅，诗意盈盈，行云流水，充满着阵阵书卷气息，充满着对故乡的深沉讴歌和对儿时的深深回忆与眷恋。

庚子深冬，我再次赴湘潭拜访问荷轩主人刘奇先生。这是第三次与他见面，不同的是这一次我们做了深层次的探讨与交流，让我对刘奇先生的人品、画品有了更深入的了解，让我对他画里画外的那些情感与故事有了更多的认知。

"闲里写竹三千竿，竿竿墨竹报平安"，是刘奇画的一幅墨竹图，为女儿画的，当时他的女儿生病住院，不在女儿身边的他万分焦急，于是铺纸挥毫画幅竹报平安，祈盼女儿早日康复，也希望像女儿一样的所有孩子都能健康成长，真是可怜天下父母心。

"田头篱畔多佳色，都是人间富贵花"，是刘奇画的一幅丝瓜，原来的题款是"不是人间富贵花"，他心想，如果这些田园瓜蔬都能卖出去、卖个好价钱的话，那百姓脱贫致富不就有了希望了吗，于是又重新画了一幅，题款也改了一个字，虽是一字之差，看得出刘奇是一个有着一颗悲悯、善良之心的艺术家。

"广借闲田三千亩，遍种人间富贵花"是刘奇画的一幅牡丹的题款。他在外出写生采风时，看到农村不少田地无人耕种荒芜了，十分的心痛与着急，如果将这些抛荒的土地种上粮食或其他经济作物，不是能为种植的农民兄弟多增加些收入和财富吗？忧民之情溢于画上。

刘奇的很多作品背后都有着感人的情感与故事，可谓是画外有画，所以看他的画也特别有感染力，一个有血有肉、内心丰富且充满了社会正能量的花鸟画家刘奇的形象在我心中巍巍立起。

对于一个画家来说，刘奇目前正处于壮年，追求艺术的道路还很漫长，我想凭借着他的悟性、执着、热爱以及比常人付出的更多辛劳汗水，假以时日，他的作品一定能够上一个更高的层次和境界，迎来艺术人生的第二春，收获更加丰硕的艺术成果。

笔酣墨畅歌大风

久闻甯湘大名，但我和他认识的时间并不长。

2020年，我那时还在洞口县担任驻村扶贫第一书记，省金融美协的朋友把我拉入了美协会员群，群主就是省金融美协主席甯湘，从此联系多了起来，也陆续从一些媒体平台看了他的不少作品。直到2021年5月我扶贫回来，才到他的办公室见了头一面。

他先是一个普通的美术老师，干了5年，不甘心，又去读书，后来考入银行。他从银行网点干起，到支行、市分行，近20年来，频频借调、交流到省行多个部门，成为农总行及全国金融系统送文化下基层的重要骨干。他的作品入展历届全国金融美术展览，曾获《金融时报》创刊三十周年全国大赛一等奖，庆祝建党百年全国农行美术一等奖。他创作的大幅作品广被珍藏。他是湖南省金融美协主席、全国农行美协副主席，是全国金融系统"德艺双馨"文艺工作者，曾被评为长沙市十佳最美"书香家庭"。

我在甯湘工作的单位看到悬挂有他的不少作品，有山水、花鸟，也有书法。感觉他的作品一是有美感，具有观赏性。二是有传承出新，不落俗套。三是气韵生动，用笔灵活，敷墨灵动，不刻板。四是淡逸超远，有真性情，有自我创造。每一幅作品都会让你眼前一亮，山水、人物、花鸟都画活了，一笔一墨可见他的艺术功底和艺术境界。

特别是看他的山水画，一丘一壑好像注入了生命，那些山如飞如跑、如坐如立、如歌如舞。那纵横交错的线条，那皴擦点染的山石树木，如同人的肌肤一样在呼吸运动，我想，他是在用画笔尽情歌颂大自然不竭的生命力量，从灵魂深处唱着一曲曲新时代的大风歌。

勤学苦研痴丹青

甯湘，20世纪60年代末出生于宁乡市的一个西陲偏远山村。那潺潺的千年炭河水，那巍峨高耸的密印古寺，伴随着他的成长，抬头就是山，低头可见水，爱山爱水滋养了他的天性。

从小他就爱写写画画，表现出了极高的美术天赋，赢得了乡邻和师生的赞誉。

读初中时，校长喜欢画画，同时校长也是他父亲的好友，从而能长期得到校长的指点。甯湘喜爱读书，《红楼梦》、《三国演义》、《杨家将》、《岳飞传》等古典名著及连环画，这些书里有很多精彩的人物插图，他如获至宝，逐一反复揣摩临习。

就读师范时，从师谭福林、陶源等专业老师及文化馆的唐明生、欧阳笃材等书画名家，得到了他们的悉心传授。之后考入湖南师范大学美术学院继续深造，常得曾晓浒、王金石等名师的课堂示范，并有幸迎来黎雄才等外地艺术名家来校示范，开启了真艺术的"天灵盖"。招考到银行工作后，他逐渐融入省会艺术圈，曾主编或编辑《雅风国粹》、《金融书画》、《艺术与拍卖》、《湖南书画通讯》等报纸杂志，又结交了沈鹏、何水法、陈白一、黄铁山等省内外书画大家，受到他们的熏陶和指引。同时，他往返北京、山东、陕西、山西、云南、上海等地，观摩古今大师原作展览，开阔了新视野，拓宽了新天地。

就这样，他如饥似渴，掇英咀华，力求学诸家之所长，行一己之道。他在深入探求的同时，紧紧把握住中国画的本体规律，咬定青山不放松，就像一棵挺拔的大树，在时代的风雨变化之中，伸展着自己丰茂的枝叶。

他对书画艺术的热爱与坚持，着实令人感动。年轻时没钱买宣纸，就在廉价的毛边纸上画，用旧报纸写。没钱搞装裱，字画就叠成一堆，写的字、画的画数以千计。没机会展出时，他就自得其乐安心于创作。他以虔诚之心坚守着艺术净土，以勤勉之力耕耘于纸砚之间。

我敬佩他在艺术生涯中，始终怀着对艺术的真诚，他笔不离手，走到哪里画到哪里。他能信手拈来，挥洒自如，笔之所到，意即相随。他就是这般真诚地面对艺术，面对人生，面对大千世界。真可谓非大无畏者不敢为，非才高学勤者不能为。

搜尽奇峰打草稿

石涛画语录云："山川脱胎于予也，予脱胎于山川也。搜尽奇峰打草稿也，山川与予神遇而迹化也。"说的是画家一定要注重多到大自然中去写生，由师古人转为师造化。

甯湘在不断向传统、向师友学习的同时，只要有机会、有时间，就会外出写生。作为长期在银行工作的甯湘，对写生有一个很贴切的比喻。他常说，写生就好比到银行存钱，搞创作好比到银行取钱，如果平时不多存钱，不储蓄，到关键时节就取不出钱，只能干瞪眼，勉强画出来的东西也容易苍白无力，了无生气。所以要养成坚持积累素材的好习惯。

三十多年来，甯湘的足迹遍及大江南北，车辙马迹半天下的奔跑，壮游着祖国山川胜境，尽览了华夏秀丽风光，爬石级，览云海，观日出，将崇山峻岭，巍峨秀色，尽数勾入写生画册。饱游沃看，应物斯感。仔细观察、感受、体悟山川形势，四时气象，阴阳向背，远近虚实，了解大自然的规律，发现大自然的美，参透造化的微妙，将游历山水的深刻印象与感动，胸有丘壑地逐一转化为笔墨，唤起创作的灵感，经营出磅礴浑厚、清新豪迈的山水烟云。从而做到创作之源不会枯竭，佳作迭出。

梁树年先生说：写生要写魂，得魂胜得真，物我相向，下笔自有神。

甯湘写生着重于师法自然，但又不仅仅在于真或像。他认为师法自然就是要把自己的笔墨技法与自然融合而加以不断升华，将山水从形似转为神似，以达自然神韵的境界，逐步形成自己正确的认识和见解，在实践中努力修炼自己的品格，树立远大的胸怀，高尚的品质。

我看他的很多山水作品，笔下的自然已不是现实的自然，而是他心中的自然，充满了人文理想和时代精神的第二自然。大自然的勃勃生机，给他的画作注入了不竭的生气，使他能甩开羁绊，为他提供了气度。他画山水，不是在画水墨风景画，而是写一首首山水的散文诗，神游意会，融入心怀，是情怀，是寄托，是他对山水的内心情感表达。他那墨彩淋漓、渗透变幻的山水，涌动着激动人心的艺术张力，不再是大自然万千神奇气魄的对景描摹和呆板再现。要做到这一点说起来不难，其实是很不简单的，这也是甯湘的作品能打动人的秘诀所在。

笔墨当随时代

翰墨歌盛世，丹青寄深情。笔墨精妙、蕴含情感的作品，体现了新时代的艺术家们对党、对祖国、对人民的热情讴歌，彰显了文艺最磅礴的时代力量。那些"有筋骨、有品德、有正气、有温度"的作品，能让人从中受到陶冶，获得教益，汲取力量。

美术不是"丑"术，秃子当和尚，不会念真经。甯湘对当前流行的花拳绣腿、闭门造车、无病呻吟、无根浮萍、无魂躯壳的所谓文人画和搞怪行为针砭有加，他认为那种衰败颓废的画风有悖于当今的时代。

生逢时代机遇，身处时代热潮，艺术创新既要"无问西东"还要"与古为徒"，以传统之专业笔墨，弘扬时代主旋律。他认为画家要"善师古人之心，能得造化之法"，在不辞辛劳研习笔墨的同时，常关注风云变幻的时代和多姿多彩的大自然，从自然和社会中获得创作的源泉和灵感。要让观众不仅能欣赏艺术之美，更能感受到时代的进步和人民生活的点滴变化。

甯湘的作品紧随时代，充满了正能量。挥毫当得江山助，不到潇湘岂有诗。湖湘大地，文气丰沛，山水奇伟，他以笔当歌，以画为诗，唱响时代主旋律，讴歌盛世文明风。站在他的画前，似有一股逼人气流扑面而来，画出了山水的精髓，喷发出感人的震撼力。

2017年，中国金融工会委托中国金融美协为全国金融文联首家文艺创作示范基地创作一幅巨幅山水画作品，美协找到了甯湘。甯湘选取了长沙橘子洲头为主景、湘江两岸人文胜境为底蕴的创作思路，并到实地反复写生、观察，精心创作出了近6米长的《湘江北去，橘子洲头》山水画。作品中橘子洲如一艘巨轮，劈波斩浪，独领鳌头，他把长沙古城标志性建筑天心阁、杜甫江阁置于近景，远景的岳麓山绵延不绝，隐约可见岳麓书院、麓山寺、爱晚亭、岳麓大学城，湘江两岸鼎盛人文风光呈现画中，尽收眼底，其景内涵丰富，其意回味无穷，作品悬挂以后，受到参观者一致好评。

在建党百年前夕，他组织来自全国各地的金融美协画家们奔赴十八洞村开展写生采风活动，数易其稿，创作了《湘西十八洞村　中国脱贫攻坚地标》、《同心筑梦小康路，最忆家山新绿时》等以反映脱贫攻坚和乡村振兴为题材的山水画，在湖南美术馆展出，向党献礼。《湘西十八洞村中国脱贫攻坚地标》这幅作品，立意高远，构图大气，笔墨精妙，远山那一抹明艳的朝霞，把"精准扶贫"首倡地、全国脱贫攻坚的样板十八洞村映照得格外亮眼，既生动地体现了脱贫攻坚的艰难不易，又完美地表达了这一伟大战役所取得的伟大成就。

他创作的《江山永固　基业长青》、《神奇张家界》、《盛世牡丹》等巨幅主题作品，笔精墨妙，尽情描绘着民族复兴征程中的中国梦。

甯湘多次和我交流，他说他追求的艺术最高境界就是雅俗共赏，一方面要得到业内的认可，另一方面也要接地气，让老百姓看得懂，喜欢。其实，要做到雅俗共赏很难，齐白石大师就是雅俗共赏的典范。

作为画家，应时刻追随人民脚步，走向大千世界，让自己的心和人民群众的心同频共振，从人民群众进行的社会实践、丰富生活、充沛情感中汲取营养，进行艺术发现和创造，符合新时代的审美观，才会始终保持激情，使艺术之树常青。

好画贵于精微

甯湘在孩提时代读过一本《徐悲鸿传》，对其中的一句话"致广大，尽精微"记忆深刻，一直影响着他，指引着他。

好画贵于精微。精微非指精确、细致，而是自然流露的即兴感和布局的精巧。画家但凡懂得精微，越画越享受。

行万里路，读万卷书。不求修养之高，无以言境界。做一个画家，需要不断学习，不断悟识，在审美品格和学识修养上不断提高，对自然事物的认识和笔墨的表现才会不断提高，假如一个人一辈子都本能、任性、粗俗地去表达自我感觉，那说明他这辈子的悟识，修养没有提高，也不可能达到一个高的境界。

为求精微，求修养，他用心攻读古今画论、著作、诗词。从南朝谢赫的六法论，到张璪的外师造化、中得心源论，从董其昌提出的韵、法、意概念以及南北宗论，到黄宾虹的干裂秋风、蕴含春雨论，到齐白石的似与不似之间论等，这些中国画论与美学体系，他全面系统地研学，博取而专精，道明而气充。

他很注重笔墨的精微，认为笔要有灵性，立万象于胸怀，游乎于天地。墨要有生命，造化为万物之生而成化境。精微的笔墨才使绘画有了音乐般的旋律，舞蹈般的节奏，诗词般的意境，才能表达出形外形、象外象、意外意、韵外韵的精神境界。

他推崇以书入画，重情感抒发，一个是自然造物的客观世界，一个是艺术表现的主观世界，境界的高低，气韵的生动，情感的表达和笔墨紧紧相连在一起，透过笔墨表现显示出画家的审美、思想、气质、学养、性情等。受之于眼，游之于心，物我相融。

他注重对山川的直白感受，绝不套用一种方法去画不同的山水。画峨眉山是一种画法，画张家界是一种画法，四川的山水不能混同于湖南的山水，北方的山水不能套用于南方的山水。

他长于经营大画，如鱼得水，展示着他的气质与技巧。充分调动笔锋的每一部分功能，笔尖，笔肚，笔根，都出效果，八面来锋，画面鲜活感十足。

整体观之，千岩竞秀，万壑争流，草木葱茏其上，云兴霞蔚，笔笔生动。近处观见线见笔，远处看浑厚华滋，含烟带雨。树石相互交错，彼此掩映，浑然一体，葱葱郁郁，一派茂盛之象。

那层层飘动的云雾，凸起的一座座峰峦，高高低低，大大小小，似断似连，由浓渐淡。能让观者感受到一种音乐的律动。

在运笔上起伏转折，浓淡虚实交错表现，对自然山川内外远近，正反偏侧的相互依存有独到的表现。

在他的山水画中，以浓墨为主的山体之中斜穿波浪般的白云舒卷翻涌，一静一动，一黑一白，张弛有度，气象万千。不论是绵延不绝的万水千山，还是一望无际的田垄丘陵，都能做到有呼吸、有生命，或如灵魂在绘画中游荡，或如潜象而挥毫扫千里。都能在他的笔下建构出动人的画卷，有无限的想象空间与深远的意境。可登，可涉，可止，可安，是一种自然的生气，使人望之而动心生情。

他的山水小品，画面则以少胜多，笔墨洗练精到，心随笔运，写而不描，空灵自然，形神兼备，咸有生意，耐人寻味，一片潇湘好风光。

甯湘说："我从不曾偷懒，勤勤恳恳地劳作，清清白白地做人，对艺术孜孜不倦地探索，芸芸众生中的我，将穷毕生之力投身于艺术，一息尚存，笔耕不止，至于结果如何，我不去管它。"

是的，艺无止境，学海无涯，大道无垠。只要脚踏实地认真地画好每一幅画，跟上时代，我想，凭他的悟性和执着，一定会在艺术的征途上走得更好、更远。

墨神黄宾虹

在我国近现代绘画史上，有"南黄北齐"之说，"北齐"指的是齐白石，而"南黄"说的就是山水画大师黄宾虹先生。其实，齐白石是我们湖南湘潭人，只是后来定居北京而已。两位大师都在近现代画坛树立了一代楷模，开启了一代新风。

相对而言，齐白石的作品雅俗共赏，名气更大，可谓家喻户晓。而黄宾虹的画法度颇严，包前孕后，集古今大成，但不是人人都能接受得了，能领悟得了其中之精妙。

黄宾虹原籍安徽徽州歙县，生于浙江金华，字朴存，号宾虹，是近现代一位大文化人、大学者，工诗、善书、能篆刻，金石书画文物鉴定家，曾长期从事美术史论研究和教学，为山水画一代宗师，被国家授予"中国人民优秀画家"称号。他以近一个世纪的人生经历，长达80多年的艺术实践，以殉道者的精神，在继承传统的基础上力矫时弊，推陈出新，参透造化，成为我国山水画史上一个新的里程碑，称一代宗师而无愧。

翻译家、文艺评论家傅雷先生说："近代名家除白石、宾虹二公外，余者皆欺世盗名。"

美术史家、艺术评论家陈传席先生这样评说："有人认为我树立的大师标准太严了，建议我再细分为一级大师和二级大师，那么，齐白石、黄宾虹之外的画家如果称大师，只能是二级大师。"

两个人的评价异曲同工，意思差不多，傅雷先生的更决绝，更不留情面，而陈传席先生说得稍委婉，留有余地。

墨神是陈传席先生在他的《画坛点将录》一书中，点评黄宾虹先生用的标题，点评齐白石的标题是画圣。墨神、画圣，又是一个不相上下的至高而准确的评价。

黄宾虹先生是真正的大师，他的山水画是中国山水画的一座高峰，是近现代山水画的一个起点。然而他的画并不一定都看得懂。陈传席先生说："无知者，看轻黄宾虹；学养不足者，看不懂黄宾虹，皆不足论。而后来较有水平的画家和史论家，说是能看懂黄宾虹，也不过看懂大概，或者只感觉到他的伟大而已。正如一位大学者站在你面前，你看到他的气度、风度，已感觉到他十分不凡，但他肚子里到底有多少学问，有什么学问，你未必真正知道。"这话说得很直白、很到位，确实，能把黄宾虹先生研究透彻了的人应该凤毛麟角。

　　我虽说喜爱黄宾虹先生的作品三十多年了，但依然是个不折不扣的门外汉，连皮毛也没有触及，更不敢抚弄风雅。黄宾虹先生好比是珠穆朗玛峰，好比是一座宝藏，吸引了众多的登山爱好者和无数的淘宝者，我充其量算是其中之一。写这篇稿子也只是作为一个山水画爱好者怀着对黄宾虹先生的敬仰，说一点肤浅的感受和认知而已。

　　记得1986年在长沙雨花亭求学读书时，周日喜欢坐七路公交到袁家岭新华书店买书买画册。当然，那时穷得叮当响，口袋里没几个银子，主要是想去免费看书，一看就是半天。

　　不过我清楚地记得，有次看到有人民美术出版社出版的《潘天寿书画集》、《黄宾虹山水画集》，32开，《潘天寿书画集》4.95元，上下册两本，《黄宾虹山水画集》1.95元一本，印刷质量和现在不能比。我反复看了又看，翻了又翻，爱不释手，可惜钱不够。那时我一个月的生活费30元，近7元的书款是一笔相当大的开支。回学校后，我省吃俭用一个月，攒够了钱，立马赶到书店，直奔美术绘画区，毫不犹豫买回了这两本画集。

　　这是我第一次接触到黄宾虹先生的作品，不知为什么，一见倾心，再也放不下。30多年来，不知搬过了多少地方，这两本书从来不曾丢失，都一直好好地安放在我的书柜中，特别是那本《黄宾虹山水画集》，还会经常拿出来看一看。书的最后一页，还盖有"长沙市袁家岭新华书店"印章，听说，袁家岭新华书店也完成了它的历史使命，消失在广大读者的视野之中。

　　后来，我只要是看到有黄宾虹的画册、画论集，都会果断买下。20世纪90年代初，工资大概一百多元，四百多元的《黄宾虹精品集》豪气收入囊中。有年到上海出差，逛朵云轩，买到了《黄宾虹焦墨山水册》，高兴得不得了，不虚此行。后又陆续购买了黄宾虹先生的课徒稿集、小品画集、全集等，乐此不疲。

这么些年下来，买过不少的书，说实在的，有些书买回来就没看过，蒙尘书柜。但黄宾虹先生的画集，一直在翻阅、研读。我书房的墙壁上，也只挂着一幅宣纸仿真精印的黄宾虹先生山水画。

我为何独爱黄宾虹作品，我也讲不清，也许是冥冥中的注定。

评论黄宾虹先生的作品，我没有这个功力，也没有这个胆量，况且，有很多评论家都做过深入的研究和精彩的评价，我说说黄宾虹先生画外那些值得我们学习景仰的崇高人品。

黄宾虹十分重视人品学养，"画品之高，根于人品。画以人重，艺由道崇""观乎人品，画亦可知"。他的这些论人品与画品的言论比比皆是。

黄宾虹去世之后，夫人宋若婴和子女遵其临终遗言，将他的上万件遗作和藏品全部捐献给了国家，由浙江博物馆收藏，其中有5000多件自作书画、1000多件书画藏品、近900方古印、近500件铜、瓷、玉等质地的文物、近2000种碑帖藏书以及大量内容丰富的文稿信札。

这些珍贵的遗作和藏品价值连城。黄宾虹先生悉数捐给国家，可见他淡泊名利、心系祖国的高贵品格。

单就他个人的作品从拍卖成交价看，越来越受到追捧，越是晚年的作品成交价越高。1955年所作山水画《黄山汤口》，为黄宾虹绘画生涯中的绝笔巨制，2011年拍卖成交价4772.5万元，2017年起拍价8000万，成交价3亿元，加上佣金3.45亿元，翻了七倍。

黄宾虹先生云：画者未得名与不获利，非画之咎；而急于求名与利，实画之害。非唯求名与利为画者之害，而既得名与利，其为害于画者为尤甚。

近八十年过去了，反观今日之一些书画家，仍然是这么个情况，追逐名利，为名利所浸淫。成名前画出了好作品，成名以后，为名所累，作品由熟变油，再难有长进。

其实，画家光有才、有识、有学，还不一定能成功，非常重要的，还必须有人品的支撑。

黄宾虹先生八十岁时，才在上海举办了平生第一次画展。他坚持练了八十年笔力，而且是在深悟传统奥妙基础上练的。七十五岁之前，主要把精力用于研究传统。所以，就用笔的法度和功力而论，齐白石亦不敢与之相比，其他人更无可比拟之资格。

鲁迅美术学院的晏少翔老教授曾说："我们原来只知道黄宾虹是研究美术史的，他在故宫从事古画鉴定，我们请他来讲课也是讲美术史，不知道他会画画。"

上海书店出版的《文坛杂忆初编》一书中，李高翔写的《陶冷月与黄宾虹》这样说："我们请他讲美术史时，他也有八十岁左右了，当时只知道他研究美术史，后来怎么他的画名气那么大。"

可见，黄宾虹先生只注重追求"内美"，而不事张扬。

黄宾虹先生50岁前驰纵百家，遍临三代，溯追唐宋，勾古悟今。其后饱游饫看，九上黄山、五上九华、四上泰山，登五岭、览雁荡，七十以后又畅游巴蜀，踏遍千山万水，沐浴造化，搜尽奇峰打草稿，写生足迹半天下。从真山水中证悟着他晚年变法之"理"，使中国的山水画上升到了一种至高无上的境界。

这与当前流行的那些闭门造车、无病呻吟、无根浮萍、无魂躯壳的所谓文人画和有悖于时代的衰败颓废画风，形成何其鲜明的对照。

学黄宾虹画风的人不计其数，但大都只学其形，难学其神。我想，要真正学黄宾虹，不是去学他的笔墨，而是要学他的品节、学问、胸襟、修养，学他对艺术的坚守、执着，学他如唐僧取经一般，无比的虔诚，历尽重重磨难，最终取得真经，修成正果。

童心永驻白石翁

现当代画家中，能家喻户晓的，只有两个人，一是徐悲鸿，二是齐白石。老百姓都知道，徐悲鸿的马，齐白石的虾。

著名翻译家傅雷说："近代名家除白石、宾虹二公外，余者皆欺世盗名。"

著名评论家陈传席称黄宾虹为墨神，称齐白石为画圣。实不为过也。

徐悲鸿的影响主要还是在美术教育上，黄宾虹的影响主要是在艺术圈子内。

而齐白石真正做到了雅俗共赏，妇孺皆知。他于1953年被文化部授予"人民艺术家"称号、被世界和平理事会授予1955年度国际和平奖，那自然是实至名归。

湖南湘潭，白石铺，杏子坞，星斗塘，此地山清水秀，满目葱茏。齐白石就出生在这个美丽的地方。

我曾在湘潭工作生活近二十年，有好几年就住在齐白石纪念馆附近，看了馆内不少白石老人的诗书画印和雕花床等艺术藏品，晚上经常在白石广场散步，感受白石老人的艺术气息。也曾多次去白石铺星塘老屋，想象白石老人儿时在那里钓鱼摸虾、放牛箍柴，贫苦而快乐的童年。

我从20世纪80年代接触到白石老人的作品，三十多年了，虽十分喜爱，买过不少画册，时常揣摩感悟，但不曾下功夫学习临摹。我知道，白石老人的笔墨技巧是学不得的。他自己也说过：似我者亡。我看，到现在也没有人能学几分到手、成气候的。

齐白石诗书画印四绝。一生勤奋，砚耕不辍，留下画作三万余幅、诗词三千余首、自述及文稿、手迹多卷。

齐白石在谈到自己的艺术成就时说："我的诗第一、印第二、字第三、画第四。"白石老人也不谦虚，很是可爱。别人要是有其中一样达到他这个水平，那就不得了了。

研究评论齐白石艺术成就的文章多如牛毛，要是再谈他的用笔用墨等艺术技巧和画品人品这类东西，难免炒人剩饭落入俗套。

近几年我常在思考，齐白石的艺术为什么能长盛不衰、人人喜欢？为什么总能拍卖出天价？我想，可归纳为四个字：天真、童心。那是来自骨子里的天真烂漫，那是溶化在血液里的童心童趣，是白石翁天生自带的，这是别人所难以具备的，学也学不了。

齐白石的作品中表现出的天真、童心，具有旺盛的生命力，别人是人书俱老，而齐白石是人越老越天真、越老越有童心，毫无老气和暮气。这就是差别，为什么齐白石是大师，而别人穷其一生只是画匠。

老子曰：圣人皆孩子。

齐白石的画就像小孩子的画一样，好玩，处处都显露着无邪的童真，给人带来轻松、愉悦之感。

我们看齐白石91岁时画的一幅《青蛙》：一只青蛙的一条腿被小孩子拴住，吊挂在芋头荷子上，很痛苦难受，下面有三个同伴，纷纷张开前腿，神情焦急，似乎在想办法搭救它。你看，几多有味道。也只有齐白石能画出这样生动有趣的画了。那个拴青蛙腿的小孩子就是齐白石，他在自传里讲"我小时候玩过一些鬼把戏，常常画到我的画里"。他老了，却依然保持着那颗童心。这样的鬼把戏，我们小时候也玩过，但我们失去了童心，成了毫无清气、毫无趣味的俗人，当然无法画出如此好玩的作品。我能想象到白石老人在画这幅画时，一定露出了可爱的笑容，回到了无忧无虑的孩提时候，开心得不行。

齐白石临终前作的画依然是朝气蓬勃，趣味盎然。我们看他逝世那年画的一幅《牡丹》：没有画枝干，只有鲜艳夺目的红花和墨气淋漓的叶，占据着画面的中心位置，潇洒飘逸，纯真质朴，就像是身穿长衫、美髯飘飘的齐白石自己，好一代画圣，至死心怀美好，童心不老。我看这幅画时，也深深地感动了我，白石老人的形象一下浮现在眼前。这就是天真和童心的力量。

齐白石的绘画题材也是充满了无穷的趣味，天上飞的、地上跑的、水里游的，无所不画。老百姓司空见惯、耳熟能详的，他都拿来入画，只有你想不到，没有他画不了。这是中国画史无前例的伟大创举，这是齐白石作出的最大艺术贡献，他为中国画创造出了一片清新明艳、趣味无穷的艺术天空。真可谓前无古人，后无来者。

瓜、果、菜、蔬、花、鸟、虫、鱼、虾、蟹，农民所用的钉耙、镢头、竹筐、柴筢、瓦罐、蒲扇、鸡笼、算盘、秤，甚至黑猪、老鼠、蚊蝇、盐鸭蛋，到了他手里，都可入画。而且无一不精，无一不新，无一不洋溢着浓浓的生活情趣，让业内行家看了拍手称绝，让老百姓看了开怀一笑。齐白石是真正的人民艺术家。

齐白石在一幅《柴耙图》上题款：余欲大翻陈案，将少小时所用过之物器，一一画之。他是这样说的，也真是这样去画的。

柴筢，20世纪70年代以前、且出生在南方农村的人都熟悉，是农村在秋收之后到稻田、山上筢草、筢枯枝落叶的工具，也只有齐白石才会画它。我看过那幅画，好亲切，好有味哟。我也仿佛回到了拿着柴筢在田里筢草的童年岁月，那个柴筢，我们小时候都用过。

这对那些只以梅兰竹菊为取材的画家和旧式文人来说，是无法想象的，他们也是不屑的。当然，他们的想象力也不可能有如此丰富，就算他们想到了，也是断然不可能这样子画的。

在画坛上，猪是不入画的，猪又脏又懒又臭，形象也不好看。再说，别人向你索画，你画张猪赠之，有骂人之嫌。所以自古罕见有人画猪。

到齐白石这个不守规矩的木匠手上，情况就变了。什么东西能画、什么东西不能画，在他那里似乎没有定律。别人不屑于画的或者不敢画的，他都有声有色地给画出来，而且都画出了大名堂，对中国画坛产生了巨大的影响，中国画墨守成规的传统从此被打破。可以说，齐白石是画猪第一人，是近现代画猪的带头大哥。

齐白石属猪，喜欢画猪。他画过一幅《溪水小桥图》，垂柳茅舍，溪水潺潺，炊烟袅袅，一只肥头大耳的猪妈妈领着一群小猪正在过桥，估计是在外面玩久了，傍晚时分，主人呼唤它们回家吃饭了。左上的那几间茅屋，应该就是齐白石的星塘老屋了，十分有生活情趣。

《曾牧星塘屋后》，齐白石画过好几幅，画的都是胖胖的、可爱的小花猪，画得栩栩如生，一幅憨态可掬、天真可爱、无烦无忧的样子。齐白石童年时候在屋后放猪的情景，跃然纸上，满满的儿时回忆。

在我印象中，后来画过猪、且画得好的还有徐悲鸿。徐悲鸿画了不少以猪为题材的国画作品，他的一张《双猪图》前些年拍卖了1500多万。齐白石20世纪30年代画过一套十二生肖册页，其中有幅《亥猪图》，后来这套册页拍出了3080万。黄胄、陆俨少、黄永玉也画过，但没有特色，缺少齐白石的生活气息。

齐白石的诗，和他的画一样，通俗易懂，幽默诙谐，印象鲜明，意境美妙，真切感人。一些不入诗的俗字俗词，在他的诗里，格外的有乐趣。

他写了很多乡土生活的诗，比如这一首：

> 一丘香芋暮秋凉，当得贫家一谷仓。
> 到老莫嫌风味薄，自煨牛粪火炉香。

深秋的夜晚，用牛粪烧火，烤芋头吃，真香啊。家里的芋头，那可是抵得上一仓谷子的好东西，而今生活好了，莫要嫌弃它味道比从前淡薄了啊。把牛粪写得如此诗情画意、趣味无穷的，也只有齐白石了。

他画了一幅老鼠偷灯油的画，题款写道：

> 昨夜床前点灯早，待我解衣来睡倒。
> 寒门只打一钱油，哪能供得鼠子饱？
> 值有猫儿悄悄来，已经油尽灯枯了。

那个时候，夜晚照明都是点油灯，油是本地榨的菜油或松油，很精贵的，让你老鼠偷吃光了，可恨啊。家里的猫也不管事啊，灯油都偷吃光了，你才来，还有什么用呢。老鼠偷灯油这个题材，齐白石反反复复画了好多幅，可见这个儿时的场景，在他脑海中留下了多么深的记忆。

白石老人出身贫苦，少年辍学，放牛，做木匠，地道的农民，一直保持着农民的本色和情愫，一生十分的节俭。就算后来不差钱了，家里的钥匙、米粮都还是他把控着。每次煮饭时他必须亲自量米，舍不得多给，量一竹升子米，手会习惯性地抖一抖，这场景莫名的让人想到了单位食堂打菜的阿姨。

有味吧，但也只有齐白石做出来的才有味道，别人这样子做的话，那就是小气、抠门，不可思议。

齐白石家里来了客人，他每次都会摆放一碟月饼、一碟花生待客，不管是家人还是李可染等徒弟们，都知道这东西千万不能吃，一是吃了以后齐白石会不高兴，二是这些点心端出来、收进去，再端出来、收进去，年月久了，吃了可能会闹肚子。齐白石纯粹是拿出来做做样子的。好可爱的白石老人哟。小时候，家里穷，母亲待客的东西，我们小孩子也是不能随便吃的。

张大千说："齐白石的为人，我不欣赏，他对钱斤斤计较，太没意思，但他的画好，超过吴昌硕。"张大千说的也对，不过，生活优渥富足的他若真正了解齐白石的话，就不会这样讲了。

所以，白石老人反复画老鼠偷灯油的画，就不足为怪了。

一个汉奸慕名向白石老人求画，齐白石画了一幅涂着白鼻子、头戴乌纱帽的《不倒翁》，还题了一首诗：

> 乌纱白扇俨然官，不倒原来泥半团。
>
> 将妆忽然来打破，浑身何处有心肝？

讽刺非常的辛辣形象，淋漓酣畅。齐白石的一生，经历了风雨飘摇的民族危亡时期，在日寇入侵，国难当头的日子里，他以自己的凛凛正气，表现出了伟大的民族气节和爱国主义情操。白石老人在大是大非的原则问题上，绝不天真。

真率自然、不假修饰的天真和童心，是可以去除人身上的浊气和俗气，让人变得清新、清爽，一身清气的。

白石老人不朽，白石艺术长存。

题记：根据省委、省政府统一部署，受组织委派，2018年3月至2021年5月，我作为扶贫第一书记、工作队长，赴邵阳市洞口县椒林村开展驻村扶贫工作。在雪峰山腹地，三年多的扶贫时间，写下了10多万字的扶贫日记和扶贫随笔。

扶贫记忆

插秧

手把青秧插满田，低头可见水中天。

脱贫攻坚为大道，接上地气勇向前。

五月下旬，我所驻村帮扶的村子进入了一季稻插秧时节，村子里家家户户忙着耕田、扯秧、插秧，处处一派忙碌景象。看到村民们如此辛苦忙碌，我们工作队也不能袖手旁观。于是，选择到那些劳力少、田又种得多的贫困户家去帮忙插秧。

贫困户老宁七十多了，身体也不大好，老两口种了六亩多田。在这山沟沟里，老宁家本不可能有这么多水田的，他是看不得田被抛荒，把别人家不种的田也种起来了。老宁耕田、施肥，老伴扯秧、插秧，不知要忙上多久，才能将这六亩多田侍弄完。我们吃过早饭，来到老宁家，一黄一白两条大狗摇着尾巴迎接了我们。我们来过好几回了，成了狗子的熟人。记得第一次来的时候，它们可没这么友好。

老宁还在给最大的一丘田做最后的一道耙田工序。老远听得老宁口中嘀嘀有声，在催促着老黄牛再快点儿走，季节不等人哟，农时误不得。老宁看到我们来了，赶紧将牛喝住，上来拿给我们一大把系秧的稻草，因为前两天就已约好，也就无须多寒暄。我们接过稻草径直往秧田走去。秧田在一条小溪旁，清澈的溪水潺潺流淌。水圳里来自溪流的山泉水一路奔流不歇地分流到每家每户的稻田里。村里的溪流、水坝、水圳，形成了一套科学的灌溉系统。现在正是用水的高峰季节，还好，村里不缺水。下到秧田，赶紧行动起来。我们都是"老把式"，虽然二十多年没干过农活了，但依然手脚麻利，小时候在农村练就的童子功还在。扎好马步，一只手扯秧，一只手洗秧，秧洗干净了，右手拿起一根稻草在秧的中间部位一系，往田边水深的地方一丢，就扯好一个了，动作飞快，还带着几分潇洒。扯着扯着，就潇洒不起来了，马步扎得太久，腰酸背胀，太阳也越发厉害，有些口渴，不知何时，一条蚂蟥牢牢地吸在小腿上，一巴掌下去，将它打晕在田里。

12点多了，直了直腰，望着身后扯好的一大片秧，下午插的秧应该够了，虽说累，但心中有一份成就感。在溪水里洗了洗脚上的泥，和老宁老两口打了招呼，回驻点吃中饭了。事先与老宁解释清楚了，不在他家吃饭。

吃完中饭，81岁的房东老娘要和我们一起到老宁家帮忙插秧。老娘不愧是老党员，这几天都在忙着帮别人家插秧。我笑着对她说，今年要评她老人家为先进共产党员。老娘回答说，你们才辛苦，大老远从长沙跑过来，还要干体力活，不简单。

到了老宁家，老宁老两口见80多岁的老娘都来帮忙，连呼"使不得、使不得"。老娘也不多说，和我们一起挽起裤脚下到田里就插起秧来。一丘丘水田在我们身后渐渐绿了起来，最后只剩下那丘最大的田了。山区的水田，肥泥层很薄，底下布满了硌脚的小石头，硌得脚生痛，插秧的手指有时也会碰到石头。农民种点田真是不容易。老宁家的那只大白狗也一直坐在田埂上，居高临下，用亲切的目光看着我们。

老宁为了增加水田的肥力，提高水稻产量，在田里撒了不少牛粪。没有完全发酵好的牛粪经太阳蒸晒，气味直扑鼻孔。

傍晚六点多，夕阳穿过雪峰山上的竹林，将水田映照得一片金黄。老宁老伴说插不完没关系，你们莫太累了。我和老娘同声说，一定要插完。我把秧苗从秧田担过来，全部抛到田里，兵马未动，粮草先行，做好准备工作。四个人摆开阵势，忘了腰酸、忘了背胀、忘了被太阳晒痛的脸，勇往后退。看着剩下的面积越来越小，心中充满了胜利的喜悦。终于，在夕阳落山的时候，我们插完了最后一篼秧，老宁老两口高兴极了。

驻村后的第一场雪

晚上8点多，停电了，手机也没电，气温零下1摄氏度。山村的冬夜，又冷又黑，此时，又淅淅沥沥下起了冻雨，打在屋顶上，落在竹枝上，啪啪啪，沙沙沙。心里一阵着急，担心着做试验种下的赤松茸是否被水浸掉，虽然之前已开了沟，但心里还是不踏实。省农科院科技扶贫专家前两天还发来微信，告诉我赤松茸一方面要保湿，同时要防水浸。

第二天早上起来，直奔赤松茸试验地，由于之前的沟挖浅了，还是积了些水。马上喊了队员，带上锄头、铁铲，冒雨挖沟。在赤松茸地块的四周，将沟一铲一铲挖宽挖深，将弹起来的竹片重新插牢加固。试验地虽不大，但不少村民都满怀希望看着呢，成功了，他们要跟着种的，所以意义非凡，得用心照料。忙到九点多，终于差不多了，看着雨水顺着土沟流向池塘，也稍稍放心了。虽然衣服湿透，但并不觉得冷，劳动后浑身热乎乎的。旁边的山上，碗口粗的楠竹被冰雪压倒、折断的"咔嚓"声不断传来，让人心惊肉跳，心痛不已，那可都是村民的财产啊。

换下湿衣服，去找支书，商量清扫路障、探望行动不便的贫困村民事宜。刚走出不远，碰上书记骑着摩托车、脸冻得红红的急急赶来。于是村两委与工作队兵分四路，分赴村里的几个重灾区，带上砍刀，分头行动。我和书记、村秘书负责长林、望乡、高麻等几个高海拔村民组。一路上，满眼是山上倒伏下来的楠竹，把村道堵得厉害。竹子上结着厚厚的冰块，绿色的竹叶被冰包裹着，晶莹剔透，愈发翠亮。秘书扯住竹子，书记挥刀砍去，只三刀，竹尾被砍了下来，竹竿没了重负，"嗖"的一声，弹了上去，落下无数冰块，不少掉进脖子里，那叫一个透心凉。更让人心凉的是这么多的竹子被折断、被撕裂，还有些粗大的板栗树、杨梅树被连根拔起。一段一段地清理，一个院落一个院落地查看。不少地方的电线被竹子、树枝压住，如不及时砍掉，在通电时就很可能会烧坏变压器。书记一边电话通知供电所一边找来梯子，爬上去砍掉压在电线上的冰树枝。望乡的组长在我们到来时，就自发地做起了清扫工作，值得点赞。几个行动不便的贫困户在家烤着火，还好。偏瘫的老吴还坚持在路上行走锻炼，跟他打招呼，他一脸的笑，精神状态不错。回到住所在下午四点多了。

路上遇到在乡中学寄宿上学的孩子，赶紧要他们上车，我把他们送到学校。我问他们学校晚上有晚饭吃吗？孩子们回答说周日晚上没有，自己带了吃的。唉，山村的孩子从小就能吃苦，城里的孩子真该来好好体验体验。

冰雪中的山村景色，确实壮观，美不胜收。屋檐下挂着长长的冰凌，这场面还是在小时候见过。不过，我真心地祈盼，这冰雪的天气马上过去，因为给村里的交通、电力和村民的财产、生产生活带来了太多的不便和影响，希望明天雪后放晴，暖阳照耀。

搜救贫困村民老郭

5月23日下午5时，得到消息，望乡组患帕金森症的建档立卡贫困村民老郭在老家附近失踪。一石激起千层浪。村两委、工作队立即组织、调度、指挥搜寻工作，近百村民闻讯参与搜救。冒着雨，一道道山梁地毯式搜，一个个沟壑仔细找，三天过去了，杳无踪迹。大家都迷惑了，行动不便、身患疾病的老郭到底跑到哪去了呢？按理说走不了多远的。连续几天参与搜山的村民虽说十分疲惫，但更多的是失望、不解与担忧。

26日晚，又请来公安的搜救犬再次进山，两条搜救犬兵分两路。茫茫雪峰山深处，漆黑潮湿，蜿蜒狭窄的山道布满杂草灌木，手电筒、手机灯光明明灭灭，忽明忽暗，更增添了几分神秘。搜救犬兴奋地冲在前面，大家深一脚、浅一脚地跟在后面，似乎又看到了一丝希望。但是，由于前两天下大雨冲洗掉了味觉源，搜救犬也难以发挥出作用，最终无功而返，搜救依然没有进展。公安的同志说，凭经验，搜救的黄金时间已过去了，就算找到，生还的可能性不大了，何况老郭身体状况本来就不好。搜救完回到驻地，我躺在床上，一时无法入眠。老郭的形象浮现在眼前。

2018年3月15日驻村，第二天开始入户走访。当时没有开车过来，步行10多里山路，到了海拔近千米的老郭家，一座破旧的木房子，就在村里的侯王庙旁边。60岁刚出头的老郭一个人在家，佝偻着身子，看上去有70多岁，老郭曾经也是干农活的一把好手，心灵手巧。患帕金森症多年，病魔把他折磨得不成样子，失去了应有的精气神。可老郭并没有放弃希望，他自己用木头制作了粗简的秋千和一张特殊的椅子，用于锻炼身体和坐下来休息，手里的拐杖也是他到山里砍来的杂木，自己做的。我到他家的时候，他正在秋千上慢慢地摇荡着。老郭基本失去了语言功能，和他交流，他只是微笑着，"嗯嗯"的应着，说不了话，可能也听不懂我的话。来到老郭家破旧的木屋里，每间房子都看了一遍，让人惊异的是房子都打扫得干干净净，并没有想象中的脏乱，老郭因病常常控制不住流口水，但朴实的衣着上也很整洁，看得出他是个讲究的人。

以后每次去望乡，都会去看看老郭，和他打个招呼，他也依然浅浅地、开心地笑着，我想他是认得我的。省城的朋友和单位领导来村慰问，也都会特意安排到老郭家，给予老郭应有的关心。

这次老郭从镇上的易地扶贫安置房硬要回来老屋，也是想到山里去砍一根木头，再做根顺手的拐杖。他带着砍刀、斧头上山后，没想到就再没返回了。但我们都没有放弃老郭，村民和工作队继续搜寻。功夫不负有心人，27日12时许，终于在更远的一个山坡下的田坎里，找到了躺在地上的老郭。

奇迹发生了，老郭消失了整整91个小时，没有进食任何食物，虽然虚弱到了极点，但依然还活着，真是令人惊喜、惊叹不已。生命是多么的顽强和珍贵。全村的人自然也十分欣喜与感慨。随后，村委联系了乡卫生院与120，进行简单的抢救后，紧急送往县医院进一步救治。

几天后，我代表工作队去县医院看望老郭，老郭恢复得还不错，并且很清晰地说话了，笑着说谢谢，还安排他女儿去买两包烟来。这也是个奇迹，我还是第一次听老郭完整清晰地说话。

经此一事，我更欣喜地看到，村里人的团结友善、互助互帮、不讲价钱、不计得失、齐心协力、永不放弃的可贵精神，这是非常宝贵的财富。

岭脚村里听蛙鸣

　　为进一步夯实村里产业发展基础，吃过早饭，迎着朝阳，我开车带着村干部前往隔壁县的龙潭镇岭脚村学习考察稻蛙养殖。穿行在弯弯曲曲的山路上，清新的空气迎面吹来，令人清爽愉悦。翻过一座又一座山，路过一个又一个小山村，从山腰，到山顶，再行至山脚，一路盘旋，经过两个小时，终于来到了我们的目的地——岭脚村。

　　一路经过，感觉卫生维护良好，看不到垃圾，这在农村是很难得的。村部三层的新办公楼就在路边，自成院落，在我见过的村子里算是非常气派的了。和能干利索的女村支书见面简单说明来意后，她带着我们顶着午时骄阳直奔养蛙基地。

　　养蛙基地的入口，是一座八龙喷水的亭子，清澈的泉水从石头雕刻的龙口中汩汩涌出。不少妇女在这里洗衣、洗菜，小孩子在嬉戏。旁边的溪流两岸，用石头砌成，整齐美观，河道干净，溪水潺潺，这也正是我们下一步想要做的。

　　稻蛙养殖基地就在溪流旁边，十多亩地用结实的尼龙白色围网围着，为防止鹭丝鸟吃蛙，上面用白色的天网罩着。从高处看，整个基地就像是个八卦阵图，颇有些气势和味道。基地老板姓禹，80后，年轻而友善。两年前个人投资20多万建起了这个基地。他领着我们从入口进入养蛙场，只见田地里全是赭绿色的虎斑蛙，见有陌生人来访，蛙们纷纷跳进禾苗中躲藏起来。

　　禹老板介绍说，每亩产成蛙可达2000斤，有专门的公司上门收购，市场收购价16元~30元不等，按最低价测算，亩产值也在3万元以上。10多亩一年就有50多万。我们惊叹，禹老板却谦虚地笑着说，比种地稍微好点。我们又问了基础建设、育种、防病、喂养、销售等方面的问题，禹老板一一作答，毫无保留，让人敬佩。陪同的村妇女主任说，每到晚上，这里万蛙齐鸣，蛙鼓声声，蛙乐震天，好不热闹。

从基地出来往回走，在老村部看到一堵沉雄厚朴、高大结实、气势非凡的巨大古砖墙，一看就是有来头、有历史的古建筑。大门两边的门柱是用整块的青石磨成，拱门也是青砖砌就。正门上方内嵌一块青石匾额，可以看到雕刻苍劲有力、沉稳灵秀、大气淋漓的楷书"槐园"二字，右款"中华民国三十一年"，落款"陈遐龄题"，落款为行书，有王羲之遗风，雕刻也极具功力，很好地保持了书法的原有韵味。边框雕有精美的祥云和龙的图案，拱门虽然都是非常典型的中国元素，但造型却洋味十足，在中国这应该是少见的。

周围高墙为双层夹墙，青砖平砌，高耸厚实，均为板墙，开窗较高，墙上每隔一定的距离，开有丁字形射击孔，用于防御侵袭。"槐园"的一石一木，均经过细微的设计和加工，墙面砖块，都用人工水磨处理，其建筑工艺，应为当时之冠。墙上依然残存着硝烟的痕迹，似乎在诉说曾经的风云故事。槐园院墙里面为木质通廊，园内以前的亭台楼阁早已灰飞烟灭，破坏一空。院子正面新建的村部和卫生室等与老建筑格格不入，极不协调，大煞风景，且院内凌乱不堪，杂草丛生，顿生遗憾。这么好的老建筑没能保护好，令人痛心惋惜。从院内遗存下来整齐整块、浸润着历史沧桑的青石地板，就能够感受到"槐园"主人的严谨。由此可知其主人不是一般乡村土豪，应该是见过世面的文化人。当地不少村民在大门内闲坐说笑，据他们说庄园主建此园时才26岁，为一方之才俊，大名王槐光。

从"槐园"出来，开车往回走，刚上村道不久，看到右边有青砖飞檐的建筑。又赶紧下来，前往一探究竟。原来是岭脚村的王氏宗祠。王氏宗祠与"槐园"相距不过100米，为县里保存最完好的古宗祠之一。

王氏宗祠在建筑风格上吸收了徽派建筑的精髓，独具匠心的设计让整个空间不仅布局合理，而且功能齐全。整个祠堂古朴雄伟，工艺精美。祠堂墙体用青砖砌成围合式建筑，高大的马头墙，檐瓦高翘，上面安着各种"座头"，有"鹊尾式"、"印斗式"、"坐吻式"等数种。马头墙下的壁画，以历史典故为主，比如有"三英战吕布"等，人物刻画细致有神。虽历经一百多年风吹日晒雨淋，依然色彩艳丽，清晰可见。让我们对古人高超的技艺，过硬的做工质量，不得不叹服。

最引人入胜的要数正门，门前两尊石狮威武雄壮。抬头一看，整个牌坊状门楼上，"太原郡"、"王氏宗祠"字眼在阳光下特别耀眼，熠熠生辉，彩绘雕刻美不胜收，精妙绝伦。门楼上的雕刻，采用内容多为象征吉祥的龙凤、仙鹤、麒麟、祥云、八仙和山水风景、人物故事等，主要采用浮雕、透雕、圆雕等手法，质朴高雅，浑厚潇洒。历史故事仿佛就在眼前，雕刻的人物生动传神，栩栩如生。

"槐园"主人王槐光就是王氏宗祠的族人和后人。

探访过王氏宗祠，我们向此行的第二个目的地米粮洞进发。米粮洞素有湘西第二条金鞭溪之誉，景区为原始次森林，与我们村交界。但由于交通不便，这条旅游线路至今也没有打通。

相传，天宫有一位专门掌管米粮的仙女，只因一次错发米粮，触犯天条，玉皇大帝龙颜大怒，下令先丢下两块巨石，形成一个长10余公里的峡谷，然后将仙女发落谷中思过。仙女初到之时十分寂寞，便在谷底石壁上画各种奇树异草、飞虫蛙鱼等动植物及溪水。点化之后，溪水终年流淌，百花争艳飘香，飞禽走兽欢唱，奇树异草繁长，伴随仙女静心修炼，仙女炼成了泼水成米的神功，救济周围数百里的困难村民。后人为纪念她的恩德，称她为米粮仙姑，称她的修炼之洞为米粮洞，峡谷为米粮谷。

米粮谷原始次生林集幽、险、奇、秀于一身，古木参天，野趣无限，是省内目前保存最好的原始次森林林地，属省定的阔叶植物标本采植园。生长有国家重点保护的珙桐、红豆杉、银杏、楠木等名贵树种，名贵中药材、山果随处可见，飞禽走兽多栖息在森林的深处，百鸟鸣唱，娓娓动听，叫人流连忘返。

只可惜，与一山之隔、同样具有丰富旅游资源的椒林村，却因为没有公路连通，而要绕道几个小时才能到达。为打通这条旅游黄金通道，助推脱贫攻坚，我们特意拜访了镇党委书记，希望双方携手，共同努力，尽快修通这条路，造福两地百姓。

探寻抗日英雄兰春达的传奇故事

邵阳雪峰山一带自古民风剽悍,加上山高林密,为当地各族人民积极参与抗战提供了优越的条件。在邵阳的绥宁、武冈、隆回、洞口一带,流传着诸多普通百姓痛击日军鬼子的故事。如在洞口,就有"巾帼机智杀敌寇"、"四人棒杀二鬼子"、"有勇有谋潘永淳"等故事流传。我们村的瑶民英雄兰春达就是这些抗日故事中的杰出代表。但兰春达的事迹除了当地人有些或多或少的了解外,鲜为人知。

我驻村后,通过实地调查走访,清理察看战壕遗迹,听80岁以上老人讲述往事,知道了当年的兰春达是一位有血有肉、有勇有谋、勇猛尚武、能骑善射、仗义疏财、保境安民、热血抗日的瑶民英雄。我深知自己有责任、有义务来宣扬这位抗日英雄,让更多的人知道英雄,勿忘历史,勿忘英烈,珍惜和平。我的扶贫公众号也先后推出了《抗日英雄兰春达》、《雪峰山会战之浴血椒林》、《抗日英雄兰春达保护中共抗日宣传联络地》等文章。随后我又邀请洞口籍作家谢长华先生来村探寻和探讨,如何用更好的方式传颂英雄兰春达。

谢长华先生受我邀请,深入椒林村体验生活,探寻抗日英雄兰春达的生平足迹和英雄事迹,不辞辛苦,察看当年的战争遗迹,逐一访问多位兰春达的后人和见过或熟悉兰春达的老人,并拜谒了兰春达的故居和墓地,为创作抗日英雄兰春达积累第一手素材。

我们访问的第一站是渔塘村。开车从椒林村向渔塘村出发,虽然只有5公里左右的路程,但山路陡峭狭窄,弯多惊险,爬坡时根本看不到前面的路,会车十分艰难,双方车上的人都下来指挥才好不容易通过。道路的尽头就是村部。

付舒林老人,85岁。兰春达抗日时,老人家12岁,亲眼见过兰春达,也知道兰春达的很多故事细节。

在村部的会议室里，精气神不错的付老打开了话匣子。从付老的讲述中，我们听到了以前不知道的事情。搞清了兰春达的出生年月，兰春达生于1891年，死于1951年，正好60岁。兰春达身体壮实，能骑马，枪法准，百步内能打香火。性格勇猛，用当地话说是个"猛子"，猛得狠，打日本鬼子很厉害。他的嗅枪队在1945年雪峰山会战抗日中，只牺牲了一个名叫丁狗牯的队员。

我们访问的第二站：飞山村，兰春达的老家。

村秘书秋香，兰春达的孙媳妇，唱瑶族山歌的高手。她告诉我们，村里有一半人姓兰。大爷爷兰春达的故事是嫁过来后才了解一点。在秋香的带路下，前往兰春达的老家飞山。

车子在一座三层的楼房前面停了下来，这是秋香的家。秋香手脚麻利地切了个自己家种的西瓜给我们解渴，味道香甜。吃过西瓜，她领着我们来到离她屋后大约100米的一座古旧木屋前，说这就是兰春达的祖屋，看上去还不错，外墙上半部分的白色石灰粉刷的地方，还依稀看见有彩绘。到正面一看，房子比较破旧，连着有三座的样子，都住了人家。我们心中起了疑问，兰家当时是个大家族，兰春达在当地是十分有影响的人，旧居怎么可能只有这么一点规模？应该不合常理。秋香也讲不出其中缘由。

在她带我们去找兰春达墓地的路上，遇到一位看上去70岁左右的老人在田里锄地，一交谈，得知是兰春达的亲侄子，72岁。谢老师很兴奋，马上拉上老人坐在田埂上，递上烟，迫不及待地请老人讲起兰春达来。

老人绘声绘色地讲了很多当年兰春达拉队伍成立民间武装和打日本鬼子的故事。兰春达有两兄弟，弟弟兰绍成，也就是老人的父亲，是一位教书的知识分子。同时，老人也解开了我们对兰春达祖屋的疑问。他说，兰春达当年的房子大得很，有两个槽门，房子周边有两口水塘，新中国成立后水塘被填了，房子也拆得只有现在我们看到的这一点点了，还分给了其他的村民住着。

老人身体很好，还是家里干农活的主力。他带我们去兰春达的墓地。来到一片蕨草、杂树丛生的坡地，老人扒开一人多高的蕨草，露出了一座矮小的墓碑。谢老师用水将墓碑上的字淋湿，才看清上书"故父兰春达老大人之坟位"，为兰春达的儿子所立。墓地极为普通，略显寒酸，我们一番感叹。

此时已是傍晚6点多了，秋香和老人热情地留我们吃饭，因驻点已准备了晚饭，我们一再谢过好意。

　　回到支书家，吃过晚饭，我们又赶往吴家组88岁高龄的吴怀德老人家。吴老在这一带教了一辈子书，说起兰春达，吴老眉飞色舞，但吴老所讲基本是我们知道了的，没能听到更多有价值的细节和故事。

　　第二天，我们来到当年兰春达在最后重创日本军队的马颈骨战役中的伏击地马颈村。

　　1945年5月7日，著名的马颈骨歼灭战打响。马颈骨四面环山，下临深渊。三股日军进入此地，中国军队在马颈骨四面八方早已埋伏雄兵，严阵以待。日军一到，山上大炮齐轰，枪声大作，打得日军狼奔豕突，溃不成军。兰春达率队配合军队作战。十几个被打得魂飞魄散的日军企图往山门镇方向逃跑，在山坳上设伏的兰春达自卫队依托工事，把日军打了个措手不及。鸟铳打出的散弹虽不能一枪毙命，但疼痛难耐，被击中的日军鬼哭狼嚎，有的竟开枪自杀，有的下跪求饶。这一战击毙包括109联队长在内的日军官兵3000余人，生擒日军100余人，缴获大量枪支弹药。

　　当年兰春达的伏击地，在一片山坳中。旁边就是窄窄的千年湘黔古商道，谷底是深潭与河流。站立此处，犹闻当年激烈的枪炮声，犹见当年兰春达指挥战斗痛击日军的雄姿。

　　从马颈骨下来，我们走过20世纪70年代末修建的高高的龙井大桥，谢老师有事要回长沙了，只好与谢老师挥手告别。谢老师回长沙后，很快创作出了电影故事梗概《兰春达》。

美丽赤松茸

　　还记得那是2018年的11月29日，难得的冬日暖阳，我们的扶贫产业项目赤松茸终于开始种植了。虽然只是试验，虽然只有一小块田，但我们花足了心思，充满了期盼。我还把省农科院教授从长沙请来，深入田间地头亲临指导。村里帮忙翻土的老黄问我，这个能成功吗？要是成功了明年大家就都会参加了。我信心满满的对老黄说，放心，一定会成功的。赤松茸菌丝全部种下去后，我只要有时间，都会去看一看，气温高的时候将地膜掀开透气，隔一段时间用喷壶洒水，保持湿润。

　　赤松茸种下去不到10天，碰上了几十年一遇的持续冰雪低温灾害天气。心想，完了，如此气候下，赤松茸如何生长啊。十二月过去了，没有变化，一月过去了，还是没变化。扒开稻草层仔细察看，还是有新鲜的白色菌丝。与教授联系，拍了照片发他，教授回复说应该还能长出来，心里稍安心下来。

　　春节初六返村，已是二月份了。再去看时，依然还是老样子，心里真是没底了。失败了损失事小，重要的是老百姓从此对产业不会再有积极性了。

　　到三月份，事情太多了，把赤松茸都忘到一边了，走过路过，也懒得去关注了。

　　一天中午，我在楼上写材料，忽听房东老爷子在下面连声大喊：严队长，快下来，严队长，快下来。我还以为发生了什么紧急事情，连忙下去，老爷子指着一堆东西说，你看，这是什么？这不是赤松茸吗？天啦，是我们的赤松茸长出来了吗？这么壮实，这么漂亮。老爷子说，刚从田里采回来的。我马上直奔试验田，村支书的爱人提个篮子也跟来了。快看，这里好多，快看，这个好大。我真不敢相信自己的眼睛，白色粗壮的菌柱上面顶着个赭红的菌帽，好看极了，像一颗颗巨大的红宝石。我感动了，眼角也湿润了，多好的赤松茸啊，你终于长出来了，真是对不起你啊，没能好好照顾你，把你放弃了。而你经历了千难万苦，顶住了冰霜雨雪，独自长成最美的风景，给我莫大的惊喜。

我们将大的赤松茸轻轻地采下来，放进篮子里，不一会儿，就有了大半篮。一提，沉甸甸的，有近20斤吧。在回来的路上，碰到尹大叔，他说，好大的蘑菇啊，成功了，成功了好啊。我连忙选了些大的让大叔尝个鲜。

回到家，大家围着漂亮的赤松茸热烈地讨论着。村支书也回来了，我们总结经验教训，心中看到了希望，规划着下半年如何在村里推开这一扶贫产业，助力村里百姓脱贫致富奔小康。

突然有人提出，我们炒点尝尝吧，看味道怎么样？

我的厨艺还过得去，大家推荐我掌勺。书记爱人用山泉水把赤松茸稍微清洗，洗后的赤松茸红白分明，更加美丽，宛若一个个漂亮的女子，身材姣好，雍容华贵。我边切边说，真是舍不得吃掉你们啊。

将赤松茸切成片，切上半斤五花肉。柴火灶里，烧得旺旺的大火，先放入五花肉，将肉炒香，倒入赤松茸，翻炒。三分钟左右，感觉五花肉与赤松茸相互交融，香气出来了。加入适量盐，倒入开水盖过赤松茸，大火焖煮几分钟，起锅前放入大蒜叶，出锅，满满的一大盆。大家你一碗，我一碗，迫不及待地尝起鲜来。真好吃啊，爽滑，脆嫩，香甜，味道纯正鲜美，不愧是菇中极品，人间美味啊。

老爷子提议说，严队长要写成文章，大力宣传介绍赤松茸，让客人来村里亲手采摘赤松茸带回去，让更多的人尝到这么好吃的松茸菇。

我说，好的，马上就写，哈哈哈。

只愿崎岖变坦途

来村半个月了，还没有到过村子的最高点，一览全村风貌。今天，终于沿溪而上，登山之巅，爬上了最高峰，海拔1280米。会当凌绝顶，一览众山小。只见群峰耸翠，层峦叠嶂，白云缭绕。一路上漫山的各色杜鹃花、野金银花、野樱桃花，以及多得叫不出名的山花，在山头、在峡谷、在崖边，成团成片，一丛丛，一簇簇，盛开，怒放，引得野蜜蜂忙忙碌碌，辛劳采花酿蜜。

千年湘黔古商道青石板路静静地在山中延伸，昔日马队的铃声已远去，成排的客栈与商铺早已看不到任何痕迹，有些荒芜，完全没有了当年的喧闹和繁华。只有那高大的杉树静立在原处，古道隐约可见，诉说着逝去的历史岁月，多少风云已成往事。

那飞流而下的米粮洞瀑布，掩藏在树林之中，远远地就能听到隆隆的声音，垂直而泻，飞银溅玉，既震撼心灵，又让人生畏，生怕脚下一滑，飞身而去。

泉水叮咚，老树横斜，巨石上布满的苔藓，在透过树林的阳光照射下，翠绿无比，美艳至极，忍不住想用手轻轻摸一摸，抚一抚，以打消心中的猜疑，确认它的真实性。我不禁感叹：村里的原始美景，你来或不来，她都在这里静静地等待，我自芳华绽放。

我们今天攀登最高峰的目的，是去考察、体验、感受村里这一段连接外县、尚未硬化的十多公里砂石山路。这是一条连接两个繁华古镇的交通要道，这是一条连接两个地市的要冲，这是一条山林资源输出的重要通道，这更是一条两地百姓心中期盼多年、口中时时提起的脱贫致富之路。可是，由于横跨两地，至今还是一条高低不平、坑坑洼洼十分难行的泥泞土路。

路上，尽是新滚落下来的尖锐石头，我小心开着车，左避右躲，可还是中了招。坐在车里听到"丝丝"的气流声，感觉不妙。下车一看，车胎侧面被石头划开了一条口子，轮胎报废了。后面有车跟来，只好慢慢将车"哐当哐当"开到能会车的地方。这时，后面的车也停了下来，走过来一个壮实的小伙子，说了句"我来帮你修"，就撸起袖子，找出千斤顶，爬在泥地上干了起来。泥地不受力，千斤顶无法发挥作用，小伙子也不说话，从山崖边搬来一块大石头，垫在车架下，麻利地将车子顶了起来，把破胎卸下，换上备胎，三两下就把难题解决了。刚刚还郁闷的心情，一下又明朗起来。一打听，这位热心、好心、不怕脏、不嫌累，又不多言的小伙子也是村里人。心中暖暖地充满了感动和力量。不过，这次遭遇也真实证明了修好这条路的必要性和紧迫性，希望能在多方的努力下，早日建成通车。

中午一点多，返回驻地，刚到家，突然下起了倾盆大雨，这山里的气候无常啊。要是晚一点回来，还在山顶攀爬的话，一定淋成落汤鸡了。

功夫不负有心人，在不懈地坚持下，这条路终于在2019年底立项，但由于受疫情影响，迟迟不能开工。2020年11月底正式动工建设，2021年初，在我们撤队之前，路修好了，村民多年的盼望成了现实。

忘不了的洞口美如画

（一）

2018年3月15日，根据组织安排，我作为扶贫工作队第一书记、工作队长，正式进驻洞口县桐山乡椒林村开展帮扶工作。脱贫攻坚，犹如一声号令，让我们扶贫干部义无反顾，奔赴看不见硝烟的战场。

说实在的，若不是扶贫，估计这辈子与洞口这个地方都不会有任何的交集。当时对洞口具体在什么位置心里都没有概念，只是偶尔从朋友、同事口中听说过这个名字。没想到，一待就是三年多，一千多个日日夜夜的驻守，我走遍了这里的山山水水，访遍了村里的家家户户。每一道山岭都留下了前行的足印，每一条溪流都留下了跋涉的身影，扶贫日记里记录了共同奋斗的心路历程。

三年魂牵梦萦，三年仆仆风尘。那是一段终生难忘的时光，一晃，撤队回来又是一年有余。沧桑岁月，就像珍藏的老酒，清冽醇厚，历久弥香，我一回回梦里回洞口。

（二）

山是这方青。

巍巍雪峰，雄、秀、险、幽，奇峰耸立，峡谷幽深，烟云缭绕，晴岚积翠，茫茫竹林，涛声似海，叶涌如波。

一栋栋木质结构的特色民居，隐没于山林之中，古趣盎然，环境清幽，满眼青山，开门见景。竹海散发着清香，清新的空气扑面而来，屋前屋后的桃花，李花，竞相开放，芳香清远。

古老的木屋，清爽的山风，雅淡的竹篱，天籁的鸟鸣，在这里，品一壶雪峰云雾茶，喝一盏香甜米酒，轻倚岁月，浅读流年。人生安暖，时光无恙。怀一颗云水禅心，面朝阳光竹海，温润心怀，令人心旷神怡，超然物外。

千年湘黔古驿道，"上控云贵，下制长衡。"古道穿越莽莽群峰，泛着历史幽光的青石板路静卧山中，曲曲折折，隐隐约约，向远方延伸。昔日马帮的铃声已远去，曾经热闹的客栈与商铺已难看到踪迹，沧海桑田，多少风云已成往事。

脱贫攻坚、乡村振兴，新的使命与故事、新的奇迹与精彩，在大山里接续上演。主干路、通组路、林道路、入户路，每一条路，都连着村民多年的盼望和期待，连通着山里与山外，山路不再崎岖难行。一盏盏太阳能路灯排列成行，把大山照亮。一个个易地扶贫搬迁小区拔地而起，贫困村民迁进亮堂宽敞新居，生活乐开了花。

（三）

水是这方绿。

资水、蓼水、平溪江、黄泥江、公溪河，一条条生命之河，一弯弯清澈之流，一汪汪多情之水，波翻浪涌，奔流不息，蜿蜒向前，不舍昼夜，哺育着这里勤劳的人民，浇灌着这里肥沃的土地。

那遍布壑谷中多如毛细血管的美丽溪流，如玉带般缠绕高山和农家屋舍。清澈的溪水终年叮叮咚咚，日复一日，年复一年，悦耳弹奏，一路欢歌。徜徉其中，仿佛置身于"芳草鲜美，落英缤纷"的世外桃源。这里是天然的避暑、溯溪、漂流圣地，是大自然最慷慨的馈赠。

这里的山涧气候温润，没有任何污染，水质通过竹海山林的层层过滤净化，更加清冽，自带甘甜。大山深处的荒山上，一座现代化山泉水厂建成投产，一瓶瓶出自雪峰深处的清甜好水，飞出大山，润心田，沁潇湘。

（四）

物是这方丰。

　　这里是云雾茶的故乡，从明朝到现在。雪峰云雾茶，一片冰心，极致纯正，明朝起就是贡品。这里有最美的高山生态茶园，苍翠欲滴的茶芽嫩叶飘着淡雅的自然清香。长在高山深处，吸大自然之精华，得山川之灵气，沾露水，浸山泉。闻一闻，沁入心脾，让人沉醉；喝一口，唇齿留香，回味久长。那清香，直抵肺腑，浓郁而不腻人。那茶汤，或嫩绿明净，或红亮中乏着琥珀之光。这是一片神奇的叶子，充满了时间的味道，充满了坚守与信仰的力量，万千百姓因它摆脱生活困境，走上致富的阳光大道。

　　这里是中国雪峰蜜桔之乡，周总理亲自命名的"雪峰蜜桔"香飘四海，甜彻心扉。金秋十月，放眼望去，满目金黄。金灿灿的橘子挂满山坡枝头，像是一团团在绿叶间跳动的火光，甚是好看。雪峰蜜桔外形美观，果肉香甜，色泽鲜艳，入口味甜如蜜，回味悠长，蜚声中外。

　　这里是全国500强产粮大县、商品粮基地县。秋风徐来，稻浪滚滚，谷香阵阵，阡陌纵横间都是成熟的味道，满眼点缀的是那淳朴的笑脸。

　　这里更有一个响当当的名字：中国宗祠文化之都。一座座庄重、神秘的宗祠，依山傍水而建，恢宏奇伟，古风肃然，雕梁画栋，色彩明艳，精美大气，具有极高的审美、文化、历史、艺术、科考价值。它像一颗颗璀璨耀眼的明珠，镶嵌在青山绿水之间，成为这里一道靓丽的风景线和一张熠熠生辉的名片。

　　在驻村扶贫期间，我曾怀着敬畏之心，敬仰过曾氏宗祠、萧氏宗祠、王氏宗祠、杨氏宗祠、廖氏宗祠、潘荣公祠等"国保"级祠堂，这只是洞口县保存完好的100余座古宗祠建筑群中的极少部分。特别是曾氏宗祠，规模宏大，美轮美奂，大气磅礴，众多匾额楹联荟萃一堂，曾国藩为宗祠题写的"资水如带，凤岭如屏，四面尽环淑气；孝子在周，忠臣在汉，千秋无愧宗风"对联，引人瞩目，弥足珍贵。

　　星移斗转，沧海桑田。看得见的是雕梁画栋，是泥塑彩绘，看不见的是千年时光背后的故事，是托起了一代代人最朴实、最辉煌的梦。

　　还有，这里的冬笋，甘甜爽脆，又大又嫩，炒腊肉、炖火锅，那真是人间美味。这里的柴火腊肉、腊肠、腊鸭、腊鸡、猪血丸子，黄灿灿、亮晶晶，散发出浓郁香气，弥漫着浓浓的乡情和年的味道，令人垂涎欲滴。这里的神仙豆腐和水莲花粑粑，风味独特，吃过后让人念念不忘。

（五）

人是这方美。

这里人文荟萃，底蕴深厚。是红军长征的经过地，是抗日战争收官之战"雪峰山会战"的主战场，也是"修文演武双能手，护国倒袁一伟人"蔡锷将军的故里。振臂一呼，护国讨袁，再造共和，蔡锷将军倾覆了几千年封建帝制。全国保存规模最大的蔡锷将军纪念地蔡锷公馆就在我驻村的必经之地山门镇，镇上的十字路口，蔡锷将军跨马挥刀、雄姿英发的雕像，一次次让我投去膜拜的眼光。

这里是华东军区海军原参谋长、开国将军袁也烈的家乡。南昌起义的枪声中，有他冲锋陷阵的雄姿，抗日烽火和淮海战役的硝烟里，有他指挥若定的气魄，祖国万里海疆线上，有他踏平惊涛骇浪的卓著功勋。

著名教育家刘寿祺、著名作家谢璞、著名画家黄铁山、2017年度中国科学技术特等奖获得者舒跃龙、全国"爱民模范"宋文博、微信之父张小龙、外卖小哥、全国诗词大赛冠军雷海为，一个个闪光的名字，令人对这座雪峰腹地的山城刮目相看，敬意油然而生。

当然，让我最感动的，还是这里纯朴的乡亲。驻村期间，他们常常送来自家出产的茶叶、冬笋、瓜果蔬菜，你不收下都不行。我感慨这里人们的执着，他们初心不改，十年如一，方得始终。我感动这里人们的重义重情，他们如兄弟般的关怀和温暖，让你觉得有他乡遇故知、他乡胜故乡之感。

（六）

风是这方暖。

三年里，我到过高沙、黄桥、石江、江口、醪田、大屋、水东、月溪、长塘、石柱、花园、山门、古楼等多数乡镇，感受了这一方水土的风貌、风情、风俗、风光。感受那和煦的春风吹拂着雪峰大地，一幕幕旧貌新变迁。

我见证了洞山醪公路建成通车的开怀。昔日的坑坑洼洼泥水路，变成了漂亮的金光大道。我无数次开车行走在这条路上，心生感叹。

　　我见证了洞口高铁站迎来第一列高速前进列车时的畅快，洞口由此迈入了铁路时代。它圆了近百万洞口父老乡亲的铁路梦，它承载了无数游子对家乡的眷念和热爱。它拉近了与外界的距离，让世界与洞口更亲近。

　　我见证了洞口一举摘掉"贫困帽"的喜悦。7年扶贫，5年精准脱贫，星光不问赶路人，岁月不负有心人。洞口向人民群众交上了一份满意的脱贫答卷，变化的是时空，不变的是使命初心。

　　我看见了蜜橘飘香，茶韵千里。我看见了电商通达，网联四海。我看见了春风过雪峰，春雨润平溪。我看见了山乡巨变换新颜，稻花香里说丰年。

　　千年古邑迸发出强劲的新活力，一道道美丽的新风景、一幅幅迷人的新画卷、一番番卓越的新成就，让这座雪峰山城更加流光溢彩，让这片神奇的土地更加绚丽丰饶。

我家在椒林

天是这方蓝
山是这方绿
水是这方清
巍峨雪峰风光秀
我家在椒林

高高的望乡山珍藏着古老的传说
远去的马铃声演绎着当年的繁荣
茫茫竹海绿波荡漾
户户造纸儿孙兴旺
斜阳脉脉木屋沧桑
椒岭古道千年留芳
群峰之上战壕纵横天罗地网
中国将士奋勇杀寇四海名扬

风是这方暖
人是这方纯
爱是这方浓
美丽桐山如画屏
我家在椒林

醇香的米酒醉出那浓浓山里情
清清的桃源溪流出甘甜沁潇湘

春风吹拂神州大地
一幕幕旧貌新变迁
展示着沧海化桑田
昔日羊肠成大道
崭新路灯照得那月儿圆
天然氧吧原生态美景稻花香
小桥流水层林尽染披霞光
新农村道路越走越宽广

念不完的家乡美
恋不够的故园情
变不了的是乡音
唱首歌谣给家乡
我家在椒林

如歌短笛

月亮湖

（一）

1968年3月，公社来了七十多名省城下放的知青，泉福大队分配了五个。

大队书记彭福贵喊了辆拖拉机，到公社把知青接回大队部。

大队部是一座红砖青瓦、类似于四合院结构的房子，大队的供销社、卫生室、广播室都在这里，大队部前面是大队小学，后面是养猪场，这里很是热闹，是全大队的政治经济文化中心。

大队部房子的外墙上，用石灰刷了标语，清一色的标准宋体字，出自泉福大队有名的笔杆子、小学语文老师刘清扬之手。

彭福贵四十多岁，身材中等结实，留平头，当过兵，在部队入了党，回来之后，当了大队书记。

拖拉机在大队部大门口刚停住，妇女主任陈爱莲领着一帮人早已在此等候。陈爱莲三十出头，齐耳短发，为人热情大方，处事泼辣能干，作风正派公道。

五位知青两女三男，着装和携带的物品好像是约好了似的。身穿草绿色的军装，背上背着一个大大的背包，肩上斜挎印着"为人民服务"的黄挎包，挎包的扣带上系着两个搪瓷缸，手提一个大帆布行旅袋，有的是黄褐色的，有的是浅绿色的。

其实根本无须约定，这是那个年代最时髦、最体现革命化的装扮了，穿一身草绿色的军装，是许多青年最狂热的向往。当然，也只有城里的男女青年才能拥有，农村里的年轻人天天干农活，和泥巴打交道，是不可能穿也穿不起的。

五个知青虽说被拖拉机摇了一路，有点脑袋发晕，但依然充满了好奇与快乐，充满了青春活力与朝气。他们的装束，即使在那个色彩单调的年代，也足以让人眼前一亮。

陈爱莲边大声说着欢迎的话，口里忙不迭地夸奖：好俊俏的伢妹子哟，边指挥大伙帮忙提行旅。

来到大队礼堂，彭福贵书记主持搞了个简单的欢迎仪式，向五位知青介绍了大队的情况和会计、出纳、妇女主任等成员。月亮湖生产队队长郭雷生也在场，彭书记做了重点介绍，因为大队已决定将他们安排到月亮湖生产队插队。月亮湖生产队就挨在大队部边上，因有一个美丽的月亮湖而得名。

接下来，彭书记要五位知青做自我介绍。

"我叫丁兰，兰花的兰。18岁，高中毕业。"扎着两条辫子，高挑秀气的丁兰说完，脸红到了脖子上。

"我叫高香香，香喷喷的香，以后大家叫我香香就好了。"高香香一头乌黑的短发，说话嗓门高，大大咧咧，话还没说完，自己就笑起来了，也把所有人都逗笑了。

"我叫王国庆，国庆节那天出生的，所以爸妈给我取名国庆。"看着身高一米七几、身体壮实的王国庆，彭书记心里乐了，这孩子锻炼锻炼，应该会是一把干活的好手。

"我叫肖俊杰，没干过农活，不过，我愿意虚心学习。"肖俊杰人如其名，长得俊，一脸阳光。

吴密是最后一个发言，他是五人当中年龄稍大的，来之前，他在工厂已经上了两年班。相比之下，显得成熟稳重不少。

介绍完后，彭书记说："住的地方，由陈爱莲主任负责安排，知青们具体做么子事，今后听从郭雷生队长安排。中午，大队上请知青们吃饭。"

欢迎仪式散了，陈主任领着五位知青来到他们的宿舍。

宿舍是大队部靠东边的一排房子，床是南方常见的最普通的木头架子床，屋里还有一张桌子、一个柜子、几把椅子，窗户用旧报纸糊着。陈主任已提前打扫过卫生，看上去虽说简陋，倒也整洁。不过，这条件可能在全县所有知青中算上等的了。

王国庆、肖俊杰、吴密三人共住一间大房子，丁兰、高香香两人合住一间小一点的房子。他们很快铺好了床，挂好了蚊帐。

他们的宿舍再往东过去几十米，是生产队的养猪场，挨着养猪场的是一大片高坡地，种满了红薯，专门喂猪的。

煮猪潲的灶屋也是大队部的厨房，为知青接风就安排在这里。屋子里弥漫着一股猪粪臭味和饭菜香味的混合气味。五个知青不约而同地捂了一下鼻子，但他们马上反应过来了，自己是来锻炼品格的，可不能娇气。立刻把手放下来，当作若无其事的样子。

彭书记、陈主任看在眼里，眼神中既有理解，也有赞许。

四方桌子上，摆放了南瓜、酸菜汤、韭菜煎鸡蛋、油渣子炒白辣椒、擦红薯叶煮嫩子鱼、腊肉等几个菜，这是当时最客气的一桌菜了。

彭书记给每人倒上了"七五冲"（谷酒），端起杯，说："你们从省里来到泉福，从今天开始，我们就是一家人了，真正的同吃同住同劳动，有么子困难，随时跟我们讲。不过，要有吃苦受累、脱几层皮的思想准备。来，喝了。"

彭书记一饮而尽。丁兰、高香香从没喝过酒，但听彭书记那口气，似乎没有商量的余地，只有喝了。

"七五冲"，泉福大队本地自酿谷酒，酒性烈得很。但它是正儿八经的粮食酒，不奔头，不会伤身体。

丁兰、高香香只觉得一股火从喉咙直奔胃里而去，一路熊熊燃烧，差点就站立不稳。

王国庆、肖俊杰、吴密的情况也好不了多少，好几秒钟才回过神来。

"来，吃菜。"彭书记招呼着。

他们也顾不得形象，赶紧夹起一块腊肉，送到嘴里，总算把酒劲压了下去。

郭队长又端起酒杯，"我和彭书记汇报过了，丁兰、高香香留在养猪场当饲养员，但春耕、双抢农忙时节，还得要出来帮忙做事。王国庆、肖俊杰、吴密跟我们一样，每天按时出工。吃了中饭，我就带你们到生产队转一转，熟悉下情况。来，我敬大伙一杯。"

第二杯下肚，丁兰、高香香感觉酒劲没第一杯那么猛了。

这菜是真好吃，柴火灶大锅子炒的，在城里吃不到的。

"你们颠簸了大半天，多吃点菜，我就不敬酒了。"陈爱莲的善解人意，让知青们很是温暖。

饭后，郭队长领着他们到队上的几个屋场逐一走了一遍，和老乡们都打了个照面，就算是认识了。又到队屋为王国庆、肖俊杰、吴密三人领了箢箕、扁担、锄头等农具。

　　最后，郭队长带他们来到月亮湖边。五个人不由发出惊叹：好漂亮啊。湖水清澈，波光粼粼，岸边的柳树已长出了浅绿的新芽，水鸟在湖中自由嬉戏，水草在阳光照射下，变得更加翠绿，随水波起伏摇摆。湖边稻田的油菜花一片金黄，香气浓郁，野蜜蜂"嗡嗡嗡"飞来飞去，格外忙碌。

　　郭队长介绍说："月亮湖是我们生产队的珍宝，全队的生产灌溉用水主要就靠它了，有了它，我们这里旱涝无忧。"

　　月亮湖从此在五个知青的心中留下了永生难忘的印记。

　　回到大队部，只见陈主任在地坪上翻晒稻草，他们马上上去打招呼，好像是老熟人了一样。

　　"我跟你们晒了些稻草，等会垫床铺用，这个季节还有倒春寒，垫上这个不冷，也软和。"陈主任边干活，边笑着对他们说。

　　陈主任的话把他们又感动得不行。随后，陈主任搂着稻草来到丁兰床铺，给他们做示范。在床板上铺上一层厚厚的稻草，压匀、捣鼓整齐，再铺上垫被、床单。

　　晚上，大队彭书记的儿子彭长江带着好几个年轻人过来玩。彭长江比知青年纪略大，在公社民兵营工作，长相英武，性格豪爽。到底都是同龄人，很快，他们就聊得热火朝天，笑声朗朗。

　　送走彭长江，他们睡在还散发着太阳清香、松软的稻草床铺上，感觉这一天像是做梦一样，早晨还在省城，晚上就在完全陌生的乡下。不过，睡在稻草上的那个感觉，那是前所未有的踏实、舒服，恐怕神仙都难享受得到。

　　除了丁兰，其他四人很快进入了香甜的梦乡。这是丁兰人生第一次远离父母，夜深人静，心中难免惶恐，想念父母，眼泪不自觉流了下来。想着，想着，也沉沉睡着了。

（二）

　　第二天一大早，一阵阵清脆急促的口哨声划破清晨的宁静，是郭队长在喊出早工了。

王国庆、肖俊杰、吴密赶紧爬起来，穿衣洗漱，担起箢箕就朝郭队长的哨声方向奔去。

丁兰、高香香也麻利地起床，到养猪场去帮忙干活。

到了水田旁，已经来了几个老乡，王国庆、肖俊杰、吴密三人也算到得早的，受到了郭队长的表扬。

人到齐后，郭队长布置任务：这几天担大氹。要抢时间，把养猪场堆积发酵的猪粪肥料全部担到水田里，耙匀，准备春耕。

女的拿个耙头上猪粪，男的挑。

王国庆、肖俊杰、吴密哪里干过这活，不是扁担一头高一头低，走路跟跟跄跄，就是打赤脚小石子硌的脚疼，深一脚浅一脚，姿势难看，动作搞笑，还没走两步，猪粪就匡在路上，引来堂客们一阵哄笑打趣。

正在上肥料的陈主任赶忙过来，做示范，手把手告诉他们要领。再担的时候，就好多了。一个早工下来，三个人好像过了一年一样，是那么的漫长难熬。郭队长收工的哨声仿佛是世界上最好听的音乐。

回到宿舍，发现肩膀红肿，痛得厉害，碰都碰不得。他们这才知道，原来农民伯伯不是那么好当的，白米饭也不是那么容易吃的。

丁兰、高香香的任务也不好对付。她们先到红薯地里割红薯藤，挑回来剁碎，烧火，用两口巨大的铁锅煮猪食，然后将煮熟的猪食提到猪栏屋，一瓢一瓢舀到食槽里，几十头嗷嗷叫的大肥猪吃上饭，她们的事才告一段落。才一个早工，她俩的手上打起了好几个水泡。

接连担了五天大氹，终于担完了，三个人肩膀上的红肿，变成了茧子，也不那么痛了，赤脚走路也自在多了。

接下来是春插。

王国庆、吴密担秧，肖俊杰、丁兰、高香香三人插秧。插秧是个技术活，陈主任特意在他们旁边教。要手到、眼到，左右手要配合，脚不能踩在插秧的地方，左手要悬空，不能搁在大腿上，边插边自然后退。

三个人基本上掌握了技术要点，虽然插得不快，但也还算那么回事。插到田中央，丁兰感到大腿上有点痛，扭头一看，一条蚂蟥牢牢地吸在她雪白的腿上，她吓得把手里的秧一丢，大叫一声，朝陈主任奔去。把田里的堂客们吓了一跳。

丁兰一把搂住陈主任，指着腿上，结结巴巴地说，蚂蟥，蚂蟥。

陈主任早料到了是这个情况，安慰她："兰妹子，冇事，看我的。"说着，在丁兰小腿上用劲拍了两下，蚂蟥立刻缩成一团，滚落到田里。

"下回再有蚂蟥咬到你，就用这个办法，莫怕。"

丁兰这才松了一口气，放下心来。

王国庆、吴密从百米开外的秧田担秧，再分发给插田的人。本来觉得还蛮轻松，不曾想，马上就出了状况。田埂路又窄又滑溜，乡里老把式走在上面都得小心。王国庆、吴密一人挑一担秧，一前一后，晃晃悠悠而来，如同跳舞一般。

快接近目的地的时候，只听王国庆一声"哎哟"，人就应声四仰八叉摔倒在田里，肩膀上的一担秧也飞了出去。吴密离王国庆太近，躲闪不及，也一屁股坐到了田里。插田的堂客们一阵"哦豁"打起，笑声飘满田野。

王国庆、吴密尴尬地爬起来，半边屁股摔得痛死了，一拐一拐的，在水沟里洗去泥巴，继续开秧。

农村人集体劳动时，本就喜欢开玩笑，五个知青的到来，更增添了不少谈资和笑料，出工时往往笑声不断，繁重的体力活似乎也轻松了许多。

春耕春插忙完了，有一段相对轻闲的日子，夏天随着就来了。

夏季是王国庆、肖俊杰、吴密最喜欢的季节，他们和队上的小孩子一起，到月亮湖游泳洗澡，抓鱼摸虾，扎猛子比赛。丁兰、高香香也会到月亮湖洗头发。

接下来，抢收早稻、抢插晚稻，一年当中最忙、最累的时候来了。

不过，他们五个人都成功挺过了"双抢"，经受住了考验。但皮肤都晒黑了，手上、脚上、肩膀上，起了老茧。吴密成了担毛谷子的主力，得到了社员的认可、称赞。特别是丁兰、高香香，"双抢"也搞了，几十头猪还被她俩喂得膘肥体壮，猪圈卫生打扫得干干净净，臭气基本上闻不到了。彭书记都点名表扬了她俩。

（三）

农忙过后，天气好的晚上，大队上会在学校操坪放露天电影，大概一个月一回。

有天晚上，月黑风高，大队部放电影。完了，赵美霞默默地扶着父亲往回走。这时，天空飘起了毛毛细雨。吴密在旁边看得真切，迅速回到宿舍，拿起手电筒、雨衣、雨伞，追了上去。

"赵叔，下雨了，我来送你们一下。"

"小吴啊，谢谢你啰，你快回去看电影，别人看见了，对你不好。"

"赵叔，我不怕，我相信您是好人。"

赵四海拗不过吴密，只好由他。赵美霞第一次感受到了别样的温暖，鼻子一酸，差点落下泪来。幸亏是黑夜，看不见。

吴密到赵四海家附近出工时，常进去讨杯水喝，关系慢慢混熟了。

一天，赵四海走在回家的路上，突然窜出一条夹着尾巴的疯狗，对着他的腿肚子就是一口。赵四海吓得要死，痛得大叫一声。搂起裤脚一看，小腿上被咬出四个洞，血流不止。他回去用水清洗了一下，涂了点碘酒，以为没事了。

过了十几天，伤口出现化脓，人也发烧、打摆子，躺在床上，心里好像有东西在抓，赵四海难受极了。赵美霞急得不知如何是好。情急之中她想起了吴密。晚上，她急忙赶到大队部吴密宿舍，把情况跟吴密说了。

吴密说："那赶紧送公社卫生院啊。"

小学老师刘清扬当时正好和知青们在一起聊天侃大山。

他对吴密说："癫狗子咬了，到医院没用。从这里往东20里，有一个叫严家台子的地方，有个严五嗲，专治癫狗子咬人，他有一个祖传秘方子，只要还能撬开口，灌得进药，就有得事，治得好。"

"那我现在就去。"

赵美霞刚想阻止吴密，劝他明天再去。吴密就已经冲出去，消失在夜色中。

刘清扬这一向晚上经常到知青宿舍来玩。他不但写得一手好字，能写诗，讲笑话也是一把好手。刘清扬自己若无其事，听的人往往笑得打滚。五个知青都乐意与他交往。高香香每次笑得肚子痛，一边捂着肚子，一边笑，一边说："莫讲了，莫讲了，受不了了。"

刘清扬主要还是为高香香来的，他喜欢上了这个性格开朗、活泼可爱的知青妹子。

由于不熟悉路，快天亮了，吴密才走到。人家还没起床，他只好在屋外等。

门开了，吴密连忙迎上去，说明来意。开门的老人正是严五嗲。

严五嗲对吴密说："你来得是时候，要是再过一段时间，治起来就困难多了。莫急，你先坐，我就配药。"

严五嗲配药极为认真精细，先把糯米炒香，放冷后碾成粉，再把斑马虫等几味中药一一碾成粉末。然后，按照病人病情程度，确定每一种药的用量。严五嗲给吴密配好了三服药，交代他，一天一服，吃完后，应该就没什么事了。

吴密连连道谢，付了钱，拿起药，就马不停蹄地往赵美霞家里赶去。

赵四海三服药喝完后，果然好了很多。伤口开始结疤，心里也舒服了。赵四海对吴密这小伙子心怀感激，多么难得的年轻人啊。美霞对吴密除了感恩外，心房里更增添了几分异样的温暖，是那种让人的心隐隐作痛的温暖，是永生永世都忘不了的温暖。

三天后的晚上，吴密去赵四海家，了解他的病情，看看还要不要再拣几服药。一进门，就看到赵四海在堂屋里干活，像个没事人似的。

赵四海见到吴密，赶忙停下手中的活计，拉住吴密的手，一个劲地说："咯回真的搭帮你啊，我听人讲，癫狗子咬了发病后，没得治，而且死得好痛苦，真是后怕啊。"

美霞看见吴密，眼里泛起亮光，心房莫名地乱跳。她泡了姜盐茶双手端给吴密，脸颊红扑扑的，还有几分少女特有的娇羞。

吴密不敢多看，接过茶，对赵四海说："赵叔，我是过来看看您好得怎么样了，还要不要去拣药。"

"好了，都好了，不用去了。上次拣药的钱还有给你，吴密啊，多少钱，我拿给你。"

吴密知道，按实际每服药3块钱的话，赵叔家的这个情况应该是很难付得起的。不让他给吧，肯定又说不过去。于是他说："赵叔，每服药五毛钱，一共一块五。"

"这药真的是又便宜效果又好啊。"赵四海边说边将钱交到吴密手里。

"赵叔，您好了，我就放心了，那我回大队部了。"

"时候不早了，也不留你了。美霞，去送送吴密。"

"好咧，爸。"

出了门，吴密发现一轮明月悬挂中天，洒下一地银辉，秋收后的田野一片静谧，只有虫儿在轻轻鸣唱，立在稻田中的草垛，像是一座座茅草屋。

他俩并排走在窄窄的田埂小路上。

吴密由衷地对美霞说："月亮湖的夜色真美啊。我来这么久了，今晚才真正体会到。"

"那你就留在月亮湖，莫走了吧。"美霞也学会了调皮。

吴密看着眼前真挚纯朴的美霞，他的心中升起了一种责任感，真诚地回答美霞的发问，说："好！"

"你会一辈子对我好不？"

"嗯，我保证，一辈子只对你好。"

"我信你，那我回去了。"

看着美霞的背影，吴密的心别提有多开心甜蜜。这一夜，也成了他人生最美好、最难忘的记忆。

（四）

知青生活的第一年不知不觉很快就过去了。虽说累，倒也充实，也学到了插田、扮禾、扯秧、喂猪、担大氹、除草等这些在城里、在书本上学不到的技能。

第二年，进入七月汛期以后，天像是烂掉了一样，每天暴雨倾盆，从早到晚不曾停歇，落得人心里发慌、发毛。泉福大队所有的塘坝、沟渠里的水满得快溢出来了。

知青们待在宿舍什么事也干不了。于是，王国庆、肖俊杰、吴密主动帮丁兰、高香香剁红薯藤、煮猪食、喂猪，倒也开心热闹。肖俊杰算最卖力的一个，因为他心里暗暗喜欢着丁兰，趁这个机会，多帮帮丁兰，加深下感情。

连续下了四天后，公社的广播每隔一小时喊一次，要求各大队提高警惕，全力做好防汛抗洪准备，重要的生产、生活物资要转移到高处，地势低洼的人家要随时做好转移准备，确保群众生命财产安全。

看来形势很严峻了。

王国庆、肖俊杰跟大队社员一起，到清水江大堤上看水。只见浊浪滔滔，波涛汹涌，滚滚急流夹带着树木杂物，咆哮着向下游冲去，江水与堤面只相隔不到一米的距离，站在大堤上，让人有些莫名的恐惧，腿肚子有点发抖。

回到宿舍后，他俩叫上吴密，一起找彭书记、郭队长汇报。他们建议马上行动起来，落实公社防汛要求。彭书记赞同他们的意见。

郭队长立即作出安排。

一方面，组织劳力，在种红薯的山坡上，搭起棚子，四周打下木桩，用竹条编成围栏，把几十头猪全部赶到了高坡上。

五位知青被安排分头上门到农户家做工作，劝说、督促将重要的生产生活工具、用品、粮食、鸡鸭，都放到阁楼上。有几户地势特别低洼的社员，则动员他们把要紧的东西寄放在地势偏高的人家里，把小孩子提前送去外地亲戚家。

同时，储备好一家人至少够吃五天的食物和水。

大队部的贵重物品全部落到了楼上。知青们的生活用具也搬到了阁楼上，并在上面用木板铺成了床，要是洪水来了，就住在楼上。

准备工作做得差不多了，晚上，又是一通晚的雨。

第二天，天刚麻麻亮，公社广播就传来清水江决口溃堤的紧急通知。泉福大队的广播也随即在乌云翻滚的天空骤然响起，要求全体社员务必立即执行事先确定的抗洪方案。

吴密、高香香和另外两名饲养员安排到红薯地的坡上看守猪，防止猪逃出、淹死。刘清扬主动向郭队长提出，到坡上执行看守猪的任务。郭队长表扬说："还是刘老师思想境界高。"

王国庆、肖俊杰、丁兰上了阁楼。

二十多分钟后，就看到洪水翻滚着朝大队部而来。不到半个小时，泉福大队就淹没在洪水之中，一片汪洋。

洪水中的第一个晚上，相安无事。吴密、高香香那里就苦多了，蚊子太多，睡不着觉，只能几个人轮流眯会眼。但有了刘清扬那一肚子讲不完的笑话，时间似乎也没那么难打发了。

第三天，来事了。

先是两头猪钻出了围栏，跳进了洪水中。吴密一见，马上跳了下去，在齐腰深的水中艰难划行。猪游水的速度也不慢，吴密好不容易追上了猪，一手揪住一头猪的耳朵往回走。因为有水的浮力，走起来并不那么难。

到了坡边上，刘清扬、高香香和另外两名饲养员一齐来帮忙。他们在上面拖，吴密在水下推，费了九牛二虎之力，终于把两头猪成功救了上来。他们又赶忙把围栏加固修复好，才松了一口气。

到了下午，高香香看见隔大队部不远一个社员家的房子倒了。那房子是全土砖的，在洪水中泡了三天，顶不住，垮了。

高香香大声叫喊："不好了，不好了，彭四嗲的屋垮了。"

"那还得了啰。"两个饲养员急得直跺脚。

"大家莫急，我有办法，快把剁猪食的那个大脚盆抬过来。"吴密的话一下子稳住了几个人焦急的情绪。

大脚盆抬到水边上，吴密找来两根木棍子当划桨。只见吴密坐到大脚盆里，用木棍子快速朝彭四嗲的屋划过去。这是吴密去年看见有人坐脚盆在月亮湖采菱角得到的启发。

"哦豁，还是吴密的脑瓜子灵泛，办法多。"大家都齐声称赞吴密。

吴密很快就到了，围着垮塌的房子转了一圈，找到了抱着一根木头漂浮在水里的彭四嗲两口子。吴密跳进洪水里，费力地将彭四嗲两口子坐进脚盆里，他自己站在洪水中艰难推着脚盆前行。

吴密把脚盆缓缓推进了大队部的宿舍，王国庆、肖俊杰、丁兰在阁楼上接应，差点就淹死的彭四嗲两口子终于安全了。

随后，彭长江从公社民兵营调来三条木筏子，用来巡视、救援，方便快捷多了。

清水江决口溃堤后，县里组织了大批拖拉机、解放卡车和人力，全力封堵决口。到第四天下午，公社广播传来好消息，决口终于被堵住了。第五天，泉福大队的洪水慢慢消退。

刘清扬把自己亲眼所见的吴密救猪、救人的事迹写成了一篇感人的长篇通讯报道，找大队彭书记盖章后，投寄到了县报社。县报社进一步核实相关情况后，很快就在头版刊登了出来，县领导作了批示。吴密被评为抗洪抢险先进个人，受到县里隆重表扬。

吴密很不好意思，他觉得这就是自己的本能，没什么好宣扬的。为此，他把刘清扬骂了一通，怪他有经过自己同意，就把事捅出去。

广播里播送着吴密的先进事迹，美霞听了，心里甜丝丝的，对她的吴密哥更加崇拜。

刘清扬的名字也随之传遍了全县，并被报社聘为特约通讯员。高香香从此对他也是刮目相看。

（五）

洪水过后，月亮湖生产队组织抢播抢插。秋收过后，头等大事就是月亮湖清淤。

当时洪水带来的大量泥沙将月亮湖彻底淤积，基本失去了灌溉、抗旱功能，成了月亮湖生产队一块难看的伤疤。

生产队召开了动员大会，按人头确定了工时。

一时间，月亮湖人山人海，热火朝天，红旗招展，号子声声，歌声嘹亮，场面甚是壮观。

月亮湖里的淤泥是上好的肥料，一点都没浪费，全部担到了稻田肥田。

丁兰、高香香和另外两名饲养员煮饭、炒菜，负责上百号人的吃饭后勤工作。从湖里捉上来的鱼，正好成了每天的下饭菜。

对赵四海家来说，按人头计工时是件让人头痛的事情。家里五口人，就他和女儿美霞勉强能上。不过，好在有吴密他们来了。吴密、王国庆、肖俊杰在完成自己的任务后，一起帮赵四海。这事本来和刘清扬无关，他是小学老师，也不是月亮湖生产队的人，他可以不管。他主动跑过来帮忙，把赵四海感动得老泪纵横。高香香看在眼里，心想，别看刘清扬平时喜欢开玩笑，关键时候也能顶得上。

月亮湖清淤一直干到快过年的时候，终于完工，等来年春季蓄上水，美丽的月亮湖将重现人们视野。

月亮湖清淤搞完的第二年秋季，县里又组织了声势浩大的修清水江防洪大堤工程。一千多人的大队伍、大场面，锣鼓喧天，彩旗飘飘，高音大喇叭里，不停放着激动人心的革命歌曲，这热闹场合多少年不曾见了。

修堤以大队为单位，分段包干，每个大队所在的地段都插了旗帜隔开。任务完成快、验收质量合格的，县里给予表扬、奖励。

刘清扬作为县报的特约通讯员，被指定负责现场的宣传通讯报道工作。

泉福大队成立了以彭福贵书记为指挥长的修堤指挥部，组建了三支青年突击队和后勤服务队，其中一支，吴密当队长，王国庆、肖俊杰都分在这个队里。陈爱莲、高香香分任后勤服务队正、副队长。

泉福大队分的地段并不理想，取泥巴的地方比别人远。但他们年轻人多，荣誉感强，干劲高。尤其在吴密的感召带动下，一个个像是有使不完的力气，进度明显快于其他大队。加上陈爱莲主任的饭菜做得合口味，好吃，对迅速恢复体力起到了很好的作用。

刘清扬及时总结了泉福大队的这一好做法和取得的效果，写成通讯稿，在县报发表，在广播里播出。县里指挥部来了几批人到泉福大队工地察看，给予了肯定，并把他们的经验在全线工地进行了推广。

防洪大堤工程在第二年汛期来临之前圆满完工，县里召开了表彰会，泉福大队被县里评为先进集体，彭福贵书记戴大红花上台领奖。从那年开始，清水江大堤再也没有发生过决口溃堤事件。

知青们返城后，每隔五年，他们都会相约来一次泉福大队。每次，他们都要到清水江大堤和月亮湖边站一站，走一走，看一看，自豪感油然而生。这固若金汤的清水江大堤、这清澈漂亮的月亮湖，他们都曾全力参与建设，留下过他们奋斗的汗水、他们的心血、他们的欢笑、他们的记忆和美好的知青岁月。

（六）

一转眼，知青们来泉福大队六年了。泉福大队的老乡们早把他们当成了自家人。这一年，发生了一件很大的事，这一年，也成了他们人生中永远忘不了的一年。

陈爱莲主任心细，她注意到，知青中好几对都处在热恋中，如果不做好正确引导，不关心他们，任其发展，哪天若发生未婚先孕的事情，麻烦就大了。陈主任把自己的担忧向彭福贵书记说了。

"那你有么子好法子没有？"

"我是这样想的，由大队出面，办个集体婚礼，办之前，我先找他们单独谈一回，也听听他们的看法。"

"你这想法好是蛮好，但冇得先例咧，不会搞出么子事来吧。"彭书记还是有些顾虑。

"办集体婚礼只是走个形式，办之前都按规定要求打好结婚证，手续到场了，出不了事。还有你崽长江，也是其中一个啰。"陈主任胸有成竹地说。

"要得，那就听你的，你去安排。我崽跟哪个相好啰，我何解不晓得？"

"小学教数学的李爱华老师，好姑娘咧，你这做爷的真是的。彭书记，到时要请你做证婚人啊。"

"那你就是他们共同的媒婆了，哈哈哈。"

两个人一齐开心地笑了起来。

陈主任一一找肖俊杰、丁兰，吴密、赵美霞，刘清扬、高香香，彭长江、李爱华这四对青年恋人谈了，并要求他们事后把这个事跟双方父母沟通好。这好事来得太突然了，把他们高兴坏了。

只有吴密这里出了状况。

"陈主任，去年回家过春节时，我跟父母提出来，要和美霞正式结婚，父母一听美霞家的背景，坚决不同意，搞得我们春节都没过好。"

"那你自己的打算呢。"

"这辈子我只娶美霞。"

"那就好，你写信要你父母抽空来泉福大队一回，我跟他们好好谈谈。"

"那太谢谢陈主任了。"吴密总算放下了心中的包袱。

晚上，他跑到美霞家，把这个好消息告诉了赵四海和美霞，美霞高兴得跳了起来。

赵四海心里自然高兴，但他虎着脸对美霞说："姑娘家的，不晓得害臊。"

让人期待的集体婚礼在准备当中。吴密的父母亲在中秋节的时候，来到了泉福。

陈主任当着吴密父母的面，把吴密在泉福的表现、成长、进步和成绩好一顿夸，特别是不顾个人安危、勇敢救人被县里表扬的事，说得很详细、动情。吴密父母听后，也很是感触，想不到儿子这么优秀。

"陈主任，谢谢你们对吴密这么多年的培养教育和关心照顾，这些事，孩子从没有和我们讲起过。"

"这更证明了吴密这孩子品行好，不事张扬。不过，美霞那姑娘也真是一顶一的好姑娘。"陈主任顺势谈起了美霞。经陈主任一说，吴密父母在心里基本上消除了担忧。

"下午，我带你们到美霞家里看看，光听我讲不行，眼见为实。"

吴密父母看过之后，满意、放心回省城去了。走之前，拿了些钱交给赵四海和美霞，请赵四海费心，为孩子们结婚置办些用品。

国庆节这天，泉福大队喜气洋洋，广播里播放着革命歌曲，大队部外面的大槐树上，喜鹊"喳喳喳"叫个不停。在大队部的礼堂，坐满了社员，一场简单而隆重的集体婚礼正在举行。肖俊杰、丁兰，吴密、赵美霞，刘清扬、高香香，彭长江、李爱华四对新人戴着大红花高高兴兴列队站在台前。

大队彭福贵书记证婚主持。

仪式结束后，他们就是正式夫妻了。高香香搬到了刘清扬小学的宿舍，肖俊杰搬到了丁兰的房间，三个男知青住的那个大房间隔成了两间，吴密和美霞住一间，王国庆住一间。只有王国庆打单身了。

还沉浸在无比喜悦中的刘清扬，激情飞扬，一口气创作出了《月亮湖作证》诗歌，发表在县报上。月亮湖一下子出名了，更出名的是月亮湖知青的集体婚礼，引来全县无数知青的羡慕。

年底，刘清扬就调到了县报社当编辑。

时间来到1977年10月，中央出台了全国恢复高考制度的文件。这消息在知青中有如一声春天的惊雷，一石激起千层浪，让他们看到了新的希望。

时间紧迫，不到两个月就要开考了。肖俊杰、丁兰、王国庆马上报了名，找来学习资料，积极备考。幸亏是冬季，生产队这个时候的事也不多，他们有时间看书复习。吴密、高香香不打算参加了。

考试完后，三个人心里也没有底，每天盼星星、盼月亮，希望早点知道结果。在焦急等待中，通知终于来了。可喜的是三个人都考取了，真是不容易啊。肖俊杰考取了省农大、丁兰考取了师院，王国庆更厉害，被武汉大学录取。

第二年春季，要开学了，泉福大队的社员群众纷纷前来大队部，依依不舍地送他们去上大学。

就在这一年，又发生了一件大事。上山下乡已经10年的知青开始返城了。

高香香先回城了。吴密不愿意回去，他不能丢下美霞。吴密的父母急得不行，天天催促。

还是美霞有远见，她劝吴密："你去吧，城里肯定好多了，你先安顿好，再来接我们娘俩。"这时，他们已经有了一个3岁的儿子。

就这样，吴密在万分难舍中最后一个离开了泉福大队，离开了月亮湖。

（七）

吴密在工厂里干了两年后，不想干了。改革开放也两年了，人们的思想有了很大的变化。吴密想开一家粉店，卖早餐，把美霞娘俩接过来，一起打拼过日子。

吴密特意回了一趟月亮湖，与岳父赵四海和美霞商量。

赵四海和美霞当然高兴了，这一天都等好久了。他儿子一听要去城里了，小家伙更是高兴得不行。

赵四海对吴密说："我有做米粉的手艺，自己做的客人吃起来放心，剁辣椒、萝卜干，我们都可以自己搞，成本也合算些。"

听了赵四海的话，吴密更加有信心了。

回城里后，吴密立马行动起来。在工厂对面找了个临街的门面，楼上还有一室一厅的房间。谈好价，吴密就把赵四海、美霞和儿子三人都接到了城里。

米粉店开起来了，取名吴家粉馆。赵四海负责制作米粉、剁辣椒和萝卜干，美霞负责招呼客人、端粉、收银、搞卫生，吴密下粉。三个人配合得十分完美，加上他们的食材好、价格公道、分量足，吴密的熟人也多，生意出奇兴隆，收入比吴密在工厂上班不知强到哪里去了。

米粉店开了三年后，吴密有了新的想法。晚上，他和美霞商量，既然现在生意这么好，能不能再到别的地段开个分店？

"好是好，但分店要有一个可靠的人。"

"你管这个店子，我去管分店，再招两个人，你看要得不？"

"这样子要得。"

吴家粉馆第一家分店就这样开起来了。接下来几年，又开了五家，店面一家比一家大。他们买了房、买了车。美霞到老家请了十多个人来店里上班。

到2000年初，吴密已经在省城开了二十多家分店，成了有名的大老板。在月亮湖，吴密建立了自己的食材供应基地，统一供应米粉、剁辣椒、萝卜干、葱、蒜、猪肉、排骨，请了陈主任全权负责。大队改村后，陈主任早就退下来了，让她来管理，再适合不过了。这样一来，在月亮湖形成了一个不大不小的产业。

刘清扬此时也调到了市作协工作，他为吴密写了一篇生动翔实、有血有肉的知青创业长篇报道，发表在省里的刊物上，引起很大反响。吴密后来被选上市人大代表，刘清扬这篇文章起了不小的作用。

2007年的端午节，吴密请客，召集刘清扬、肖俊杰、王国庆、丁兰、高香香、彭长江聚会，同时策划商量他们下乡插队月亮湖四十周年纪念活动事宜。肖俊杰还在省农科院当教授，王国庆在国企任高管，已退居二线，彭长江从县政府退了休，丁兰在大学教书，高香香在政府部门工作，两人也于前几年退休了。

吴密先把自己的打算抛了出来。

"我个人是这样想的：由我来投资，把老泉福大队目前尚在闲置的大队部、小学、养猪场等全部租下来，按修旧如旧加以装修，成立知青之家。暂时包括农耕文化与知青岁月陈列馆、知青食堂、知青旅社、月亮湖特产加工厂、月亮湖生态种养产业基地。同时设立泉福公益基金，项目运营后，除去员工工资及成本开支外，收益全部捐赠给公益基金，用于泉福村助学、养老、人居环境改善等公益事业。明年正好是我们到月亮湖插队四十周年，我想，这也是很好的纪念。当然，主要还是要听听你们的意见。"

听完吴密的设想，大家都表示全力支持。

彭长江说："这事太有意义了，我是本村人，我来负责关系协调，保证项目的顺利推进。"

"好，既然都同意，那我们端午节后就动工，确保明年3月正式营业运作。来，我们喝酒。"吴密高兴地说。

吴密说干就干。他们一起回了一次泉福村，签订了协议，设计出了图纸，就开工了。现场具体工作由彭长江负责。到年底，绝大部分工程完工了。

大礼堂改造成了陈列馆，分区布置的老农具、旧家具、旧生活用具、上山下乡老照片、老宣传海报、宣传画，重现了当年的生活场景。电影室里老式放映机放着老电影，当年他们的宿舍也按原样进行了恢复布置。

养猪场装修成了知青食堂，以忆苦餐和月亮湖土菜为主，特别是他们第一天到泉福大队，彭书记招待他们的那些菜：南瓜、酸菜汤、韭菜煎鸡蛋、油渣子炒白辣椒、擦红薯叶煮嫩子鱼、腊肉，成为主打菜单。

小学装修成了知青旅社，作为民宿接待外来参观客人。

在原来种红薯的高坡上，盖起了月亮湖特产加工厂，注册了月亮湖商标。

月亮湖修成了公园，种满了荷花，荷叶田田，十里荷香。

肖俊杰教授负责技术指导，帮助泉福村建起了稻田养虾、养鳖产业兼观光基地。

刘清扬则发挥自己的特长，负责对外宣传、推广工作。

一切工作筹备妥当，春节之后就可以择日新张了。

（八）

2008年3月18日，知青之家正式揭牌。

鞭炮齐鸣，锣鼓阵阵，龙狮腾跃，热闹非凡。

泉福村的老乡都来了，当年下放到公社的七十多名知青差不多都赶来了，县委县政府领导来了。

四十年前的这天，五位知青响应国家号召，上山下乡，插队落户月亮湖。今天，他们以全然不同的方式，又全部回来了。回到了这片他们曾经洒下过无数汗水、留下过无数青春脚印的土地上，回到了这个他们奋斗过整整十年、魂牵梦萦的温暖怀抱。

刘清扬为活动深情创作的《月亮湖之恋》歌曲在泉福上空久久回荡。

在那遥远的地方，有一个美丽的月亮湖。那是我们心灵的圣地，生命的第二故乡。昔日风华正茂少年，如今已是饱经风霜。月亮湖哟，月亮湖，我们的青春记忆，我们的甜蜜爱情，我们的美好梦想，都在这里生长。月亮湖哟，月亮湖，时光流逝，岁月沧桑，如歌的知青生活终生难忘，就像那珍藏的老酒，历久弥香，我们盼望回到你的身旁。

春风浩荡斗龙灯

20世纪七八十年代，钱福大队的龙灯名声在外，几乎每个生产队都有自己的龙灯队。一到春节，龙腾虎跃，锣鼓喧天，人潮涌动，热闹非凡。

其中尤以彭家大屋的"三圣龙"、刘家老屋的"福星龙"和王家屋场的"神武龙"最厉害。一色的年轻后生，个个孔武精干。

三条龙都有一个好把式、好教头。

彭家大屋的教头彭圣龙，五短身材，练家子出身，功夫了得，年纪虽说不大，但人称"彭三爷"。

刘家老屋的教头刘福龙，舞龙世家，肥头大耳，一脸福相，人送外号"刘佛爷"。

王家屋场的教头王武龙，膀阔腰粗，身材高大，面带凶相，都喊他"王老武"。

巧合的是这三个把式的名字最后一个字都是"龙"字，这也许是冥冥中的注定。三人都舞"龙珠"，当指挥。

钱福大队的人就算没有饭吃饿肚子，但过年龙灯不能不玩，在三年困难时期，他们也没中断过，就是这么爱龙灯。

实行分田到户、责任承包制之后，温饱得到彻底解决，家家有了余粮剩米，那劲头更足了。

玩龙灯有讲究，龙与龙之间一般不碰面，不在一起玩。碰到一起，难免不斗龙。斗着斗着，往往文斗演变成了武斗，发生流血事件。这样的事在从前是出过的。

所以钱福大队的龙灯都是各玩各的。

杨家湾的杨老爷子爱热闹，特别喜欢接龙。他家，所有的龙灯队必去，绝不会遗漏。

　　杨老爷子家继承了祖上一座占地好几亩的四合院，那是钱福大队最气派的大屋。光中间的天井就有好几百个平方，是玩龙灯的好地方。

　　杨老爷子的五个崽女在外面吃国家粮，他很早就把四合院全部捐了出来，做了大队小学校舍，自己住在一间杂屋里，义务帮学校敲钟、种菜、打扫卫生、维护院子。杨老爷子和五个崽女为人低调，对当地乡邻和小学的孩子十分友善关爱，赢得了乡邻的尊重，整个四合院也被奇迹般完好地保存了下来。

　　那年正月十五，春节玩龙灯的最后一晚，也是最热闹的一晚。鬼使神差，"三圣龙"、"福星龙"、"神武龙"三条龙竟然从不同方向，同时到达了杨老爷子家。

　　来了，当然不能退回去，那样不吉利。杨老爷子很高兴，放起鞭炮接龙灯。

　　三面牛皮大鼓在走廊上擂得通天介响，三支锣鼓唢呐响器班子齐刷刷使劲地又吹又打，三条巨龙在天井中上下翻飞。看热闹的乡亲从四面八方赶来，围了个里三层外三层。

　　黄龙下海、金龙抱柱、老龙翻身、神龙过海、龙摆尾、蛇蜕皮，三条蛟龙使出各种套路，变换着各种玩法，上下穿插，腾挪跳跃，惟妙惟肖，煞是好看，观者无不叫好。

　　特别是表演难度最大的"三角癫"时，龙灯保持直线行进的情况下，中间几节忽然做出左右摇摆或将本节龙体抬高的动作，其他随之相应配合，整条龙灯出现波浪起伏、环环相扣的效果。以前只看到过一条龙玩这套动作，都觉得过瘾。现在，三条龙在一块玩，边舞边打着"哦嗬"，把龙灯玩到了最高潮。好家伙，把乡亲们一个个看得眼珠子都快掉出来了，一个劲地拼命地叫喊。

　　不愧是钱福大队最厉害的龙，三条龙都拿出了看家本领，将近一个时辰过去了，依然难分高下输赢。

　　就在这时，王老武不小心绊到了彭三爷的脚，彭三爷一个趔趄，后面跟上来的龙头、龙身躲避不及，撞了过来，整条龙跌倒成一堆。

　　出事了。彭三爷以为王老武故意使诈，爬起来后，抄起龙珠就砸向王老武。一场混战发生了。福星龙的人过来拉架，也被殃及。三条龙纠缠在一起，龙内的蜡烛引燃了竹篾做成、糊着透明皮纸的龙身，瞬时猛烈燃烧起来，变成了火龙。

在此危急关头，杨老爷子夺过一面大锣，冲到三条混战的龙中间，边猛敲边不停大喊："住手、住手"。

打红眼的三条龙根本听不见。杨老爷子看准时机，提着锣，一把插在彭三爷和王老武中间，一阵狂敲，两个家伙才猛然停了下来，其他人也跟着住了手。

三条龙各有损伤。龙烧得只剩下一根根杆子，好些人的头发、胡子、衣服都被烧掉了，有的人脸上熏得乌黑，有的受了皮肉轻伤，十分的狼狈。如果不是杨老爷子果断出手，后果不堪设想。

从那年起，钱福大队就不再玩龙灯了。加上后来改革开放，年轻人纷纷南下广东、深圳，打工挣钱，对龙灯失去了兴趣。三个生产队也似乎从那时开始，结下了梁子，一直不怎么通来往。

2000年初，90岁的杨老爷子无疾而终。全村人都去为老爷子送别。村小学有了新校舍迁出了四合院，四合院闲置下来。

时间来到2015年初，市文联派来了扶贫工作队进驻钱福村，随着第一书记、工作队长龙新的到任，事情出现了转机。

龙书记一到任，为摸清钱福村村情民意，马上开始了上门入户走访。一天，他带着队员在走访中，偶然听到了钱福村有玩龙灯的悠久历史和20世纪80年代那次三龙相斗的故事。

说者无意，听者有心。晚上，回到驻地，他怎么也睡不着。心想，这也是资源啊，这里面一定大有文章可做。

在接下来的走访中，龙书记特意注重收集、挖掘这方面的信息。他发现，钱福村的人只要谈起玩龙灯，个个眉飞色舞，讲起来都一套一套的。他心里开始有了底，有了初步的设想。

龙书记找来村支部王书记商量，说出了自己的思考和想法。

谁知王书记把头都摇脱："搞不成器，搞不成器。"

龙书记一头雾水，连问为什么？

王书记说："自从那次斗龙事件后，三个老把式结下了恩怨，他们不出面，这事就搞不成。"

原来是这样。龙书记心想，解铃还须系铃人。

当年的三位教头如今都是六十好几、七十多岁了，但身板子都相当硬朗。

龙书记有事冇事就往三个老把式家里跑，但闭口不谈龙灯的事，只是拉拉家常、张纸烟，一起喝杯谷酒。就这样，取得了他们的信任。

龙书记于是来了个各个击破。先找脾气最倔的彭三爷，把他的一整套发展思路，仔仔细细跟彭三爷敞开胸怀地谈了。听得彭三爷心花怒放。其实，彭三爷早就想搞龙灯了。

最后，彭三爷对龙书记来了一句："还要看那两个家伙的意思。"

龙书记高兴地说："包在我身上。"

龙书记马不停蹄，趁热打铁。分别找刘佛爷和王老武谈了。两人比彭三爷还着急，连声说："早该搞起来了。"

龙书记回到村部，向村两委成员说起这两天和三个老把式交流的过程、结果，大家都很开心。于是，村两委和工作队研究决定，召开全村党员组长和村民代表大会，特邀三个老把式参加，共同讨论通过钱福村三年脱贫攻坚工作规划方案。

大会如期召开。龙书记在会上宣布：

一、成立钱福村龙灯队、舞狮队、女子腰鼓队等表演队，从事商业演出，聘请彭圣龙、刘福龙、王武龙三个老把式担任教练和技术指导。同时，以当年斗龙事件为灵感，集三龙之精华，精心编排出一个"三龙闹春，龙腾盛世"节目，作为演出的保留压轴大戏。

二、成立龙灯、狮子、腰鼓、表演服装、旅游纪念品等生产制作加工厂，发展龙灯文化产业。

三、将杨老爷子捐给村里的那座四合院采取修旧如旧的方式，建成钱福村龙灯文化博物馆，作为钱福村的一个重要旅游景点，加以保护和利用。让这座百年古建筑，焕发出新生机。对四合院旁边的月亮湖进行清淤，修建成乡村公园。

四、引进企业投资，以不破坏自然环境为前提，在钱福村的西部开发建立十里画廊农耕文化产业园。设立蔬菜直供基地、采摘园、研学基地、农家乐、龙狮队及打铁水表演剧场和制作加工厂，招聘村民就近上班就业。因为这里茂林修竹，山清水秀，美丽的母亲河清江就发源于此，一路蜿蜒，向东流去。清江两岸，垂柳依依，风景优美，已经和市里的一家上市企业谈妥。

下面，请与会代表发表意见。龙书记话音一落，三个老把式马上带头鼓起掌来，会议室掌声雷动。钱福村好久没有这样的氛围了。

彭三爷率先站起来表态："龙书记是我们钱福村的真正福星，我全力支持。"

彭三爷带了头，方案全票通过。

接下来的一年多时间，龙书记带领村两委同志和村民群众，把规划蓝图一步一步落实，变成了老百姓看得见、摸得着的实景图。钱福村发生的巨大变化，乡亲们简直都不敢相信自己的眼睛。

2019年，钱福村提前实现脱贫攻坚目标，向乡村振兴迈进。

2020年正月，市里组织首届龙狮大赛，服装、龙狮都是市里统一采购钱福村生产的。钱福村等十支队伍顺利进入决赛。规定套路基本拉不开差距，在自选套路表演中，钱福村凭借"三龙闹春，龙腾盛世"绝妙表演，让人大开眼界，拍手称绝，一举摘得全市首届龙狮大赛桂冠。

一时间，钱福村名声大震，新闻媒体争相报道，旅行团、自驾游，纷至沓来。钱福村群众的钱包日渐鼓起来了，在外务工的年轻人也纷纷回乡创业，钱福村成了远近闻名的富裕村。

龙书记被评为全国脱贫攻坚先进，赴北京参加表彰大会。回村的那天，三个老把式领着龙狮队、腰鼓队，敲锣打鼓，到村口迎接。在新的村委会议室，三个老把式受村委所托，代表全体村民，将一本通红的钱福村名誉村民证书和一面绣有"金龙起舞腾盛世，春风浩荡暖山乡"的锦旗赠送给龙书记和驻村工作队。

接着，三个老把式又亲自上场舞龙珠，把最精彩的"三龙闹春"献给他们心目中最可爱的人。

洪水漂来的女儿

（一）

双泉镇属典型的平原地貌，广袤无垠，阡陌纵横。一条美丽的清江贯穿流过，灌溉着这片富庶的鱼米之乡。到了北边的李家湾，地势隆起，地貌发生了明显变化，成了丘陵山地，低矮的山包连绵起伏，这里产的柑橘又大又甜，很有些名气。

李明和唐月出生在李家湾，唐月小李明一岁。两人从小青梅竹马，一块上学读书，一起在生产队出工干农活。包干到户那年，两人喜结连理。李明勤劳能干，种田、养鱼、烧窑、种植柑橘，都是一把好手，样样不落下。唐月贤惠体贴，养猪、种菜、干家务，屋前屋后收拾得干干净净。小两口夫唱妇随，恩爱互助，日子过得有滋有味，让人羡慕。李家湾的人都给这对年轻的夫妻竖大拇指，交口称赞。

然而有件事困扰着两口子。李明和唐月结婚两年多了，还没有孩子，两边的父母有些着急，有了孩子，就可以多分田地。并不是李明两口子不想要孩子，唐月怀了两次，都流产了。咳嗽、呕吐、打喷嚏都会引发流产。他们想尽了办法，调理和保胎的中药，唐月吃了几箩筐，也不见有效果。

结婚第四年，唐月又有喜了。老天保佑，这回好多了。最艰难、最担心的头三个月挺过去了，平安无事，李明和唐月心里充满了希望，别提有多高兴。唐月的肚子一天天大起来，李明不准唐月干任何体力活，在家安心保胎。

转眼七个多月了。一天晚上，唐月挺着大肚子，准备上床睡觉。李明扶着唐月坐到床沿，唐月把腿抬起来，小心往床铺上移。

"老公，不好了。"

"怎么啦，月儿，你别吓我。"

"我感觉要生了。不要啊，不要啊。"

"月儿，你莫急，躺着别动，我马上送你去卫生院。"

李明把家里的板车找出来，垫上一层厚厚的稻草和棉被。又扶着不停呻吟的唐月躺在板车上，在茫茫夜色中向卫生院驶去。李明父母打着手电，一前一后紧紧跟着。

还没有走出一里地，唐月哭着大叫一声："老公，生出来了。"

孩子提前一个多月早产了，小小的身体扭动了几下，就没有什么动静了，也没有发出哭声。可怜的孩子，还没睁开眼看看这个世界，就悄无声息地离去了。

唐月把死去的孩子紧紧抱在怀里，呼天抢地恸哭，悲痛欲绝。

李明的心像被刀子在割，一刀一刀，痛得不能呼吸。但他还得安慰照顾唐月，他知道唐月更难过、更痛苦。

李明亲手做了一个小小的棺材，把孩子埋在后山上。

从这以后，两口子干脆不再想要孩子的事了。

（二）

打进入六月份开始，天就像烂了一样，瓢泼的大雨落个不歇气，落得人心里发紧、发毛。

清江大堤决堤了，双泉成了泽国，洪水滚滚，一片汪洋。

李家湾地势高，洪水奔流到这里被挡住了去路，就打住了。李家湾幸免于这次天灾。

李明家的房屋正好处在临界位置，出门就能见到浑浊的洪水。洪水拍打着他屋前的山坡，形成了一个回水湾，有很多漂浮物在这里堆积、打转。

夜里，雨终于停了。

"老公，有毛毛的哭声，听到了不？"唐月捅了一下睡在旁边的李明说。

"哪来的哭声，这大半夜的，你太紧张了吧。"

"你仔细听。"

"是有，是有。"李明屏住呼吸、侧着耳朵，听到了有点微弱、嘶哑的毛毛哭声。

"老公，我们去看看吧。"

李明和唐月下了床，拿着手电筒，寻着声音找了过去。哭声更清晰了，是从前山那个洪水回水湾发出来的。

李明拿手电对着洪水来回扫了一遍，发现有一个大脚盆卡在漂浮物中，脚盆里睡着一个婴儿，小手小脚在乱抓乱蹬，哭声就是他发出来的。

"老公，赶快去把他救上来吧，好造孽的孩子啊。"

"是啊，是啊。你打好手电，我下水去救。"

"那你要小心点啊。"

李明下到洪水中，用手扒开漂浮垃圾，站在齐胸口深的水中朝脚盆移动。

终于够到了脚盆，李明牢牢抓住脚盆往岸上走。

来到岸边，唐月抱起孩子，轻声哄着。孩子似乎闻到了母亲的味道，一下子感到了安全，趴在唐月怀里，不哭了。李明扛着脚盆跟在后面，回到了家里。

在灯光下一看，孩子大概四个月的样子，脖子上戴着银项圈，是个女孩，长得真俊俏。小宝宝的衣服全打湿了，正好家里还留有之前给将要出生的孩子准备的婴儿衣服，拿出来换上。又调好红糖水和面糊糊，喂给宝宝吃。小宝可能饿坏了，大口大口"吧唧吧唧"吞咽着。

吃饱后，小宝来了精神，闪着一双明亮的大眼睛，四处打量，冲着唐月和李明笑。把唐月的心都暖化了，仿佛就是自己的孩子一样。

"月儿，也不晓得是谁家的孩子，明天我们送到公安局去吧。"

"怎么送啊，这么大的洪水，我们先带着吧。"

一个星期后，洪水退去，但去镇上的路都毁坏了，无法通行。又过了一个月，路通了。

李明对唐月说："月儿，我们今天去送吧，孩子的父母会着急呢。"

唐月抱着小宝，眼泪在眼眶里打着转，默不作声。李明知道唐月天天带着孩子，一个多月了，有了感情。小宝也特别喜欢黏着唐月。

听说李明要送孩子走，李家湾的邻居也都跑过来，纷纷劝说。

"这是上天赐给你们的孩子呢，天意不可违呢。"

"听说这回发大水死了蛮多人，也许孩子的父母不在了，你们好好带着是在做善事呢。"

"先带着，有人寻过来再说。"

"送到公安局，要是没人认领，孩子遭罪呢。"

邻里们你一言，我一语，好像也说得在理。其实，李明自己心里对这孩子喜欢得不得了，也万分舍不得。

就这样，他们决定让小宝宝留下来。唐月给孩子取名筱慧，小名筱筱。

（三）

筱筱一天天长大，越长越可爱。一口一个"爸爸""妈妈"甜甜地叫着，给李明和唐月乐得合不拢嘴，幸福、快乐的笑声在屋子里回荡。李明和唐月视筱筱为掌上明珠，宠爱得不得了。

转眼，筱筱五岁了。一天清晨，李明要去镇上赶集卖菜、卖橘子，筱筱喊着要跟着一起去玩。

李明自然无法抗拒。把筱筱抱上他那二八自行车的前杠座位，那是李明专门为筱筱做的。一路上，父女俩有说有笑，来到了镇上的菜市场。

李明摆好菜摊子，忙着吆喝卖菜。筱筱很是新奇，从没见到过这么多的人，这么热闹的场景，在旁边这看看，那瞧瞧，独自高兴地玩耍。

这天，小学老师高梅去镇上购买生活用品。在镇上唯一的那条老街上，她无意中看到了长得漂亮可爱的筱筱，在一个卖菜的男人身边兴致勃勃地玩着。她的心一"咯噔"，似乎看到了丈夫的影子，这小女孩长得简直和丈夫一个模子刻出来的一样。更吸引高梅的是孩子脖子上戴着的银项圈，那么熟悉，那么打眼。

高梅的心怦怦乱跳。禁不住蹲下来，问小女孩，"小朋友，你多大了？"

"阿姨，我五岁了。"

"你叫什么名字啊？"

"我叫李筱慧，别人都叫我筱筱。"

"筱筱，你的银项圈好好看啊，能让阿姨看看吗？"

筱筱将项圈取下来，给了高梅。

高梅接过项圈，手抖得厉害。她真的看到了刻在项圈上的名字"张婉妍"，那是她女儿的名字啊，她差一点就晕倒了。

"孩子，你的项圈从哪来的？"

高梅的神情把筱筱吓哭了，边哭边说："这是我自己的。"

正忙于卖菜的李明听到女儿的哭声，回过头来，发现高梅手上拿着女儿的项圈。

李明对着高梅大吼一声，"你怎么把我女儿弄哭了？！"一把夺过高梅手中的项圈，顾不上还没有卖完的菜，抱起女儿骑上自行车就走。李明心里慌极了，他似乎有一种强烈的预感：该来的终于要来了。

高梅骑着自行车一路在后面追。一直追到了李家湾李明的家里。

李明回到家里赶紧把大门关了，高梅在门外苦苦哀求。李明要唐月抱起筱筱从后门回娘家了。

高梅在门外不肯走，李明只好开门。

"大哥，我只想知道你女儿的银项圈究竟是从哪来的？"

李明一口咬定，项圈是自己在外面做事捡到的，看着好看，就给了女儿。其他的什么也不说。

高梅没有办法，只好回学校了。

高梅回到学校后，茶饭不思，辗转反侧。脑海中反反复复尽是筱筱的身影和刻着自己女儿名字的那个银项圈。五年前那场锥心的痛苦再一次将她不曾愈合的伤口撕裂，痛得不能呼吸。

（四）

高梅和丈夫张海都是乡村小学的老师，他们有了自己的女儿婉妍。高梅的奶水少，女儿长得快，吃得多，隔一段时间，高梅就要去县城买一回奶粉。

清江决堤的前一天，正好奶粉没有了，女儿饿得哇哇直哭。

高梅冒雨回县城去买奶粉。谁知第二天上午大堤决口发洪水。高梅回不去，也联系不上张海，心急如焚，心慌得像一团乱麻，每分每秒都是那么漫长，真正体验到了什么叫度日如年。

就这样无助地苦苦等待了两天。

第三天，学校托人到县城设法找到了高梅。

来人哽咽着要高梅坚强些。

"你快告诉我，我的女儿还好吗？张海还好吗？"高梅对着来人焦急万分地大声叫喊。

"高老师，你要挺住。当时张海老师把女儿放进一个大脚盆里，两人都上了阁楼。后来听到呼救，有学生被洪水冲走了。张海老师跳进洪水，去舍身抢救学生，学生得救了，他却英勇牺牲了。后来洪水不断上涨，淹到了阁楼，您的女儿也不见了。"

高梅还没等来人把话说完，当场就晕倒在地，不省人事。

来人把高梅送到医院急救。醒来后的高梅一把拔掉输液的针头，爬上窗户要跳楼寻短见。医生和护士眼疾手快，上去死死拖住高梅，把她抱了下来。高梅趴在床上号啕大哭。

为了高梅的安全，护士给她打了镇定针。又派人找来她的父母时刻守着她。

好不容易等到洪水退去，高梅跌跌撞撞回到学校，所有人都劝她说，百年不遇的大洪灾，一个毛毛漂在那么大的洪水里，不可能有存活的希望，这是天灾，没办法的事，自己身体要紧，莫要过于伤心了。

高梅简直急疯了，整日目光呆滞，神情恍惚。

学校为张海老师举行了隆重的追悼会，安葬了张海。高梅找来女儿婉妍的一些衣服，在丈夫张海的墓地旁边，修了个衣冠冢，让心爱的女儿陪伴着她的爸爸。

五年的时光里，高梅拼命地工作，一心扑在教学和学生身上，以此减轻精神上的痛苦。但她知道，她无时无刻不在思念着丈夫和女儿。

（五）

高梅从李明家里回来后，越想越觉得女儿还活着，筱筱就是自己的女儿婉妍。李明那天为什么那么生气和害怕？银项圈在哪捡到的也说得吞吞吐吐。女儿是丈夫张海留在这个世界上唯一的寄托，自己一定要查个明白。

高梅又悄悄去过李家湾好几回，暗地里打听筱筱的情况。没想到李家湾人的回复异口同声："筱筱是某年某月唐月早产生下来的，还上了户分了田，银项圈是李明捡的，我们都知道。"

那时也没有亲子鉴定，李家湾人的回答让高梅陷入了绝望。

一天晚上，高梅躺在床上，翻来覆去睡不着。突然灵光一闪，向公安局报案，让公安民警去查，一定会有结果。想到这里，她兴奋不已。第二天一早，她就起床动身，去公安局报了案，把前前后后的情况和经过仔细向民警同志说了。

公安局很快就启动了调查。先是到学校找校领导、老师了解核实了有关情况。随后去了李家湾李明家。

见到民警的到来，李明不免心里发慌。唐月更难受，感觉自己要失去筱筱了。

民警先让李明拿来银项圈，仔细查看后做了记录。然后对唐月说："你让你女儿到外面去玩，我要和你们两口子好好谈谈。"

民警没有像之前办案那样，重在查找证据，而是动情地对李明和唐月两口子讲起了五年前张海老师洪水中舍身救学生英勇牺牲，连五个月的女儿也被洪水冲走的故事。

"你们夫妻设身处地想一想，高梅老师一下子痛失了丈夫，又失去了女儿，这种伤痛、这样的打击，有谁能承受得了。高梅老师也对我们公安机关说了，如果筱筱是她的女儿，她不会怪你们，还要感谢你们。你们两口子先不要着急回答我，想好了，请来公安局找我。"

民警的一番话，听得李明两口子泪水涟涟。

民警走后，李明对唐月说，高梅老师也太可怜了，我们还是把女儿筱筱还给高老师吧，毕竟她是筱筱的亲生母亲。再说，我们也对不住牺牲的张海老师啊。

唐月泪如雨下，心如刀割。虽说万分不舍，但道理她是明白的，一个母亲对孩子的爱有多深她是理解的。她含着泪点头答应了李明。

第二天，两口子就到公安局找到办案民警，说出了当时的情况和现在的想法，并表示愿意承担一切惩罚。

"感谢你们两口子的理解，虽说当年你们做得是不对，但如果不是你们救起了孩子，也许她真的就没命了，这是孩子的福气。报案人高梅老师事先申明了不追究任何责任，你们就放心吧。明天我们会带着高梅老师来接她女儿回家。"

（六）

晚上，李明和唐月看着熟睡中的筱筱，以泪洗面，一夜无眠。五年啊，在李明和唐月的心里，筱筱就是自己亲生的女儿一样。大人都还好，筱筱明天要如何面对这突如其来的人生改变呢？想想就心痛，泪水就止不住一个劲地往下流。

第二天，天空下着绵绵细雨。筱筱起床后，唐月照常给她梳好头，穿上了最漂亮的衣服。

"妈妈，又不是过年，为什么给我穿这么好看的衣服啊？"

"筱筱，我亲爱的宝贝，你听我说，今天你就要去真正的妈妈家了，你要听话，长大后，你会明白这一切的。"

"妈妈，我哪也不去，你就是我的亲妈妈。"筱筱一把紧紧抱住唐月，母女俩哭成一团。李明站在一旁抹着眼泪。

十点钟左右，高梅来了。唐月抱着筱筱交到高梅手上，转身离去。

筱筱对着高梅又抓又扯，又瞪又踢，发出撕心裂肺地哭喊，"妈妈，别让我走。妈妈，我不走。"

高梅拼命抱着筱筱上了警车，走了。还不断传来筱筱嘶哑的哭喊声。在场的李家湾人无不为之动容，流着眼泪，有的甚至失声痛哭。

（七）

回到学校，筱筱对高梅不理不睬，天天哭着闹着要回去。高梅要上课，她特意请来母亲照看。

高梅拿着银项圈对筱筱说："筱筱，你看，项圈上刻着你的名字呢，你叫张婉妍，以后叫你婉妍好不好？"

筱筱一把抢过项圈，砸在地上。"我叫李筱慧，不叫张婉妍，你走开，我要回李家湾。"

高梅气得哭了。高梅母亲走过来，对她说，你不能太急了，孩子和唐月他们相处了这么多年，有了很深的感情，要慢慢来，改名字也不要着急。

一天晚上，高梅在卫生间洗澡，她母亲在厨房做饭。高梅洗完澡出来，发现筱筱不见了。

高梅问母亲："妈，你看见筱筱了吗？"

"我过来做饭的时候，她还在那里看书啊。"

高梅和母亲找遍了学校的前前后后，也没发现筱筱的影子。

高梅急得直掉眼泪。这时有老师说，是不是回李家湾了？

高梅这才恍然大悟。留下母亲在屋子里守候，请了好几个老师帮忙，打着手电沿途一路找过去。

从学校到李家湾有十多里路呢，有一段还是山路。

筱筱还真是偷偷跑出来，回李家湾了。她凭着模糊的记忆，在淡淡的星光下向李家湾方向走去。不过，她年纪实在太小了，走了三四里地就饥困交加，走不动了，躺在路边的草丛中睡着了。

很快，前面的老师发现了筱筱。

"高老师，快过来，筱筱在这里。"

高梅飞奔而来，轻轻抱起熟睡的筱筱，喜极而泣。

筱筱夜晚偷偷回李家湾的事，传到了李明和唐月的耳中，对本就日思夜想的两口子来说，自然更是伤心难过。

"老公，这样下去不是办法，对我们、对筱筱、对高梅，都不好。我想了好久，我们离开这里，一起去广东打工吧。"

"要得，我们还年轻，去打拼一下也好。"

就这样，为了让筱筱和高梅安静相处，培养母女感情，李明和唐月对谁也没说，南下广东打工去了。

（八）

李明和唐月虽说年纪稍大一点，但他们踏实肯干、肯学习、吃得苦，比二十出头的打工妹、打工仔收入还高。有了一定的积蓄后，他们又开了一家饭店，做盒饭快餐，生意十分火爆。打工五年之后，两口子在广州买了自己的第一套房子，开了一家规模不小的湘菜店。

后来，年纪大了，他们卖掉了广州的三套房子和饭店，回老家县城买了一座环境优美的临湖别墅，过起了悠闲的日子。在广东打拼的二十年里，他们再也没见过筱筱。但唐月的心里，没有一天不在想念着筱筱。

也许是思念太过、积郁太深，也许是人突然闲下来身体容易出问题，唐月不幸得了重病，且一病不起，五十刚出头，就走了。

一天，李明在院子里打理修剪花木，一个二十多岁的漂亮女人抱着一个半岁大的孩子，按李明家的门铃。

"请问你找谁？"

"我找李明叔叔和唐月阿姨。"

"我就是李明。"

李明赶紧开了门，把客人请进院子。

"叔叔，我是筱筱啊，这是我的孩子。"

"孩子，你真的是筱筱？我们二十多年没见了啊。"李明很是激动。

筱筱把孩子递给李明，"叔叔，您抱抱。"

"叔叔，我一直都在找你们，终于打听到您现在住的地方。唐月阿姨呢？"

"孩子，你唐月阿姨前不久病逝了。"李明伤心地说。

筱筱不敢相信自己的耳朵，她禁不住大声痛哭。

"孩子，你唐月阿姨给你留下了一封信。"李明从卧室取出信交给筱筱。

筱筱接过信，双手颤抖着打开信纸。

"我亲爱的筱筱，每天都在想你，我们一直视你为自己的女儿一般。我知道你一定会来的，但你读到我这封信的时候，我已不在人世了。请你原谅我们当年救到你的时候，没有及时把你送交到你母亲身边，也请你原谅我们当年不辞而别，狠心不再与你相见。我想，这都是上天冥冥之中的安排，用这样的方式，把天使一样的你送到我们身边，给我们带来无穷的快乐，让我们拥有了一段神奇难忘的母女之缘。我很知足，我要谢谢你。"

"亲爱的筱筱，我走了。你一定要开心快乐，幸福生活。有空的时候，到家里来看看你李明叔叔，不要怪他，是我要求留下你的。"

读到这里，筱筱再也看不下去了，泪水模糊了双眼，她趴在桌子上，痛哭不已。

客厅的正面，挂着唐月的遗像。筱筱"扑通"跪在唐月的遗像前。

"妈妈，您就是我的妈妈，怎么不等等我啊。您不但救了我，还哺养我长大。为了我，又远离家乡去外地打工。我怎么还会怪您呢。您放心吧，我会常常来看爸爸的。"

李明扶起筱筱，"孩子，你也莫要太伤心了。你一直记得我们，能来看我们，你唐月阿姨一定会泉下有知。谢谢你！"

"爸爸，以后我就是您的女儿，我也住在县城，只要您不嫌弃，我会带着孩子多来看您。"

李明十分感动，没想到，二十多年过去，这个洪水中漂来的女儿，又会回到身边。

后记

　　我写作纯粹是出于热爱，断断续续，来了感觉就写，没感觉好长时间都不动笔，也没想过出集子。

　　二十多岁的时候，开始喜欢写散文随笔，每个星期都会有文章发表在报纸杂志上，经常能收到稿费单。我请单位打字室的女孩把文稿打印出来，装订成了一本册子，自己做了封面设计，大约印了二十本，现在还有一本在我的书柜里。后来，有朋友邀我出书，我觉得自己的东西写得太幼稚了，拿不出手，怕人笑话，就没有答应。三十多岁的时候，我在单位负责编辑内部刊物，顺便把自己写的文章作了整理，请印刷厂印了出来，比打印的效果好多了。没想到这个小册子很受人喜欢，最后我自己一本都没留下。前两年想找一篇旧作，重新润色发公众号，结果无法找到。因为当时也没有电子档，剪贴本经过多次搬家后，也弄丢了。突然记起当年那个册子送了一个朋友，十多年没联系了，试着给他打电话，他还真在他满墙的书柜中找到了。我们约好地方，他专门送了过来。那个册子终于有了孤本。

　　五十出头，受组织委派，赴雪峰山腹地驻村扶贫。三年多的扶贫岁月，写下了十多万字的扶贫日记随笔，发在我自己的扶贫公众号上。有朋友觉得不错，建议我出版成书，反响一定会好。我还真与出版公司联系了，他们审稿后也愿意出版。可随着扶贫的结束，我发现好像意义也不大了，遂作罢。

　　完成扶贫任务回单位后，工作轻松了不少，于是又写起了散文。一年多时间写了二十多万字，发在全国文学报刊和网络平台上。又有好心的朋友提议我出本书，我也动了心，就有了人生中正式出版的第一本书。我也知道，自己的文章很浅显、很粗糙，内心依然忐忑，担心既浪费了宝贵的纸张，又成为笑柄。但转念一想，已经豁出去了，就坦然面对吧。

特别感谢中国金融作协阎雪君主席、著名作家谢长华先生在百忙中抽时间精心写作的序言，令拙著增色。

2023年3月15日于墨禅斋